HOW TO DRAW MANGA

Manga-Skizzen zeichnen

Takehiko Matsumoto
Kazuaki Morita
Hikaru Hayashi

CARLSEN MANGA!

Erklärung des Autors:
Dieses Bild ist mir in den Kopf gekommen, als ich überlegt habe, wie ich den Titel am besten zeichnerisch umsetzen kann. Im japanischen Original kommt das Wort »kangaeru« vor, was so viel heißt wie »sich Gedanken machen«. Auf der Suche nach einem Wortspiel fielen mir die ähnlich klingenden Worte »kan« (Dose) und »kaeru« (Frosch) ein, und so kam ich auf das Bild eines »kan-kaeru«, eines »Dosen-Froschs«, der nachdenkt!

Inhalt

Vorweg:

»Das Manga-Zeichnen ist eine Technik, etwas Erfundenes zum Leben zu erwecken.« (Takehiko Matsumoto)

»Manga und Anime schaffen es, etwas, was in Wirklichkeit nur erfunden ist, so erscheinen zu lassen, als wäre es echt.« (Kazuaki Morita)

Aus dem Interview (S.178-183)

Beim herkömmlichen Skizzieren wird Wert auf eine naturgetreue Abbildung gelegt. Manga und Anime sind dagegen Welten, in denen Zeichnungen nicht möglichst naturgetreu, sondern realistisch oder sogar stark stilisiert dargestellt werden. Realistisch bedeutetet in diesem Fall nicht, dass etwas aussieht wie in der Realität, sondern einfach, dass es auf den Leser überzeugend wirkt. Daher muss man als Zeichner von Manga-Figuren weniger ein Objekt studieren und genau abzeichnen, sondern es schaffen, etwas aus der eigenen Vorstellung zum Leben zu erwecken. Die Grundlagen dafür werden in diesem Buch vermittelt.

Zeichnungen/Produktion:	Takehiko Matsumoto und Kazuaki Morita
Produktionsassistenz:	Takumi Takahashi und Haruki Takahashi
Produktionsmitarbeit:	Rio Yagizawa
Coverillustration:	Kazuaki Morita
Covergestaltung:	Hammerz Co., Ltd.
Text und Gestaltung:	Takehiko Matsumoto, Kazuaki Morita und Hikaru Hayashi (Go Office)
Textmitarbeit:	Hiroaki Yano
Fotos:	Yasuo Imai
Herausgeber:	Motofumi Nakanishi (Graphic-sha)
Unterstützung durch:	Logistics Inc., Seiji Kishi, Hokkaido Nippon-Ham Fighters, TV Tokyo, Himeya Soft, Inc., M no Violet, Kodansha Ltd., Enterbrain, Inc.

Kapitel 1

Manga-Skizzen: Etwas aus dem Kopf zeichnen

Skizzieren ist eine der Grundübungen des Zeichnens. Beim klassischen Skizzieren betrachtet der Künstler ein plastisches Objekt, ein Stillleben oder ein menschliches Modell und zeichnet dieses möglichst detailgetreu nach. Ein Objekt genau zu studieren und abzuzeichnen ist typisch für das Skizzieren. Im Gegensatz dazu bedeutet das Zeichnen von Manga-Skizzen, etwas zu zeichnen, das man nicht sehen kann.

Manga-Zeichner benutzen natürlich auch Fotos oder Figuren als Grundlage, insofern zeichnen sie auch nicht rein nach ihrer Vorstellung. Allerdings bedeutet die Arbeit an Manga und Anime, dass der Künstler in einer sehr kurzen Zeitspanne sehr viele hochwertige Illustrationen abliefern muss, und häufig besteht die Möglichkeit nicht, eine Vorlage für die Zeichnungen zu verwenden. Stattdessen verwendet er für seine Zeichentechnik Logik und Erfahrung.

So könnte man sogar sagen, dass Manga-Skizzen ihre Anfänge in den einfachen Bildern, die auch Kinder zeichnen, haben. Da aber auch dem Manga-Zeichnen viele professionelle Techniken und Kenntnisse wie z.B. über Proportionen zu Grunde liegen, ist es eine eigene Kunstform, die man nicht mit einfachen Kinderbildern vergleichen kann.

Lasst uns nun einen Blick darauf werfen, wie bei einem Manga-Profi eine Skizze aus dem Nichts entsteht.

Der Unterschied zwischen normalen Skizzen und Manga-Skizzen

Es gibt viele Variationen an Skizzen: von Charakterstudien über Kritzeleien bis hin zu Skizzen von Filmszenen oder Zeichnungen, für die ein Foto als Grundlage verwendet wurde.

Aus dem Skizzenbuch eines Manga-Zeichners

Charakterstudien: Der Künstler entwickelt die Persönlichkeit, das Verhalten, den Stil und den Gesamteindruck eines Charakters, indem er ihn in verschiedenen Posen zeichnet.

Dynamische Studien: Hier werden mangatypische Techniken verwendet wie die sogenannten Speedlines: viele kleine, parallel verlaufende Linien, die Geschwindigkeit zum Ausdruck bringen.

Kleine Kritzeleien im Manga-Stil: Eine wichtige Zeichenübung ist es, Charaktere oder Szenen aus den Lieblingsmanga und Anime zu Papier zu bringen. Dadurch sammelt man Erfahrung und erweitert seine eigenen Fähigkeiten.

Es lohnt sich, nicht nur strikt die Charaktere zu zeichnen, die man vor Augen hat, sondern auch eine Menge spontaner Kritzeleien zu produzieren, um die eigenen Zeichenfähigkeiten zu verbessern. Wer eifrig draufloszeichnet und so viele interessante Figuren entstehen lässt, wird immer besser darin, aus dem Kopf zu zeichnen, was für das Zeichnen von Manga-Skizzen so wichtig ist.

Eine Action-Szene: Übt das Zeichnen von Bewegungen und die Komposition einer Szene. Wenn du in Manga, Anime, Film und Fernsehen eine beeindruckende Szene oder Pose siehst, nutze die Gelegenheit und versuch einmal, sie nachzuzeichnen. Es kann schon eine hilfreiche Anregung für deine eigenen Werke sein, nur den groben Umriss oder die Komposition der Szene zu erfassen.

Dies ist ein Ausschnitt aus einer Übung, bei der ganz genau von einem Foto oder einer ähnlichen Vorlage abgezeichnet wurde. Wenn auf deiner Vorlage nicht nur ein Gesicht zu sehen ist, sondern auch noch ein Hintergrund, versuch einmal, diesen auch grob mit in deine Skizze zu übertragen.

Close-up eines Gesichtsmerkmals: Es lohnt sich, viele Studien von Augen, Wimpern etc. zu zeichnen.

In diesem Abschnitt wird gezeigt, wie ein professioneller Manga-Künstler mit der Manga-Skizzen-Technik einen Charakter entwirft.

Eine weibliche Figur in stehender Pose zeichnen

Herr Morita fängt sofort an, loszuzeichnen.

»Grobe Zeichnung« bedeutet in diesem Fall, zunächst nur die Umrisse einer Figur aufzuzeichnen. Und so entsteht die grobe Skizze bei Herrn Morita:

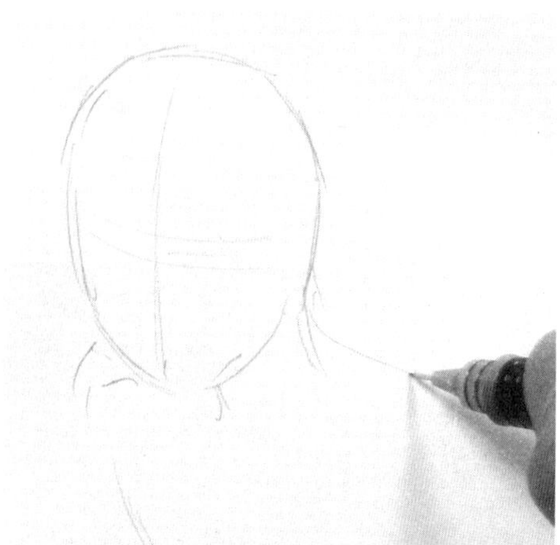

Kopf und Oberkörper entstehen in null Komma nichts. Nur Herr Morita weiß, was dieses Gesicht später für einen Gesichtsausdruck bekommen wird oder in was für einer Pose dieser Charakter stehen wird. Wir beobachten schweigend das Geschehen.

Herrn Moritas rechte Hand bewegt sich immer noch schnell über das Papier. Und dann…

… innerhalb von wenigen Sekunden erscheint der ganze Körper der Figur auf dem Papier! Her Morita benutzt kein einziges Mal einen Radiergummi, sondert zeichnet den kompletten Umriss in einem Schwung mit seinem Druckbleistift.

In kürzester Zeit entstehen ein attraktiver Körper und ein ansprechendes Gesicht.

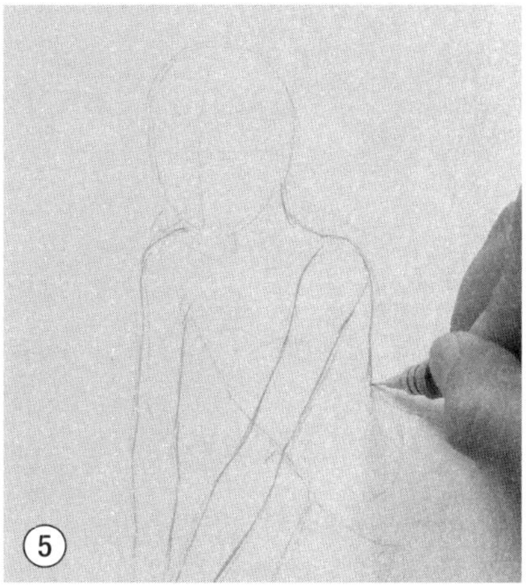

Hier zeichnet Herr Morita eine der fein skizzierten Linien nach, um die Kontur genau herauszustellen. Beim Zeichnen eines Manga benutzt man hierfür Tinte – daher nennt man diesen Prozess auch »Tuschen« oder »Inking«.

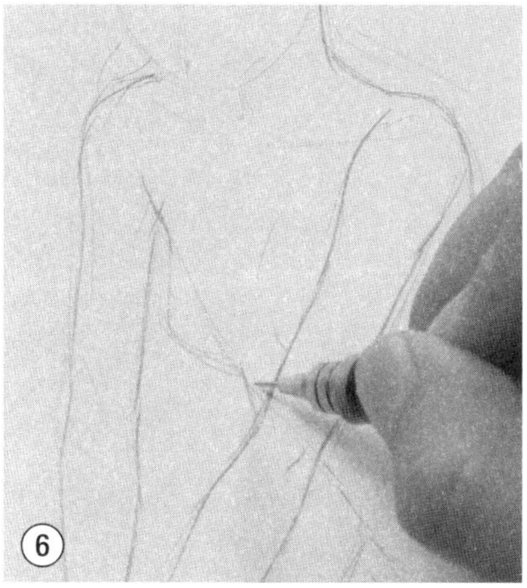

Der zunächst flache Oberkörper der Figur bekommt Brüste. Der Künstler kann frei über Größe und Form der Brust entscheiden.

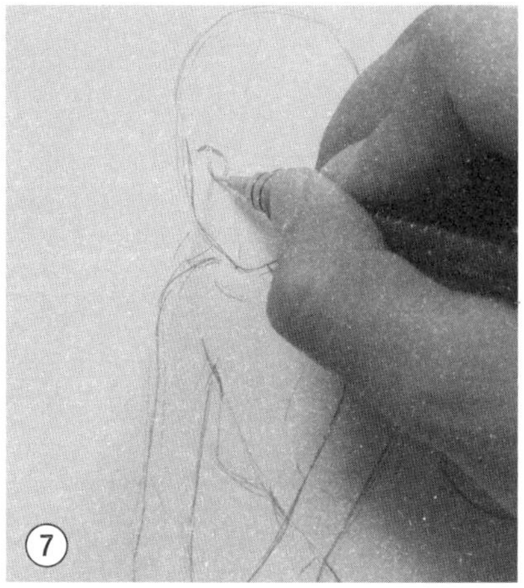

In Windeseile zeichnet Herr Morita die Kontur des Gesichts und die Umrisse der Augen. Er hat nach wie vor kein einziges Mal einen Radiergummi verwendet!

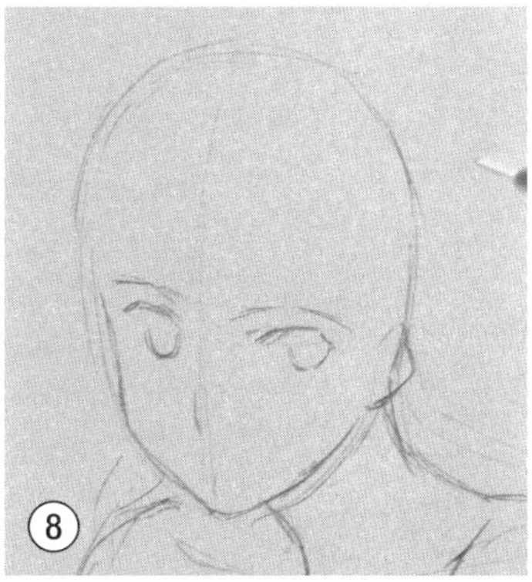

Bisher sieht der Kopf mit seinen leeren Augen und der Glatze noch ziemlich merkwürdig aus.

»Der Kopf ist bisher noch etwas unförmig. Dies ist nur ein grober Umriss, die endgültige Kopfform definiere ich erst mit dem Zeichnen der Frisur.« Während er uns dies erklärt, gibt er den Haaren am Hinterkopf etwas mehr Volumen.

Mit weichen Bewegungen zeichnet Herr Morita die fließenden Linien der Haare. »Gut gezeichnete Haare können das ganze Bild in Bewegung bringen und den Charakter zum Leben erwecken. Die Frisur ist extrem wichtig für den Ausdruck eines Charakters.« Um den Charakter so zu gestalten, wie man ihn sich vorstellt, ist die Frisur entscheidend.

»Die folgenden Schritte werden beim Manga-Zeichnen ›Tuschen‹ oder ›Inking‹ genannt«

Herr Morita hört, wie ich flüstere: »Ach, das Bild ist noch gar nicht fertig...«, und erklärt: »Wenn man bis hierhin sorgfältig gezeichnet hat, sollte das Reinzeichnen auch nicht mehr besonders lange dauern.« Profis, egal in welchem Beruf, denken bei ihrer Arbeit immer schon an den nächsten Schritt.

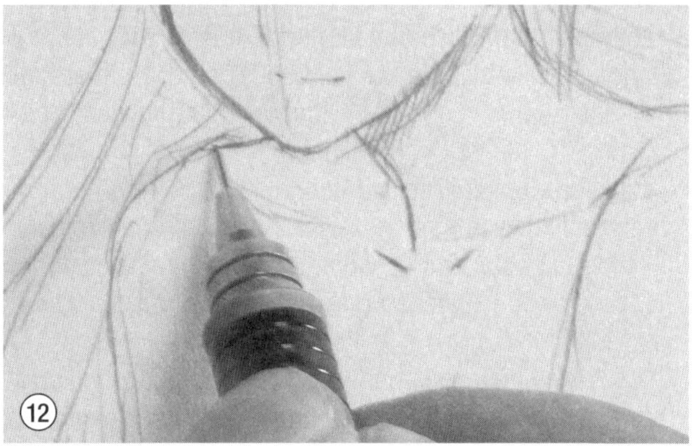

Es erstaunt mich, dass er bis zur endgültigen Outline die Konturen dreimal nachgezeichnet und immer wieder angepasst hat. Innerhalb von fünf Minuten ist er fertig.

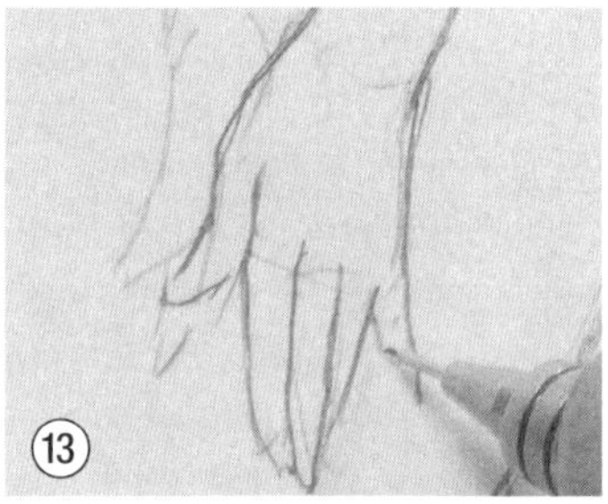

»Wenn man die Finger leicht gekrümmt zeichnet, wirkt der Charakter niedlicher – weiblichen Figuren kann man so einen sexy Touch geben. Es ist gar nicht so einfach, die Breite der Finger gleichmäßig zu zeichnen, daher passe ich dabei besonders auf.«

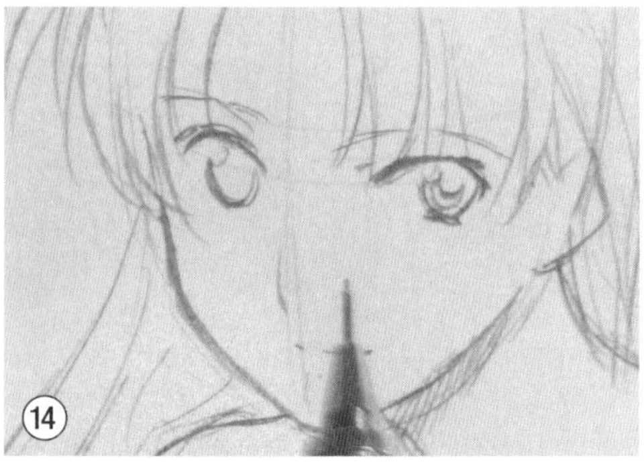

Herr Morita zeichnet nun die Augenlider nach und gibt den Augen mehr Details, wodurch der Charakter gleich viel lebendiger wirkt. »Es sieht schon viel fertiger aus, nicht wahr?«

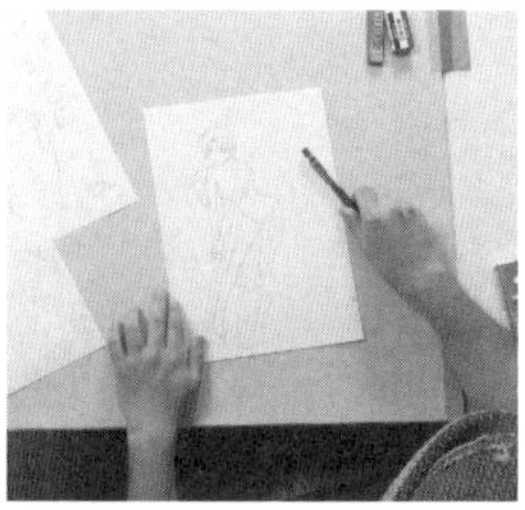

»So, das war's.«
»Ist es jetzt fertig?«
»Hmm... ja, fürs Erste.«

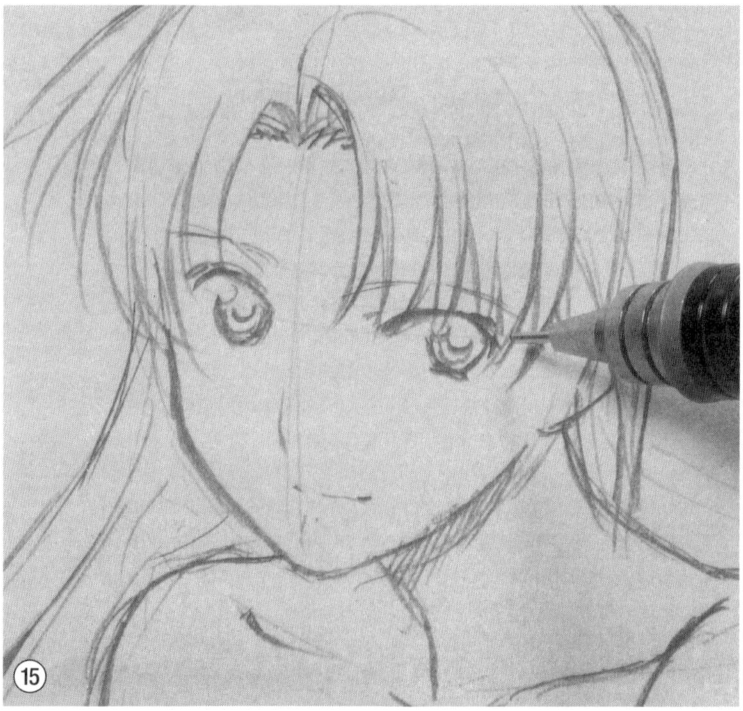

Als Letztes zeichnet Herr Morita das Haar und die Pupillen nach, dann ist das Bild fertig. Insgesamt hat Herr Morita gut zehn Minuten für die Zeichnung gebraucht. Beim Manga-Zeichnen nennt man diese fertige Skizze »Vorzeichnung«, da nun die Linien mit Tusche nachgezogen werden.

»Wenn das, was beim Manga-Zeichnen ›Vorzeichnung‹ genannt wird, fertig ist, betrachte ich das Ganze noch einmal von weitem und mache noch ein paar Korrekturen.«

Letzte Feinheiten

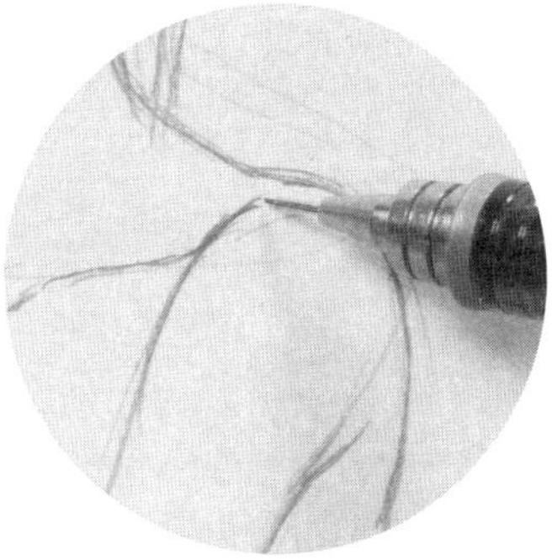

»Die Schulter wirkt runder, wenn man eine kleine Lücke zwischen der Linie, die vom Hals herunterführt, und der Linie des Oberarms lässt.«

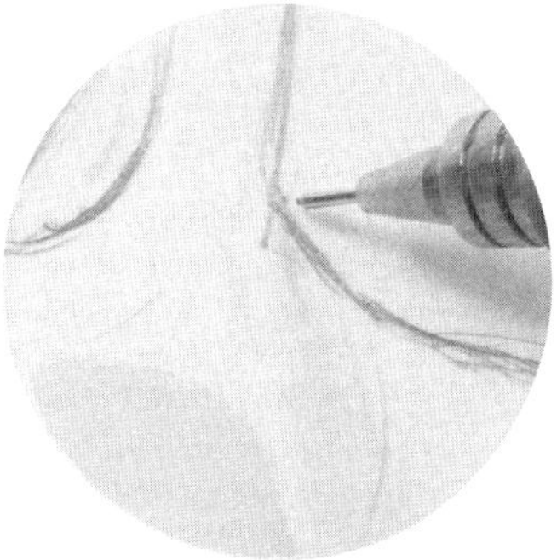

»Der Körper wirkt dreidimensionaler, wenn man an der Hüfte die Linie des Oberkörpers ein kleines bisschen zu lang zeichnet, so dass sie etwas in den Körper hineinragt.«

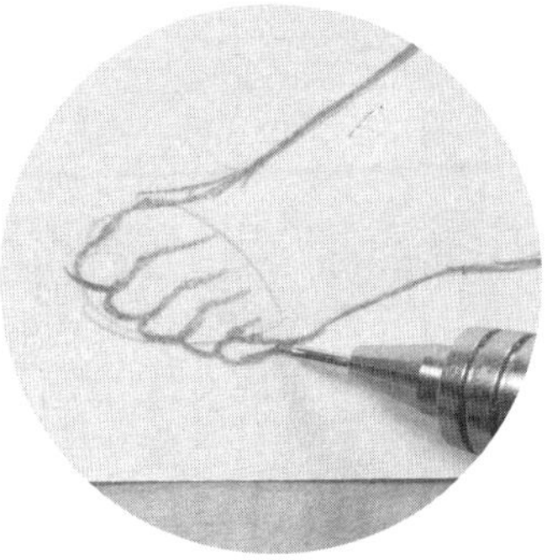

»Die Zehen sind zwar nur ein kleines Detail, aber wenn sie nicht ordentlich gezeichnet werden, kann das die ganze Zeichnung hinunterziehen. Daher bin ich hier besonders sorgfältig.«

»Sie haben kein einziges Mal einen Radiergummi benutzt, oder?«
»Das kommt noch. Ich möchte noch einmal die Hüfte und die Beine nachbessern.«
Herr Morita erklärt uns, dass er jetzt normalerweise die Zeichnung immer weiter korrigieren und verbessern würde. Das kann von einer Stunde bis hin zu einem halben Tag dauern. »Die Leser sollen kein falsches Bild bekommen, nicht dass sie denken, ich würde ein Bild innerhalb von zehn Minuten fertig zeichnen!«, erklärt er.

Ein weibliches Gesicht aus der Nähe zeichnen

Schritt für Schritt die Umrisse eines Gesichts zeichnen

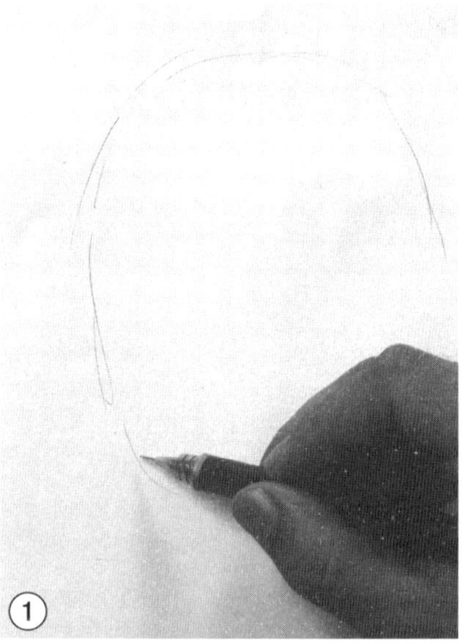

Zuerst zeichnet Herr Morita mit sehr feinen Strichen einen Kreis, der die Grundform des Gesichtes wird.

Nach und nach kommen immer mehr Linien dazu.

Als Nächstes zeichnet er ein feines Kreuz auf das Gesicht auf und fügt die Linien für den Hals hinzu.

Der äußere Umriss des Gesichts ist so gut wie fertig.

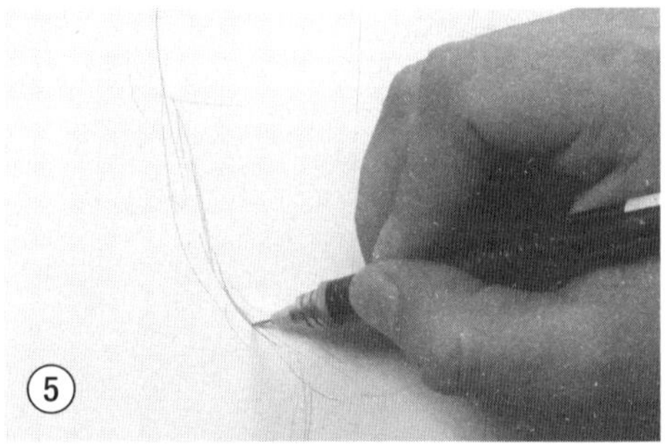

Herr Morita korrigiert die Kontur zwischen Wange und Kinn.

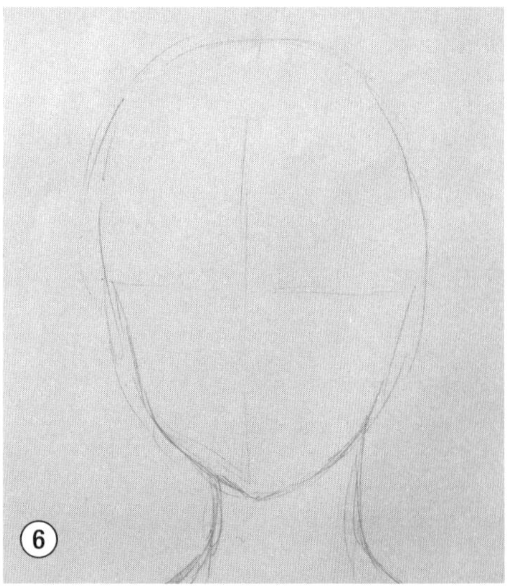

Während er die Linie des Halses nachzeichnet, passt er die Gesichtsform noch einmal an.

Die Umrisse der Gesichtszüge und Haare einzeichnen

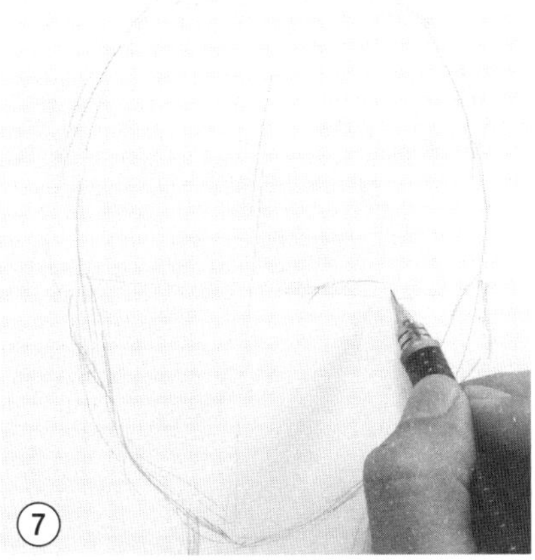

Für die Gesichtszüge sollten die Striche etwas stärker werden. Trotzdem sollten sie mit wenig Kraft gezeichnet werden, so dass sie sich leicht wegradieren lassen.

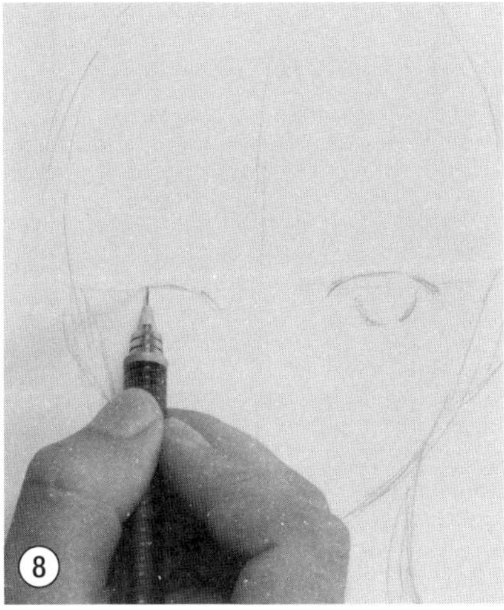

Herr Morita zeichnet das linke Auge, während er genau die Größe und Form des rechten Auges beachtet.

Er bessert die Konturen des Gesichtes nach.

Der Charakter bekommt einen ganz anderen Ausdruck, je nachdem, ob die Stirn von Haaren bedeckt ist oder nicht, daher sollte man beim Zeichnen ganz genau überprüfen, wie sich ein Pony auf die gesamte Erscheinung der Figur auswirkt.

Die Konturen des Halses korrigieren

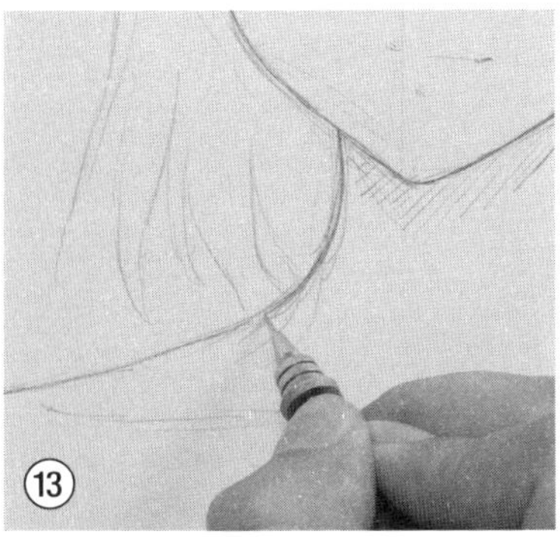

Anschließend fügt Herr Morita vorsichtig die Haarsträhnen hinzu und zeichnet ganz genau die Konturen der Schulter auf.

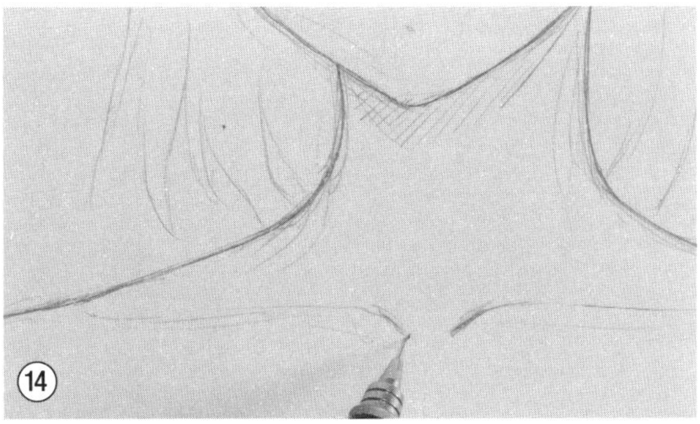

Das Schlüsselbein lässt die Figur dreidimensionaler wirken.

Augen, Nase und Mund hinzufügen

Indem man die Konturen des oberen Augenlids stärker und dunkler zeichnet, verstärkt man den Ausdruck der Augen und somit auch den gesamten Ausdruck des Charakters.

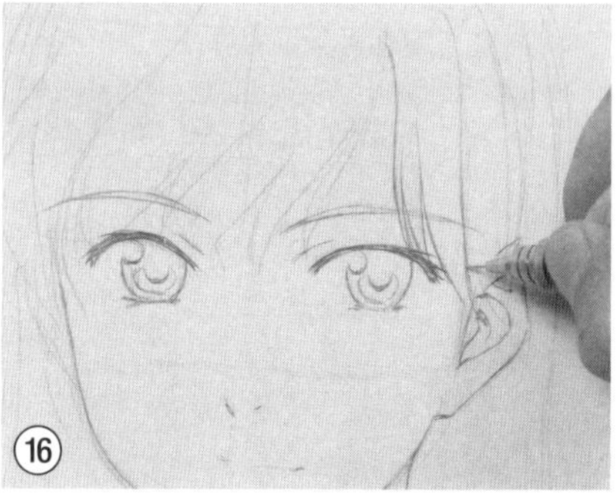

Herr Morita zeichnet sorgfältig die Haare nach und beginnt dafür wie bei der Vorzeichnung mit dem Pony.

Der Kopf wirkt dreidimensionaler, wenn man unter dem Kinn einen leichten Schatten einzeichnet.

Versuch, die Pupille des Auges in derselben Stärke zu zeichnen wie das obere Augenlid. Das lässt das Auge rund wirken und gibt dem Charakter einen klaren Blick.

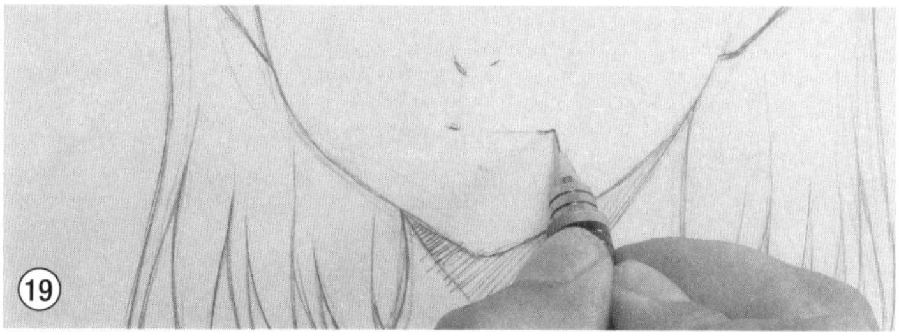

Achte darauf, dass die Linien für den Mund nicht zu dick werden. Zeichne die Mundwinkel besonders genau, damit der Mund fest geschlossen wirkt.

Den Oberkörper zeichnen

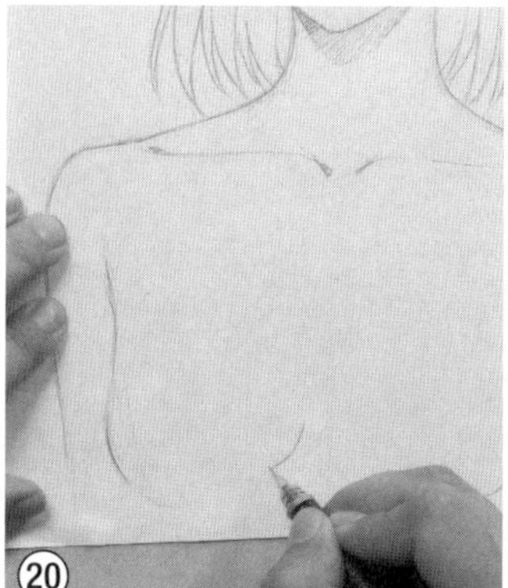

Die Brüste sollten in der gewünschten Größe gezeichnet werden.

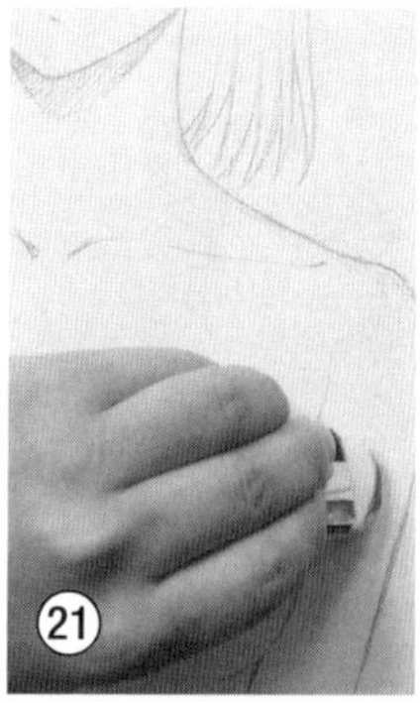

Wenn dich beim Reinzeichnen eine der dünnen Linien vom Anfang stört, radier sie vorsichtig weg, ohne dabei die endgültigen Umrisslinien zu zerstören.

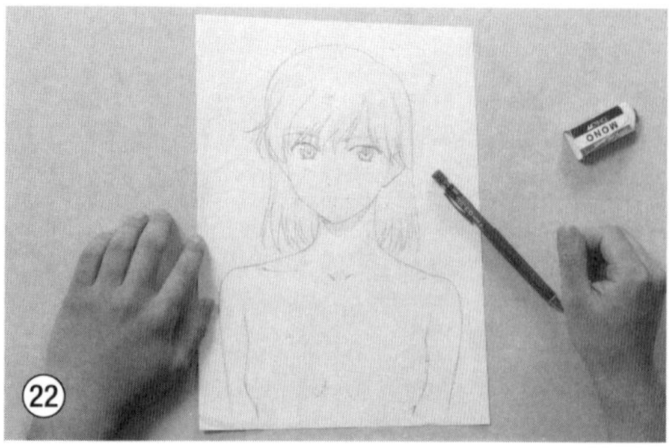

Die Vorzeichnung ist fertig.

Die fertige Vorzeichnung

Die Umrisslinien sind noch zu sehen. Achte immer darauf, die Linien für die ersten Umrisse besonders fein zu zeichnen, damit man in der fertigen Vorzeichnung die endgültigen Konturen sofort erkennen kann.

Ein Blick hinter die Kulissen der Manga-Profis Teil 2 Am Arbeitsplatz von Takehiko Matsumoto

In diesem Kapitel schauen wir uns an, wie ein anderer Manga-Zeichner arbeitet. Der Leser kann so vergleichen, worin gemeinsame Stärken beim Zeichnen von Manga-Skizzen liegen.

Eine männliche Figur in stehender Pose zeichnen

»Zuerst denke ich ein bisschen nach.«

Herr Matsumoto denkt zunächst ganz genau darüber nach, was er zeichnen wird. Während er sich entspannt, sammelt er seine Konzentrationskraft, ähnlich wie ein Kampfsportler. Wann wird er wohl anfangen zu zeichnen?

Nach reiflicher Überlegung greift Herr Matsumoto langsam zu einem Bleistift und beginnt, die groben Umrisse von Kopf und Schultern zu zeichnen. Er verwendet dabei viele kleine Striche. Während sich seine Hand schnell über das Papier bewegt und es immer mehr Striche werden, lässt sich langsam der Oberkörper eines Menschen erkennen.

Herr Matsumoto zeichnet den Umriss des Körpers äußerst grob und fügt zur Orientierung Hilfslinien für Hüfte und Schritt ein.

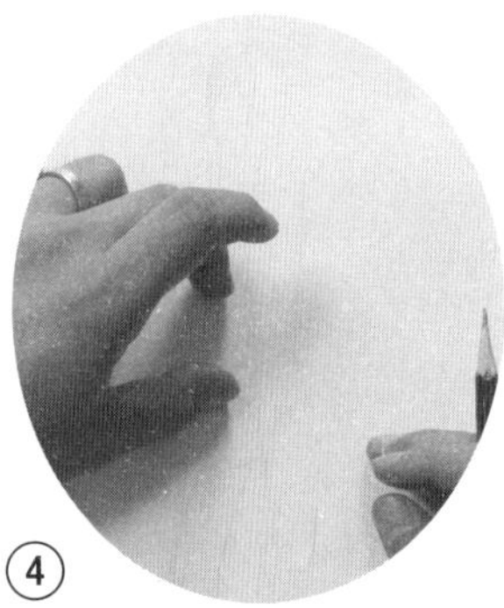

Ab und zu benutzt Herr Matsumoto seine Finger, um die Proportionen ungefähr abzumessen. Während ich gerade etwas vor mich hin träume, macht er einige Handbewegungen, die ich nicht richtig einordnen kann.

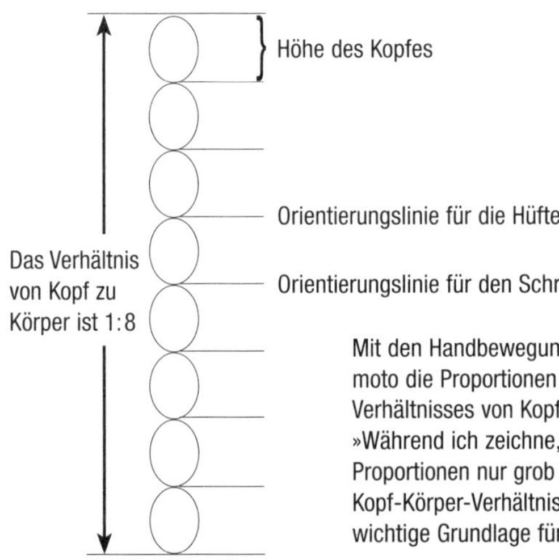

Mit den Handbewegungen hat Herr Matsumoto die Proportionen der Figur anhand des Verhältnisses von Kopf zu Körper überprüft. »Während ich zeichne, schätze ich die Proportionen nur grob ab. Das Konzept des Kopf-Körper-Verhältnisses ist aber eine wichtige Grundlage fürs Zeichnen.«

»Suchende Linien«, »Endgültige Linien«

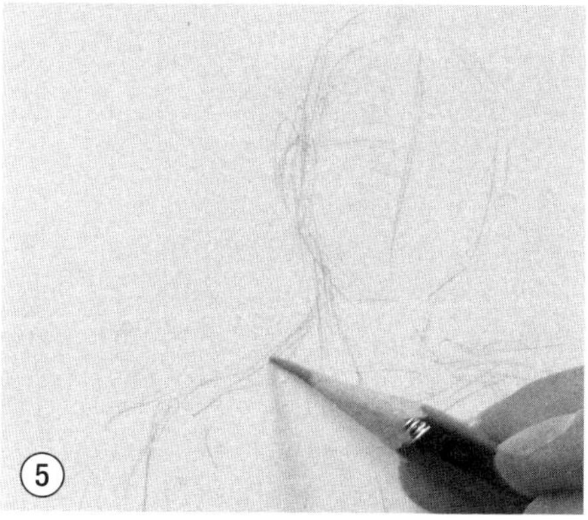

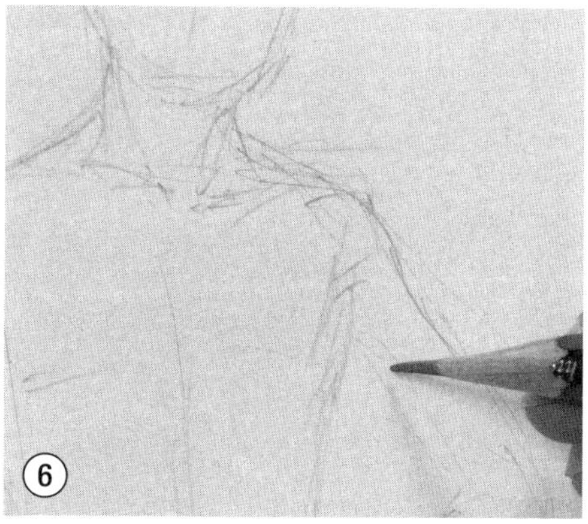

Herr Matsumoto erklärt: »Diese vielen kleinen Striche nenne ich auch ›unentschlossene Striche‹, da ich sie zeichne, um die perfekte Position der Linien für die endgültige Zeichnung zu finden.« Herr Morita ergänzt: »Man sagt auch, es gibt ›suchende Linien‹ und ›endgültige Linien‹... aber eigentlich kann man diese beiden nicht genau trennen. Es ergibt sich einfach so beim Zeichnen.«

Die Vision von Herrn Matsumoto nimmt langsam Gestalt an, während er nach und nach den ganzen Körper des Charakters auf das Papier bringt. Dieser Vorgang ist in den unteren drei Bildern zu sehen.

Die Beine nehmen Form an

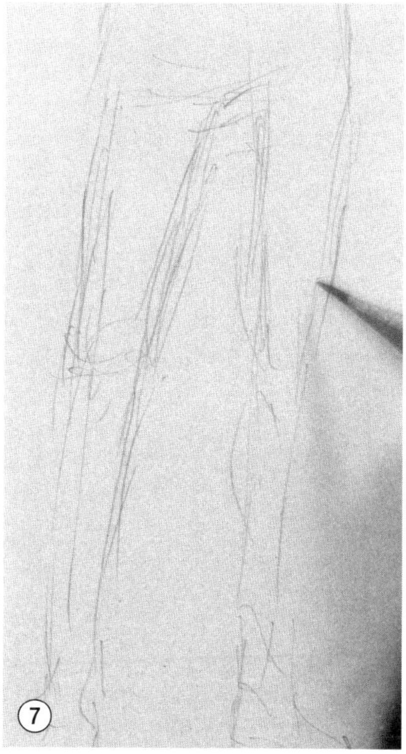

Erste Stufe: grobe Umrisse

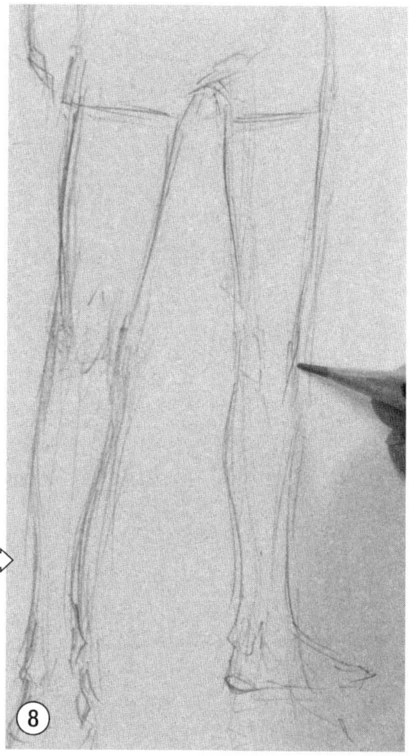

Zweite Stufe: Man kann schon die endgültige Form ungefähr erkennen.

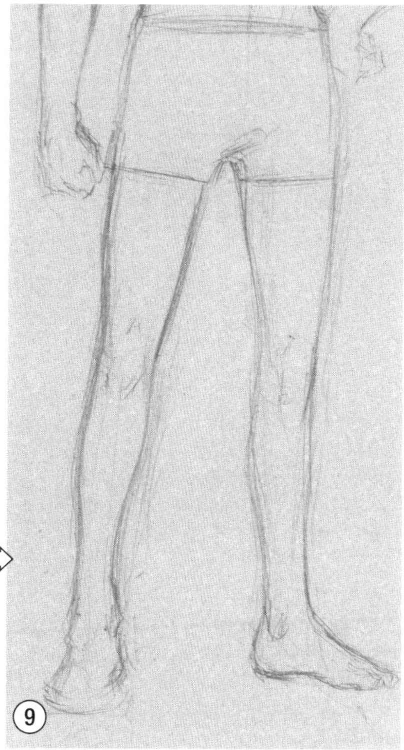

Dritte Stufe: Die Vorzeichnung ist größtenteils abgeschlossen.

»Warum radieren Sie das wieder weg?«

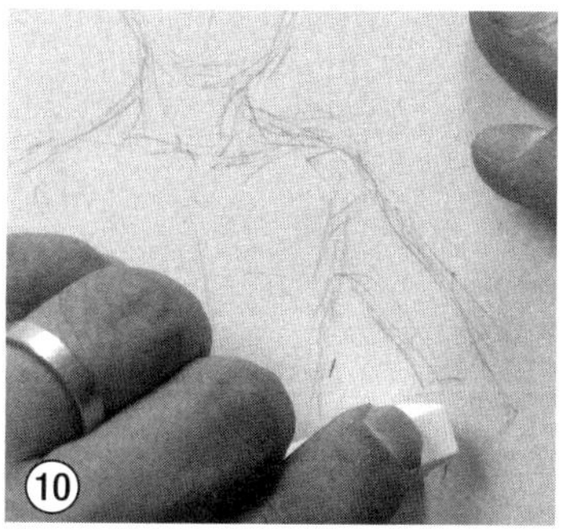

»Die Hände sind nicht richtig positioniert.« Beim Zeichnen des Unterarms und der Hand greift Herr Matsumoto plötzlich, ohne mit der Wimper zu zucken, zum Radiergummi und radiert alles wieder weg. Dieses blitzschnelle Urteilsvermögen lässt sich auf lange Erfahrung zurückführen. Dabei fällt mir noch etwas auf: »Sie radieren mit der linken Hand?« »Ja, dann muss ich den Bleistift nicht aus der Hand legen. Ich habe mich einfach daran gewöhnt, so zu arbeiten.«

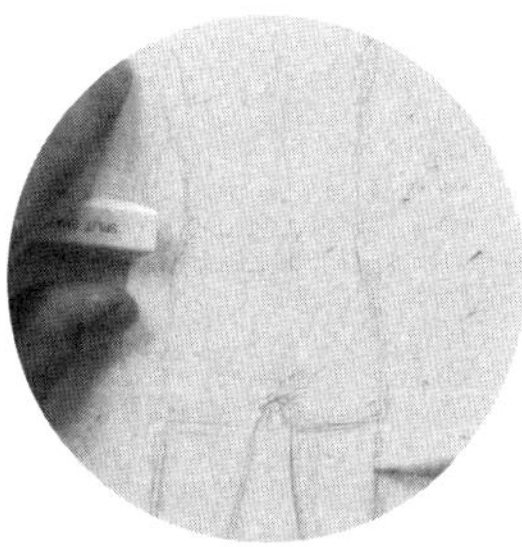

Für Rechtshänder ist es praktisch, den Bleistift in der rechten Hand und den Radiergummi in der linken Hand zu halten. So kann deutlich schneller und effektiver gezeichnet werden. Wenn man den Stift weglegt, um den Radiergummi zu verwenden, wird der Zeichenprozess unterbrochen. Arbeitet man beidhändig, bleiben Konzentration und Fokus bestehen.

»Als Nächstes werden die suchenden Linien in die endgültigen Linien verwandelt.«

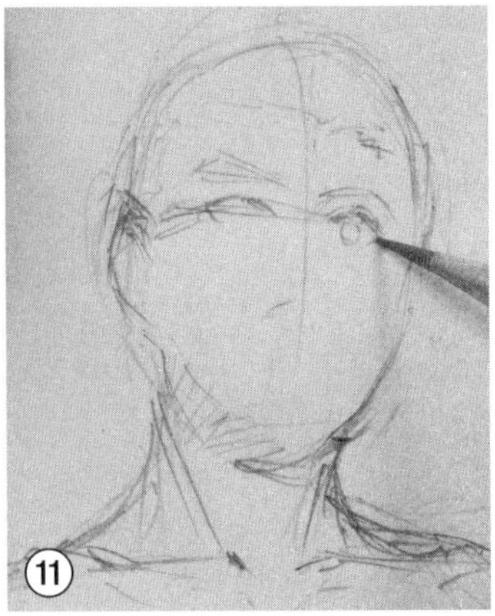

»Einige Künstler fangen mit der Nase oder dem Mund an, aber ich zeichne immer zuerst die Augen.«

Herr Matsumoto benutzt das erste Auge als Orientierung, um das zweite Auge zu zeichnen. »Es ist extrem wichtig, beim Zeichnen auf die Balance zwischen der linken und der rechten Seite zu achten.«

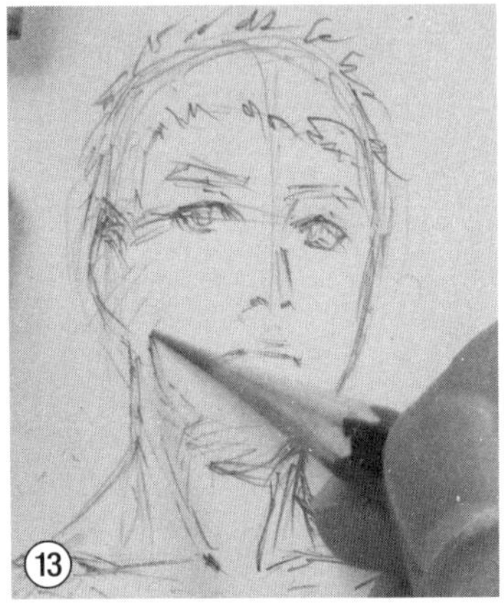

»Zeichnen Sie für den Kiefer gar keine Umrisslinien?« »Wir betrachten den Charakter leicht von unten. Wenn man statt einer klaren Umrisslinie unter dem Kinn mit Hilfe gestrichelter Linien einen Schatten setzt, kommt der Effekt der Froschperspektive besser rüber.

Die Figur entwickelt sich immer weiter

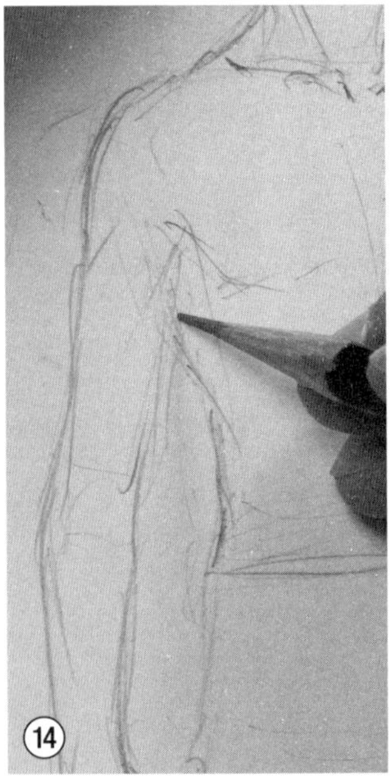

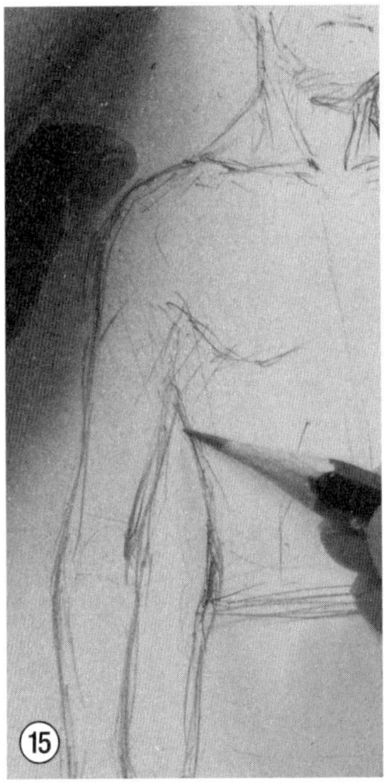

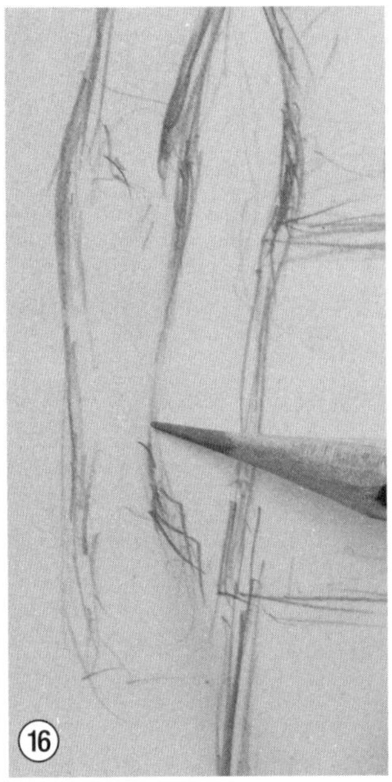

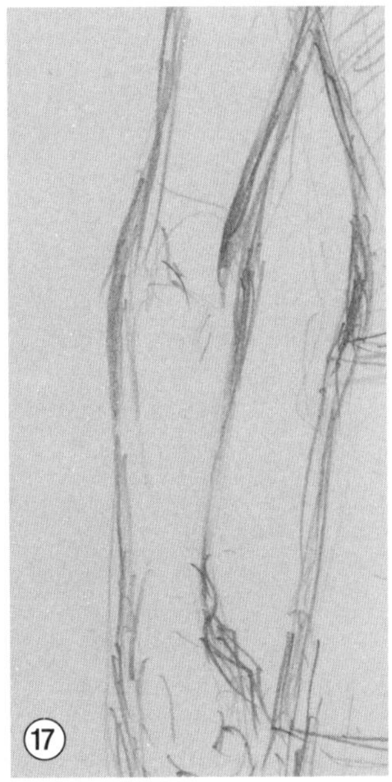

Auf den oberen Bildern sieht man, wie Herr Matsumoto die Innenseite des Arms, den Unterarm und die Hand zeichnet. »Arm und Hand sind zwar Teile des Körpers, aber wenn man sie beim Zeichnen nicht einzeln betrachtet, sondern sich immer im Zusammenhang mit dem ganzen Körper vorstellt, bekommt man ein deutlich ausgewogeneres Ergebnis.

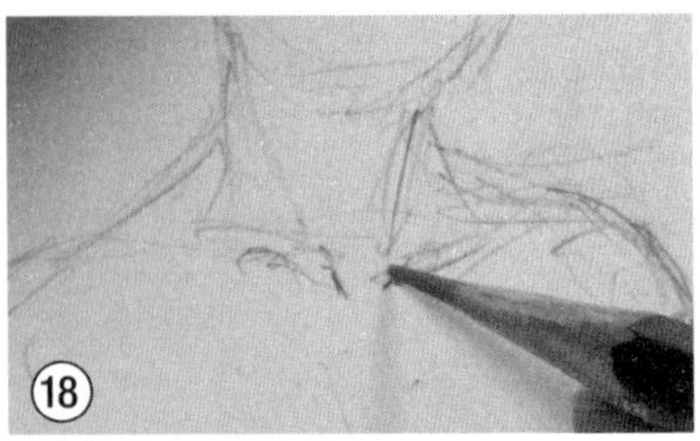

»Ich achte immer darauf, wie Hals und Schulter miteinander verbunden sind, wenn ich das Schlüsselbein zeichne. Diese Knochen liegen nicht nur einfach unter dem Hals, sondern sind der Dreh-und Angelpunkt des Oberkörpers.«

Etwas später verbessert Herr Matsumoto noch einige Stellen, z.B. betont er die Ellenbogen noch mehr. »Dies gibt dem Bild langsam den letzten Schliff.«

Da man sich beim Zeichnen leicht in einzelnen Teilen verliert, ist es wichtig, ab und zu das Bild von weiter weg in seiner Gesamtheit zu betrachten und zu schauen, ob die Balance stimmt.«

Letzte Feinheiten

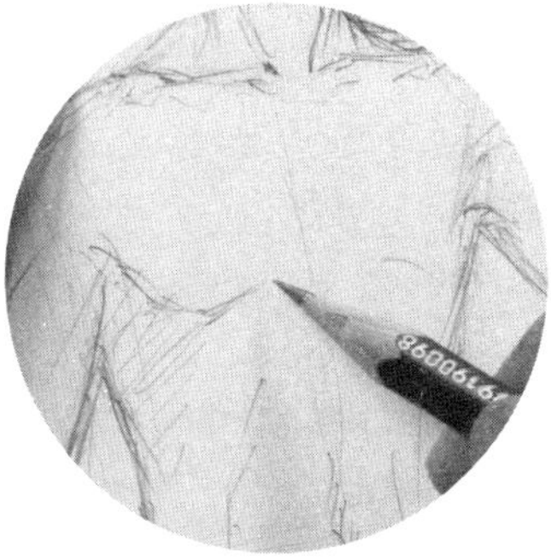

Schatten durch gestrichelte Linien darstellen.

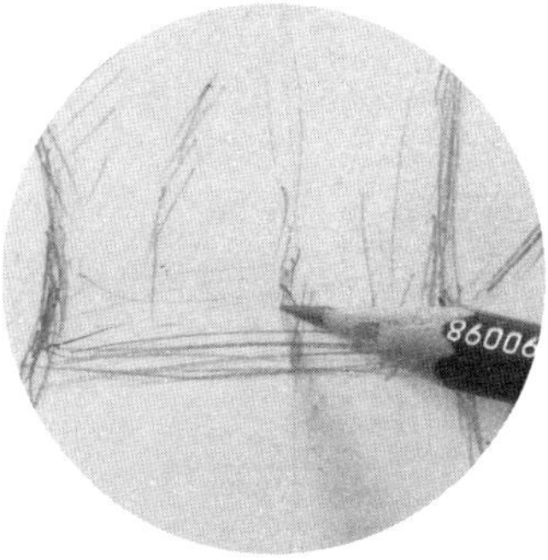

Dunklere Striche erzeugen den Eindruck angespannter Bauchmuskeln.

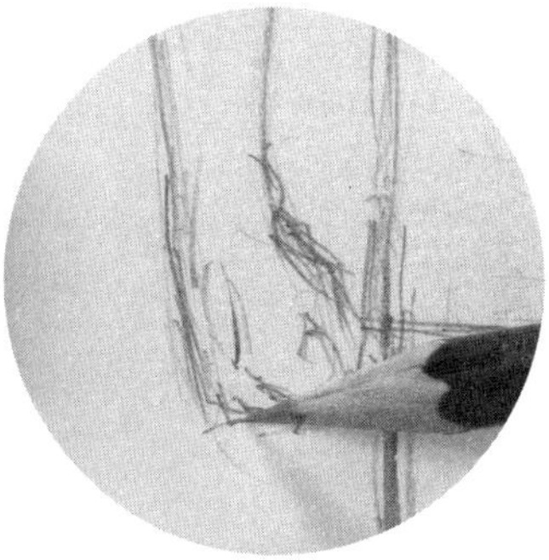

»Da dies ein männlicher Charakter ist, kann man die Fingerknöchel der Faust ruhig ein wenig stärker betonen.«

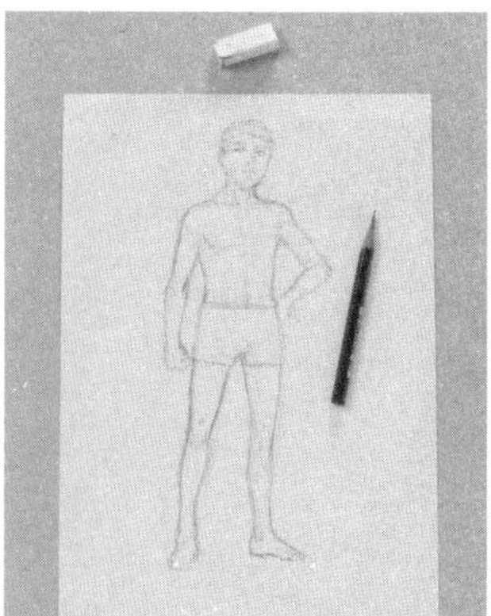

Fertig.

Die fertige Vorzeichnung

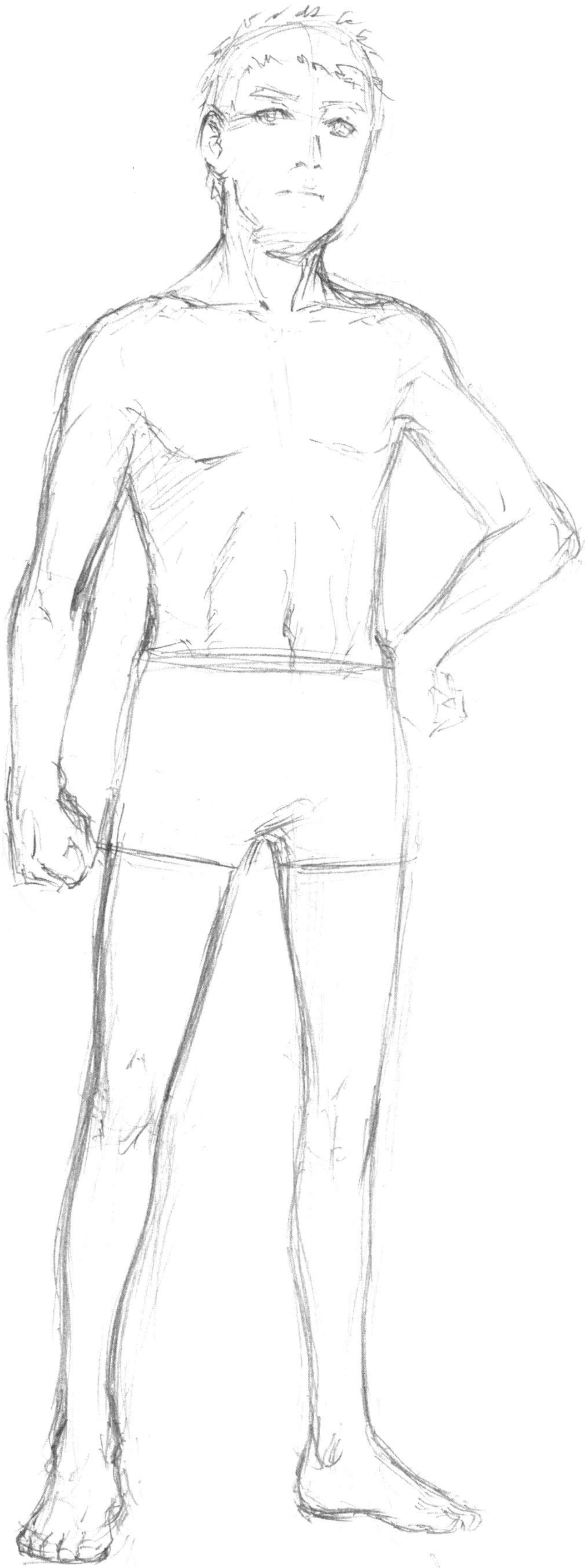

Ein Experiment: spiegelverkehrt zeichnen

Das Zeichnen von Manga-Skizzen ist eine Technik, mit der man eine Zeichnung rein aus der eigenen Vorstellung erschafft. In diesem Abschnitt wird gezeigt, wie ein Manga-Künstler etwas mit Hilfe einer Vorlage zeichnet. Herr Matsumoto wird den stehenden männlichen Charakter, den er im vorherigen Abschnitt gezeichnet hat, als Vorlage verwenden und denselben Charakter spiegelverkehrt zeichnen.

①

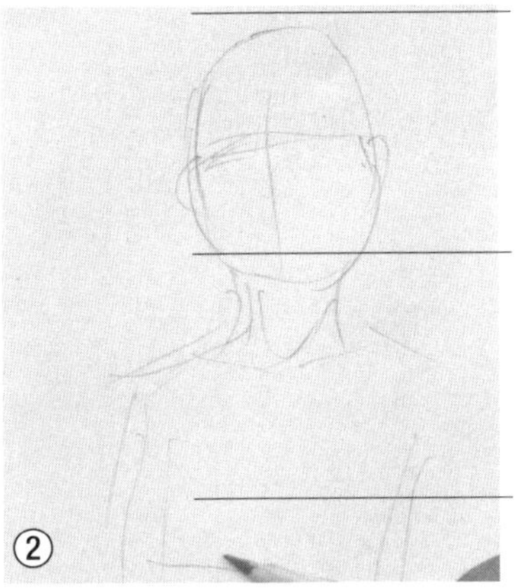

②

Beim Zeichnen der Umrisse markiert Herr Matsumoto mit Hilfe von fein gezeichneten Orientierungslinien die Lage von Brust, Hüfte und Schritt des Charakters.

»Beim Zeichnen der Umrisse sollte der Künstler 80 Prozent der Zeit die gesamte Figur betrachten.«

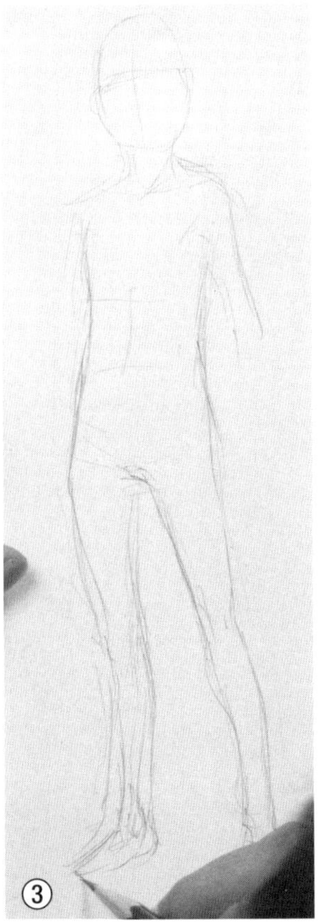

③

Herr Matsumoto zeichnet die Umrisse der gesamten Figur. Da er ein bereits fertiggestelltes Bild als Vorlage verwendet, ist die Pose schon vorgegeben, und der Zeichenprozess geht schnell voran. In diesem Stadium beschäftigt sich Herr Matsumoto zu 80 Prozent mit dem gesamten Körper und zu 20 Prozent mit den einzelnen Körperteilen.

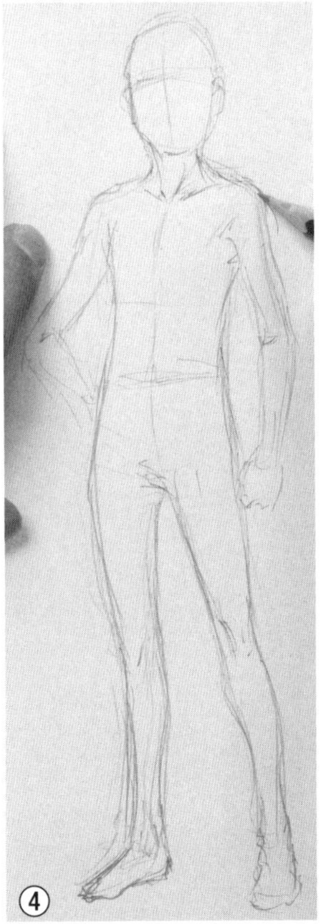

④

Während er die Linien anpasst, zeichnet er die Arme. Da er nun den groben Umriss des Charakters fertig gezeichnet hat, beschäftigt er sich 80 Prozent der Zeit mit dem Zeichnen der einzelnen Körperteile.

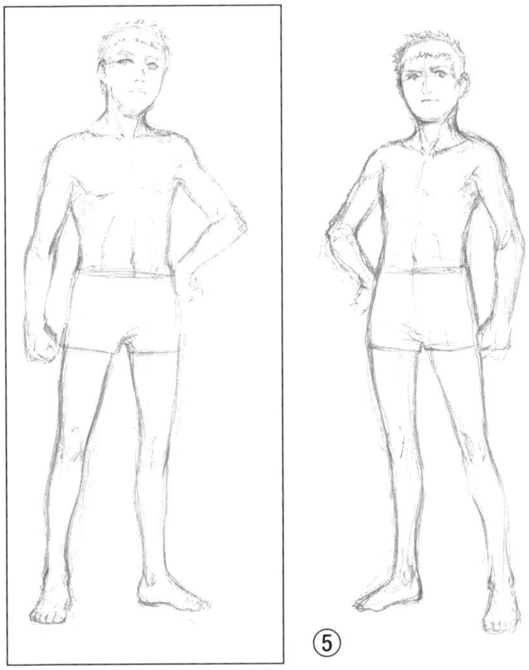

⑤

Die Originalzeichnung (in ca. 40 Minuten fertiggestellt)

Das Spiegelbild (in ca. zehn Minuten fertiggestellt). Verglichen mit dem Original ist die Perspektive etwas weniger schräg und der Charakter macht einen stärker ausbalancierten Eindruck.

Das Manga-Skizzen-Zeichnen ist eine Technik, mit der der Künstler lebendige Charaktere erschaffen kann. Um die groben Umrisse zu erfassen, kann es von Vorteil sein, eine Vorlage zu verwenden, um noch schneller zeichnen zu können.

Sowohl für das Gesicht als auch für die ganze Figur werden Kreise und Kreuze verwendet

Herr Morita und Herr Matsumoto beginnen beide mit dem Zeichnen grober Umrisse. Vor allem die Umrisse des Gesichts definiert man mit Hilfe eines Grundgerüsts aus einem Kreis und einem Kreuz. Dies ist eine wichtige Grundlage für das Zeichnen von Manga-Skizzen.

Kreis und Kreuz: Grundlage für Manga-Skizzen

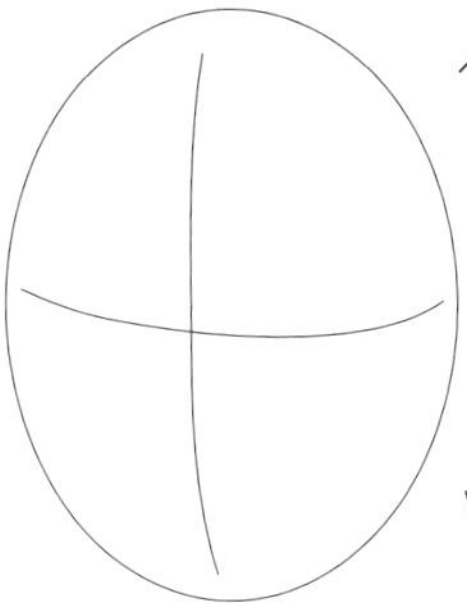

Dies ist das Grundgerüst für ein Gesicht, das aus einem Kreis und einem Kreuz besteht.

Close-up des Gesichts

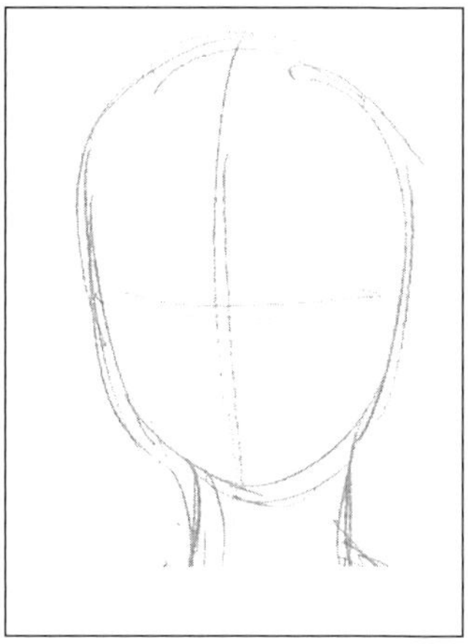

Zunächst werden mit dem Grundgerüst die ungefähre Platzierung und Größe des Kopfes definiert.

So kann man ein Close-Up eines Gesichts zeichnen, das genau auf das Papier passt und es gut ausfüllt.

Matsumoto: »Es ist schwierig, bei der Arbeit fotografiert zu werden. Meine Arbeit findet eigentlich mehr hinter den Kulissen statt – wir messen uns an dem Ergebnis, den Figuren, die sich im Anime oder auf dem Computerbildschirm bewegen. Man kämpft wirklich sehr beim Zeichnen. Ich hoffe, dass die Leser auch diese Qualen auf sich nehmen, um sich stetig zu verbessern!«

Ganzkörperansicht

Zunächst entscheidet man unter Berücksichtigung des Verhältnisses von Kopf zu Körper, wie groß der Kopf der Figur werden sollte (in dieser Zeichnung beträgt das Verhältnis von Kopf zu Körper zwischen 1:6 und 1:7).

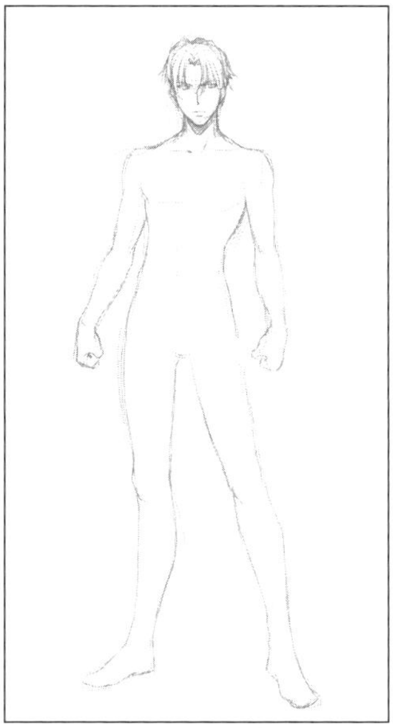

Der Trick zum Zeichnen einer Ganzkörperansicht ist, zuerst die groben Umrisse des Kopfes zu zeichnen und dabei bereits den Körperbau des Charakters und sein Kopf-zu-Körper-Verhältnis zu berücksichtigen.

So passt der gesamte Körper auf das Papier und füllt es genau aus. Man könnte das Verhältnis von Kopf zu Körper auch noch ein bisschen weiter reduzieren, wenn man den Kopf lieber etwas größer zeichnet. Das bewirkt, dass trotzdem weiterhin der ganze Körper auf das Papier passt.

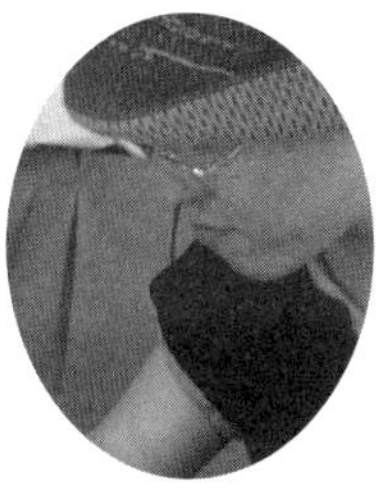

Morita: »Ich stimme Herrn Matsumoto zu. Ich zeichne sehr zielgerichtet, daher sieht es vielleicht so aus, als würde ich sehr schnell arbeiten. Aber zu denken, ich würde mühelos Zeichnungen produzieren, wäre falsch. Ich zeichne die unterschiedlichsten Dinge, und meine Illustrationen sind immer das Ergebnis harter Arbeit, ständigen Ausprobierens und des Lernens aus Fehlern.«

Sowohl Takehiko Matsumoto als auch Kazuaki Morita sind bemerkenswerte Künstler, die mit Charakterdesign für Anime und Videospiele begonnen haben und sowohl mit der Produktion von Genga (Zeichnungen, die Schlüsselszenen bei animierten Bewegungsabläufen darstellen) als auch der künstlerischen Leitung von Projekten vertraut sind. Die beiden waren in der Mittel- und Oberschule Klassenkameraden und motivieren sich seit fast 20 Jahren gegenseitig zu Höchstleistungen. Beide haben Erfahrung in der Mangaproduktion und werden in dieser Branche, für die sowohl Talent als auch Fleiß und Anstrengungen nötig sind, hoch geschätzt.

Manga-Skizzen zeichnen als Grundlage für die Konzeption eines Charakters

Normalerweise bedeutet »Skizzieren«, dass man etwas betrachtet und dann zeichnet. Daher ist die eigene Beobachtungsgabe äußerst wichtig für das Zeichnen von Skizzen. Im Gegensatz dazu sind die Charaktere in Anime und Manga stilisiert. Selbst wenn sie auf einer realen Beobachtung basieren, gibt der Künstler nicht einfach wieder, was er gesehen hat, sondern bringt seine eigene Darstellungs- und Ausdruckweise mit ein.

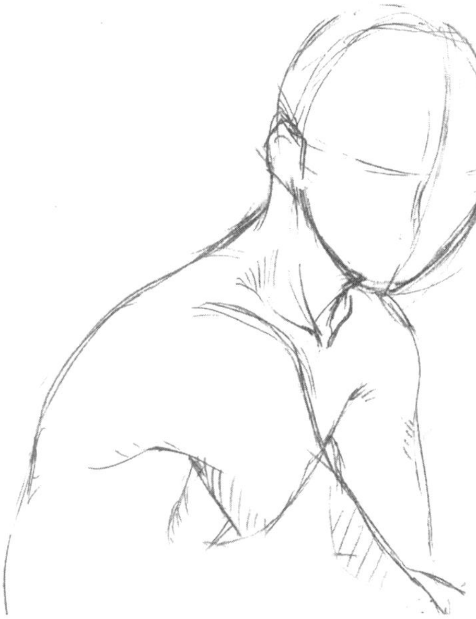

Im Bereich der kommerziellen Kunst, wozu auch Manga und Anime gehören, kam es zwar noch nie allein auf die Skizzierfähigkeiten des Künstlers an. Doch im Laufe der Zeit ist sie immer weniger zur einzigen wichtigen Grundlage geworden. Zusätzlich zum Skizzieren sind für einen Künstler weitere Fähigkeiten wünschenswert geworden: Er sollte den Charakter stilisieren können, ihn gekonnt in Szene setzen und den Charakter mit Flexibilität und Beweglichkeit ausstatten. Das Zeichnen von Manga-Skizzen ist eine Technik, die all diese Voraussetzungen vereint.

Selbst professionelle Künstler zögern häufig und ändern beim Zeichnen ihre Meinung, auch wenn es sich nur um ein einzelnes Panel handelt. Unsicherheit ist aber auch immer eine Bedingung, sich selbst zu verbessern. Wenn du die Techniken des Manga-Skizzen-Zeichnens meisterst, wirst du deine Fähigkeiten verstärken, eigene Welten in deinem persönlichen Stil zu erschaffen.

Kapitel 2

Die Grundlagen für das Zeichnen eines Gesichts im Manga-Stil

Das Zeichnen von Manga-Skizzen ist keine Wissenschaft, sondern eine ganz normale Zeichentechnik.

In diesem Kapitel wird zuerst erklärt, wie ein Gesicht gezeichnet wird. Die wichtigste Grundlage dafür bildet das Grundgerüst aus Kreis und Kreuz. Diese Technik kennt vermutlich jeder, selbst Leute, die nur ein bisschen über Manga und Anime wissen.

Das Zeichnen von Manga-Skizzen hat seinen Ursprung in diesem grundlegenden Aufbau aus Kreis und Kreuz.

Der Grundaufbau eines Gesichts aus Kreis und Kreuz

Der Charakter entsteht aus »suchenden Linien«

Während man die Umrisse mit dem Aufbau aus Kreis und Kreuz zeichnet, nimmt der Charakter mit jeder Linie mehr Form an. Der Künstler entwirft den Charakter, während er zeichnet, und zeichnet den Charakter, während er ihn entwirft. Daher zeichnet er viele »suchende Linien« übereinander, aus denen nach und nach Umrisse und Einzelheiten des Charakters, den er sich vorstellt, entstehen.

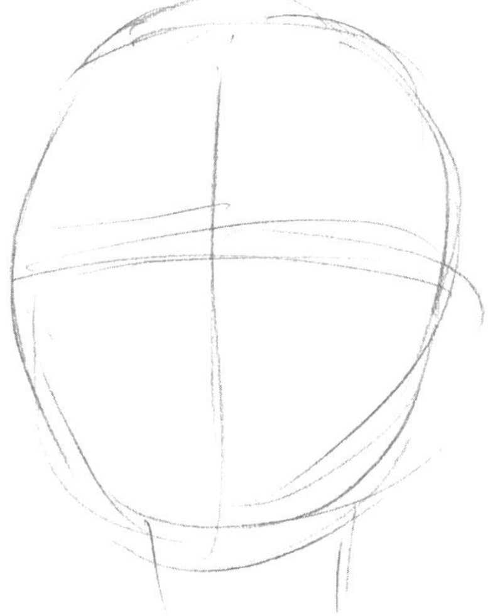

Ein sehr grober Grundaufbau aus Kreis und Kreuz. Das reicht bereits für eine erste Vorzeichnung.

Kreis

+

Kreuz

=

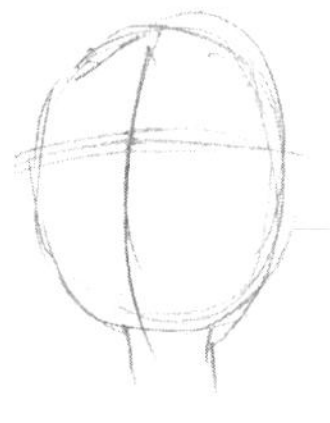

Grundgerüst aus Kreis und Kreuz

Kreis-Grundlinie

Kreuz-Grundlinie

Diese Linien sind entstanden, indem viele kleine Striche immer wieder übereinandergezeichnet wurden. Es ist eine Ansammlung »suchender Linien« oder»skizzenhafter Linien«.

Die fertige Vorzeichnung

Zeichne diese allgemeinen, grundlegenden Linien besonders sorgsam. Aus ihnen entsteht der endgültige Charakter.

Typische Stilisierung eines Charakters

Gesichtsmerkmale wie Augen, Nase oder Ohren und die Form des Gesichts lassen sich, je nach Grad der Stilisierung, im Großen und Ganzen in vier Kategorien einteilen.

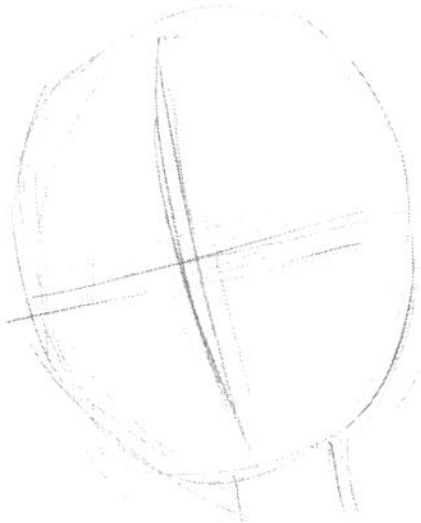

Grundgerüst aus Kreis und Kreuz
Die Grundlage für alle Gesichter.

In der realistischen Version wird das Ohr, das man aus diesem Winkel nicht sehen kann, auch nicht gezeichnet.

Realistische Version. Kaum Stilisierungen.
Dieser Zeichenstil wird für realistischere Illustrationen und z.B. Gekiga* verwendet. (*Manga mit realistischen und ernsten Inhalten für ältere Leser)

Leicht vereinfachte Version
Ein Zeichenstil, der in Genres wie Shonen-Manga (Manga für Jungs), Seinen-Manga (Manga für ältere Jugendliche), Ladies Manga (für erwachsene Frauen) usw. auftaucht.

Im Manga-Stil kann auch das zweite Ohr mitgezeichnet werden, auch wenn man es in Wirklichkeit aus diesem Winkel nicht sehen würde.

Vereinfachte und stilisierte Version
Dieser Zeichenstil wird vor allem in Jido-Manga (für Kinder), Shonen-Manga oder 4-Panel-Cartoons verwendet.

Stark stilisierte Version
Ein Zeichenstil, der hauptsächlich in 4-Panel-Cartoons oder einzelnen Panels und Cartoons auftaucht.

Für das Vereinfachen oder Stilisieren eines Charakters gibt es unendlich viele Möglichkeiten. Es ist eine der wesentlichsten und effektivsten Zeichentechniken, um Emotionen eines Charakters einfach und leicht verständlich darzustellen.

Grundriss eines plastischen Kopfes aus Kreis und Kreuz

Mit einer groben Skizze beginnen

Das Gerüst für den Kopf aus Kreis und Kreuz bildet die Grundlage für die Größe des Kopfes und die Blickrichtung eines Charakters.

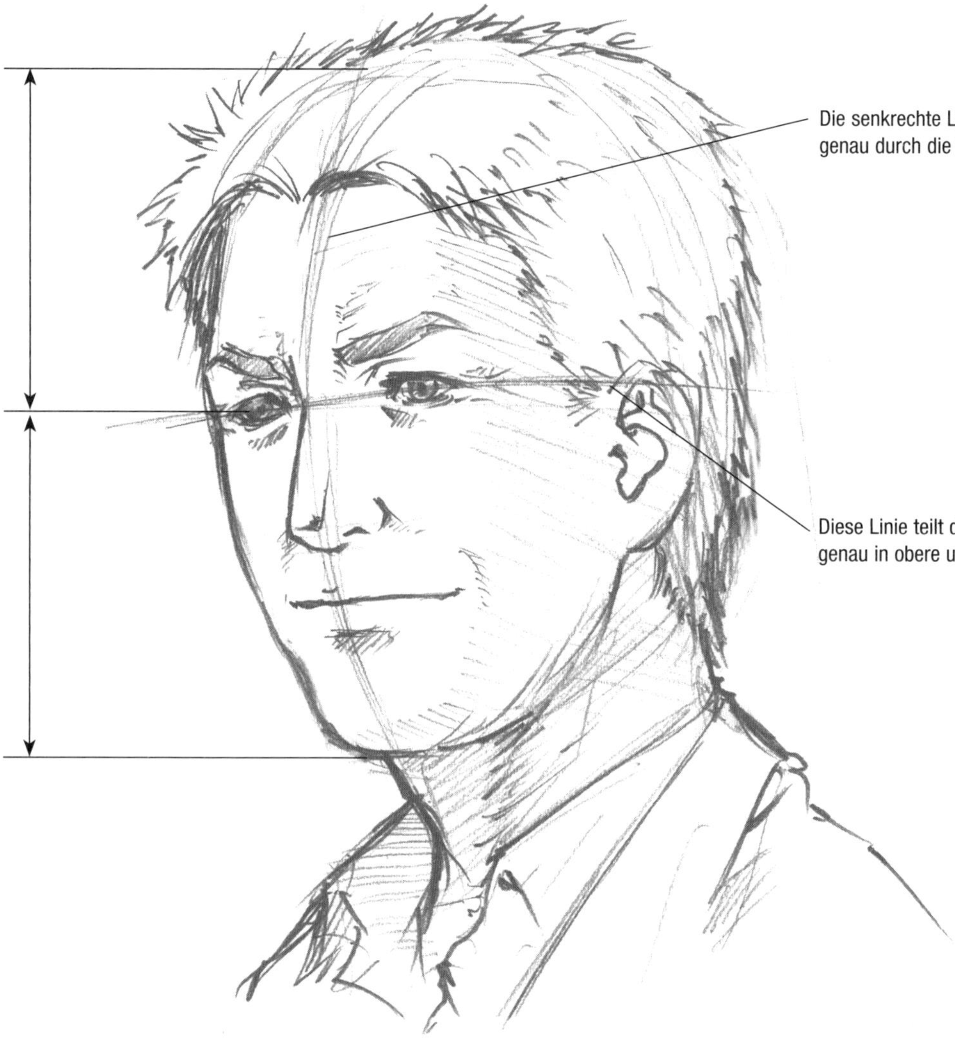

Der Grundriss aus Kreis und Kreuz ist eine allgemeine Richtlinie für das Gesicht.

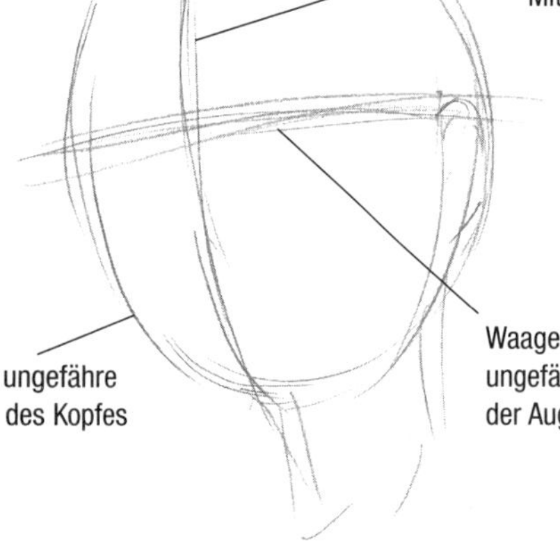

Richtlinien für die Platzierung der Gesichtsmerkmale

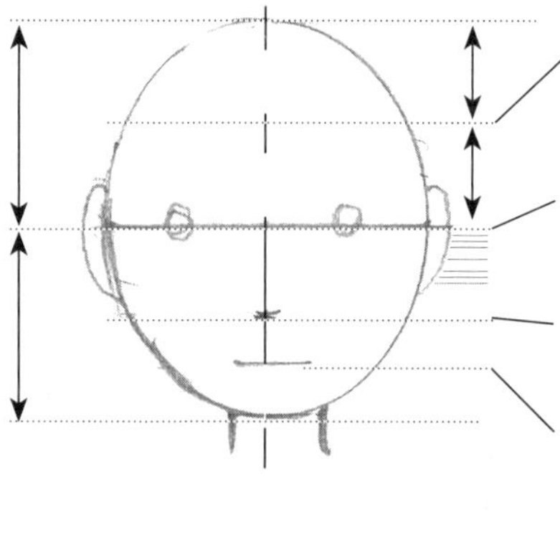

Kreis und Kreuz bestimmen die Blickrichtung des Gesichts

Die groben Umrisse bestimmen bereits die Größe und Blickrichtung des Kopfes. Die Form des Kopfes muss mit dem Grundgerüst aus Kreis und Kreuz noch nicht genau festgelegt werden. Wichtiger ist es, so die Größe des Kopfes und die Blickrichtung zu bestimmen.

Auch in kleinen Skizzen bestimmt das Grundgerüst aus Kreis und Kreuz die Größe und Blickrichtung des Kopfes.

Für gewöhnlich sind auf Bildern nicht nur einzelne Köpfe, sondern auch Körper zu sehen. Auch wird häufig mehr als nur ein Charakter gezeichnet. Es ist unverzichtbar, zuerst ein allgemeines, grobes Layout der Figuren aufzuzeichnen, um das Bild optimal zu gestalten.

Das grobe Layout der Figuren ist wichtig, um zu entscheiden, ob die Bildkomposition stimmt oder ob noch etwas nachgebessert werden muss.

Schritt für Schritt ein Gesicht zeichnen

Wenn man die groben Umrisse gezeichnet hat, ist es egal, ob man zuerst die Konturen des Gesichts nachzeichnet oder mit dem Inneren des Gesichts beginnt.

Mit den Konturen des Gesichts beginnen

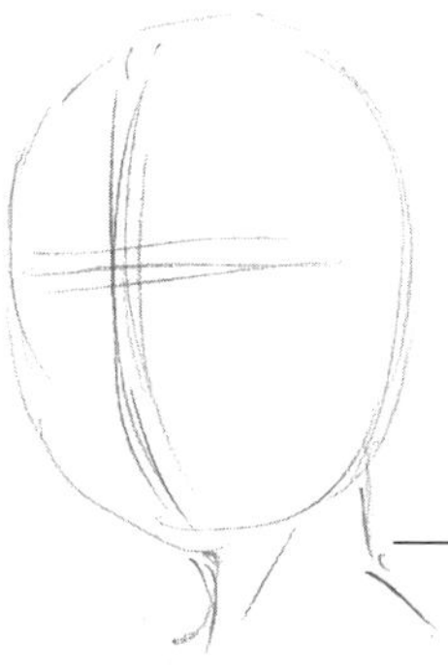

Grobe Umrisse

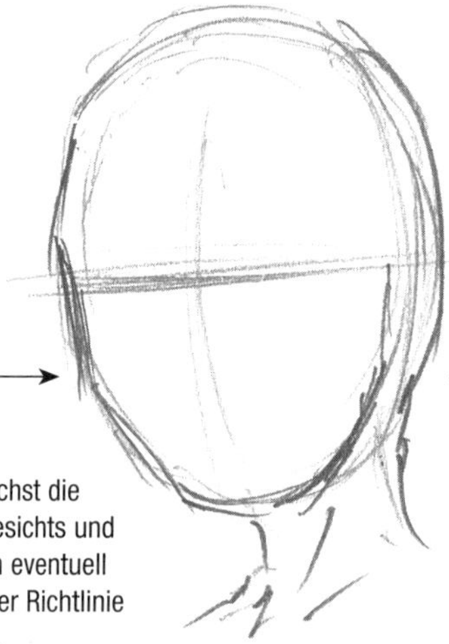

Zeichne zunächst die Kontur des Gesichts und korrigier dann eventuell die Position der Richtlinie für die Augen.

Zeichne anschließend die Augen, Nase und andere Gesichtsmerkmale ein.

Mit Augen und Nase beginnen

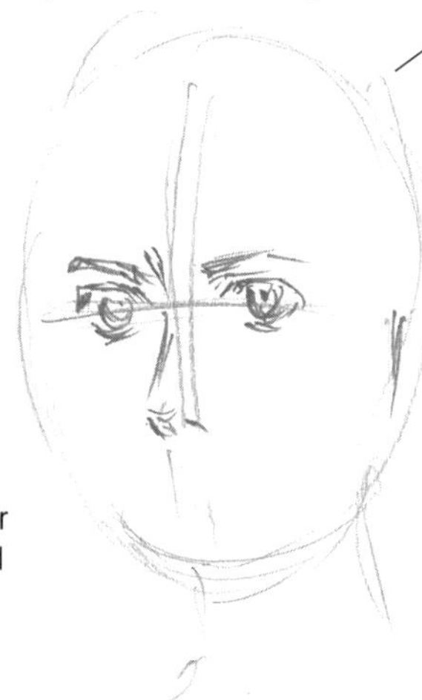

Zeichne erst Augen und Nase entlang der Kreuz-Grundlinie und anschließend die Kontur des Gesichts.

Zeichne anschließend die Haare, Ohren und weitere Details ein.

Die fertige Vorzeichnung

Aus den groben Umrissen die Gesichtsform anpassen

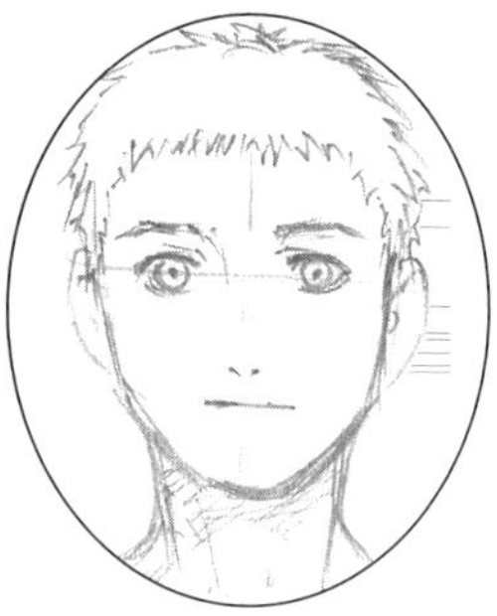

Dieses Beispiel zeigt, wie man einen Charakter mit einem ovalen Gesicht zeichnet.

Methode 1

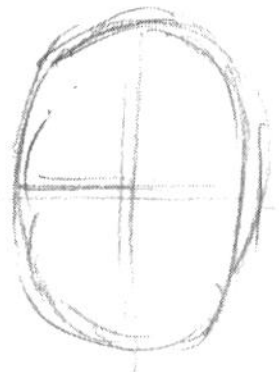

Beginn von Anfang an mit einer ovalen Form.

Methode 2

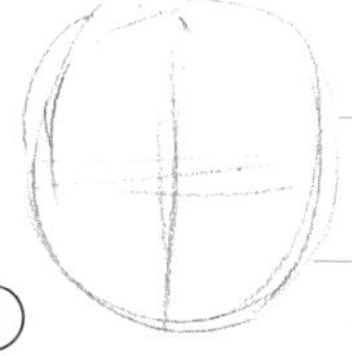

① Beginn mit einer runden Form.

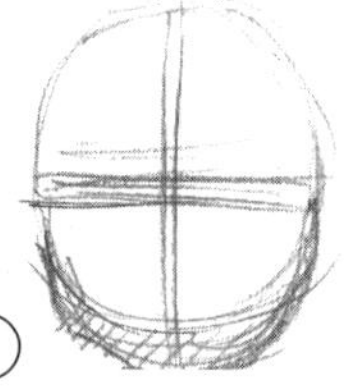

② Zeichne nun das Kinn ein und korrigier die Position der Richtlinie für die Augen.

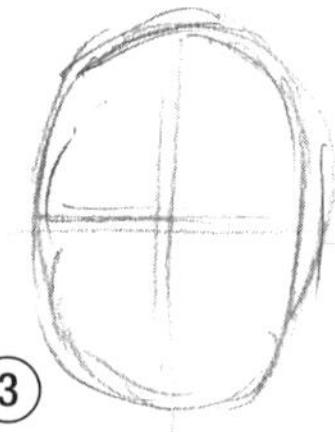

③ Pass die Umrisse des Gesichts so an, dass sie zu deinem Charakter passen.

Gesichter können viele verschiedene Formen haben, sie können rund, dreieckig oder rechteckig sein. Zusätzlich zur Persönlichkeit musst du auch die Gesichtsform deines Charakters bestimmen. Viele unterschiedliche Gesichtsformen vergrößern dein Repertoire für das Charakterdesign.

Dasselbe Gesicht zeichnen

Denselben Charakter aus verschiedenen Blickwinkeln betrachten

Damit man das Gesicht eines Charakters wiedererkennt, müssen beim Zeichnen folgende Punkte beachtet werden:

- die Gesichtsform des Charakters, die durch den Umriss des Kreises festgelegt wird
- die Form von Augen, Nase und anderen Gesichtsmerkmalen
- die Position der Gesichtsmerkmale auf der Kreuz-Grundlinie
- die Proportionen

Vorderansicht
Dieser Blickwinkel legt die Größe und Position der Augen, das Volumen der Haare etc. fest.

Froschperspektive
Der Umriss des Kopfes und die Umrisse der Haare passen sich hier ziemlich genau einander an.

Vogelperspektive
Der obere Teil des Kopfes sollte mehr Fläche einnehmen als das Gesicht.

Nach links gewendeter Blick
Die Weite der Augen verändert sich.

Unterschiedliche Gesichter zeichnen

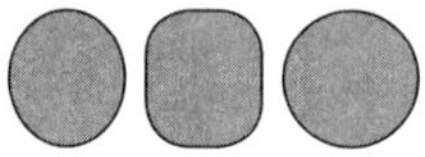

Drei typische Gesichtsformen

Aus einem Oval, einem Rechteck und einem Kreis als Gesichtsform kann man viele verschiedene Charaktere erschaffen.

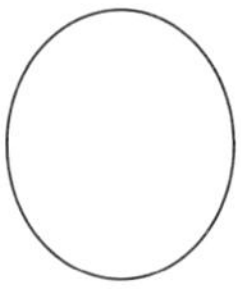

1. Ovale Form: ein Multifunktionswerkzeug

Die ovale Gesichtsform wird am häufigsten verwendet. Man kann damit die unterschiedlichsten Arten von Charakteren erschaffen, von sehr stilisierten, mangamäßigen Figuren bis hin zu realistischeren Darstellungen.

Stark stilisierter Charakter: Klassischer Manga-Stil
Die Augen sind groß und die Nase nur sehr wenig betont. Der Hals ist lang und schlank.

Leicht stilisierter Charakter: Anime- und Shonen-Manga-Stil
Die Nase hat eine ausgeprägtere Form, die Augen sind etwas kleiner.

Kaum stilisierter Charakter: Gekiga-Manga- oder realistischer Stil
Die Augen werden in einer nahezu realistischen Größe gezeichnet, die Nase bekommt Nasenlöcher.

Variationen der ovalen Gesichtsform

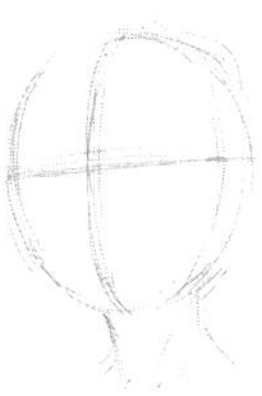

Grober ovaler Umriss

Kombination mit einer anderen Form

Hier wurde der Originalform ein rechteckiges Kinn hinzugefügt.

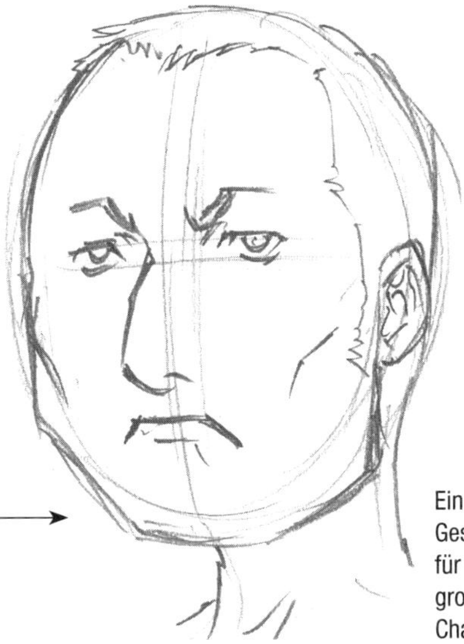

Eine passende Gesichtsform für ernste, grobschlächtige Charaktere.

Leicht abgeschrägte Originalform

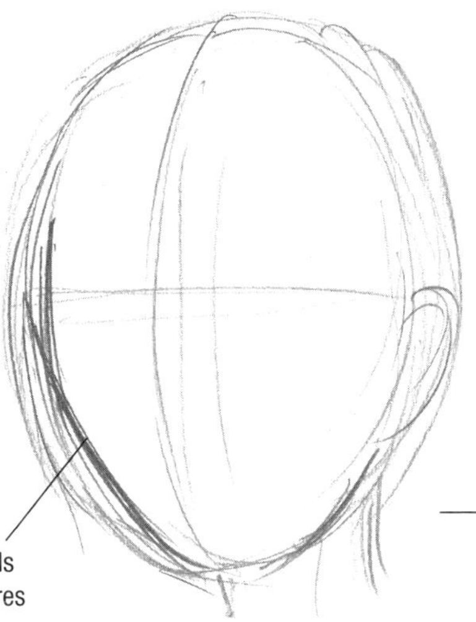

Hier wurde ein Teil des Ovals abgeschrägt, um ein spitzeres Kinn zu erzeugen.

Diese Gesichtsform eignet sich gut, um magere, zerfurchte Charaktere zu erzeugen.

Verkürzte untere Hälfte

Hier wird das gesamte Gesicht verkürzt.

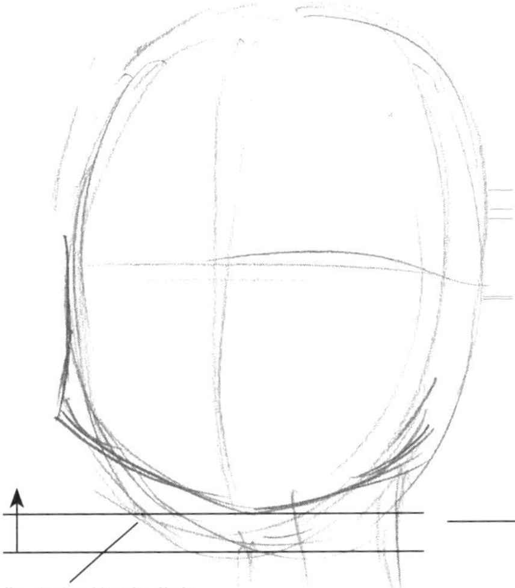

Ursprüngliche Umrisslinie

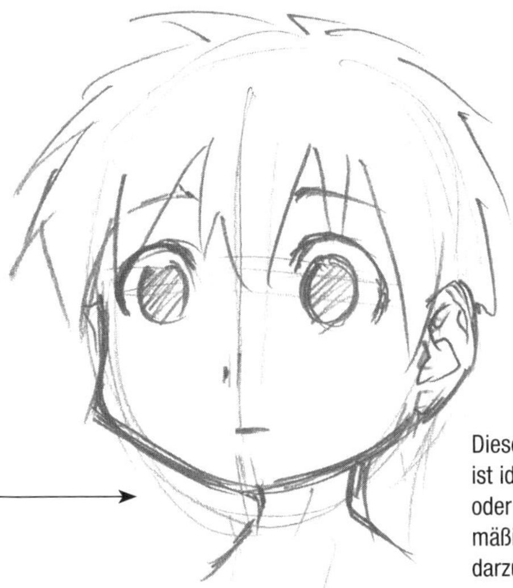

Diese Gesichtsform ist ideal, um Kinder oder sehr mangamäßige Charaktere darzustellen.

2. Rechteckige Form: passend für realistische und grobknochige Charaktere

Typischer Manga-Stil
Die Gesichtsmerkmale sind stilisiert.

Ein Beispiel für eine extreme Vereinfachung der Gesichtsmerkmale

Die rechteckige Gesichtsform eignet sich gut, um realistisch wirkende männliche Charaktere (von jungen bis hin zu alten Männern) und grobknochigere Gesichter zu zeichnen. Wenn man dabei den Hals schlank zeichnet, kann man diese Form auch für erwachsene Frauen oder Model-ähn-liche Frauen mit ausgeprägtem Knochenbau verwenden.

Realistischer Stil

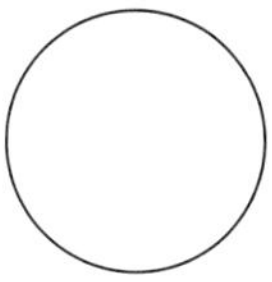

Runde Form: typischer Manga-Stil

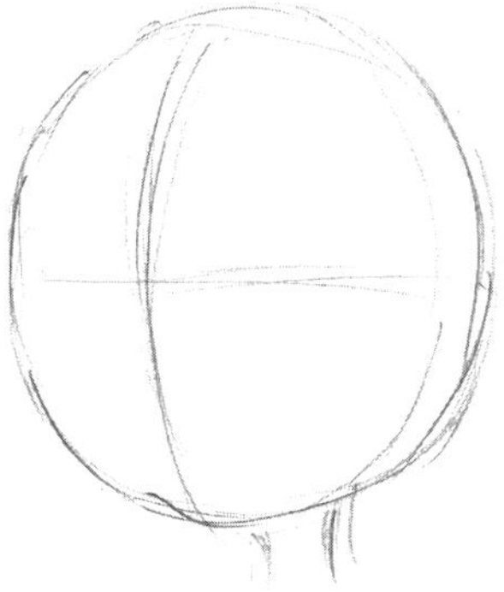

Indem man die Proportionen verzerrt, kann man interessante und ungewöhnliche Manga-Charaktere erschaffen.

Diese Gesichtsform weist schon von Anfang an auf einen stilisierten Charakter hin. Diese Form eignet sich besonders gut für stilisierte, mangatypische Charaktere sowie Figuren mit runden Gesichtern wie Kinder oder Babys.

Cartoon-Stil
Die Augen sind Punkte, die Nase wurde weggelassen und der Hals ist übertrieben schmal.

Typischer Manga-Stil
Die Augen sind groß, die Nase wird nur wenig betont und der Hals ist schlank. So entstehen niedliche, sympathische Charaktere, wie sie typisch für Shonen-Manga, Jido-Manga (für jüngere Jungs) und 4-Panel-Cartoons sind.

Realistisch angehauchter Manga-Stil
Die Augen sind klein, die Nase hat eine klare Form und die Proportionen des Gesichts sind realistisch. Eine runde Gesichtsform passt gut zu rundlichen, pummeligen Charakteren.

Ziemlich realistische Kleinkinder und Babys
Kleinkinder und Babys haben auch in der Realität einen ziemlich runden Kopf. Es reicht, Augen und Nase realistisch zu zeichnen, um die Charaktere echt wirken zu lassen.

Beispiele für eine runde Gesichtsform: dicke Charaktere und Kleinkinder

Ein übergewichtiger Charakter

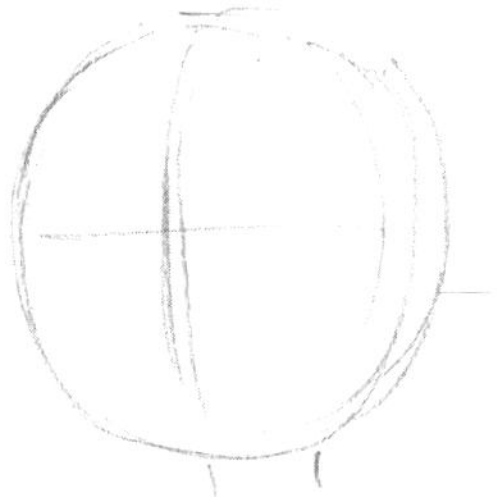

Eine fast perfekt runde Grundform

Füg ein Oval für das Doppelkinn hinzu.

Fertige Zeichnung eines übergewichtigen Charakters mit kräftigem Körperbau.

Bei einem weiblichen Charakter reicht bereits die runde Grundform, damit die Figur pummelig wirkt. Der Trick ist, den Hals zu verkürzen.

Wenn man bei einem runden Gesicht die Augen größer und den Hals schlanker zeichnet, wird aus dem Charakter ein Kind.

Wenn man Augen und Mund extrem klein zeichnet, erzeugt man die gleiche Stimmung.

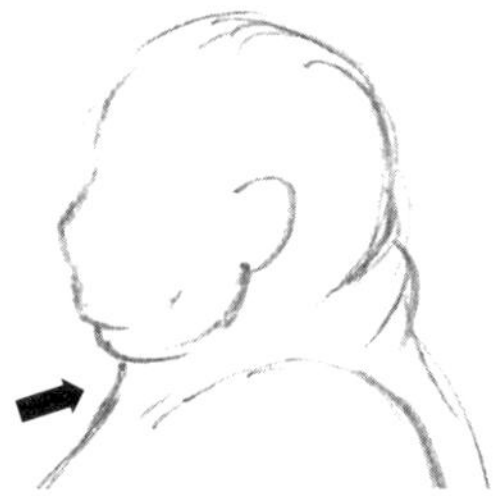

Der Körper sollte gleich unter dem Kinn beginnen. Der Hals wird nicht betont.

Bei übergewichtigen Charakteren wirft die Haut am Hinterkopf Falten.

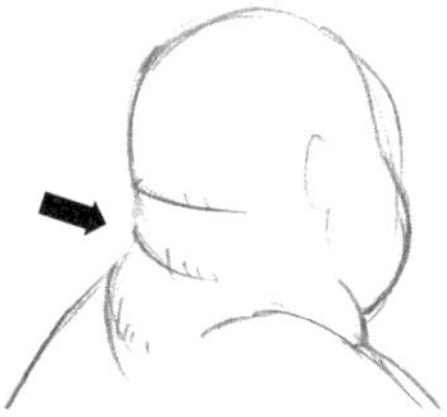

Kleinkinder

Bei Baby-Charakteren kann man den Kopf immer komplett rund zeichnen, egal aus welchem Blickwinkel man ihn sieht.

Gesichter alter Menschen zeichnen

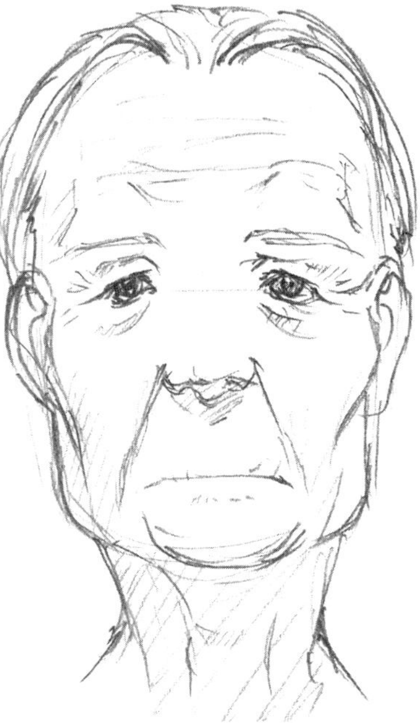

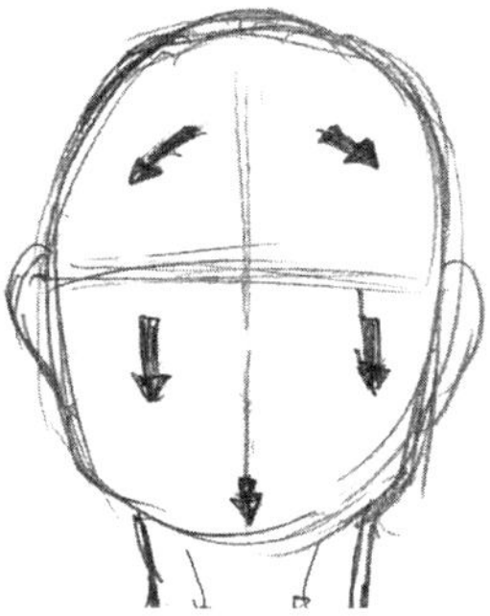

Bei älteren Menschen lässt die Elastizität der Haut nach und sie beginnt, in Richtung der hier eingezeichneten Pfeile herabzuhängen.

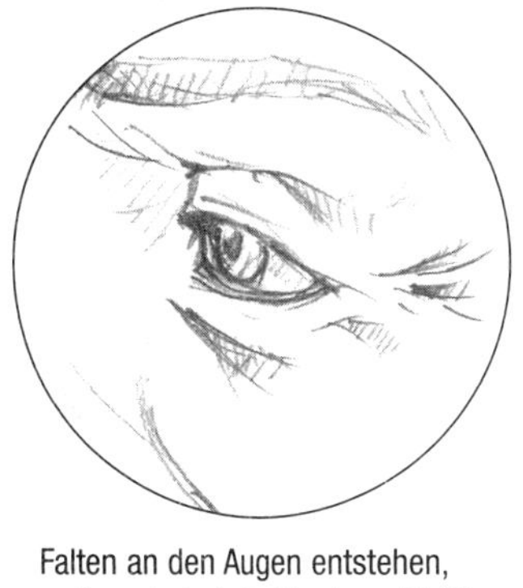

Falten an den Augen entstehen, weil auch dort die Haut erschlafft. Dadurch wirken die Augen kleiner.

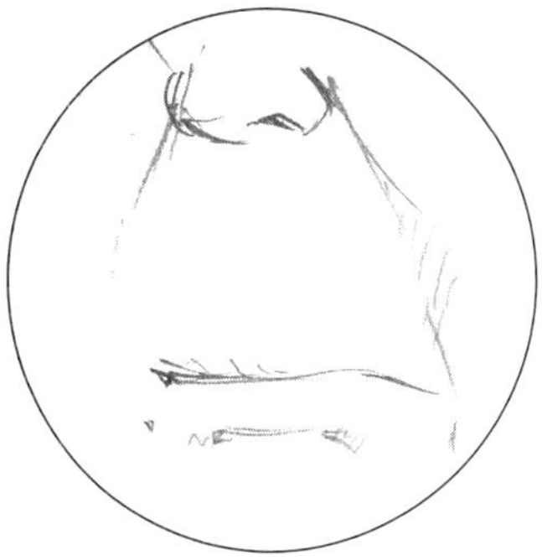

Der Abstand zwischen Nase und Mund wird größer, da die Oberlippe im Alter absinkt.

Falten und schlaffe Haut lassen alte Charaktere realistisch wirken

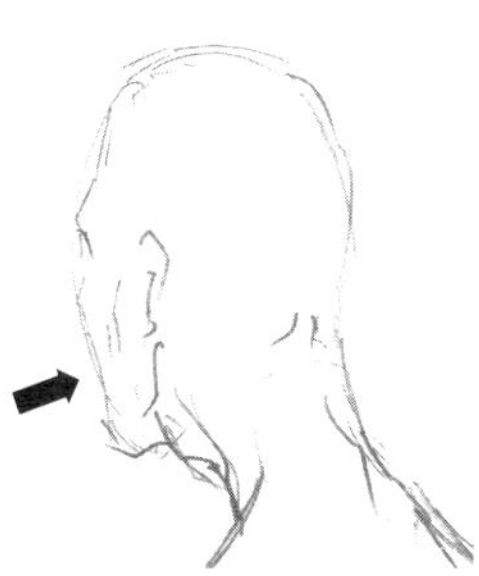

Senkrechte Falten lassen sogar von hinten erkennen, dass der Charakter ein alter Mensch ist.

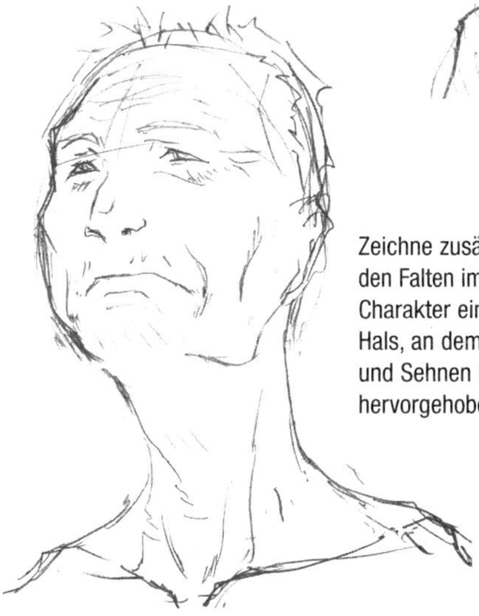

Zeichne zusätzlich zu den Falten im Gesicht dem Charakter einen langen Hals, an dem die Knochen und Sehnen besonders hervorgehoben sind.

Grundlagen für das Zeichnen eines Kopfes

Das Zeichnen von Menschen ist die Basis beim Zeichnen von Manga-Skizzen. Im Folgenden werden die Grundlagen zu Formen und Proportionen erläutert.

Den Kopf als Ganzes erfassen

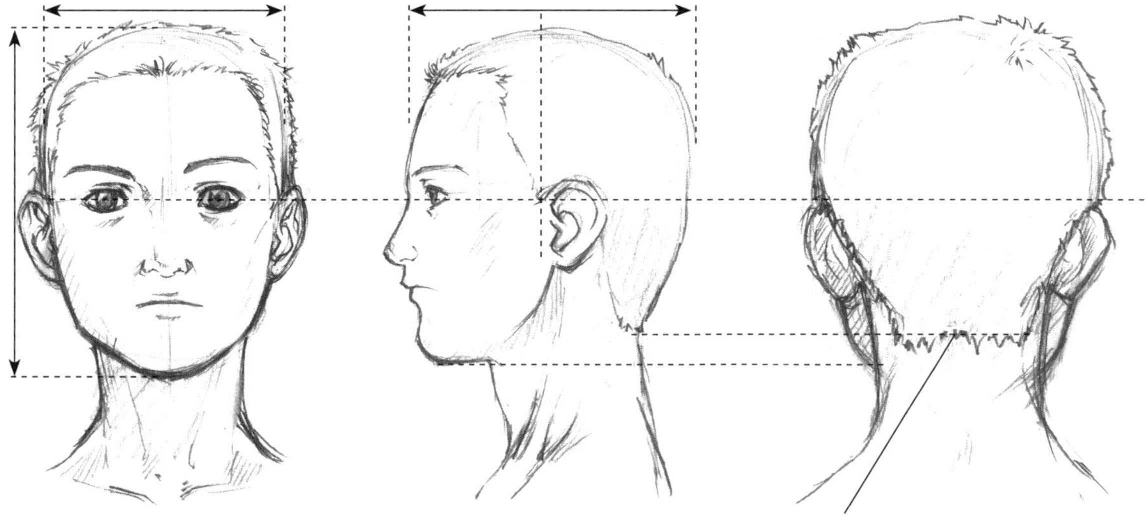

Das Gesicht eines Erwachsenen ist länger, als es breit ist.

Im Profil ist der Abstand zwischen Stirn und Hinterkopf länger als die Breite des Gesichts von vorne betrachtet.

Am Hinterkopf liegt die Nackenlinie der Haare oberhalb des Kinns.

Die Konturen des Kopfes

Nach links gewendet/ normaler Blickwinkel

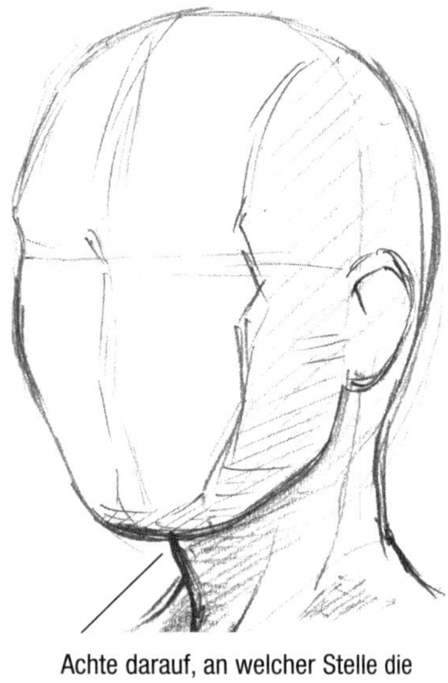

Achte darauf, an welcher Stelle die Halslinie unter dem Kinn beginnt.

Wenn man unterhalb des Kinns und an der Seite des Gesichts Schatten setzt, wirkt es dreidimensionaler.

Nach links gewendet/ Froschperspektive

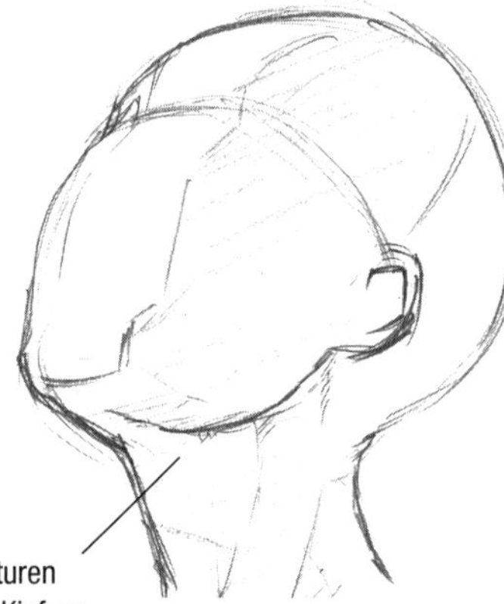

Konturen des Kiefers

Frontalansicht/ Froschperspektive

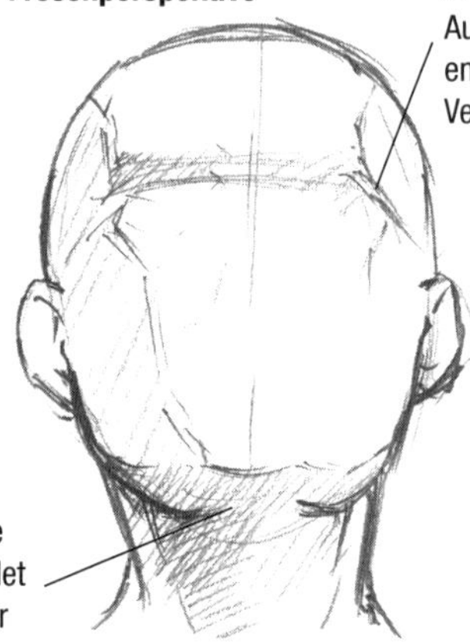

Bei den Augen entsteht eine Vertiefung.

In der Mitte verschwindet die Linie für das Kinn.

Nach links gewendet/ Vogelperspektive

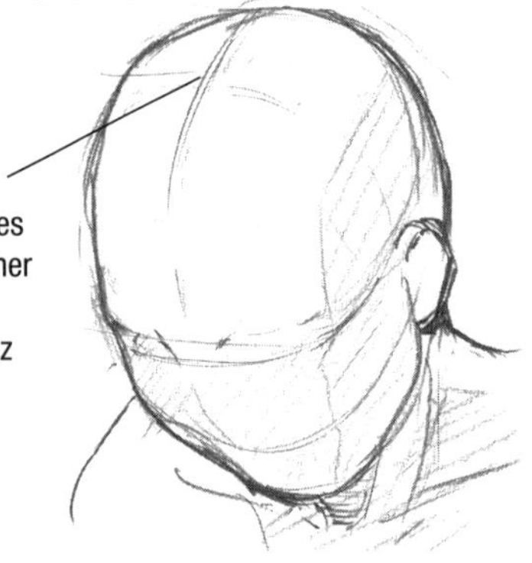

Die Proportionen des Kopfes sind einfacher zu erfassen, wenn man auch ein Kreuz auf den Oberkopf zeichnet.

Schräg von hinten/ normaler Blickwinkel

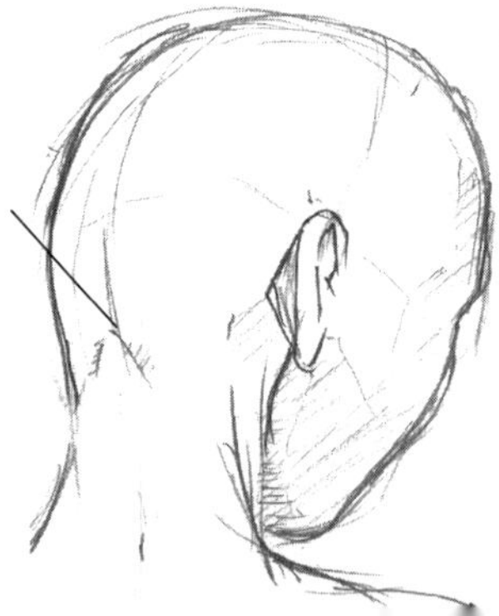

Die Dreidimensionalität lässt sich leichter erfassen, wenn man am Hinterkopf die Verbindungsstelle von Kopf und Hals einzeichnet.

Dreidimensionalität in den Umrissen

Umrisse, die Dreidimensionalität miteinbeziehen

Bei der wirklichen Arbeit benutzt man so detaillierte Umrisse eher selten. Man sollte aber immer beim Zeichnen der groben Umrisse diese Formen und Proportionen des Kopfes berücksichtigen.

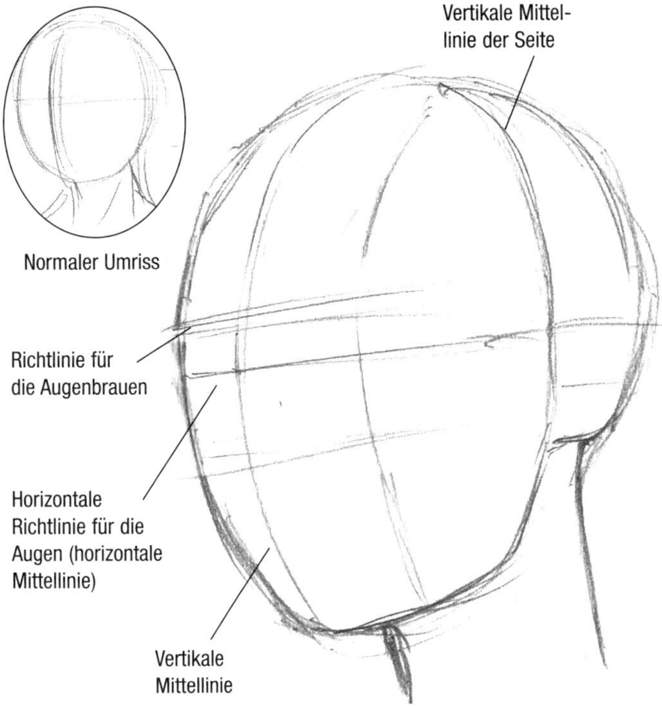

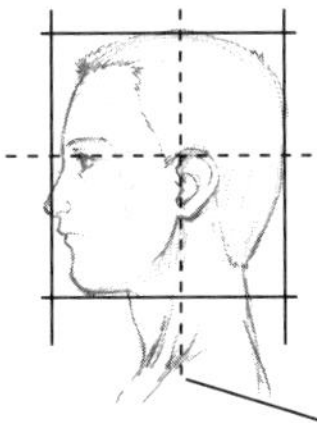

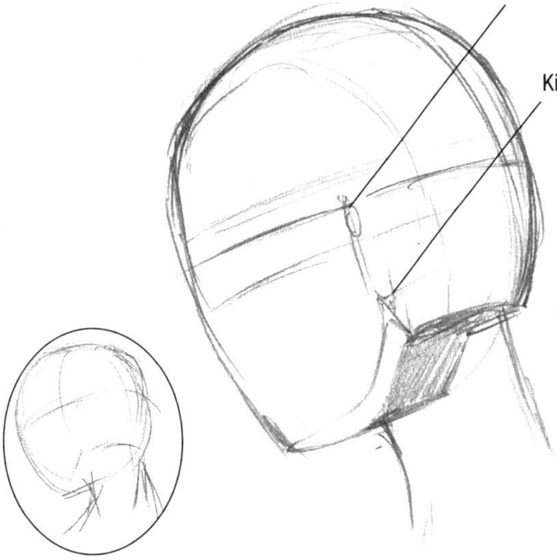

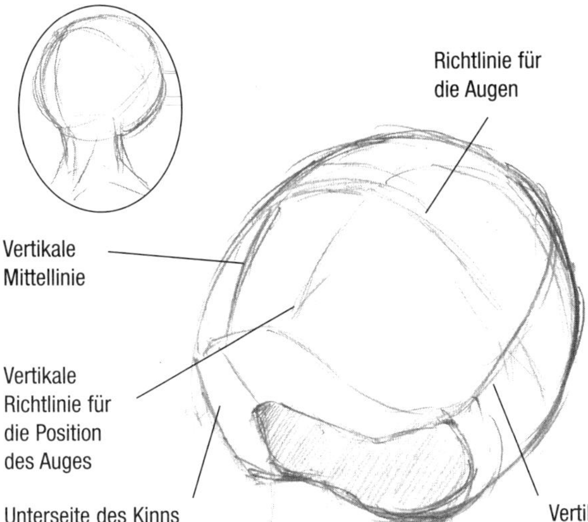

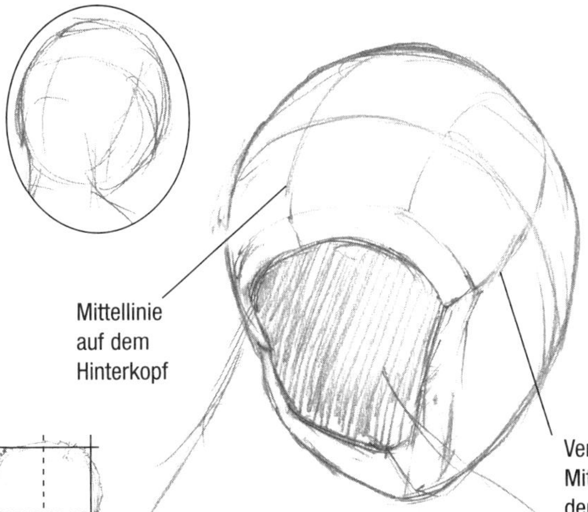

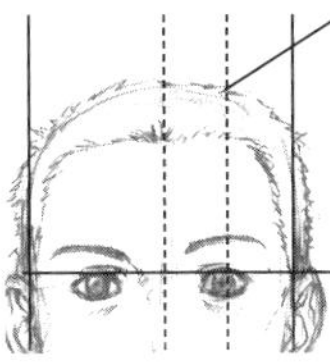

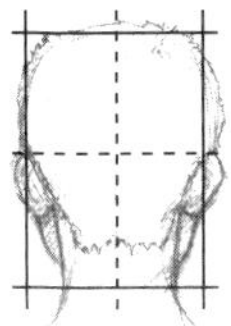

Grundlagen zum Zeichnen einzelner Gesichtsmerkmale

Das Gesicht besteht aus gebogenen Oberflächen. Auge, Nase und Mund liegen allesamt auf gewölbten Oberflächen.

Mit der gewölbten Form der Augenlider das Auge kugelförmig darstellen

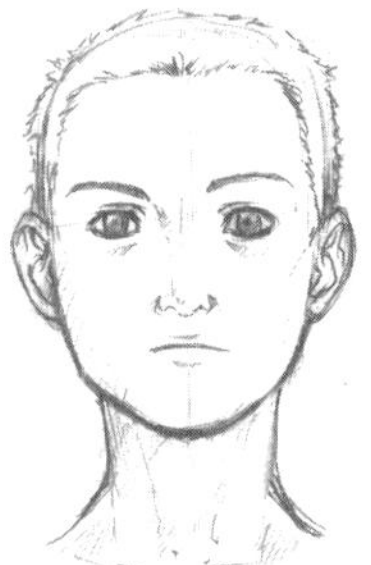

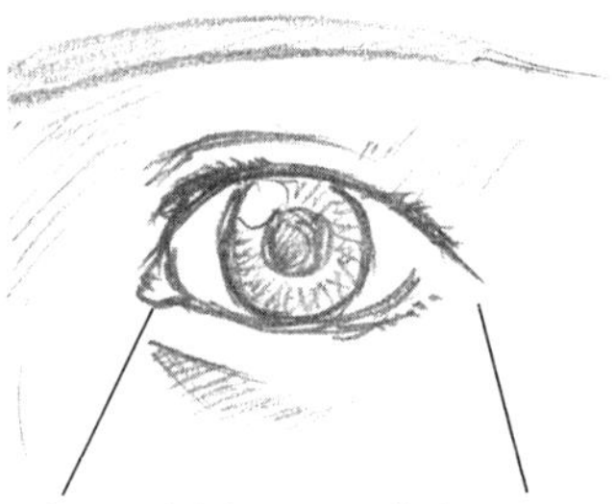

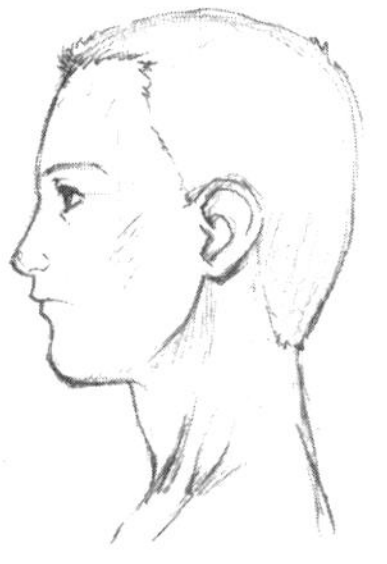

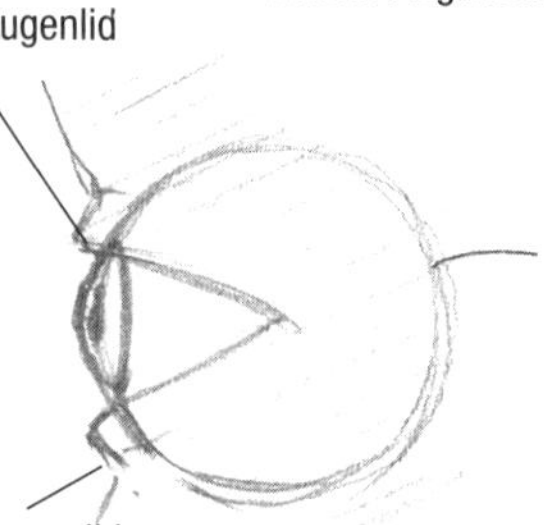

Das Auge ist kugelförmig. Die Augenlider bedecken also eine kugelförmige Oberfläche. Indem man das Augenlid mit einer gebogenen Linie zeichnet, lässt man den Augapfel rund wirken.

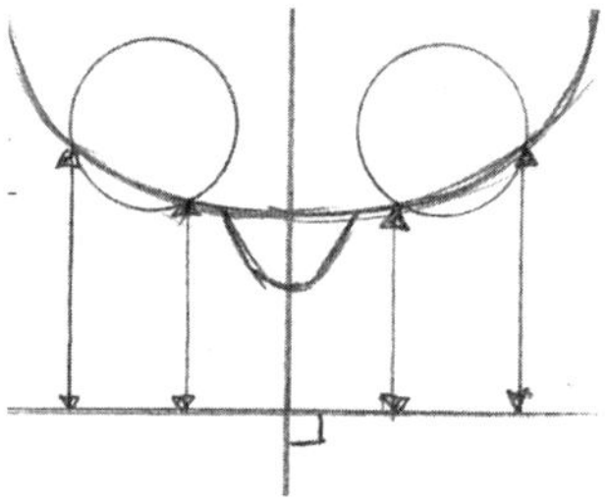

Die Augäpfel liegen in zwei Öffnungen auf der gewölbten Oberfläche des Kopfes. Da sich die Augen aus der Oberfläche herauswölben, ändern sich auch ihre Umrisslinien, je nachdem, aus welchem Blickwinkel man sie zeichnet.

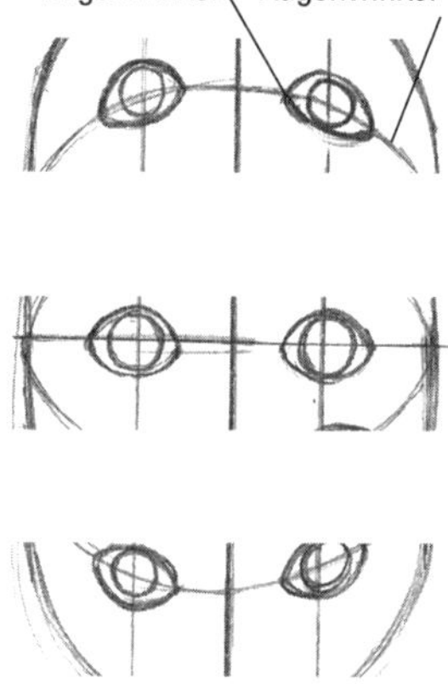

Aus der Froschperspektive sind die äußeren Augenlider herabgezogen, so dass die Augen herunterhängend wirken.

Bei einer Frontansicht sind der innere und der äußere Augenwinkel parallel.

Aus der Vogelperspektive sind die äußeren Augenlider angehoben, so dass die Augen mandelförmig wirken.

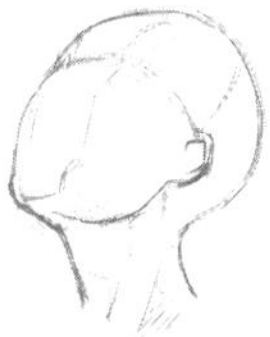

Aus der Froschperspektive

Die Linien von oberem und unterem Augenlid haben beide die gleiche bogenartige Form.

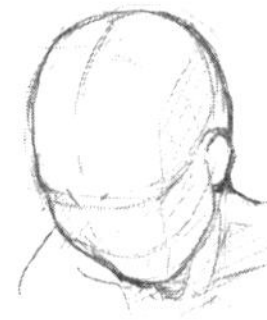

Aus der Vogelperspektive

Das obere Augenlid nimmt eine leichte S-Form an.

Eine Lücke zwischen Auge und Augenbraue lassen

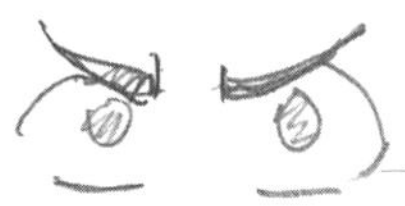

Ein Beispiel für Augenbrauen, die an den Augen kleben

Bei gerunzelter Stirn

Die Haut nähert sich dem Auge, aber die Augenbraue berührt das Auge nicht.

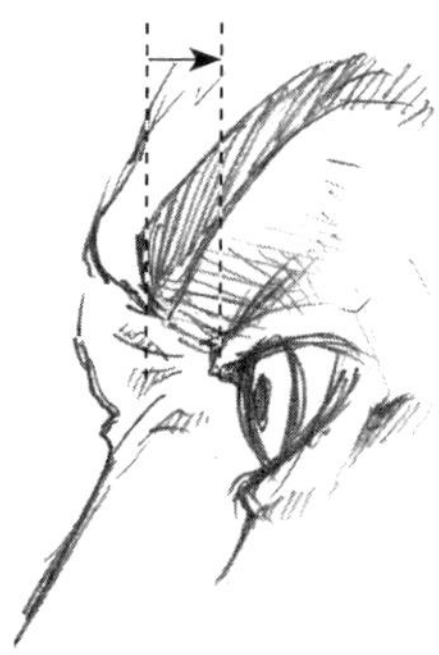

Das Auge liegt tiefer im Kopf als die Augenbraue. Das heißt, wenn aus einer relativ hohen Perspektive gezeichnet wird, sollten Augenbraue und Augenlid sich berühren.

Die Nase steht aus der Mitte des Gesichts hervor

Selbst von vorne betrachtet kann man Nasenlöcher sehen.

Gewölbte Oberfläche

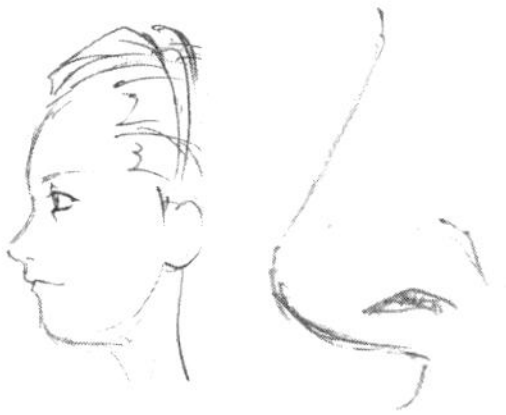

Die Nasenspitze ist nicht wirklich spitz.

Von oben betrachtet ist die Nase pfeilförmig.

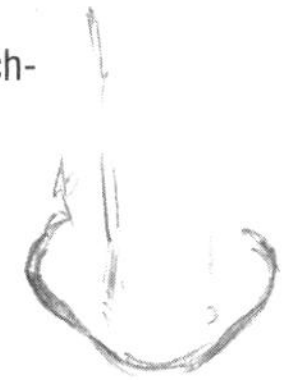

Die Unterseite der Nase ist trapezförmig.

Typische Darstellungen der Nase

Nur die Nasenlöcher werden gezeichnet.

Die Nasenspitze und die Nasenlöcher werden gezeichnet.

Für eine realistische Darstellung wird die Nasenspitze abgerundet gezeichnet. Bei einem mangatypischen Charakter kann die Nasenspitze ruhig spitz sein.

Wenn man das Gesicht von schräg unten betrachtet, zeichnet man auch den Nasenrücken, wie er von den Augenbrauen bis hin zur Nasenspitze führt. Wenn man das Gesicht frontal von unten darstellt, zeichnet man die Unterseite der Nase mit ein.

Der Mund bewegt sich mit dem Unterkiefer

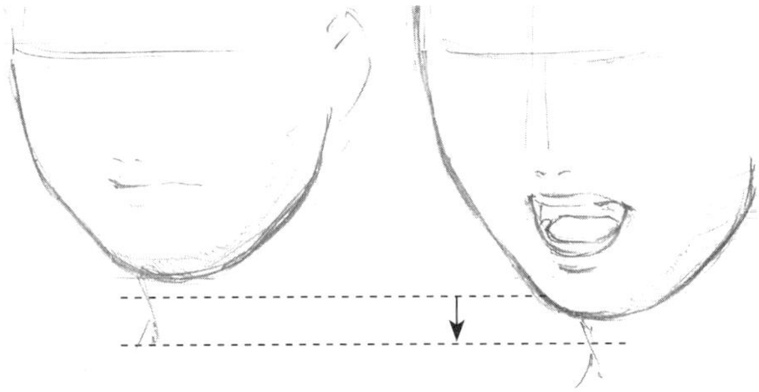

Wenn der Mund geöffnet ist, bewegt sich der Unterkiefer nach unten.

Wenn der Mund geöffnet wird, ändert sich das Kinn

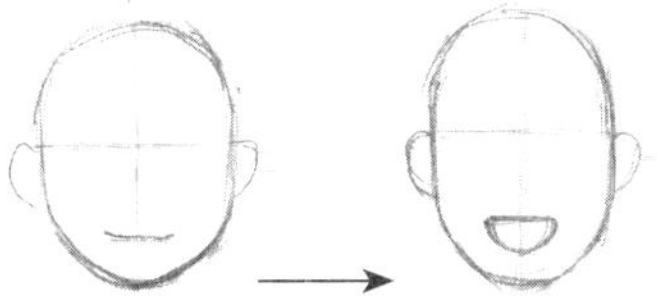

Rundes Kinn

Rundes Kinn

Falsch
Hier ist der Mund geöffnet, aber das Kinn ist gleich geblieben.

Das Kinn ist ein wenig schmaler geworden.

Richtig
Wenn der Mund geöffnet wird, ändert sich die Form des Kinns. Es wird schmaler.

Die Kerbe unterhalb der Unterlippe darstellen

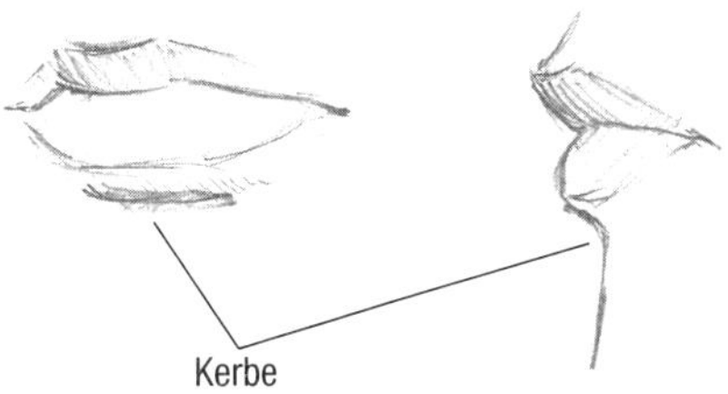

Kerbe

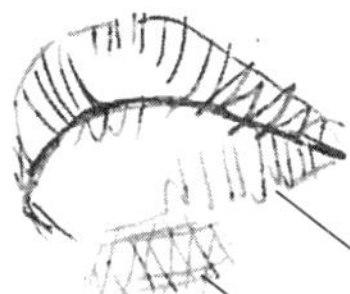

Umriss der Unterlippe

Kerbe

Das Ohr als schräges Oval zeichnen

Die Ohren sind zwar Gesichtsmerkmale, aber im Gegensatz zu Nase, Auge etc. liegen sie nicht auf der Vorderseite des Gesichts. Zeichne sie als Objekte, die aus der Seite des Kopfes hervortreten.

Die Position der Ohren

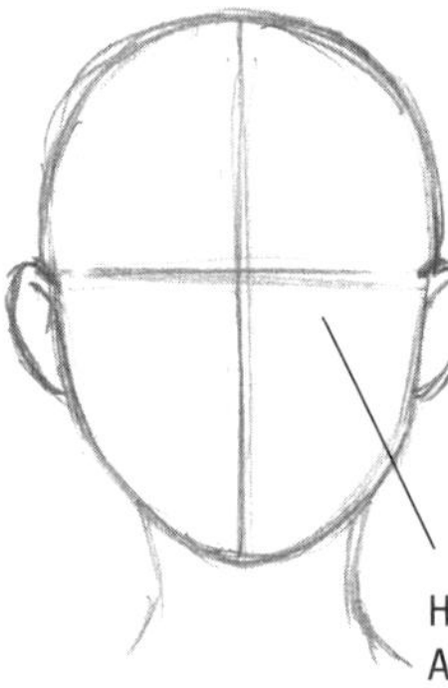

Höhe der Augenbrauen

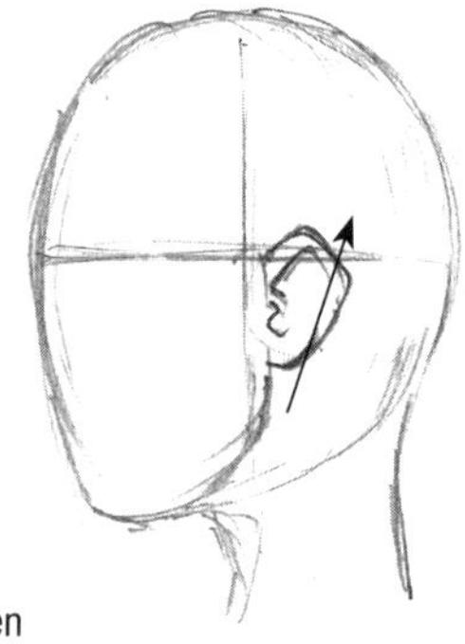

Das Ohr trifft auf das Ende des Kiefers und wird dort abgewinkelt.

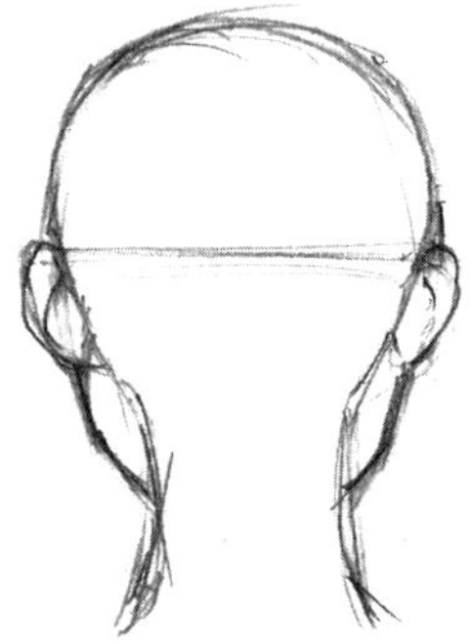

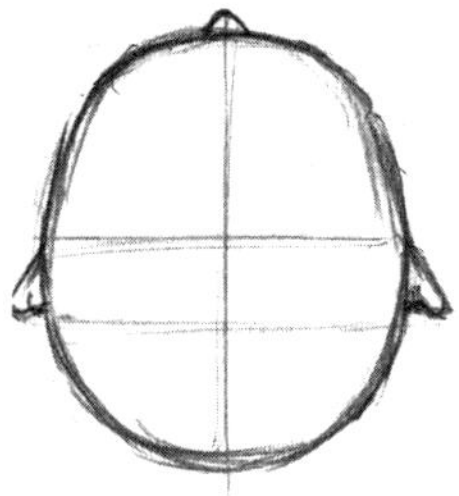

Von oben betrachtet

Die Form der Ohren

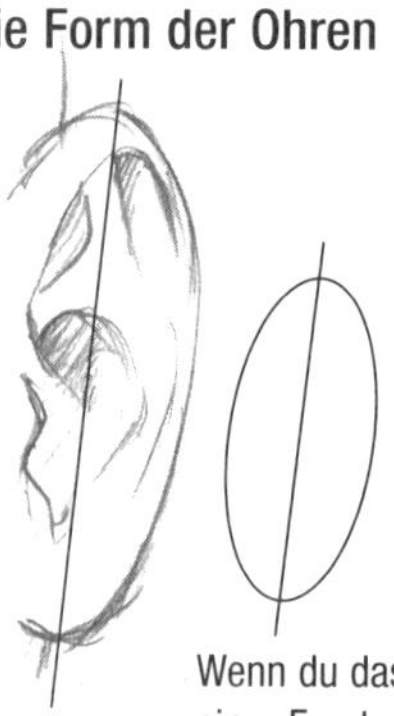

Wenn du das Gesicht in einer Frontansicht zeichnest, benutz für das Ohr ein leicht schräges Oval.

Man sieht das Ohr nur direkt von vorne, wenn der Kopf im Profil gezeigt wird.

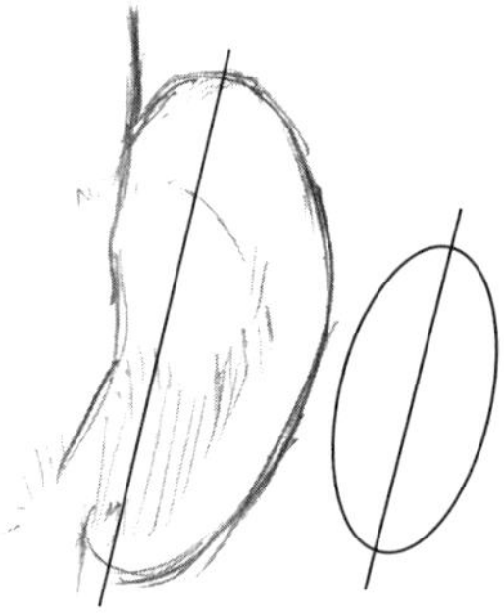

Von hinten betrachtet ist das Oval deutlich runder als bei der Frontansicht. Der Winkel ist auch etwas schräger.

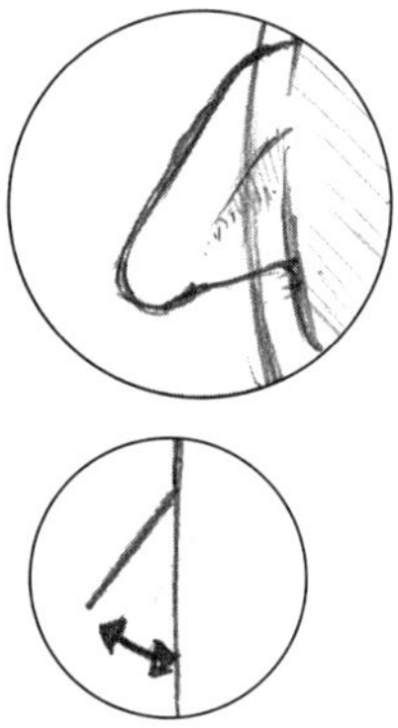

Richtlinie für den Winkel, in dem das Ohr vom Kopf absteht

Richtig

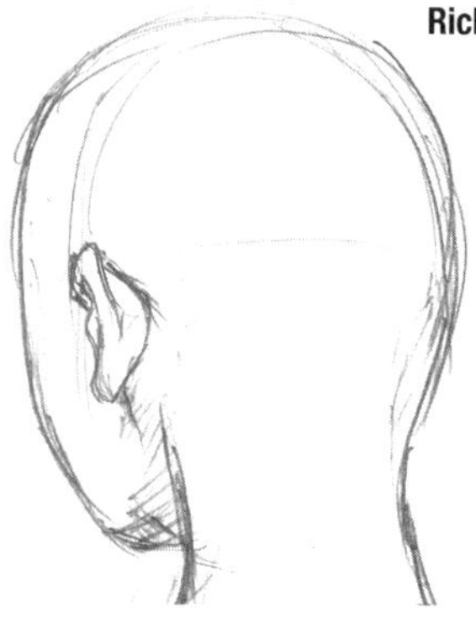

Wird der Kopf schräg von hinten betrachtet, sieht man auch die Rückseite des Ohrs.

Typische Fehler

Falsch

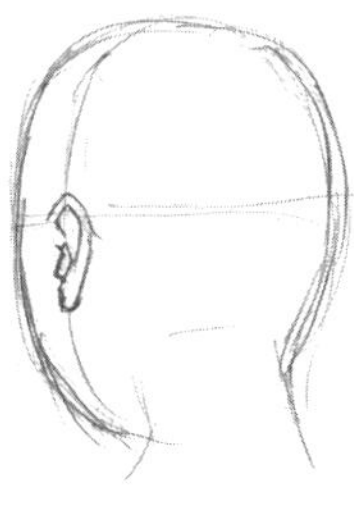

Das Ohr sieht fast genauso aus wie in der Vorderansicht.

Falsch

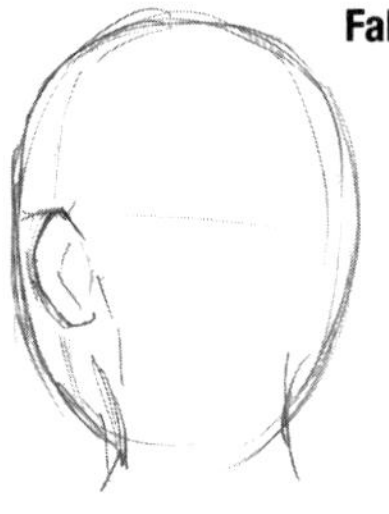

Das Ohr sieht genauso aus wie bei einer kompletten Rückansicht des Kopfes.

Typische Darstellungsformen des Ohrs

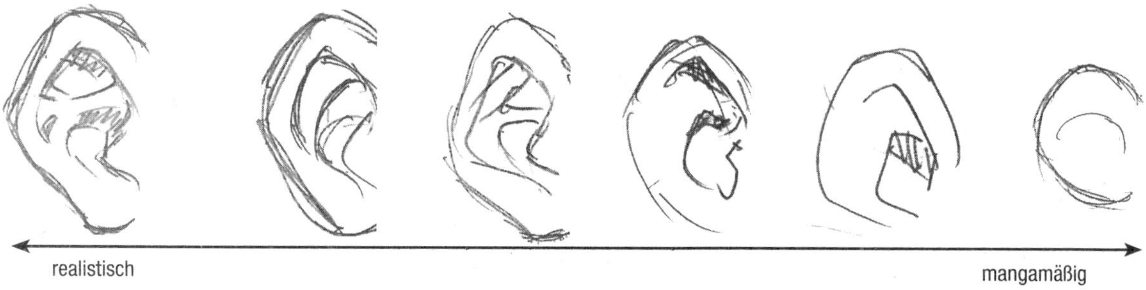

realistisch

mangamäßig

Die Gesichtsmuskeln und ihr Ausdruck

Auf den nächsten Seiten werden die natürlichen Vertiefungen und Erhebungen des Gesichts, die vom Schädelknochen vorgegeben werden, und der Zusammenhang zwischen Gesichtsausdruck und Gesichtsmuskulatur genauer erklärt.

Vom Skelett lernen

Über der Augenhöhle liegt das Stirnbein, das leicht hervorsteht.

Wangenknochen

Versuch einmal, ganz gründlich alle Erhebungen und Vertiefungen des dreidimensionalen Schädels zu erfassen.

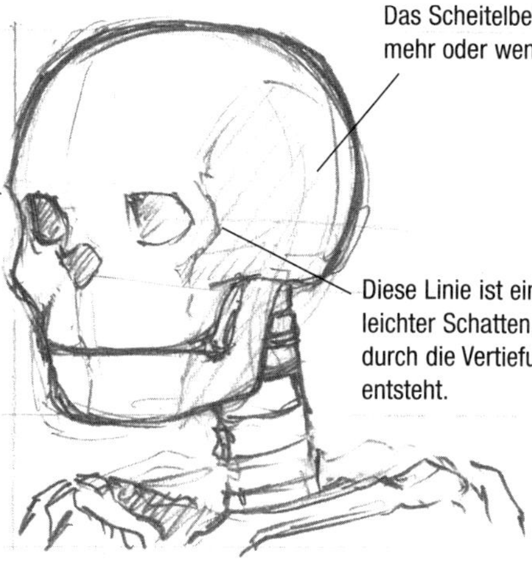

Das Scheitelbein ist mehr oder weniger flach.

Diese Linie ist ein leichter Schatten, der durch die Vertiefung entsteht.

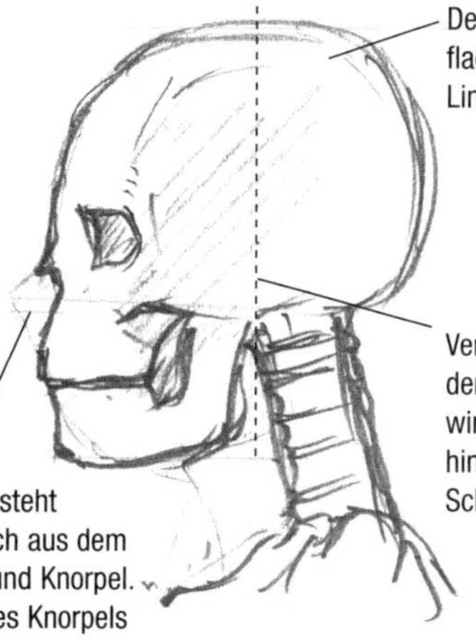

Der Oberkopf bildet eine flache, leicht gewölbte Linie.

Vertikale Mittellinie der Seite. Die Halswirbel sind mit der hinteren Hälfte des Schädels verbunden.

Die Nase besteht hauptsächlich aus dem Nasenbein und Knorpel. Unterhalb des Knorpels ist der Schädel leicht ausgehöhlt.

Die Muskeln um die Augen herum, auf der Stirn, um den Mund herum und am Kiefer bewegen sich und erzeugen Gesichtsausdrücke.

Die wesentlichen Gesichtsmuskeln

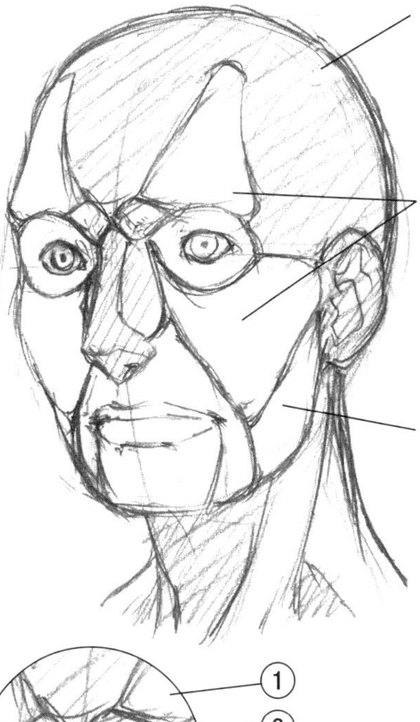

Die gestrichelten Linien markieren den Teil des Kopfes, der sich bei Gesichtsausdrücken nicht bewegt.

Die weißen Teile markieren die Muskeln, die sich bei Gesichtsausdrücken verändern.

Diese Linien markieren die Grenzen zwischen zwei Muskeln.

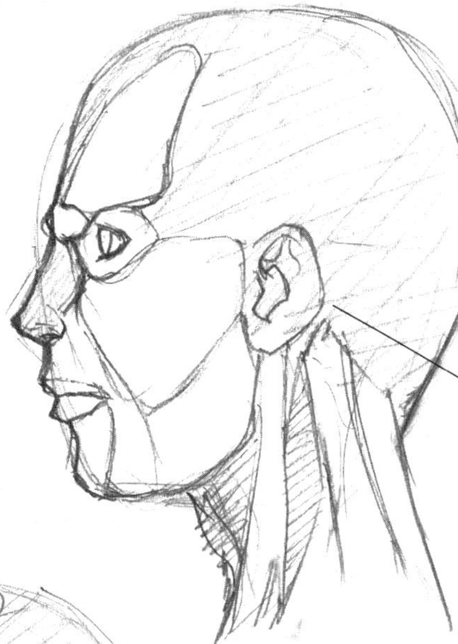

Eigentlich befinden sich auch hinter dem Ohr Muskeln, die auf den Gesichtsausdruck Einfluss haben, doch diese sind für das Zeichnen nicht besonders wichtig.

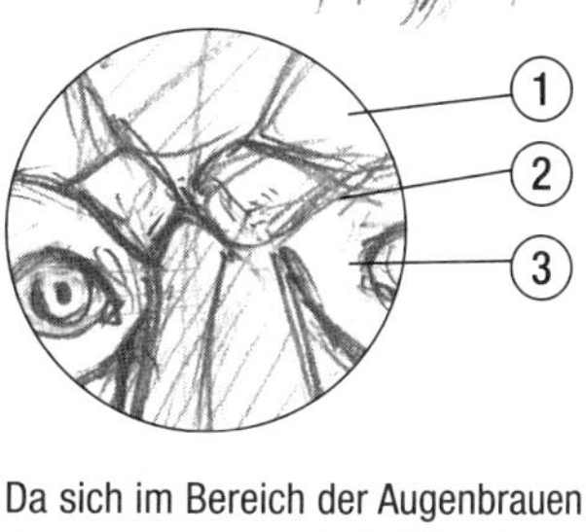

Da sich im Bereich der Augenbrauen drei verschiedene Muskeln befinden, die mit den Augen und der Stirn verbunden sind, entstehen dort komplexe und vielseitige Falten.

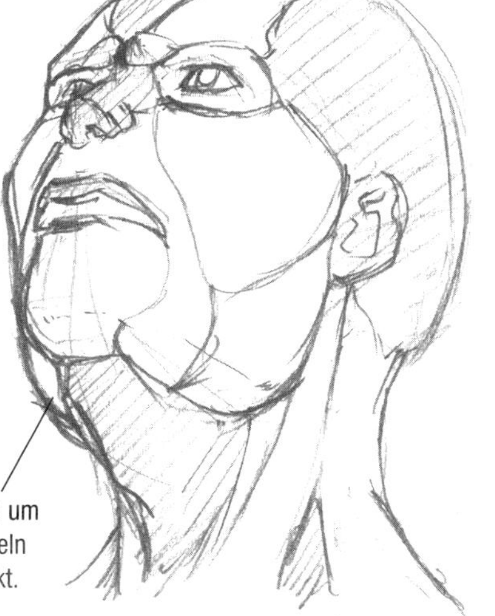

Die Muskeln an den Seiten der Wangen legen sich um die Unterseite des Unterkiefers. Die Gesichtsmuskeln werden von den Bewegungen des Kiefers gestreckt.

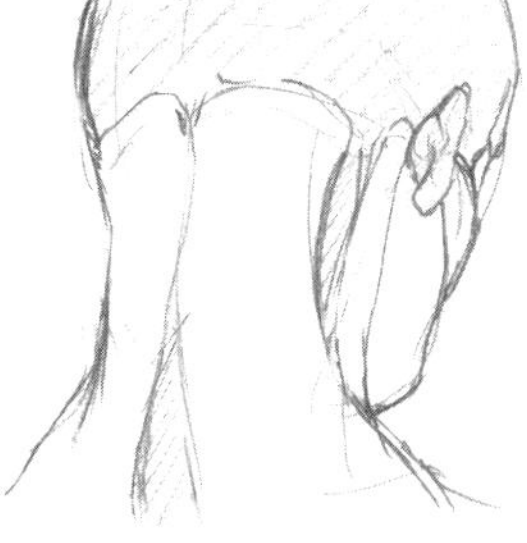

Hinteransicht

Wie die Gesichtsmuskeln den Gesichtsausdruck bestimmen

Die Bewegungen, die durch Beugung und Streckung der Muskeln entstehen, bestimmen unsere Gesichtsausdrücke. Sie verursachen Erhöhungen und Vertiefungen sowie Falten der Haut. Diese sollten durch Linien oder Schraffierungen dargestellt werden, damit die Gesichtsausdrücke des Charakters abwechslungsreich werden.

Wütend

Die Muskeln zwischen den Augenbrauen sind angespannt, und die Muskeln ziehen sich von der Nase zur Seite des Gesichts hin zusammen.

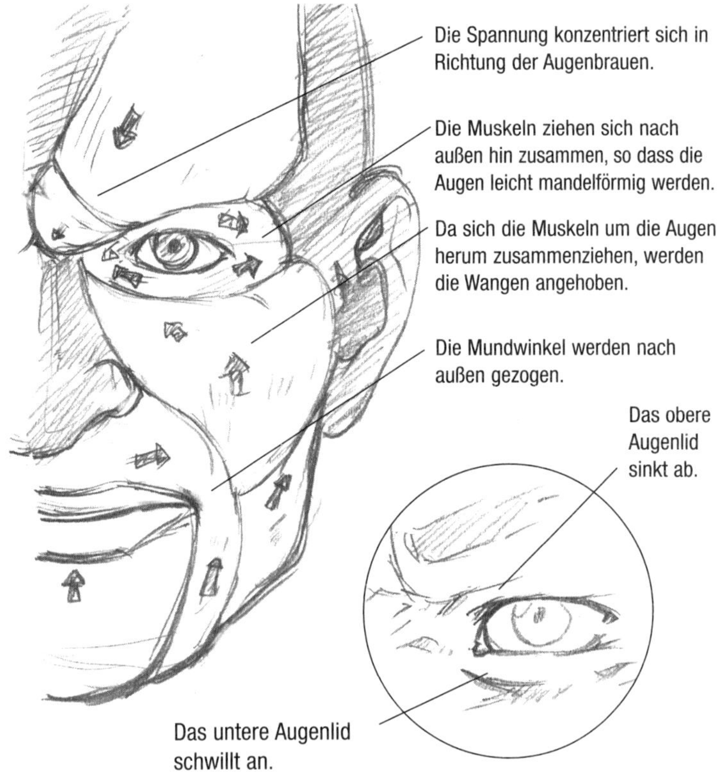

Lachend

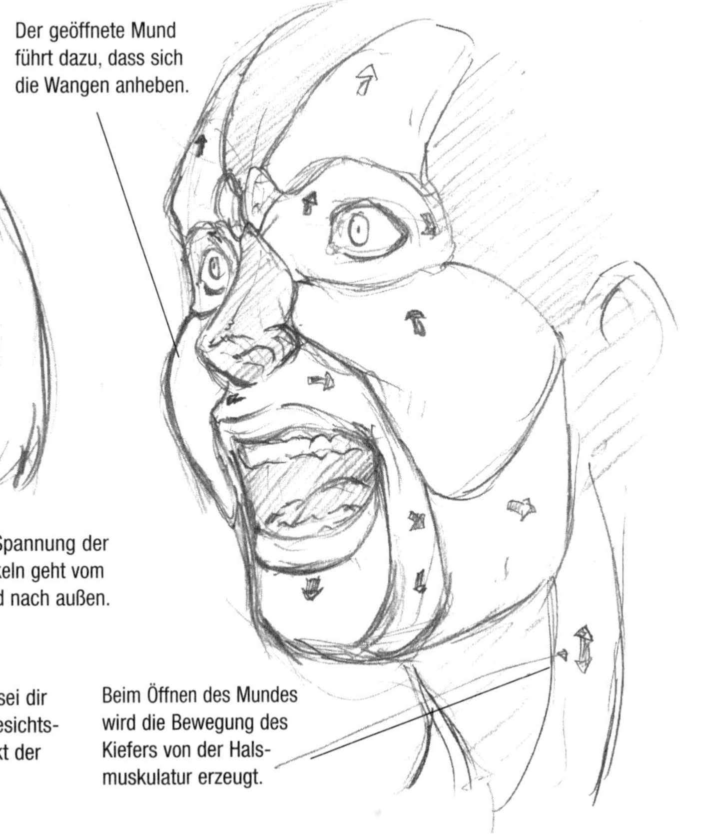

Auch wenn du deine Figuren im typischen Manga-Stil zeichnest, sei dir beim Zeichnen eines lachenden Gesichts bewusst, wo sich die Gesichtsmuskeln zusammenziehen und wo sie hervortreten. Dadurch wirkt der Charakter dynamisch.

Lächelnd

Die Muskeln an den Augenbrauen sind entspannt und ziehen die Haut leicht nach außen.

Die Augenwinkel sind ein wenig abgesenkt, was für einen freundlichen Gesichtsausdruck sorgt.

Die Mundwinkel sind beide gleichmäßig nach oben gezogen. Ungleichmäßig hochgezogene Mundwinkel lassen das Lächeln spöttisch wirken.

Überraschter Gesichtsausdruck

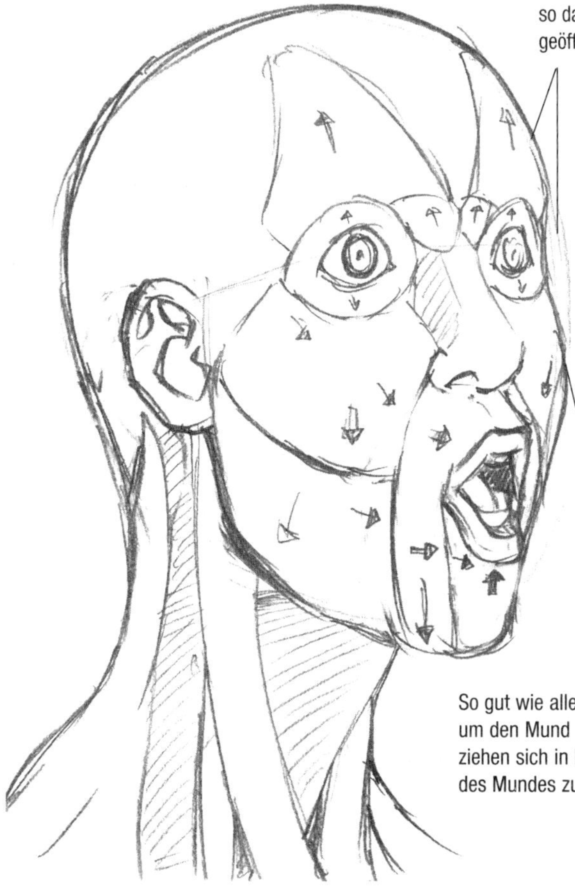

Die Muskeln über und unter den Augen werden gestreckt, so dass die Augen weit geöffnet sind.

Wenn der Mund ein O formt, heben sich die Wangen nicht an.

So gut wie alle Muskeln um den Mund herum ziehen sich in Richtung des Mundes zusammen.

Zwinkernd

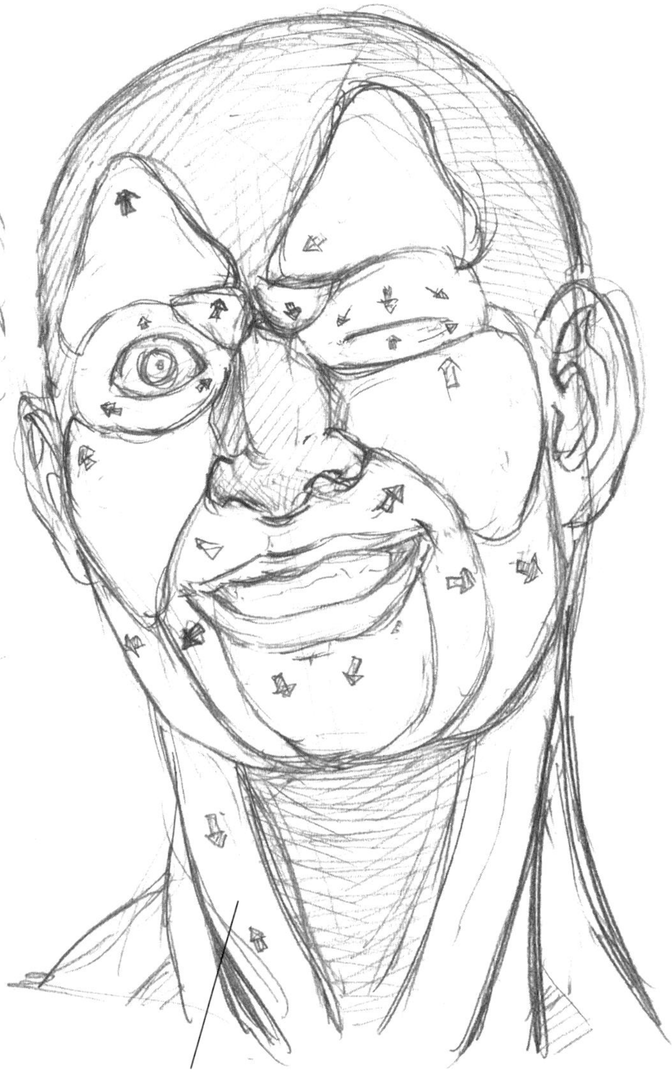

Das geschlossene Auge sieht nicht wie ein umgekehrtes V aus.

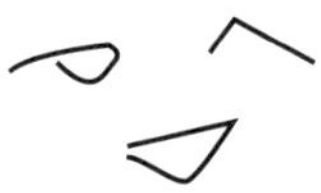

Im Manga wird Zwinkern oft stark vereinfacht als ein umgedrehtes V dargestellt.

Die Muskeln am Hals sind leicht zusammengezogen und der Kopf ist schräg geneigt.

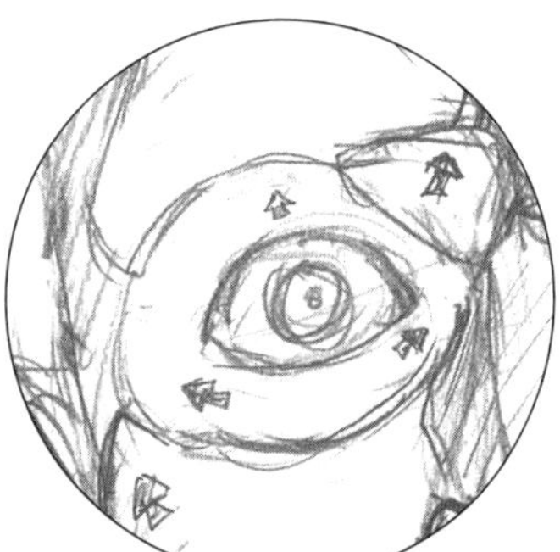

Beim Zwinkern muss man sich anstrengen, das andere Auge offen zu halten. Die Muskeln unter dem unteren Augenlid strecken sich nach links und rechts und die Muskeln über dem oberen Augenlid strecken sich nach oben.

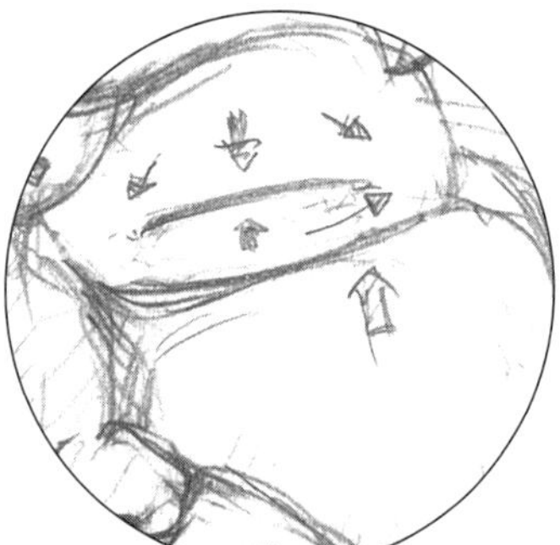

Wenn das Auge geschlossen wird, bewegen sich nicht nur die Augenlider, sondern auch die Muskeln an Nase und Mund.

Beim Grinsen bewegt sich die Spannung der Muskeln strahlenförmig von den Mundwinkeln aus. Wenn sich die Muskeln oberhalb der Oberlippe bewegen, öffnen sich die Nasenlöcher ein wenig.

Kapitel 3

Körper im Manga-Stil zeichnen

Die Figuren in Manga und Anime werden aus vielen verschiedenen Blickwinkeln und in den unterschiedlichsten Bewegungen dargestellt. Häufig muss der Künstler auch realistische Charaktere zeichnen, die sich wie echte Menschen in einem Film bewegen und agieren.

Dafür muss der Künstler wesentliche Grundlagen lernen: den Aufbau des menschlichen Skeletts und die Muskelstruktur des Körpers, wie Skelett und Muskeln die Dreidimensionalität des Körpers bewirken und deren Bewegung. Allerdings werden detaillierte Studien von Anatomie oder Bewegungsabläufen bei der Produktion von Anime und Manga eher nicht verwendet.

Dieses Kapitel bietet einen Überblick über die menschlichen Knochen- und Muskelstrukturen, die für das Zeichnen von Anime- und Manga-Figuren gebraucht werden, sowie die wichtigsten Punkte für das Zeichnen von Bewegungen. Es sollen konkretes Wissen und Zeichentechniken vermittelt werden, die eine solide Grundlage für das Zeichnen von Figuren im Manga- und Anime-Stil bilden.

Die Wirbelsäule ist die Basis einer Zeichnung

Die Wirbelsäule ist wie ein Pfeiler, der sich vom Kopf durch den Körper zieht und über der Hüfte im Becken endet. Sie läuft die Mitte des Rückens entlang und stützt den Körper. Alle Bewegungen des Körpers entwickeln sich aus der Wirbelsäule. Man sollte darauf achten, in einer Zeichnung die Wirbelsäule zum Mittelpunkt der Bewegung des Körpers zu machen. Dies verleiht dem Charakter Lebendigkeit.

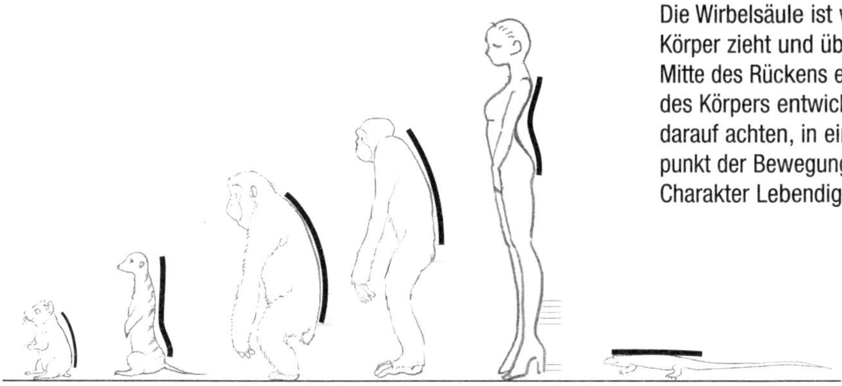

Selbst Eidechsen, die sich nicht senkrecht aufrichten können, haben eine Wirbelsäule.

Die Wirbelsäule ist die Mittellinie des Körpers

Aus einem Winkel betrachtet formt die Wirbelsäule ein leichtes S.

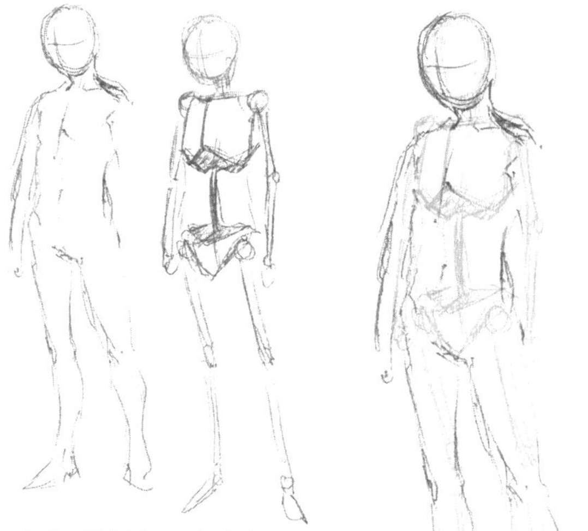

Von vorne betrachtet ist es schwierig, die Position der Wirbelsäule auszumachen. Sie läuft entlang der Mitte des Körpers. Versuche Figuren von hinten zu zeichnen, um ein Gefühl für die Wirbelsäule als Mittellinie des Körpers zu bekommen.

In den groben Skizzen wird die Wirbelsäule als Mittellinie auf dem Rücken eingezeichnet.

Die Wirbelsäule als Körper

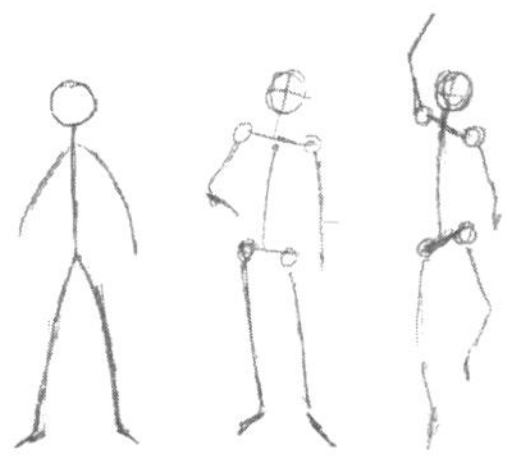

In diesen Strichmännchen-Skizzen wird die Wirbelsäule zu einem strichförmigen Rumpf schematisiert. In vereinfachten Zeichnungen ist die Wirbelsäule ein klares Element.

Die Wirbelsäule durchzieht den ganzen Rumpf

Wenn man selbst beim Zeichnen einer gewöhnlichen Pose die Wirbelsäule berücksichtigt, verleiht dies dem Charakter Lebendigkeit.

Sitzen und sich nach hinten umdrehen

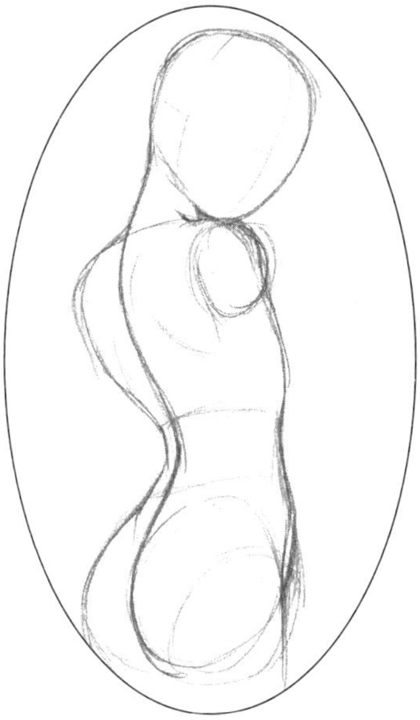

Behalt im Hinterkopf, dass die Wirbelsäule S-förmig verläuft. Die S-Kurve wird verstärkt, wenn der Charakter nach hinten schaut oder den Oberkörper auf eine andere Art und Weise dreht.

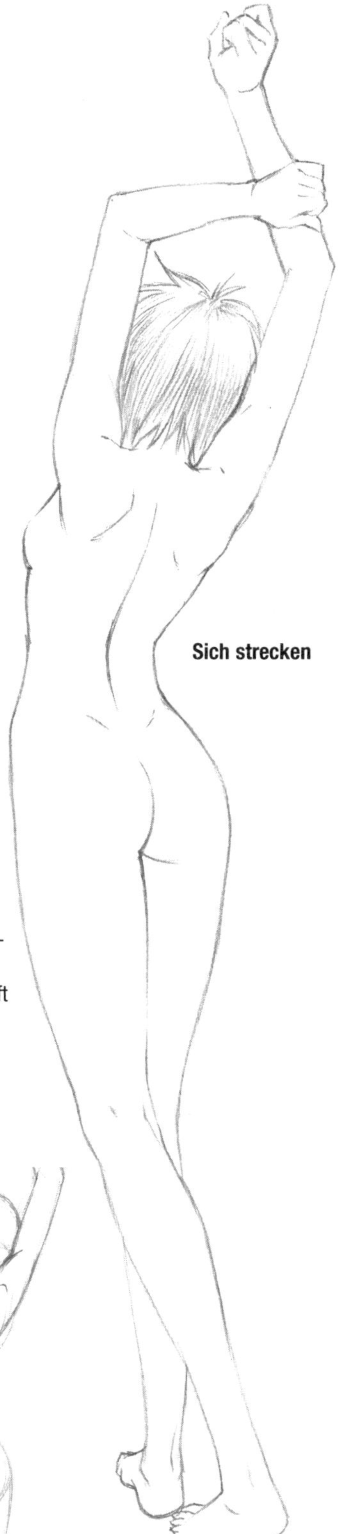

Sich strecken

Direkte Rückansicht

Die Knie mit den Armen umschlingen

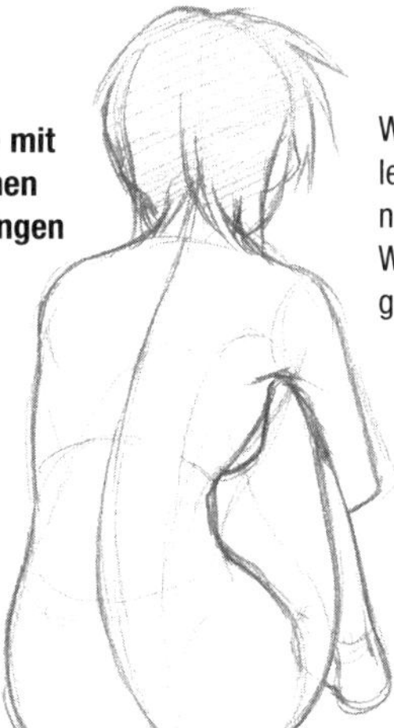

Wenn der Rücken leicht rund ist, zeichnet man die Wirbelsäule als sanft gebogene Linie.

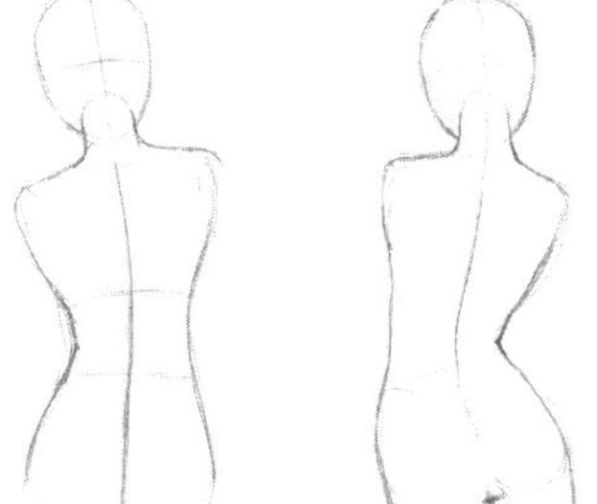

Direkt von hinten betrachtet zieht sich eine elegante Kurve durch die Mitte des Körpers.

Menschen stehen selten komplett gerade. Wenn du den Körper in einer natürlichen, in der Taille leicht gebeugten Pose zeichnest, erleichtert es die Arbeit, in der Vorskizze die Wirbelsäule als leicht gebogenes S oder auf die Seite gekipptes V zu zeichnen.

Die Wirbelsäule macht Bewegungen lebendig

Die Wirbelsäule spielt vor allem bei den folgenden drei Bewegungen eine große Rolle: Beugen, Strecken und Drehen.

Sich nach vorne beugen

Der Rücken wird rund. Die Wirbelsäule wird als eine leicht gekrümmte Kurve gezeichnet.

Sich strecken, zurückbeugen

Der Rücken ist eine bogenförmige Fläche. Die Wirbelsäule nimmt die Form eines leicht gebeugten, auf die Seite gekippten Vs an, das aus der Hüfte entspringt.

Sich drehen

Der Rücken hat die Form einer gedrehten Kurve. Die Wirbelsäule wird als S-förmige Linie gezeichnet.

Arme und Beine zum Rumpf hinzufügen

Wenn man den Kopf und den Rumpf des Körpers gezeichnet hat, kann man nur durch das Hinzufügen von Armen und Beinen viele unterschiedliche Posen zeichnen.

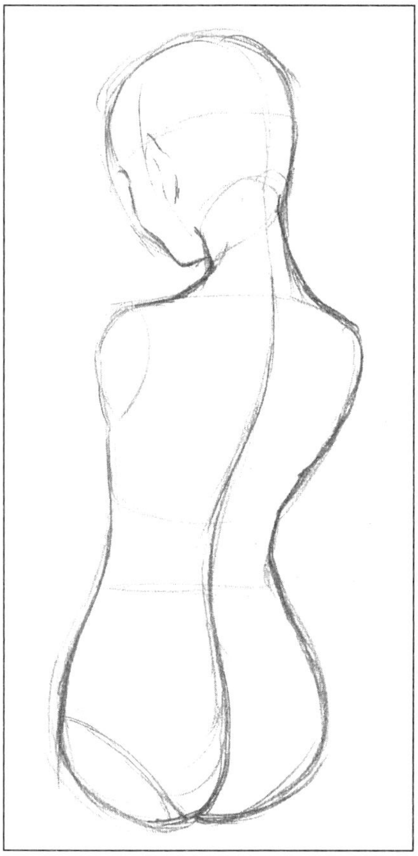

Dies ist das Grundgerüst von Kopf und Rumpf. Wenn man nun Arme und Beine hinzufügt, kann man ganz leicht viele verschiedene stehende und sitzende Posen zeichnen.

Stehen

Auf etwas zeigen

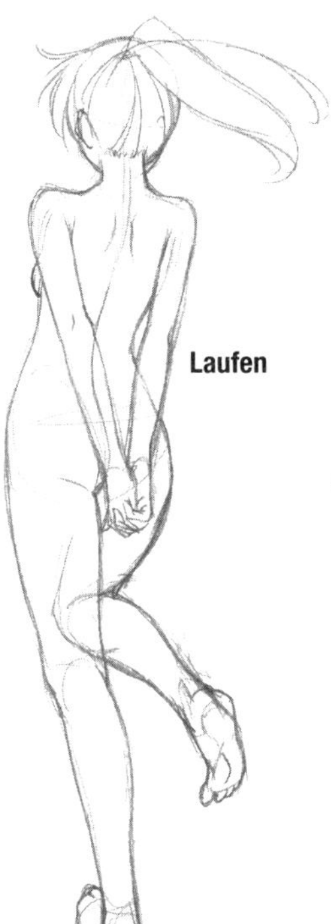

Laufen

Knien

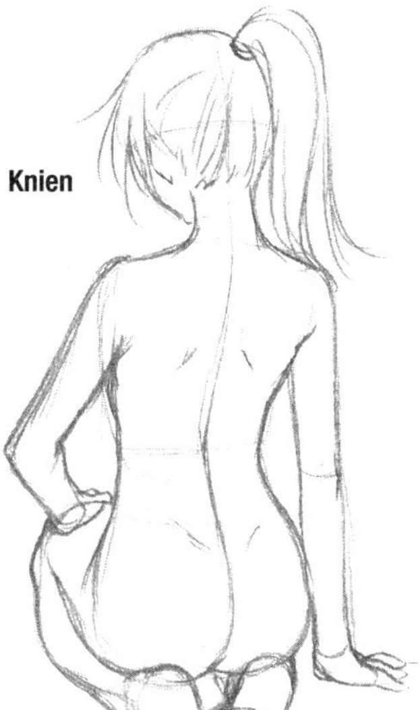

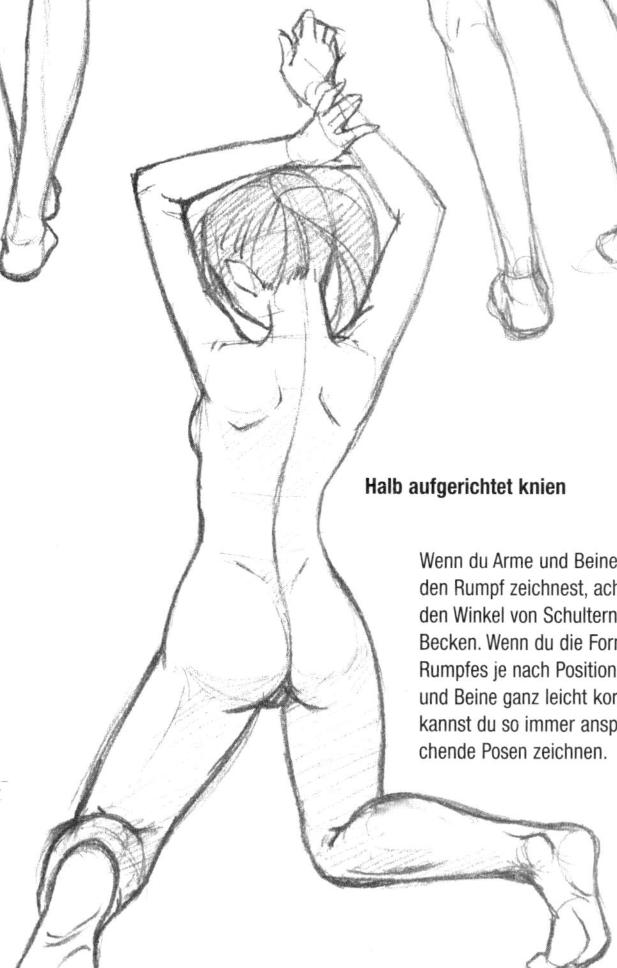

Halb aufgerichtet knien

Wenn du Arme und Beine an den Rumpf zeichnest, achte auf den Winkel von Schultern und Becken. Wenn du die Form des Rumpfes je nach Position der Arme und Beine ganz leicht korrigierst, kannst du so immer ansprechende Posen zeichnen.

Schritt für Schritt einen Körper zeichnen

Wenn du einen Körper zeichnest, bestimm zuerst seine Mittellinie. Da der Rücken mit der Wirbelsäule eine natürliche Mittellinie enthält, wird in diesen Schritten gezeigt, wie man die Wirbelsäule beim Zeichnen eines Körpers berücksichtigt.

Der Körper von hinten

①

Zeichne auf dem Kopf das Kreuz ein, auch wenn du eine Figur von hinten zeichnest. Die waagerechte Linie dient als Richtlinie für die Ohren.

Zeichne zuerst die Umrisse des Kopfes und dann eine grobe Linie für die Wirbelsäule.

②

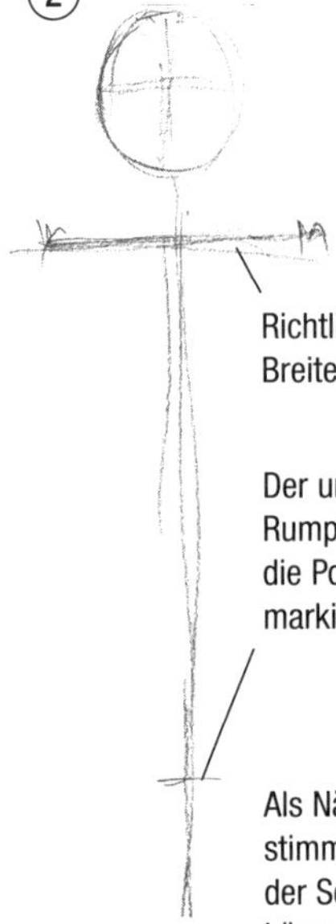

Richtlinie für die Breite der Schultern.

Der unterste Punkt des Rumpfes, der außerdem die Position des Schritts markiert.

Als Nächstes bestimmst du die Breite der Schultern und die Länge des Rumpfes.

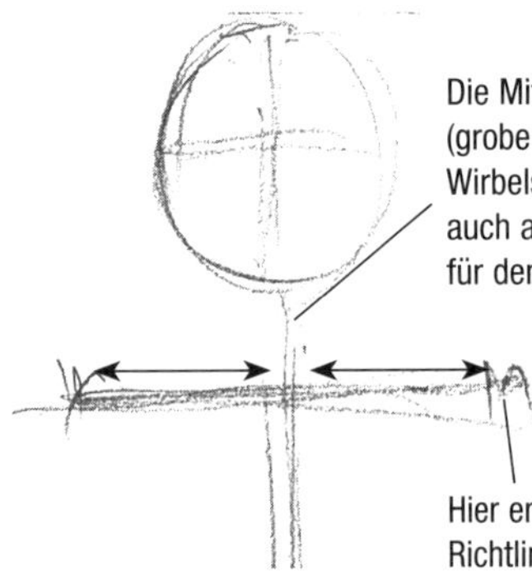

Die Mittellinie (grobe Linie der Wirbelsäule) dient auch als Richtlinie für den Hals.

Hier endet die Richtlinie für die Breite der Schultern.

Wenn du eine Figur direkt von vorne oder direkt von hinten zeichnest, achte darauf, dass beide Schultern von der Mittellinie aus die gleiche Breite haben.

③

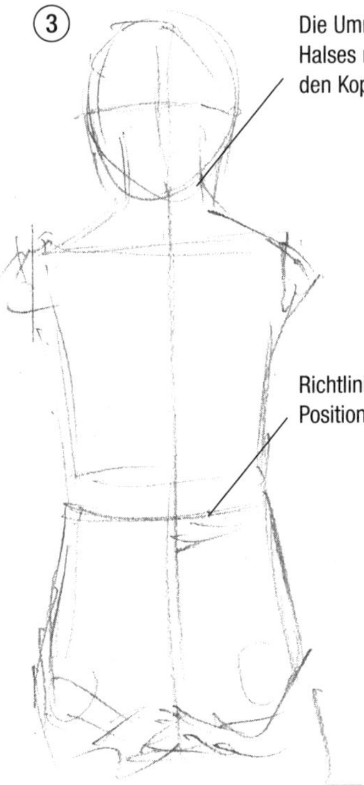

Die Umrisse des Halses reichen in den Kopf mit hinein.

Richtlinie für die Position der Taille.

Zeichne die groben Umrisse des Körpers so, dass die linke und rechte Seite gleichmäßig ausbalanciert sind. Arme und Beine werden bislang noch nicht hinzugefügt.

④

Wenn die grobe Form des Rumpfes, inklusive Hals und Schultern, fertig ist, beginn, die Arme und Beine zu zeichnen.

⑤

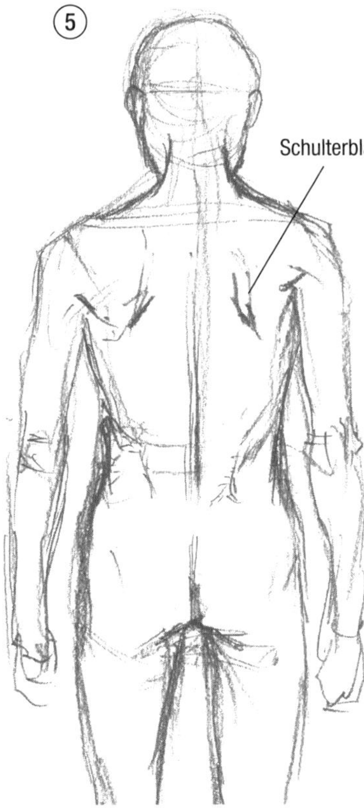

Schulterblatt

Bereinig die Umrisse und füg kleine Details wie die Schulterblätter hinzu, um die Vorzeichnung fertigzustellen.

Ein Figur leicht von oben betrachtet

Wenn man eine Figur leicht von oben betrachtet zeichnet, werden die Erhebungen und Vertiefungen des Körpers sichtbar und gebogene Linien spielen in der Zeichnung eine große Rolle. Dies ist ein Beispiel für eine Skizze, in der die Wirbelsäule eine S-Form annimmt.

Die Umrisse zeichnen

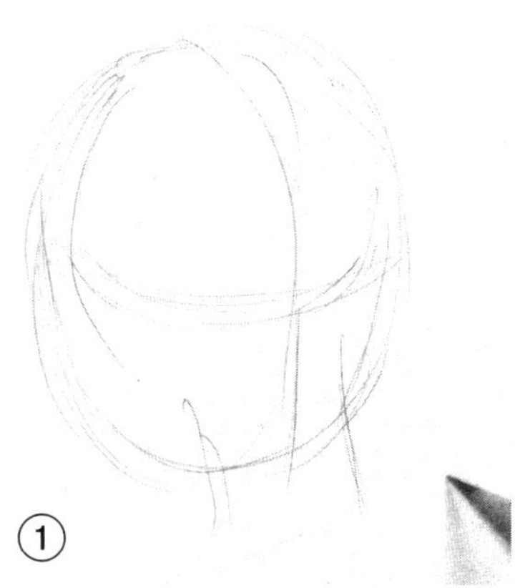

① Es ist wichtig, dass der Kopf rund ist, damit er plastisch wirkt. Um den Winkel von oben einfach darzustellen, zeichne zunächst ein grobes Layout aus Kreis und Kreuz mit gebogenen Linien, um die Rundheit des Kopfes zu erfassen. Zeichne anschließend die Umrisse für den Hals an den Kopf.

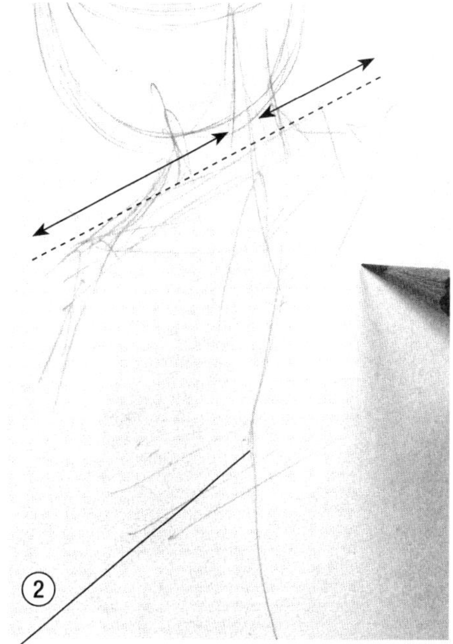

② Füg die S-förmige Linie für die Wirbelsäule mit ganz feinen Strichen ein. Achte darauf, dass die Schultern dieses Mal nicht die gleiche Breite von der Mittellinie aus haben.

Nutz den Knick in der S-förmigen Linie als Richtlinie für die Taille.

③ Zeichne die Umrisse des Rumpfes. Da aus diesem Blickwinkel die Taille verengt wird und der Hintern praller wirkt, wird der S-Linie der Wirbelsäule noch ein auf der Seite liegendes V hinzugefügt.

④ Pass die Umrisse des Rückens an, während du die Linie für die Wirbelsäule stärker betonst.

An der Seite Linien einzuzeichnen macht es einfacher, zu bestimmen, wie dick oder dünn der Körper werden soll.

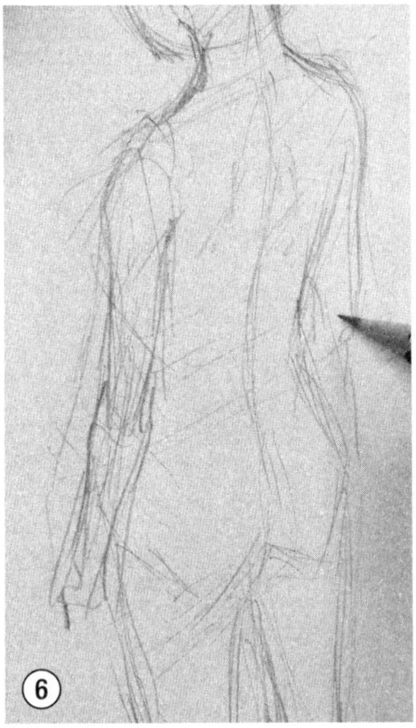

Sobald die Umrisse von Kopf und Rumpf zufriedenstellend sind, kannst du die Umrisse der Arme und Beine hinzufügen.

Zur Vollendung des Bildes Umrisse korrigieren und Details hinzufügen

Zeichne immer wieder feine Linien ein, um die richtige Balance sicherzustellen, während du den Körper fertig zeichnest.

Wenn du die Wirbelsäule insbesondere an der Taille betonst, gibt dies dem Körper mehr Dreidimensionalität.

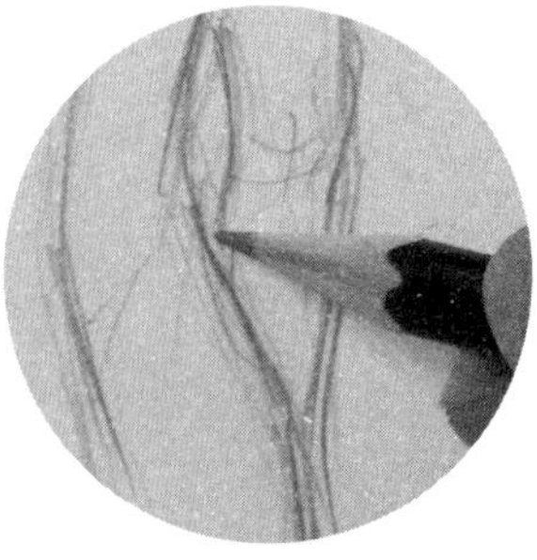

Die Linie, die von der Taille bis zum Becken reicht, ist relativ gerade, im Gegensatz zum runden Hintern.

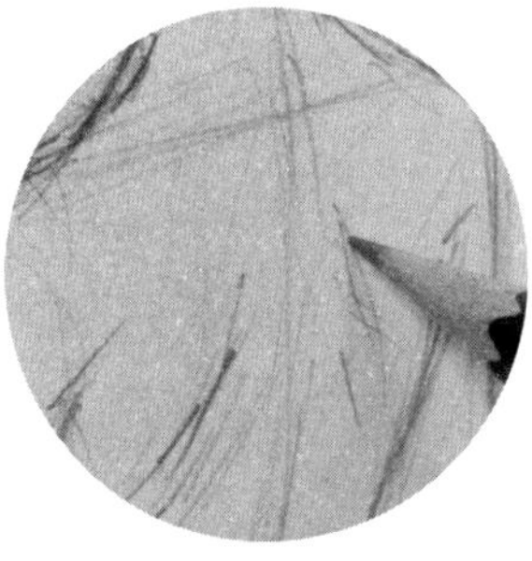

Füg Schatten an den Schulterblättern hinzu, um zu betonen, dass sie leicht hervorstehen.

Fertige Skizze

Eine Figur im Profil zeichnen

Zeichne über die S-förmige Wirbelsäule die Oberflächen von Brust- und Hüftgegend, um die Form des ganzen Körpers zu erfassen.

Grundlagen, um die Form zu erfassen

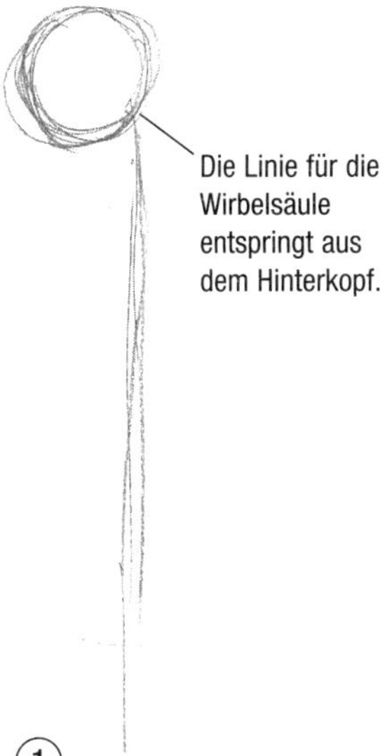

① Benutz auch für die Profilansicht einen runden Kreis als Umriss für den Kopf.

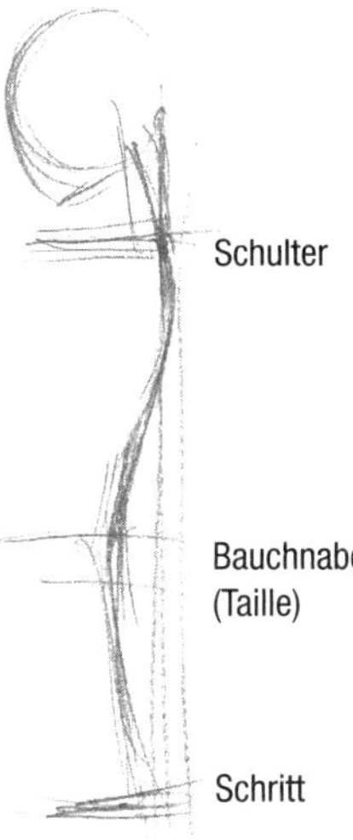

② Zeichne die Positionen von Brust, Bauchnabel und Schritt ein und lass dort die S-Form entlanglaufen.

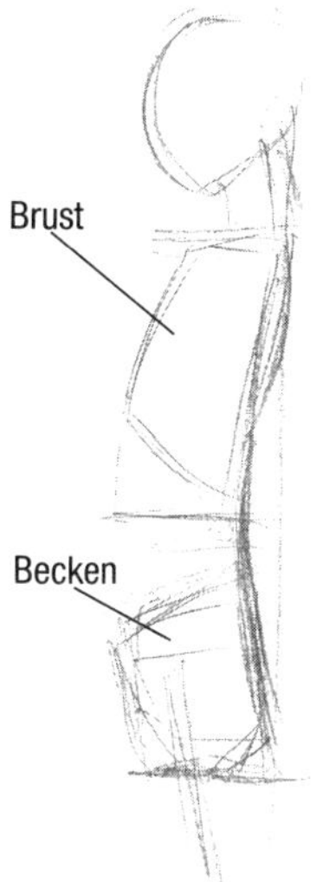

③ Zeichne die Flächen von Brust und Becken ein.

④ Wenn der Körper Form annimmt, zeichne grobe Umrisse von Schulter und Ellenbogen auf. Korrigier die Gesichtsform.

Kniende Figur

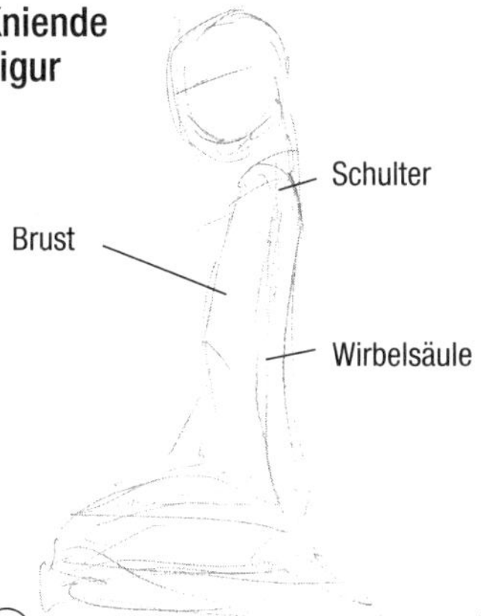

① Skizzier die Umrisse von Kopf und Wirbelsäule und anschließend die Konturen des Rumpfes. Lass das Becken weg und zeichne stattdessen die Umrisse der knienden Beine.

② Bereinig die Umrisse des gesamten Körpers, während du die Form von Kopf und Oberkörper anpasst.

③ Füg Details wie Gesicht, Haare und Brust hinzu, um die grobe Vorskizze einer unbekleideten Figur fertigzustellen.

④

Wenn du deinem Charakter Kleidung anziehst, nimm die unbekleidete Vorskizze als Grundlage und zeichne die Kleidung über die Umrisse des Körpers.

⑤ Fertige Vorskizze eines bekleideten Charakters (im Kimono)

Eine Figur aus einem schrägen Winkel betrachtet

Aus diesem Blickwinkel wird die S-Kurve der Wirbelsäule zu einer sanft gebogenen Linie. Bestimm Position und Länge der Richtlinie für die Schultern.

Grundlagen, um die Körperform zu erfassen

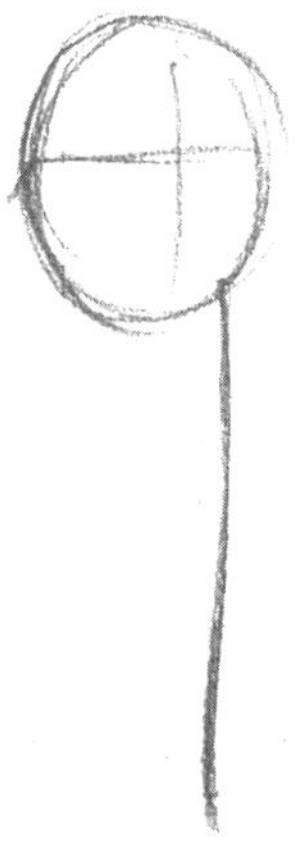

(1)

Zeichne zuerst den Grundriss des Kopfes und die Wirbelsäule.

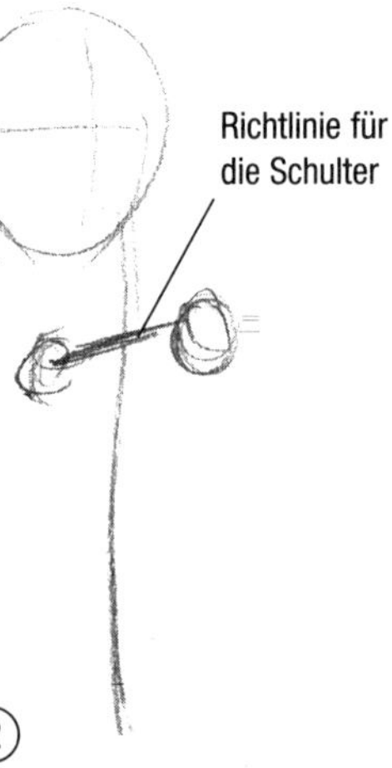

(2)

Entscheide dich für eine vorläufige Position der Schultern und zeichne die Richtlinie für die Schultern ein.

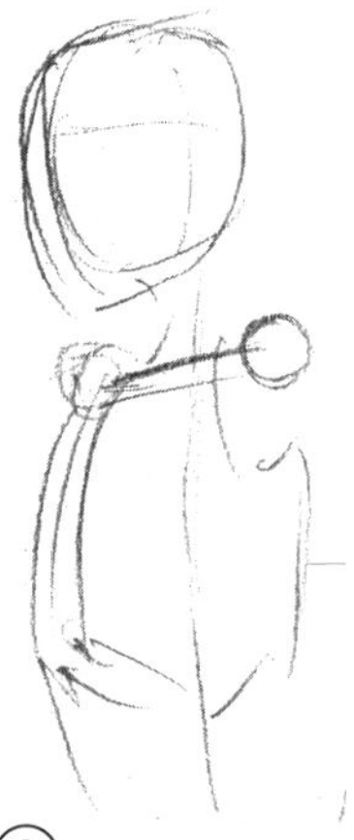

(3)

Zeichne die Umrisse des Oberkörpers und pass die Form des Kopfes an.

(4)

Füg die Arme hinzu und bereinig die Umrisse.

Laufende Figur

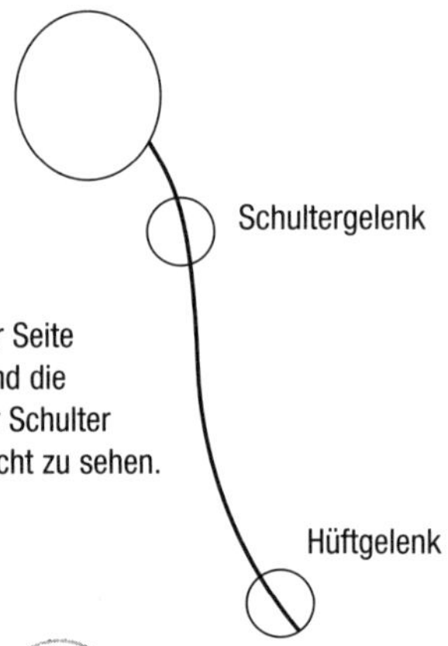

Direkt von der Seite betrachtet, sind die Richtlinien für Schulter und Schritt nicht zu sehen.

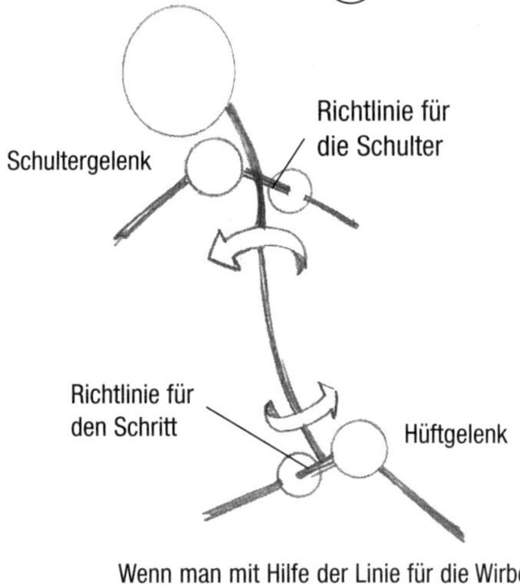

Wenn man mit Hilfe der Linie für die Wirbelsäule die Schultern und die Hüfte zeichnet, ist es einfacher, sowohl die Position der vorne liegenden und der weiter hinter liegenden Schulter zu erfassen als auch die Beine richtig auszurichten. Die Drehbewegung des Körpers lässt sich so einfacher darstellen.

Frontansicht

Genau wie bei der direkten Rückansicht ist hier die Wirbelsäule gerade, nur kann man sie in der Frontansicht nicht sehen. Man nennt die Linie, die den Körper auf der Vorderseite genau in der Mitte teilt, in der Anatomie »Medianlinie«.

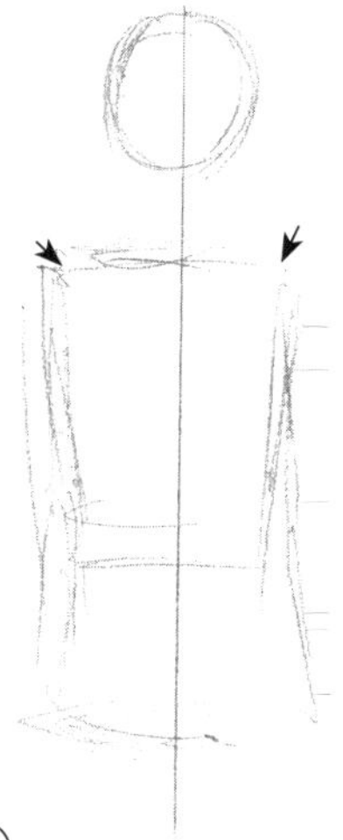

① Zeichne die Konturen des Körpers und achte dabei darauf, dass in der Weite der Schultern und des gesamten Körpers die Balance zwischen links und rechts ausgeglichen ist.

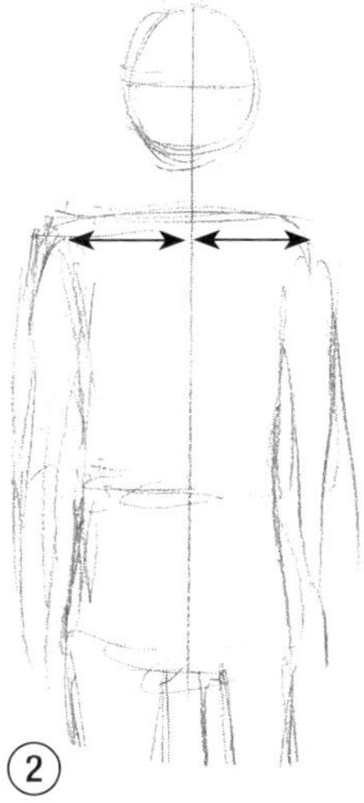

② Die groben Umrisse

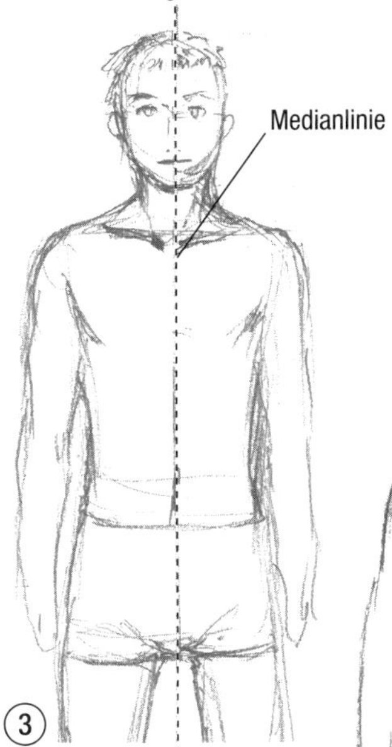

③ Wenn du die Medianlinie hinzufügst, erkennst du sofort, ob die linke und die rechte Körperhälfte symmetrisch sind.

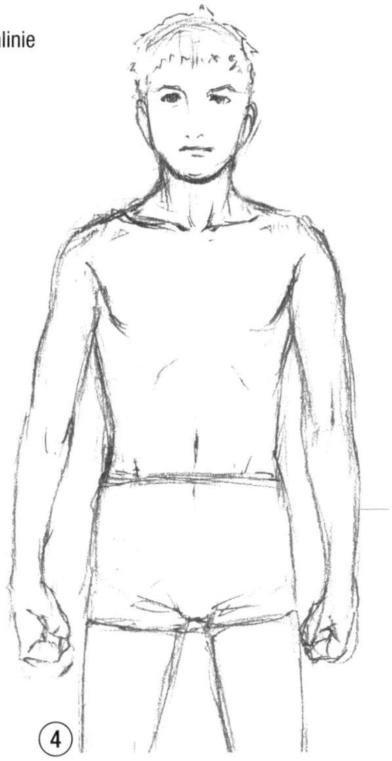

④ Die fertige Vorzeichnung

Unterschiede in der Körperbreite erkennen

Während der Arbeit an einem Manga oder Anime muss der Künstler kaum jemals eine Figur zeichnen, die kerzengerade steht. Allerdings ist es hilfreich, solche steif stehenden Figuren zu zeichnen, wenn man die Charaktere entwirft, da man so die körperlichen Unterschiede in der Breite der Schultern oder des ganzen Körpers genau bestimmen kann.

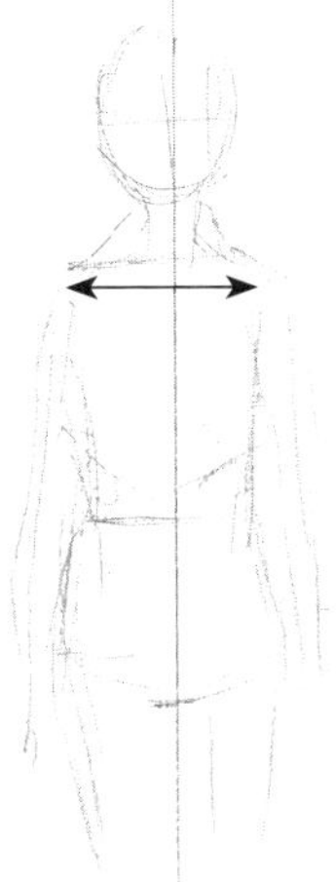

Bei Frauen sind die Schultern schmaler und der Körper ist insgesamt schlanker.

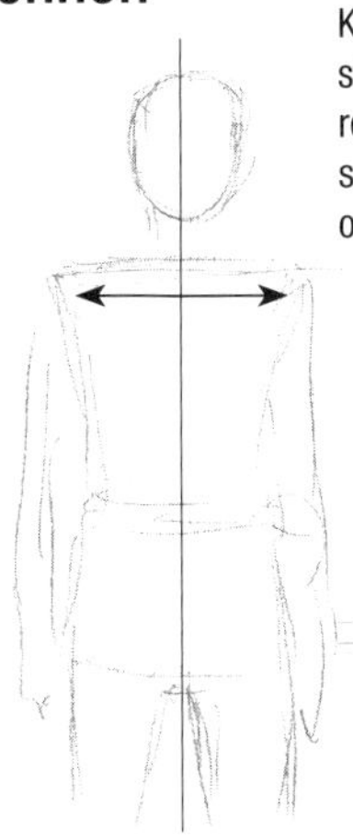

Bei Männern sind die Schultern breiter und der ganze Körper ist stämmiger.

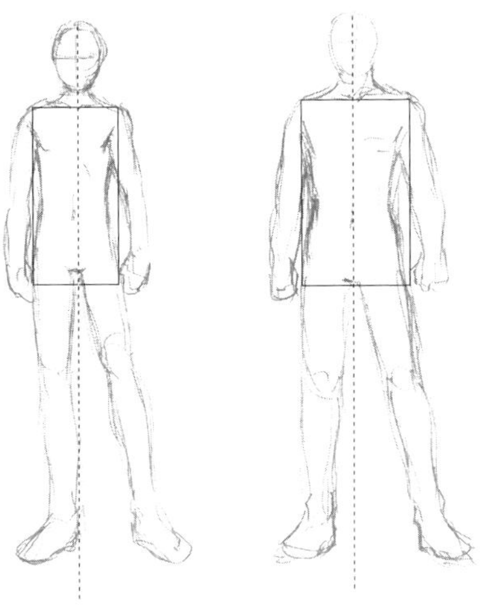

Ein Beispiel für zwei männliche Charaktere mit unterschiedlichem Körperbau. Der schlanke Typ und der stämmig-muskulöse Typ unterscheiden sich in der Breite des Körpers.

Die Medianlinie: die Linie, die die Wirbelsäule auf der Vorderseite anzeigt

So wie die Wirbelsäule die Mitte des Rückens anzeigt, markiert die Medianlinie den Körper auf der Vorderseite.

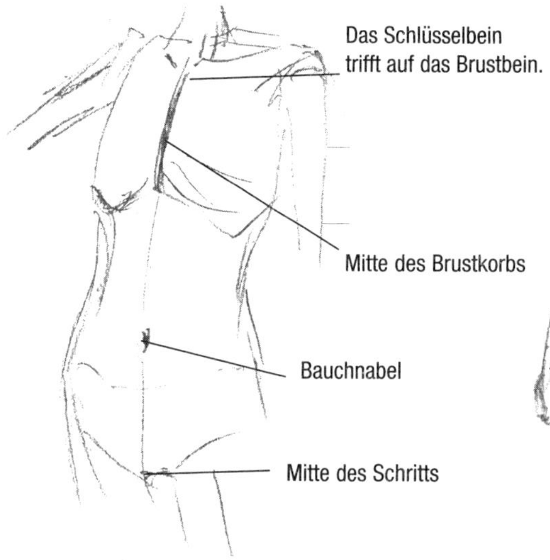

Zeichne eine Linie, die von dem Punkt, an dem das Schlüsselbein auf das Brustbein trifft, über den Brustkorb und den Bauchnabel führt. Das ist die Medianlinie. Mit Hilfe der Medianlinie ist es einfacher, die Symmetrie und Balance zu erfassen, was das Zeichnen erheblich erleichtert.

Verbind die Mittellinien von Vorder- und Rückseite des Körpers miteinander. Das unterstreicht die Dichte des Körpers.

Wenn der Körper nach vorne gebeugt wird und die Form eines seitlichen Vs annimmt, wird die Medianlinie ebenfalls als seitliches V gezeichnet.

Die Form der Axiallinie passt zu der der Wirbelsäule.

Eine stehende Pose mit Hilfe der Wirbelsäule und der Medianlinie zeichnen

Die Schritte, um die Umrisse von Kopf, Rumpf und dem ganzen Körper zu zeichnen, sind genauso wie bei der Rückansicht. Weil man hier nun die Vorderseite sieht, zeichnet man anstelle der Wirbelsäule die Medianlinie. So kannst du das Volumen des Körpers besser erfassen, was den Charakter dreidimensionaler und lebendiger wirken lässt.

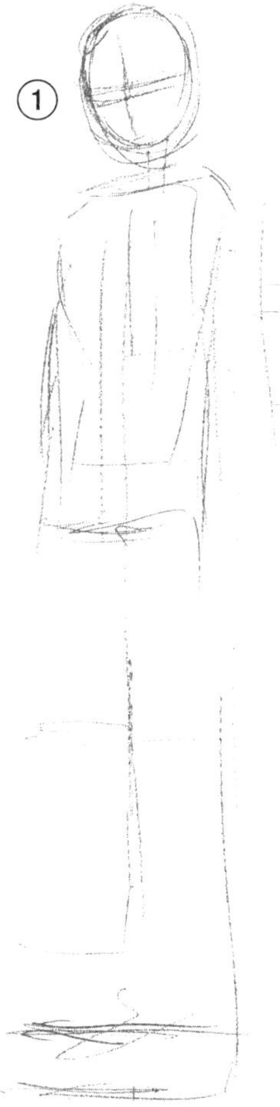

Zeichne zuerst den Kopf und die groben Umrisse für den gesamten Körper.

Zeichne die Richtlinie für die Wirbelsäule und die Medianlinie ein. Füg anschließend die Umrisse der Arme und Beine sowie die Position der Gelenke hinzu.

Bereinig die Umrisslinien.

Eine mehr oder weniger fertige Vorzeichnung

Natürlich wirkende Posen werden von der Medianlinie bestimmt

Wenn man die Wirbelsäule (bzw. Medianlinie) in einer stehenden Pose S-förmig oder leicht gebogen zeichnet, wirkt der Charakter lebhafter.

Je nachdem, wie die Wirbelsäule gebogen ist, verändern sich auch die Umrisse des Körpers.

Eine kerzengerade Wirbelsäule wirkt steif und unbeweglich.

Die Wirbelsäule ist oft wie ein S geformt, wenn Menschen unbewusst und ungekünstelt stehen. Man verlagert häufig beim Stehen sein Gewicht auf die linke oder die rechte Körperhälfte.

Falsch

Falsch: Alle Personen stehen bewusst gerade.

Versuch, regelmäßig zu beobachten, wie sich andere Menschen unbewusst im Alltag bewegen. Dadurch wirst du natürlichere Posen und Verhaltensweisen zeichnen können.

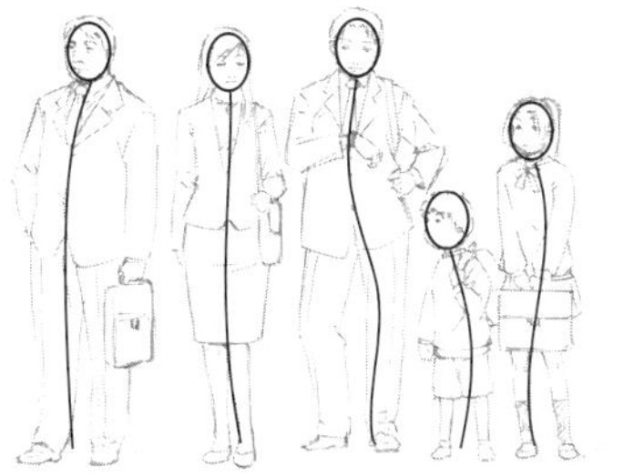

Richtig

Jeder in der Gruppe nimmt eine andere Position ein, wodurch das Bild natürlich wirkt.

Der Körperschwerpunkt bei stehenden Posen

Menschen verändern immer wieder die Position von Kopf, Rumpf, Rücken sowie Armen und Beinen, um nicht umzukippen. Wenn man beim Zeichnen den Körperschwerpunkt berücksichtigt, erzeugt man Charaktere, die stabil und gut ausbalanciert wirken.

Den Abstand zwischen den Füßen berücksichtigen

Wenn man den Körperschwerpunkt beim Zeichnen berücksichtigt, wirken die Charaktere lebhafter und realistischer.

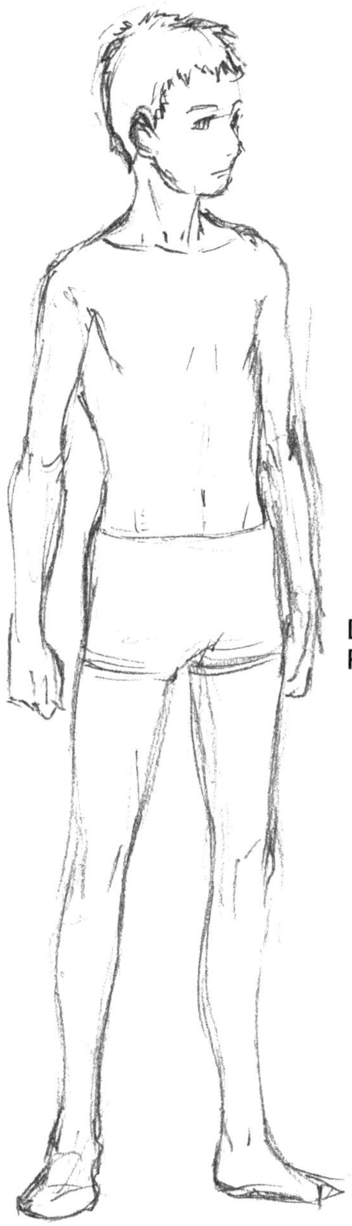

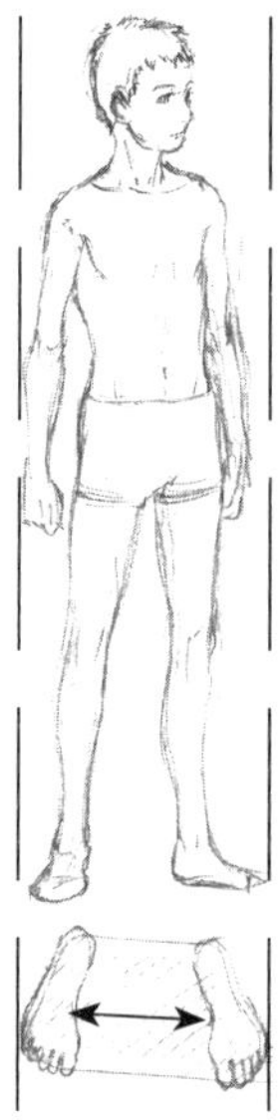

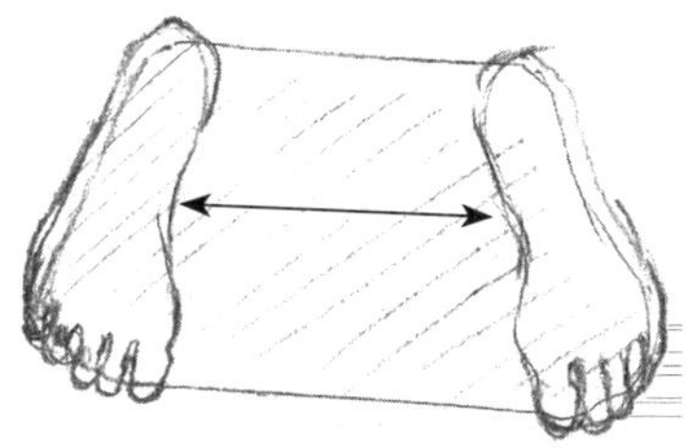

Die Fußstellung der Figur (bzw. der Abstand zwischen den Füßen). Bei einem stehenden Charakter befindet sich der Körperschwerpunkt zwischen den Füßen.

Egal auf welche Seite man das Körpergewicht verlagert, der Körperschwerpunkt befindet sich immer zwischen den beiden Füßen.

Der Abstand zwischen den Füßen und die Position des Kopfes sind das Entscheidende

Zeichnen wir einmal eine senkrechte Linie vom Kopf aus.

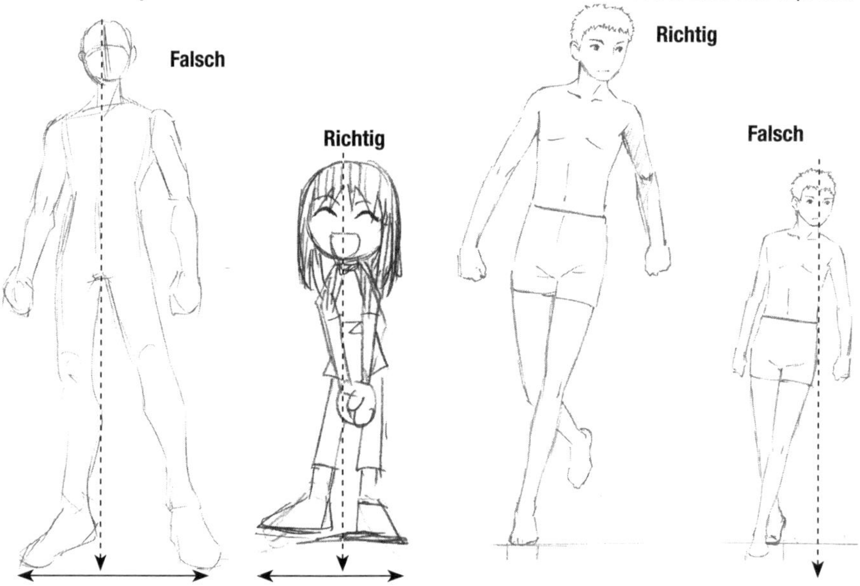

Der Abstand zwischen den Füßen ist weit. Die Figur wirkt mächtig.

Selbst eine Chibi-Figur wirkt stabil, wenn sich ihr Kopf im Abstand zwischen den Füßen befindet.

Wenn man einen Charakter zeichnet, der beim Laufen die Arme und Beine schwingt, wirkt er auch dann stabil, wenn man den Kopf nicht genau im Abstand zwischen den Füßen positioniert.

Wenn der Kopf weit außerhalb des Abstands zwischen den Füßen positioniert wird, wirkt die Figur, als würde sie umkippen. In einem einzelnen Panel kann so eine Figur allerdings auch für einen eindrucksvollen Effekt sorgen.

Den Kopf außerhalb der Füße positionieren

Hinabblicken

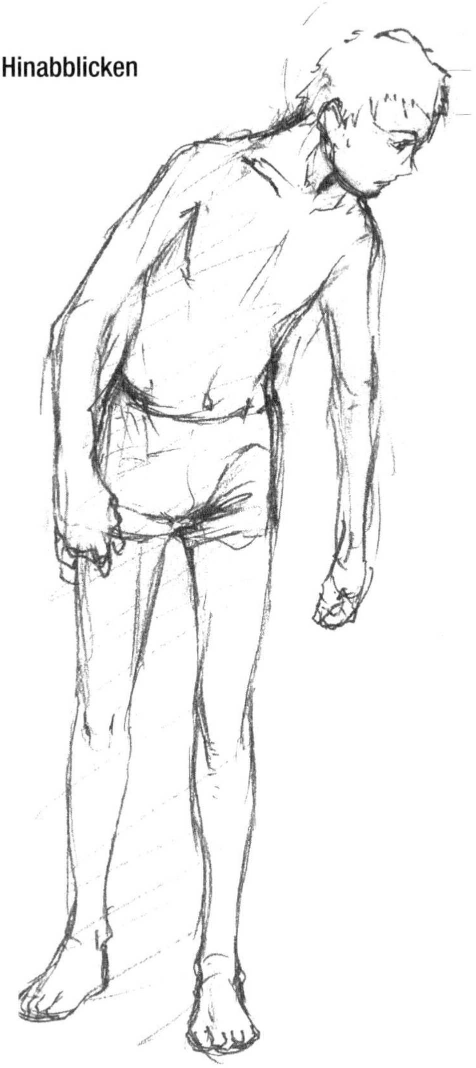

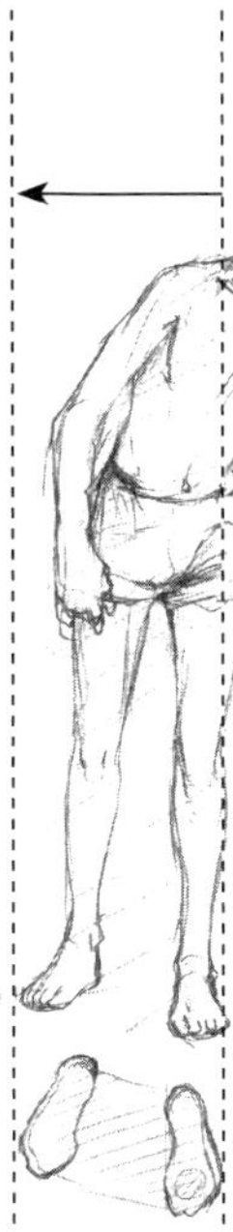

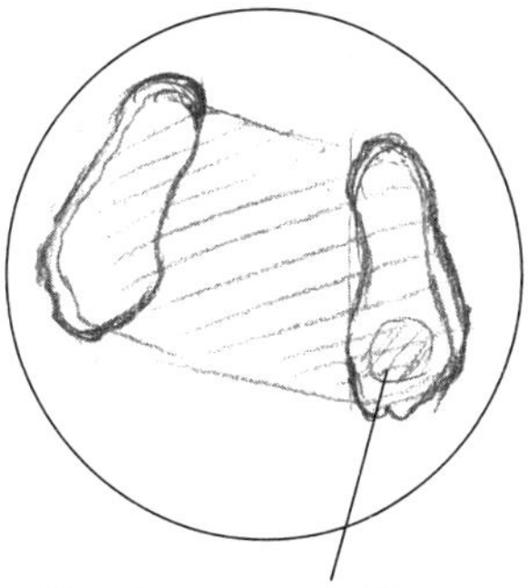

Der Körperschwerpunkt befindet sich auf der Spitze des linken Fußes.

Da sich der Großteil des Körpers innerhalb der Füße befindet, fällt der Charakter nicht um.

Sich nach vorne beugen

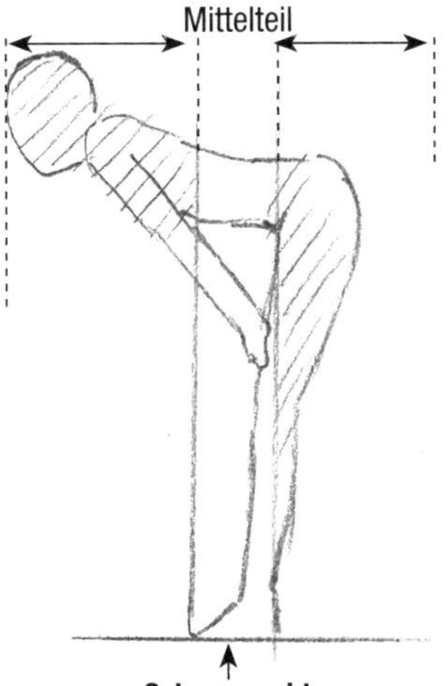

Schwerpunkt

Der Kopf, der Oberkörper und der Unterkörper (inklusive des Hinterns) befinden sich alle außerhalb der Füße. Aber da sich der Körpermittelpunkt über den Füßen befindet, fällt der Charakter nicht nach vorne über.

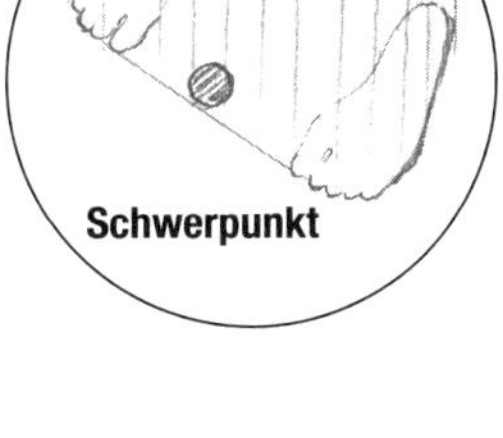

Den Körper auf einem Bein balancieren

Zeichne die Figur so, dass man mit einer senkrechten Linie den Kopf mit dem Fuß, auf dem die Figur steht, verbinden kann. Bei einer laufenden Person verändert sich der Körperschwerpunkt ständig. Daher wirkt die Figur auch stabil, wenn man den Rumpf in einem extrem schrägen Winkel zeichnet.

Auf einem Bein stehen

Wenn man still auf einem Bein steht, befindet sich der Schwerpunkt direkt auf der Fußsohle dieser Seite.

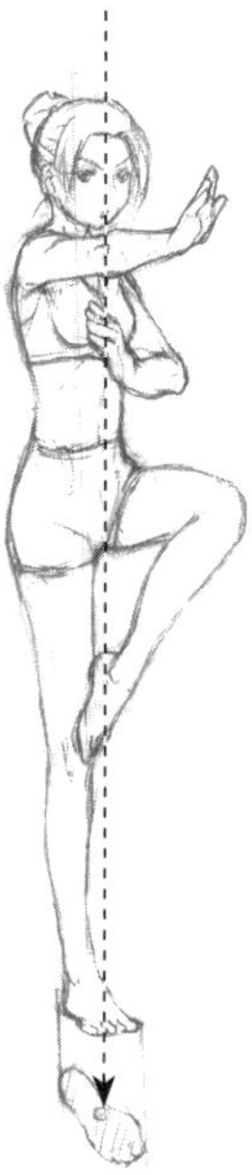

Der Körperschwerpunkt ist fast genau in der Mitte der Fußsohle positioniert.

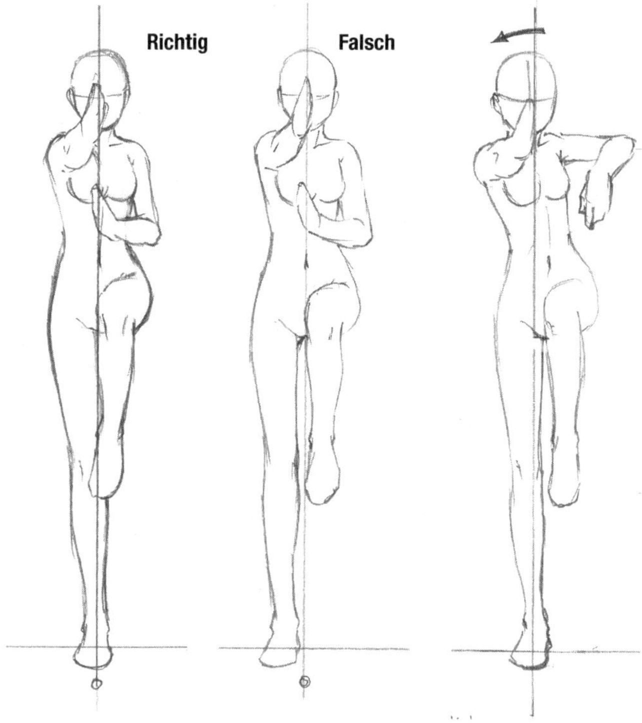

Hier sieht man die Skizze links einmal in der Vorderansicht.

Falsche Version: Hier ist der Körperschwerpunkt in die Mitte verschoben. Normalerweise würde der Charakter so umfallen.

Korrigierte Version: Hier wurde der Oberkörper weiter über das tragende Bein verschoben, so dass der Körperschwerpunkt wieder ausbalanciert wurde. Die Drehung im Oberkörper lässt den Körper dynamischer wirken.

Laufen

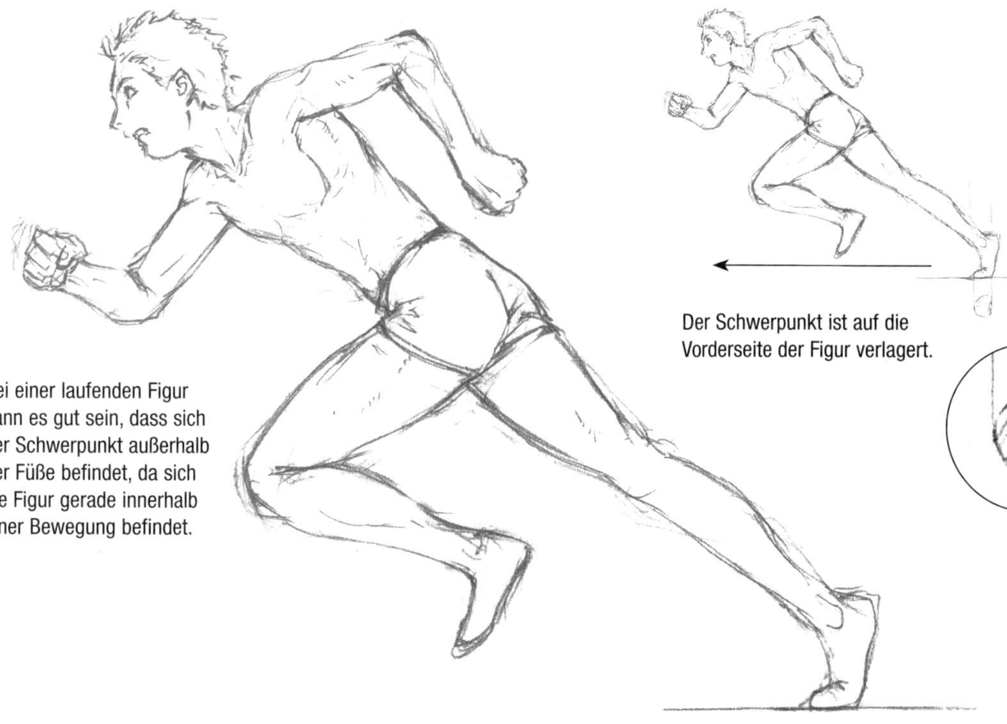

Der Schwerpunkt ist auf die Vorderseite der Figur verlagert.

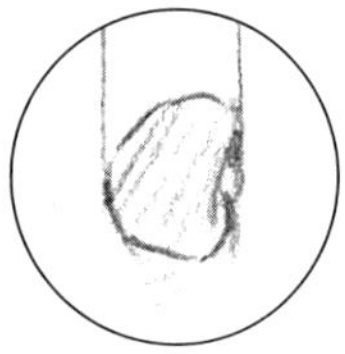

Bei einer laufenden Figur kann es gut sein, dass sich der Schwerpunkt außerhalb der Füße befindet, da sich die Figur gerade innerhalb einer Bewegung befindet.

Sich vor- und zurücklehnen

Die Balance wird immer auf die gleiche Weise erlangt, egal, ob die Figur etwas trägt oder nicht.

Sich zurückbeugen

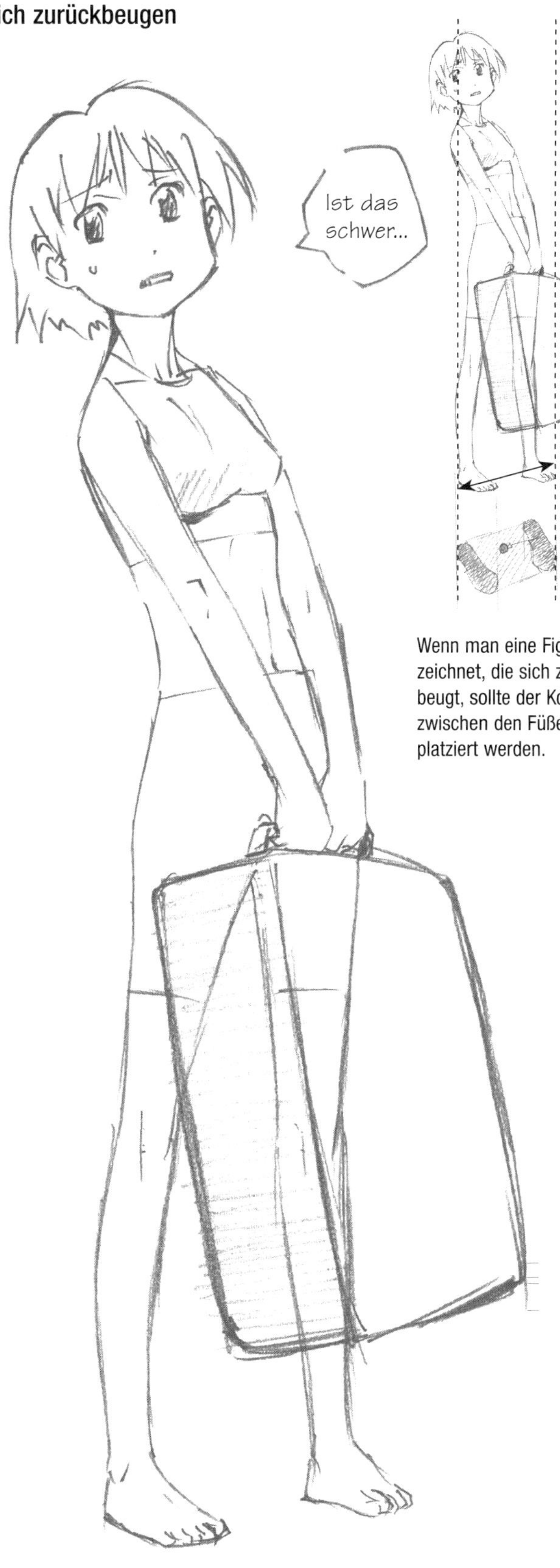

Wenn man eine Figur zeichnet, die sich zurückbeugt, sollte der Kopf zwischen den Füßen platziert werden.

Sich nach vorne beugen

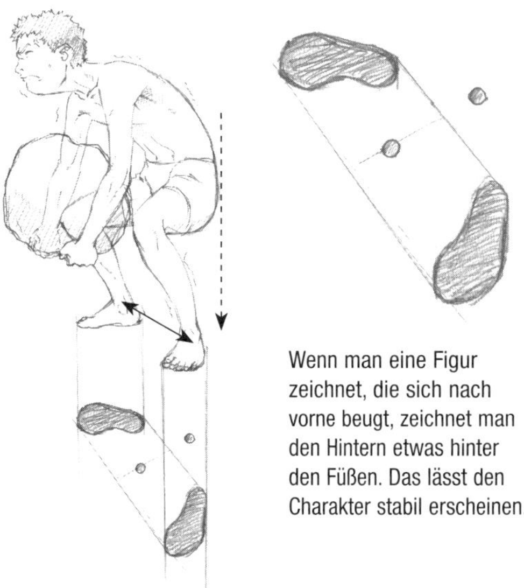

Wenn man eine Figur zeichnet, die sich nach vorne beugt, zeichnet man den Hintern etwas hinter den Füßen. Das lässt den Charakter stabil erscheinen.

Der Aufbau des Körpers

Betrachten wir einmal den grundlegenden Aufbau des Skeletts und der Muskeln.

Die wichtigsten Körperteile und ihre Bezeichnungen

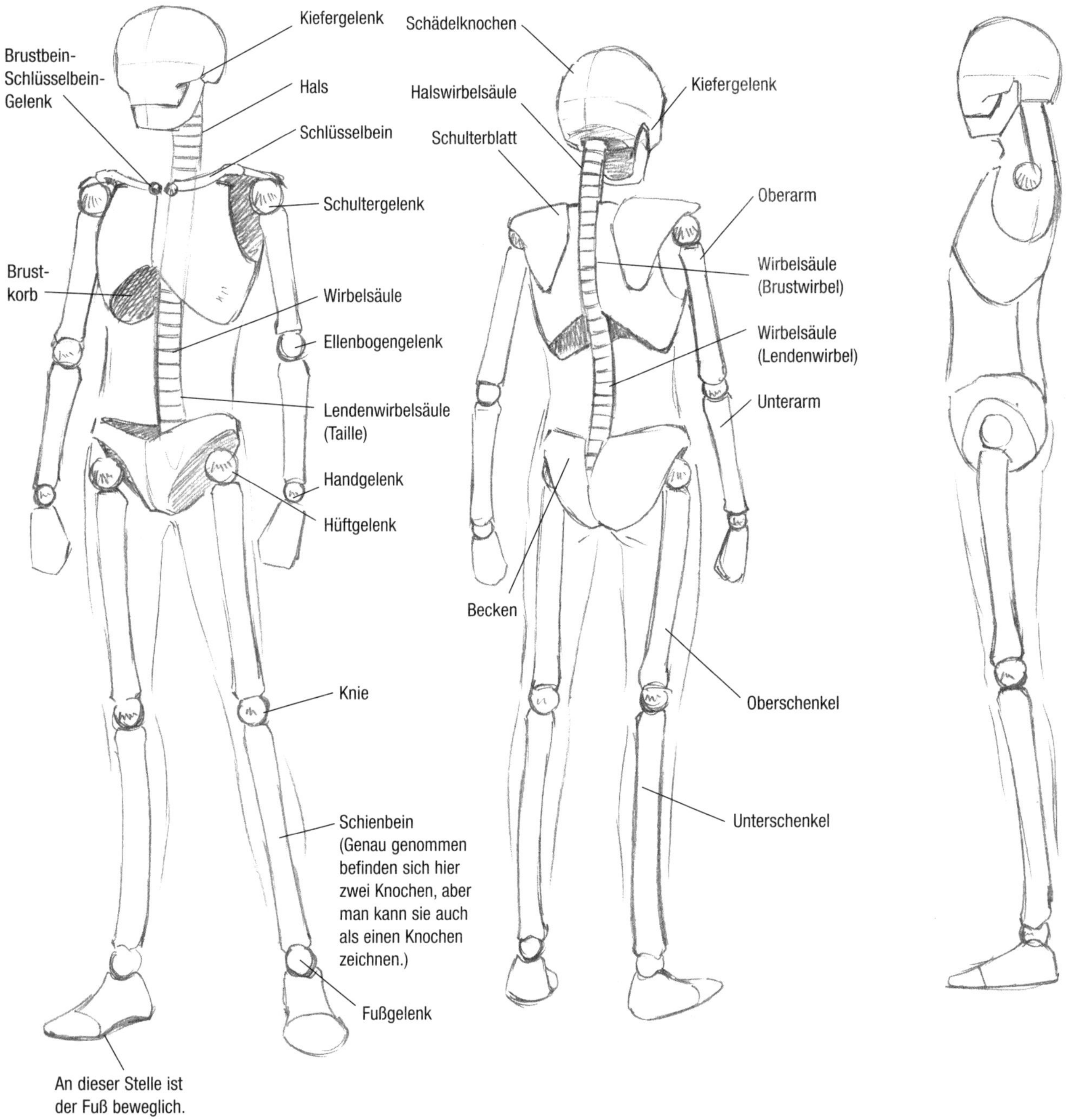

Bewegliche Körperteile

Die Gelenke machen Beug- und Streckbewegungen möglich. Sie haben eine gewisse Elastizität, was eine leichte Dehnung möglich macht.

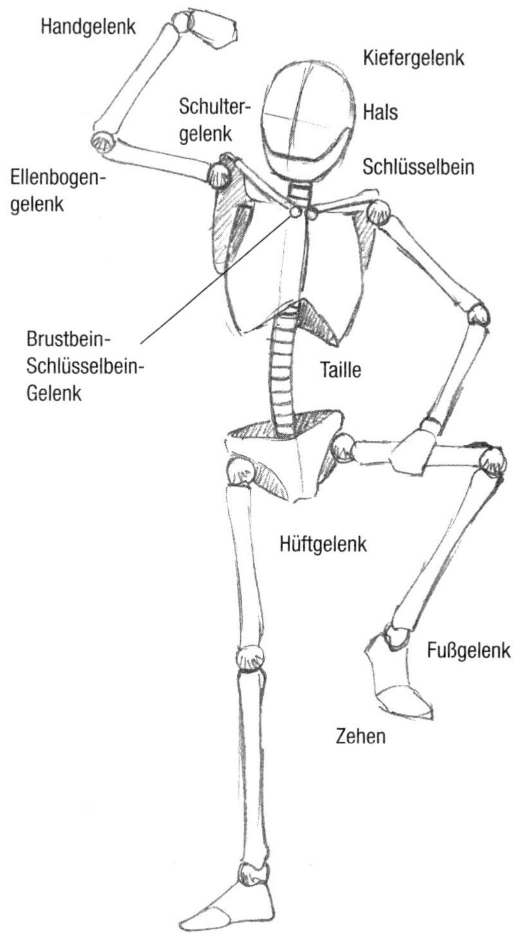

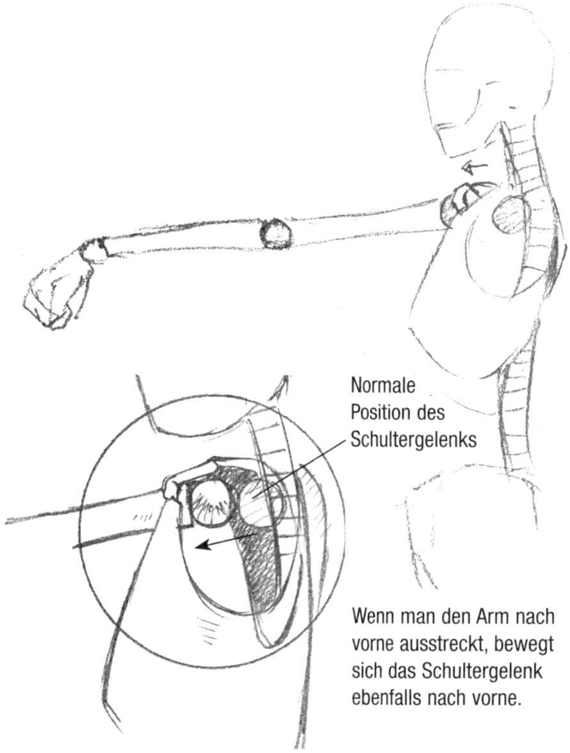

Wenn man den Arm nach vorne ausstreckt, bewegt sich das Schultergelenk ebenfalls nach vorne.

Hals und Wirbelsäule sind eine Reihe kleiner Knochen und Gelenke, die Beuge- und Drehbewegungen möglich machen.

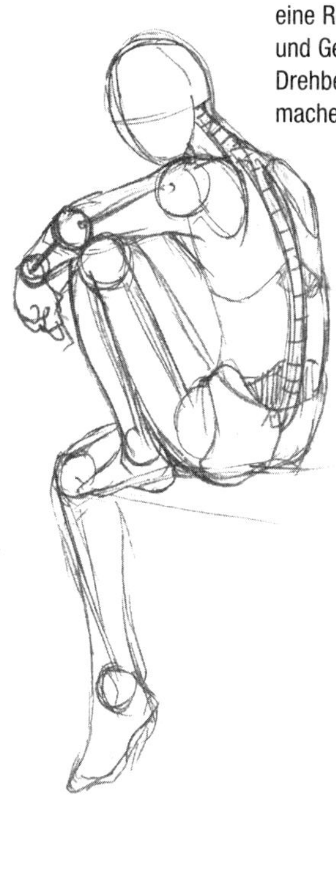

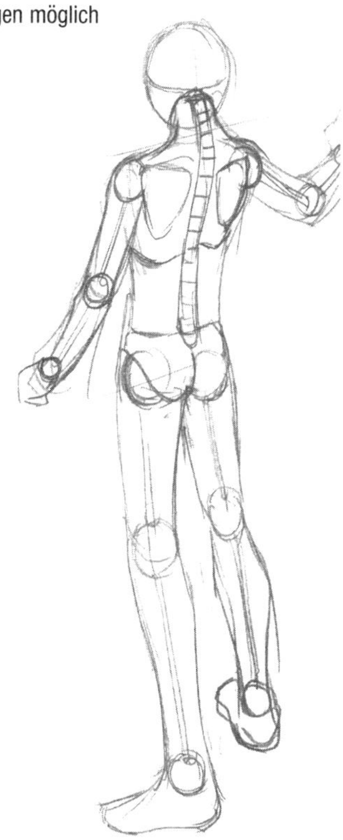

Kniegelenk

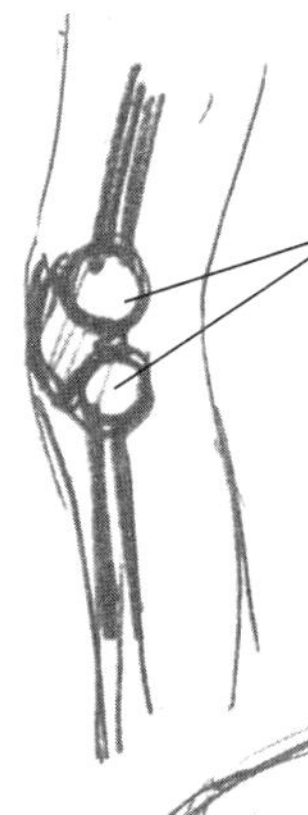

Die Enden der Knochen sind mit der Kniescheibe verbunden. Die Sehnen und Bänder im Kniegelenk sind dehnbar, weswegen wir uns hinknien können.

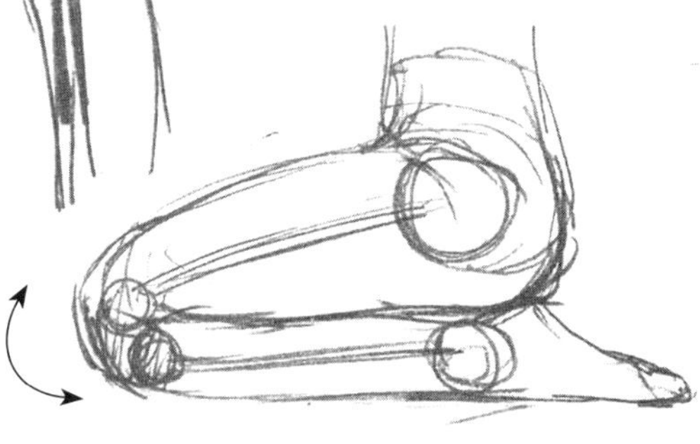

Muskeln, die die Körperform beeinflussen

Zeichne bei den Umrisslinien des Körpers die Unebenheiten der Muskeln ein. Versuch einmal, dir die Namen der wichtigsten Muskeln zu merken, vor allem die, die fett gedruckt sind.

Muskeln der Vorderseite

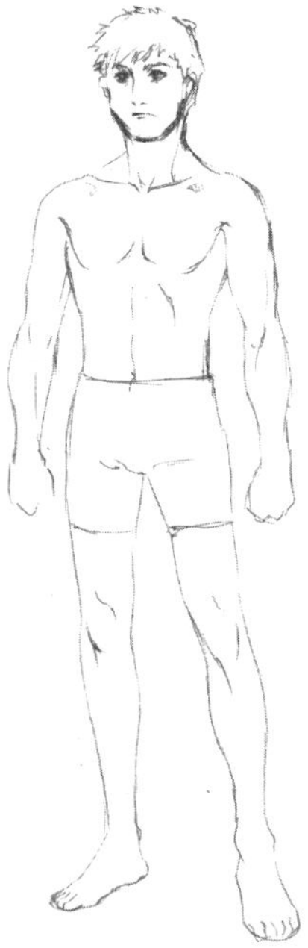

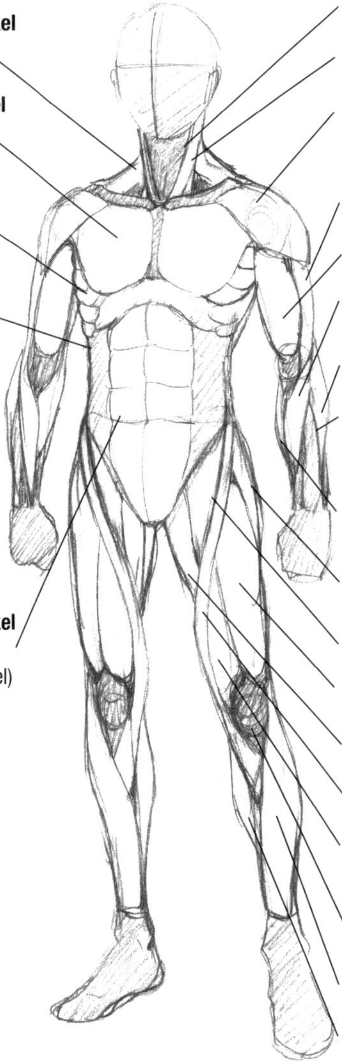

Diese Zeichnung zeigt die wichtigsten Muskeln in der Vorderansicht, in Gruppen zusammengeschlossen.

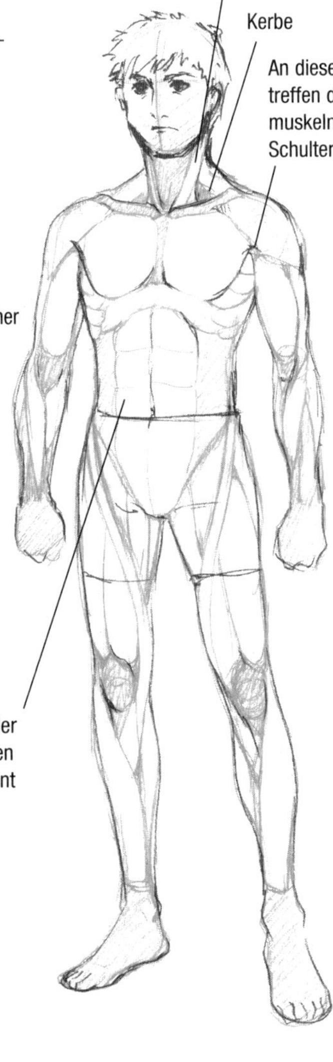

Hier sind die Muskeln gezeichnet, wie sie wirklich aussehen. Es ist nicht nur schwierig, alle Muskeln zu identifizieren, sondern auch, sie praktisch darzustellen.

Muskeln in der Seitenansicht

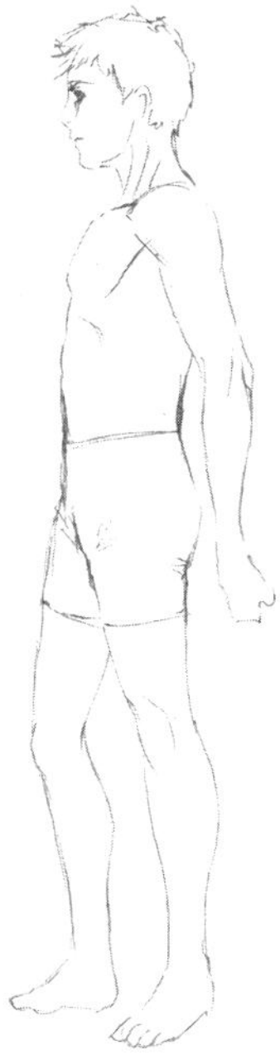

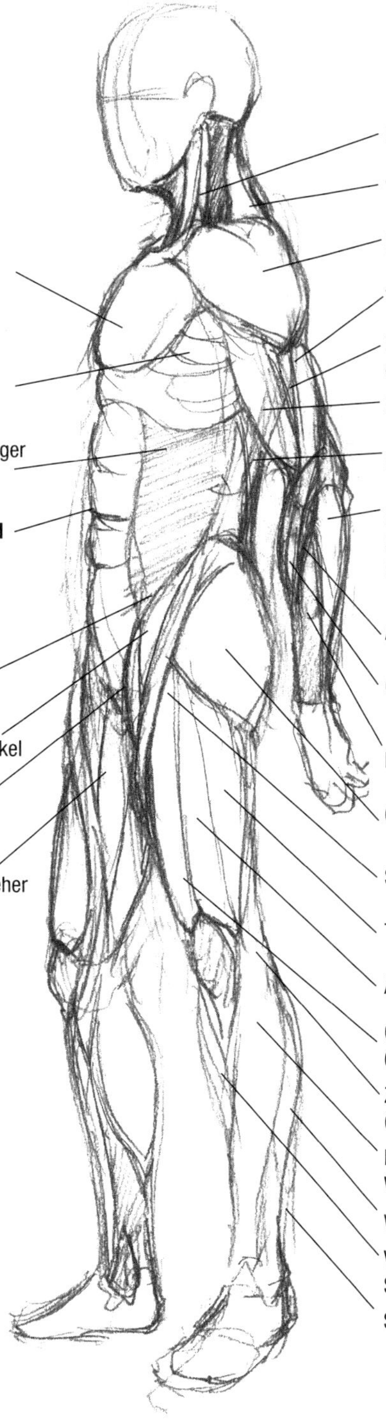

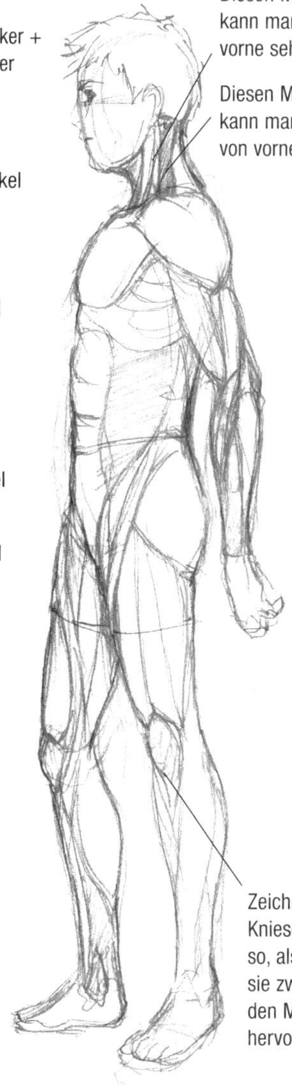

Die Muskeln von hinten

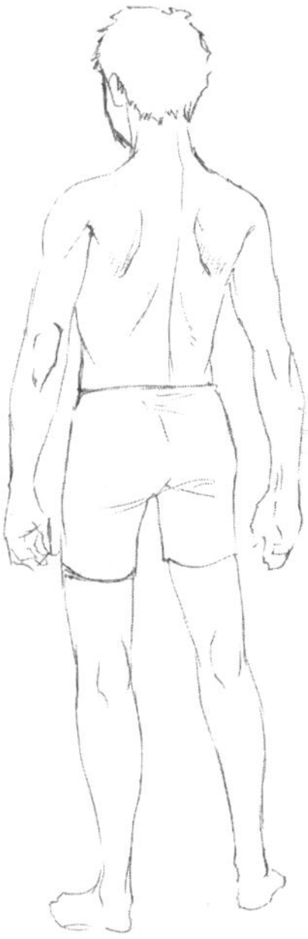

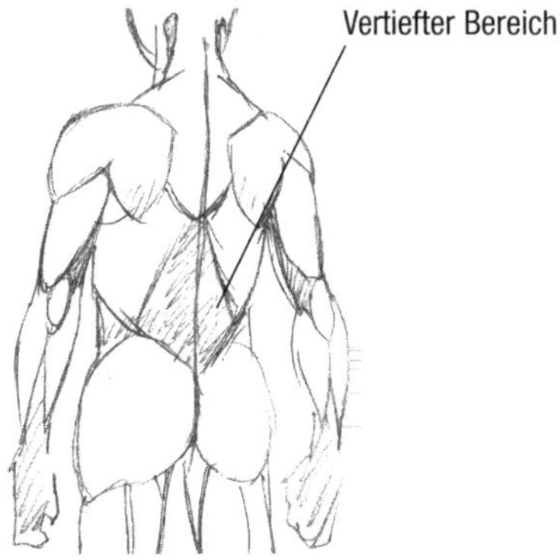

Wenn du einen weiblichen Charakter zeichnest, achte darauf, die Vertiefung im Rücken zu betonen, damit der Körper anmutig wirkt.

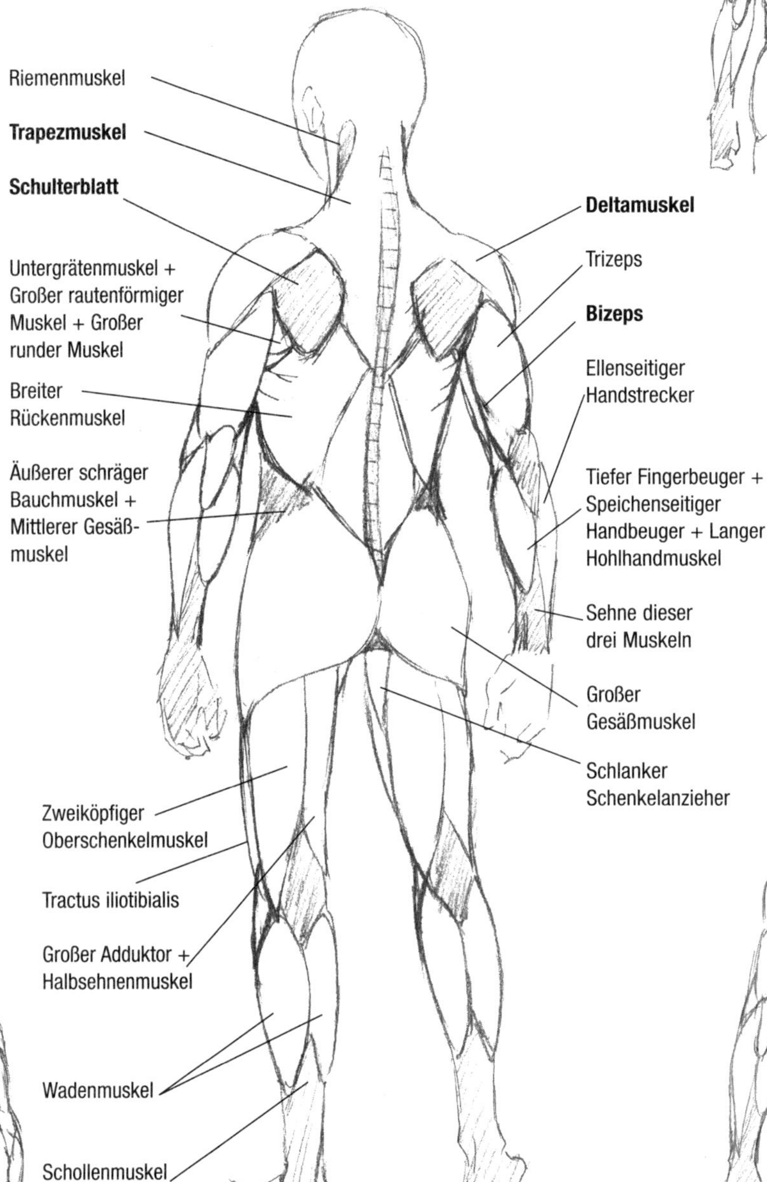

Betone die Schulterblätter und die Ellenbogen.

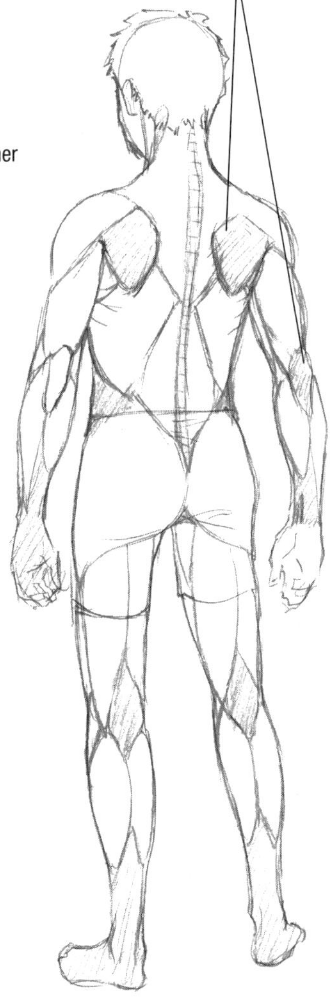

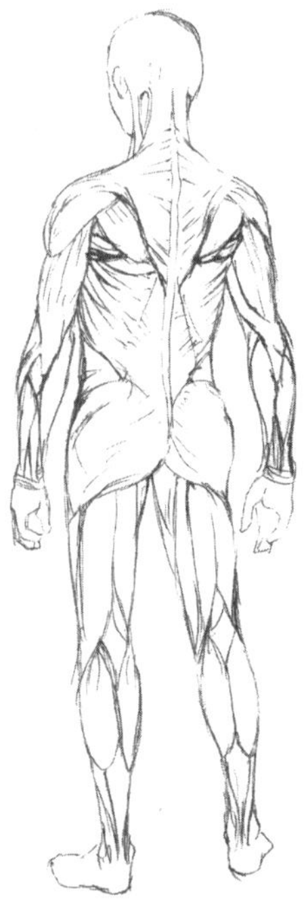

Diese detaillierte Zeichnung zeigt, wie die komplexen Muskeln des Rückens in Wirklichkeit aussehen.

Die Konturen des Körpers darstellen

Arbeite Unebenheiten in die Umrisslinien ein, um dem Körper und den Muskeln eine Dreidimensionalität zu verleihen.

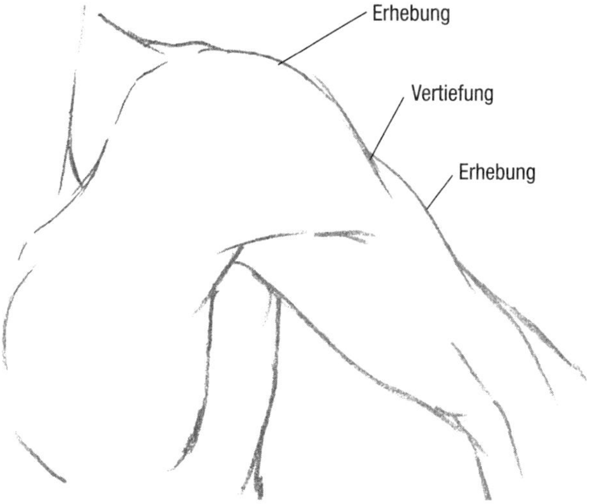

Ruf dir immer die Struktur der Muskeln ins Gedächtnis, wenn du auf dem Körper Erhebungen und Vertiefungen einzeichnest. Durch das Betonen dieser natürlichen Unebenheiten erzeugt man die Illusion echter Muskeln.

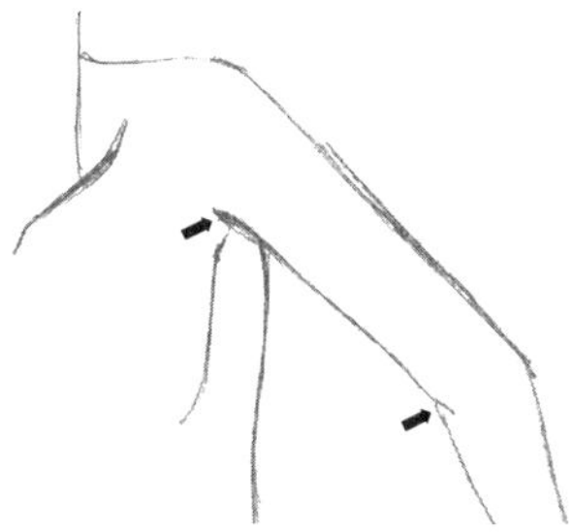

In diesem Beispiel wurden keine Unebenheiten eingezeichnet. Wenn man mit den Umrisslinien betont, wo der Oberarm mit der Schulter und dem Ellenbogen verbunden ist, wirkt der Charakter trotzdem dreidimensional.

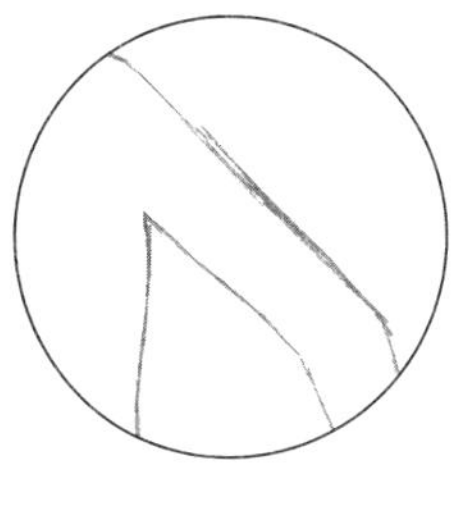

In diesem Beispiel wirkt der Körper flach, weil die Konturen des Oberarms nicht in die Schulter oder den Ellenbogen hineinragen. Die Dreidimensionalität fehlt ganz.

Muskeln sind wie eine Gebirgskette

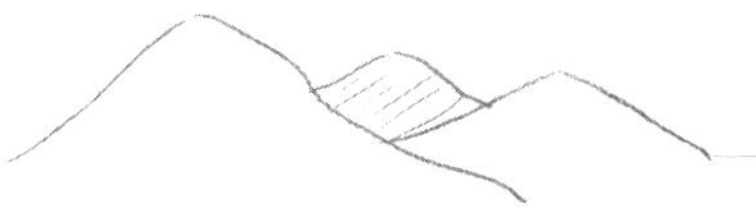

Der hintere Berg wird von den Umrissen der vorderen Berge verdeckt. Dinge, die sich weiter vorne in einem Bild befinden, verdecken Dinge, die weiter hinten sind. Dies verleiht einem Bild Tiefe.

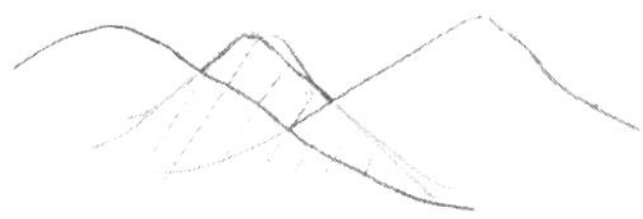

Muskeln sind eigentlich eine Ansammlung vieler übereinanderliegender Muskelschichten. Daher ist es hilfreich, sich bewusst zu sein, welche Muskeln hervortreten und welche sich im Hintergrund befinden und von anderen verdeckt werden, um ein Gefühl der Dreidimensionalität zu erzeugen.

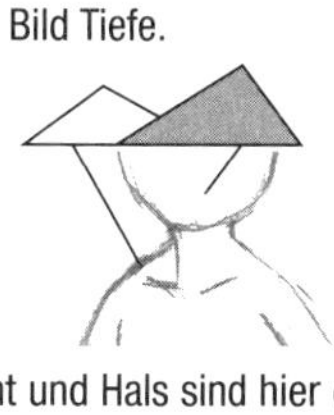

Gesicht und Hals sind hier ein Berg im Vordergrund, die rechte Schulter ist ein Berg im Hintergrund. Durch nur eine einfache Linie wirkt die Figur so gleich viel dreidimensionaler.

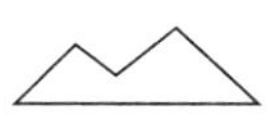

Hier kann man nicht erkennen, was sich weiter vorne und was sich weiter hinten befindet. Die Figur wirkt völlig flach.

Unterschiedlichen Körperbau darstellen

Durchschnittlicher Körperbau

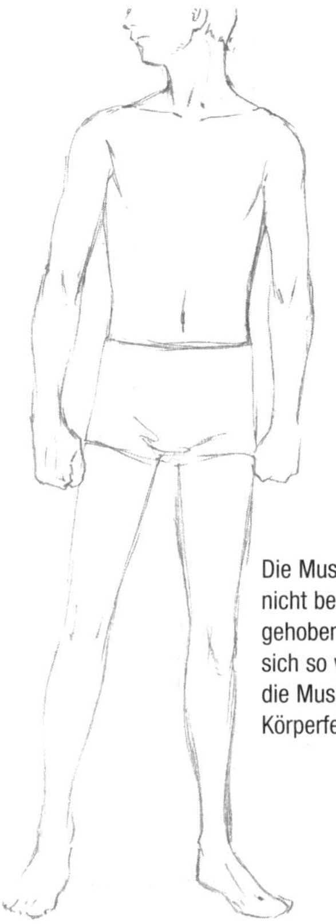

Die Muskeln werden nicht besonders hervorgehoben. Man kann es sich so vorstellen, dass die Muskeln unter dem Körperfett versteckt sind.

Muskulöser Körperbau

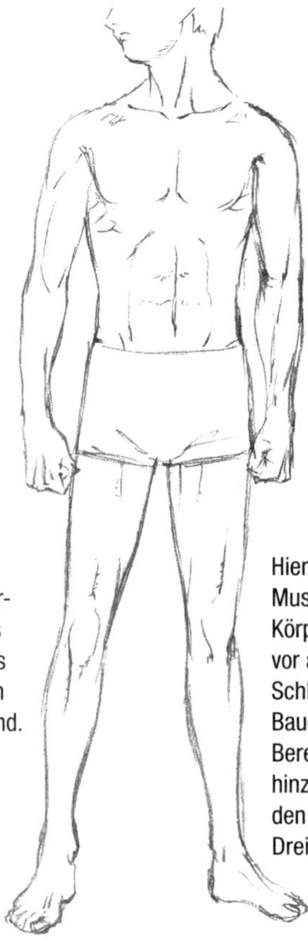

Hier zeichnen sich die Muskeln am ganzen Körper ab. Wenn man vor allem im Bereich des Schlüsselbeins, in der Bauchgegend und im Bereich der Knie Linien hinzufügt, betont man den Eindruck von Dreidimensionalität.

Schmaler Körperbau

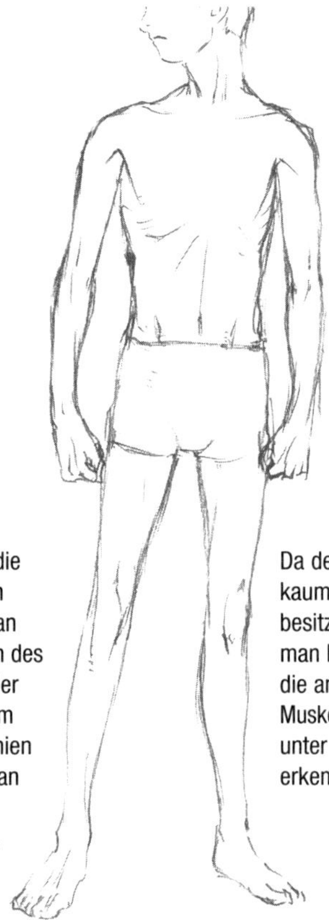

Da der Charakter kaum Körperfett besitzt, zeichnet man hier Linien ein, die andeuten, wie Muskeln und Knochen unter der Haut zu erkennen sind.

Einen kräftigen Körperbau zeichnen

Die Muskeln detailliert darstellen

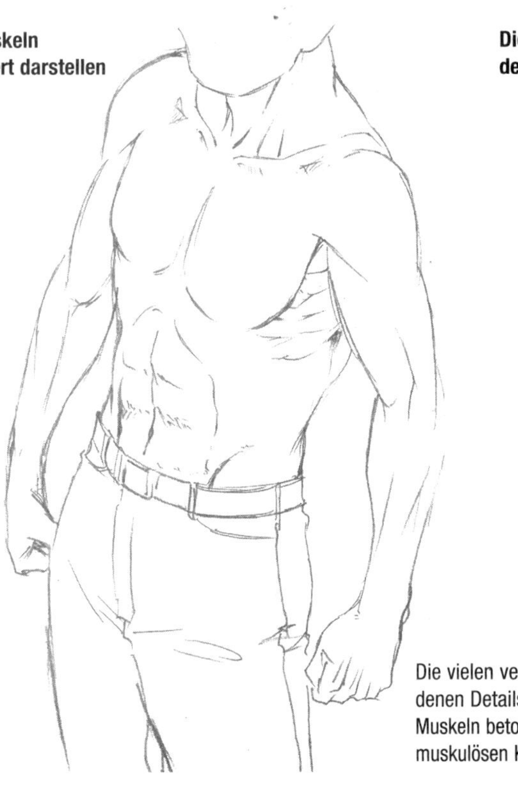

Die vielen verschiedenen Details der Muskeln betonen den muskulösen Körperbau.

Die Muskeln nicht detailliert darstellen

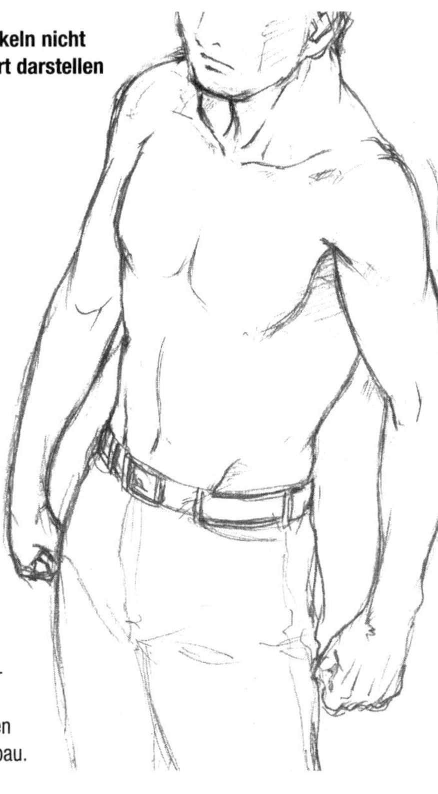

Es reicht bereits, die Muskeln nur in den Umrissen und an der Brust zu betonen, um einen kräftigen Körperbau zu unterstreichen.

Jeder Charakter, egal in welchem Stil er dargestellt wird, hat unter seiner Haut Muskeln. Je nach Bewegung des Körpers bewegen sich auch die Muskeln. Wenn man sich beim Zeichnen auch nur ein wenig die Existenz der Muskeln bewusst macht, wird der Charakter wesentlich lebendiger und dynamischer.

Hier sieht man eine Darstellung von Rückenmuskulatur. Indem man die Erhebungen an den Schulterblättern und den Rückenmuskeln betont, kann man die Stärke eines durchtrainierten Kampfsportlers gut zur Geltung bringen.

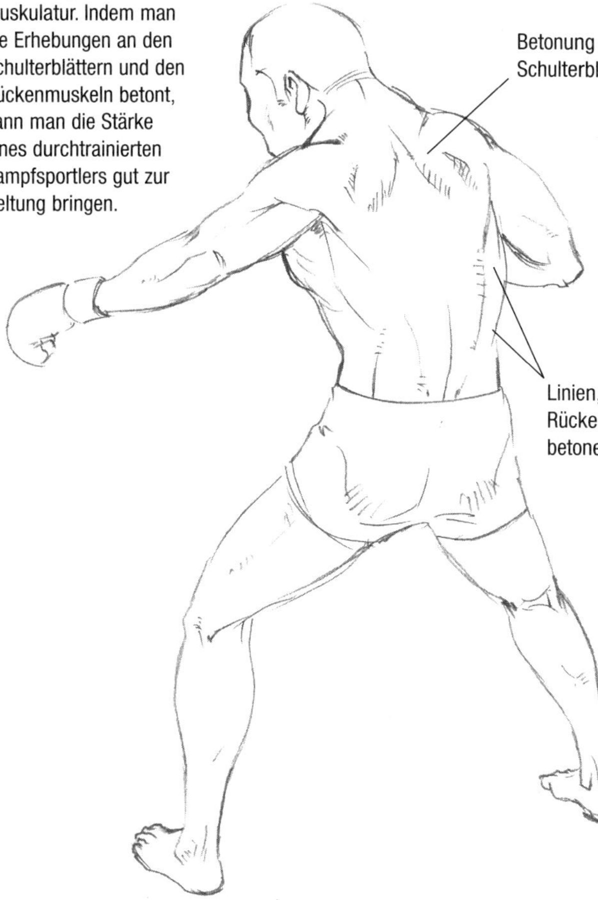

Bei weiblichen Charakteren sind die Muskeln an den Schultern ein wichtiger Teil der Darstellung. Wenn man eine kleine Erhebung an den Schultern zeichnet, wirkt der Charakter muskulös, aber immer noch weiblich.

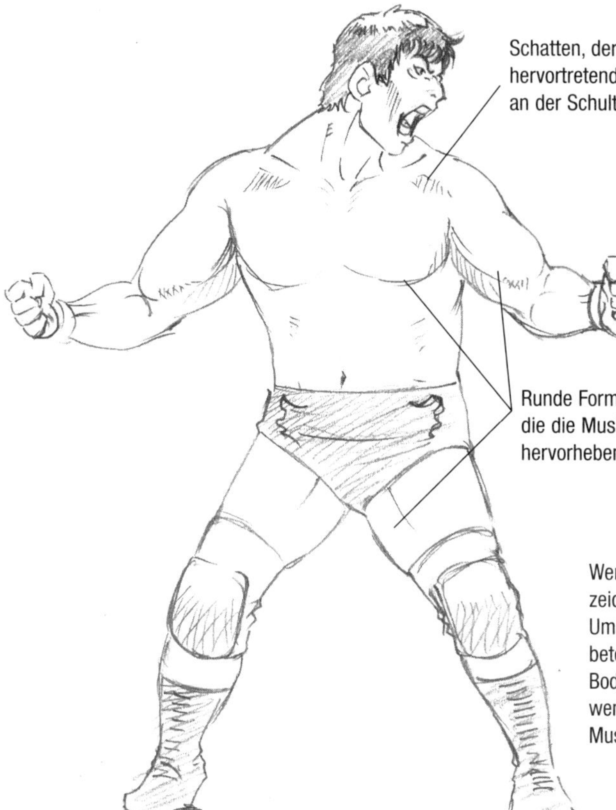

Wenn man die Muskeln eines Wrestlers zeichnet, benutzt man nicht die genauen Umrisse, um jeden einzelnen Muskel zu betonen, so wie man es z.B. bei einem Bodybuilder machen würde, sondern verwendet runde, hervortretende Formen, um Muskeln in Brust und Armen darzustellen.

Unterschiede zwischen männlichem und weiblichem Körperbau

Wenn man sich männliche Körper als »harte Körper« mit einer wohldefinierten Muskulatur und weibliche Körper als »weiche Körper« mit weichem Körperfett bewusst macht, kann man ein breites Spektrum an Charakteren darstellen.

Ein »harter Körper« für Männer
Heb bei männlichen Körpern besonders Sehnen und Muskeln hervor, um einen kräftig gebauten Eindruck zu erzeugen.

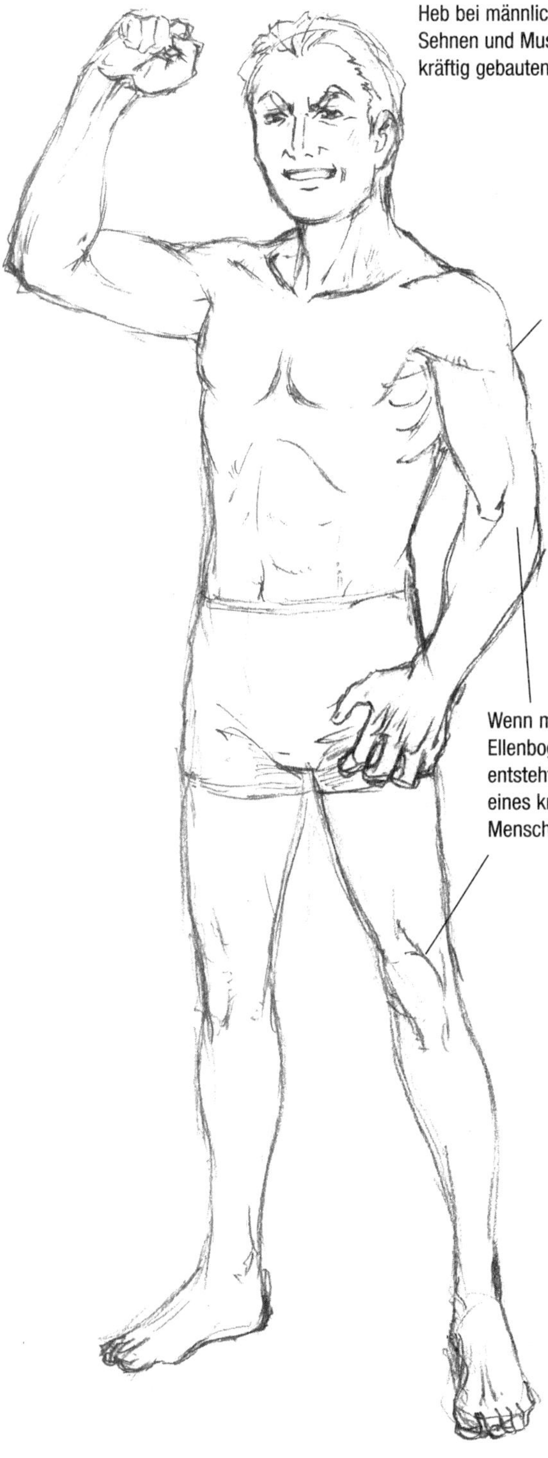

Zeichne eine leichte Vertiefung an der Stelle ein, an der Arm und Schulter aufeinandertreffen.

Wenn man Knie und Ellenbogen betont, entsteht der Eindruck eines kräftig gebauten Menschen.

Ein »weicher Körper« für Frauen
Halt dich bei weiblichen Körpern mit der Darstellung von Muskeln zurück. Die Andeutung von Körperfett unter der Haut erzeugt einen weichen, geschmeidigen Eindruck.

Zeichne die Arme schlank.

Sanfte Rundungen an Ober- und Unterschenkel erzeugen den Eindruck von weichem Körperfett unter der Haut.

Der Körperausdruck

Männliche Charaktere: Die Darstellung von Muskeln erzeugt Männlichkeit

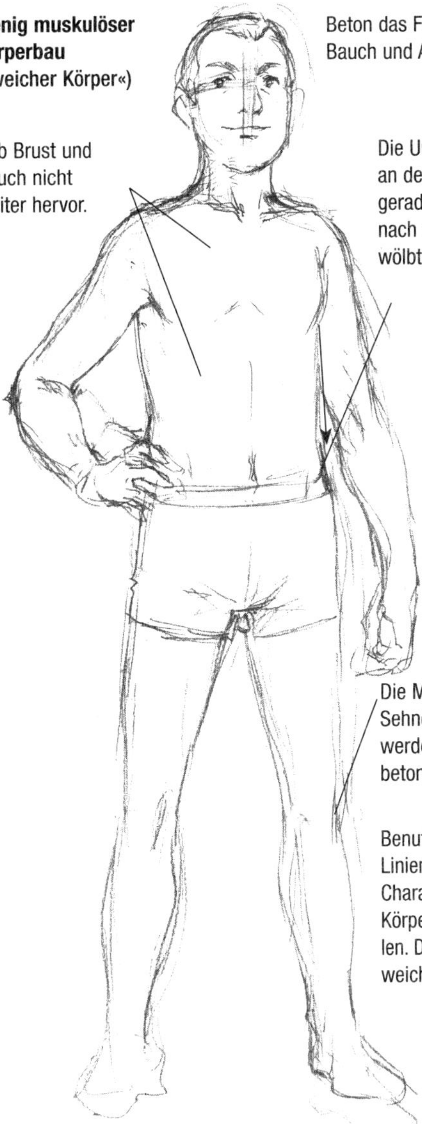

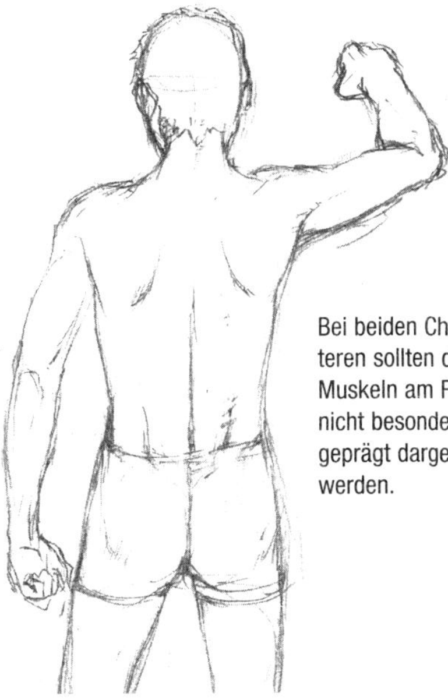

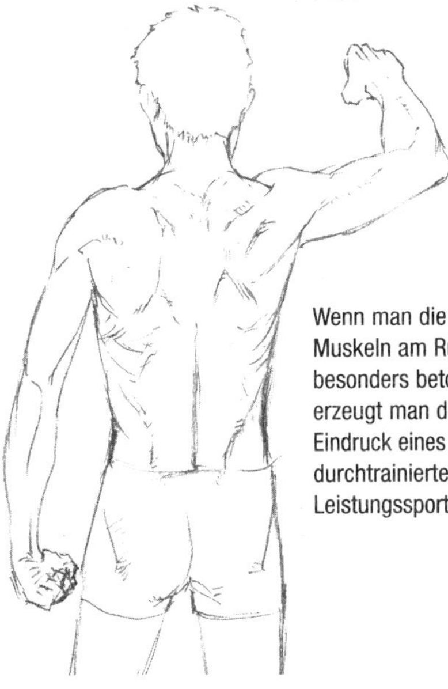

Weibliche Figuren: Die Darstellung von Körperfett sorgt für einen Ausdruck von Weiblichkeit

Bei weiblichen Körpern ist der allgemeine Körperfettanteil größer als bei Männern, und die Muskeln haben weichere Formen. Zeichne weibliche Charaktere immer mit sanften Rundungen.

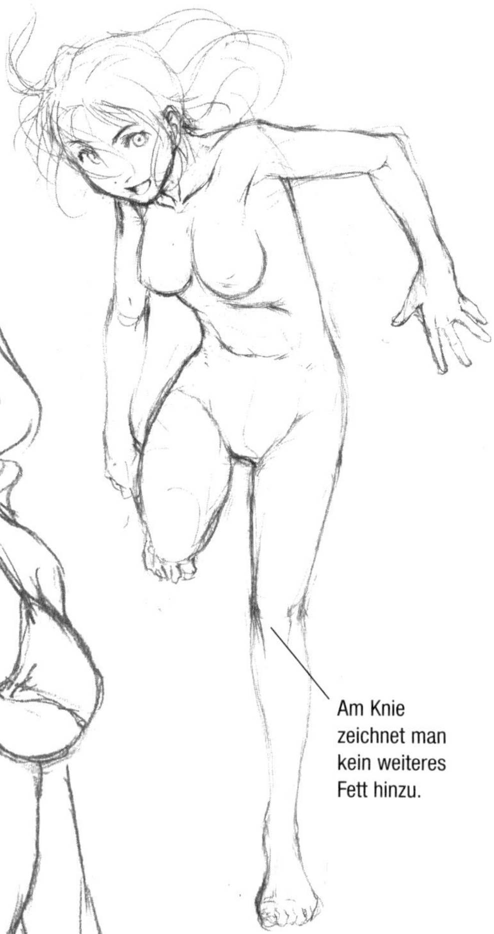

Am Knie zeichnet man kein weiteres Fett hinzu.

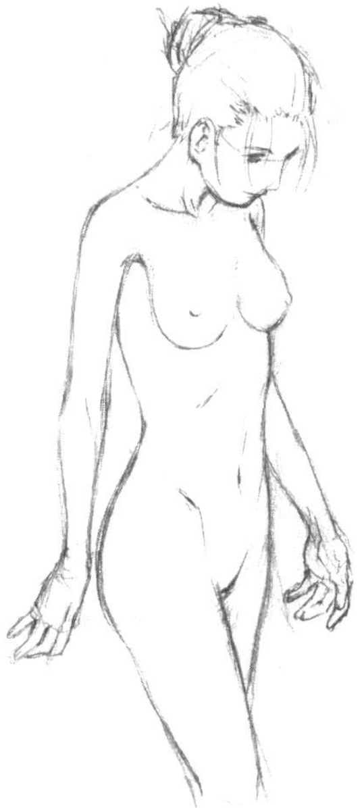

Zeichne auch einen sehr schlanken Charakter so, dass der Körper weich wirkt, und gib den Rundungen an Brust und Hüfte genügend Volumen.

Da sich am Hintern das Körperfett leicht sammelt, zeichne ihn mit gebogenen Linien.

Muskulöse Frauen

Wenn man einen weiblichen Charakter mit ausgeprägten Muskeln zeichnet, wirkt er maskuliner und bekommt so einen Ausdruck von Kraft.

Wenn eine Frau viel trainiert, verliert sie zunächst Körperfett, bevor sich bei ihr Muskelmasse ausbildet. Daher sind bei einer weiblichen durchtrainierten Figur die Muskeln nicht so deutlich sichtbar ausgeprägt wie bei einer männlichen.

Maximale Ausbildung weiblicher Muskeln

Ein Mann, der nur durchschnittlich viel trainiert, sollte ähnlich starke Muskeln haben wie eine voll durchtrainierte Frau.

Unterschiede bei den Proportionen

Zeichne bereits in den groben Umrissen männliche und weibliche Körper auf eine unterschiedliche Art und Weise.

Vorderansicht

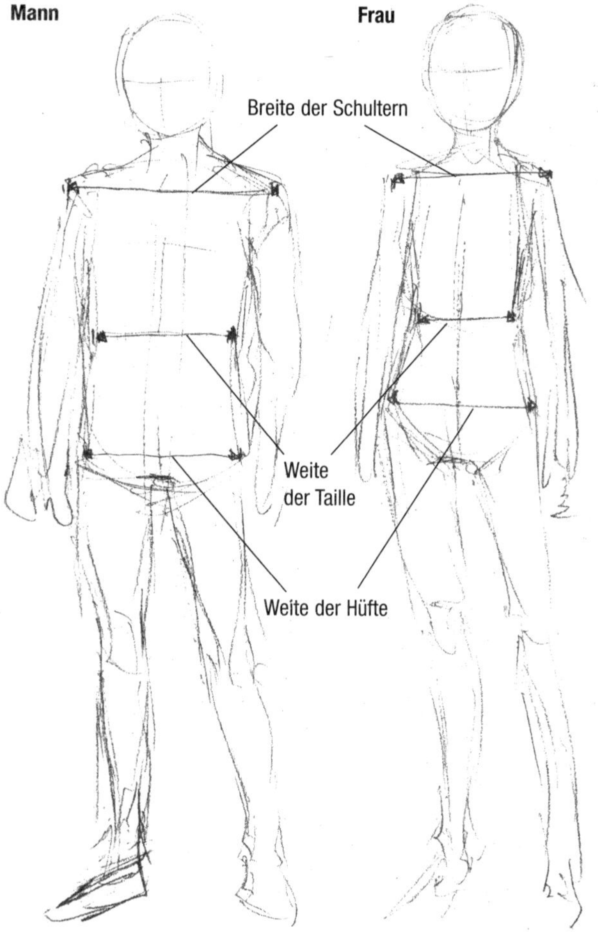

Diese Proportionen gelten sowohl für die Vorder- als auch für die Rückansicht. Weibliche Figuren haben schmalere Schultern und eine schlankere Taille. Die Hüfte ist bei männlichen und weiblichen Charakteren ungefähr gleich breit.

Grobe Darstellung der Unterschiede zwischen Mann und Frau

Seitenansicht

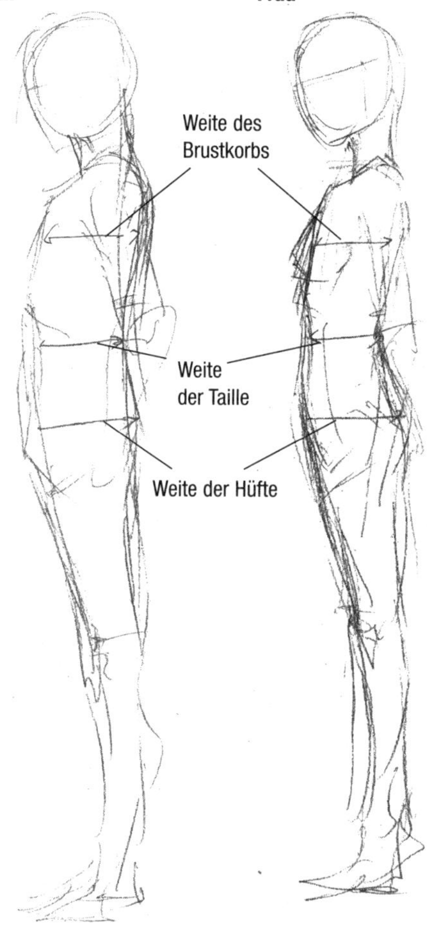

Weibliche Figuren haben einen schmaleren Brustkorb und eine schlankere Taille als männliche Figuren. In der Weite der Hüfte ist kein besonders großer Unterschied zu erkennen.

Unterschiedliche Rundungen des Hinterns

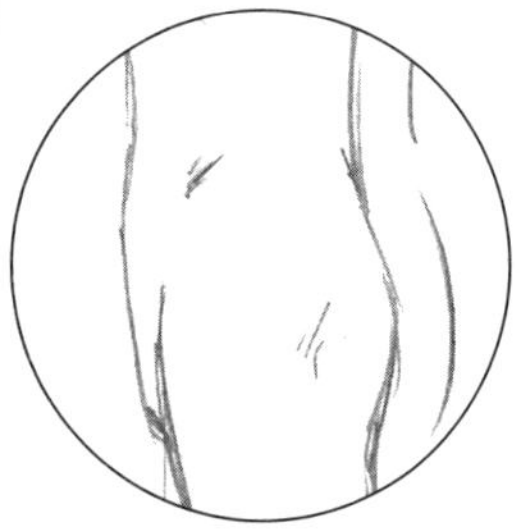

Männliche Figuren haben eher einen flachen Hintern.

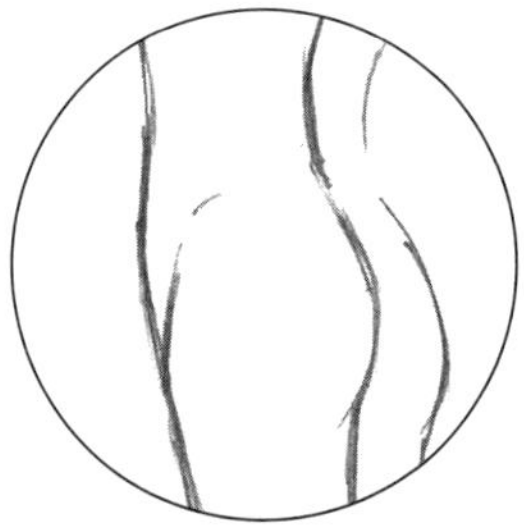

Weibliche Figuren haben einen runderen Hintern.

Die Rundung der Wirbelsäule ist bei männlichen und weiblichen Charakteren ungefähr gleich. Der Unterschied liegt in der Rundung des Hinterns, worauf du beim Zeichnen achtgeben solltest.

Unterschiede bei der Silhouette von der Seite

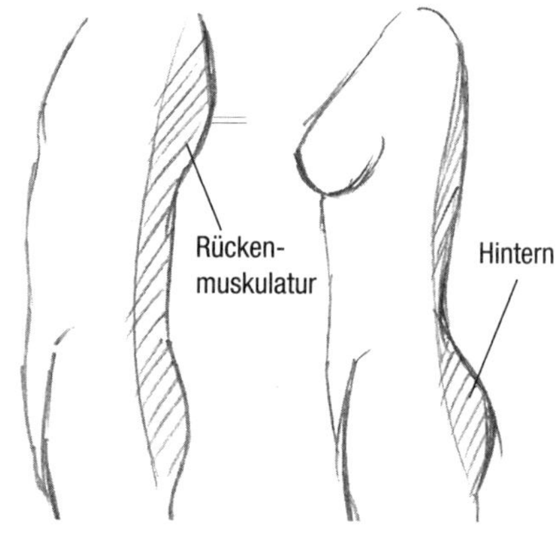

Bei dem Mann tritt die Rückenmuskulatur hervor.

Bei der Frau tritt der Hintern hervor.

Achte beim Zeichnen auf die Rückenmuskulatur und die Form des Hinterns.

Rückansicht

Mann

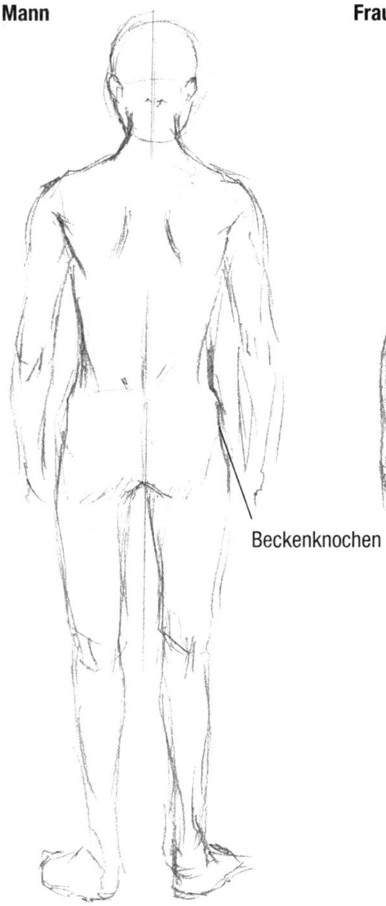

Die Figur besteht aus geraden Linien mit Ecken und Kanten.

Frau

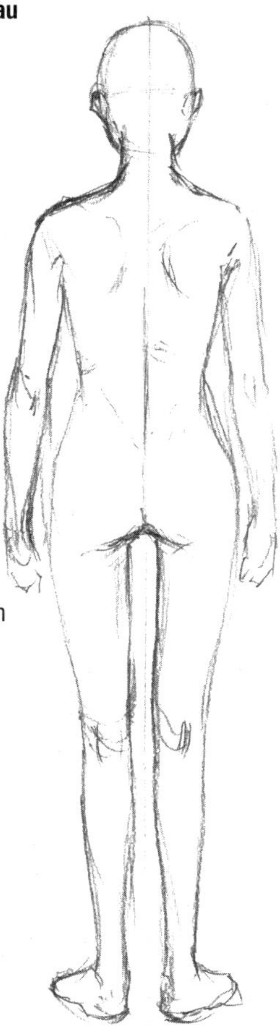

Der ganze Körper besteht aus runden, weichen Linien.

Unterschiedlich große Körperteile

Mann

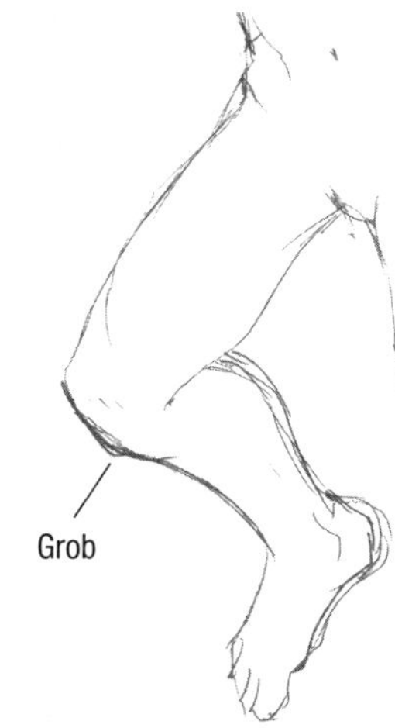

Frau

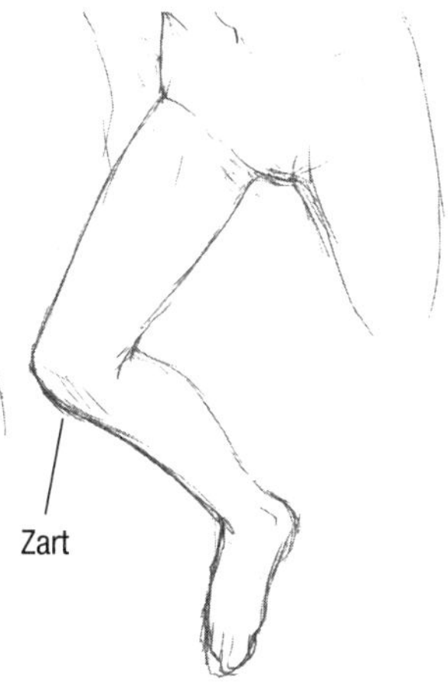

Mann

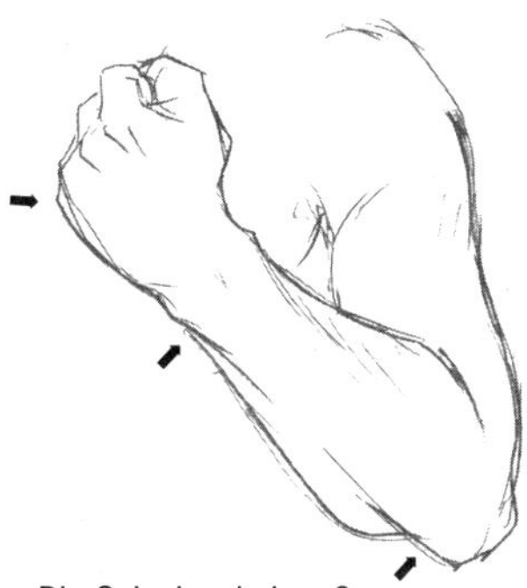

Die Gelenke sind groß und auffällig.

Frau

Die Gelenke sind klein und unauffällig.

Unterschiede beim Körperumfang

Mann

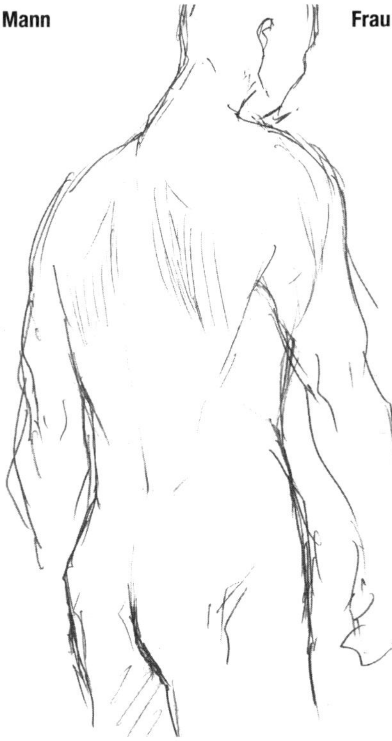

Frau

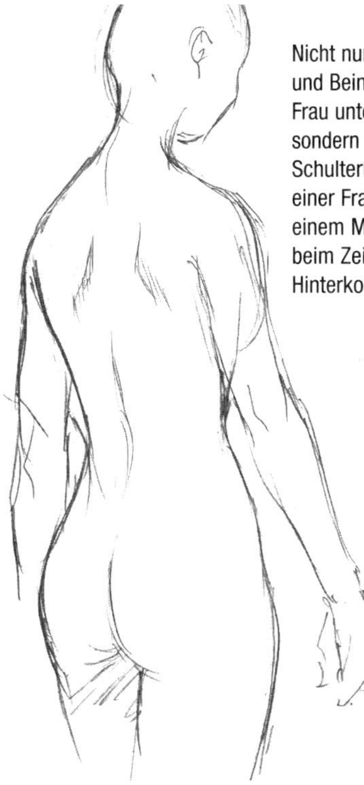

Nicht nur Hals, Rumpf, Arme und Beine sind bei Mann und Frau unterschiedlich breit, sondern auch Schultern und Schulterblätter sind bei einer Frau schmaler als bei einem Mann. Behalt dies beim Zeichnen immer im Hinterkopf.

Größenunterschiede

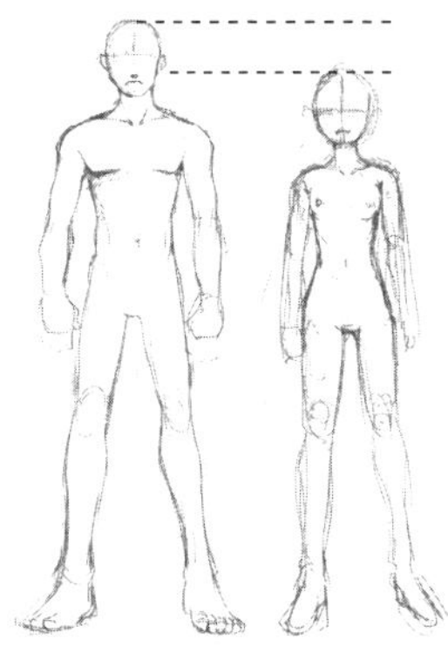

Wenn man die Körpergröße der Frau ungefähr auf Augenhöhe des Mannes zeichnet, kann man den Größenunterschied auch leicht von weitem (oder auf einem kleinen Bild) erkennen.

Unterschiede bei Armen und Händen

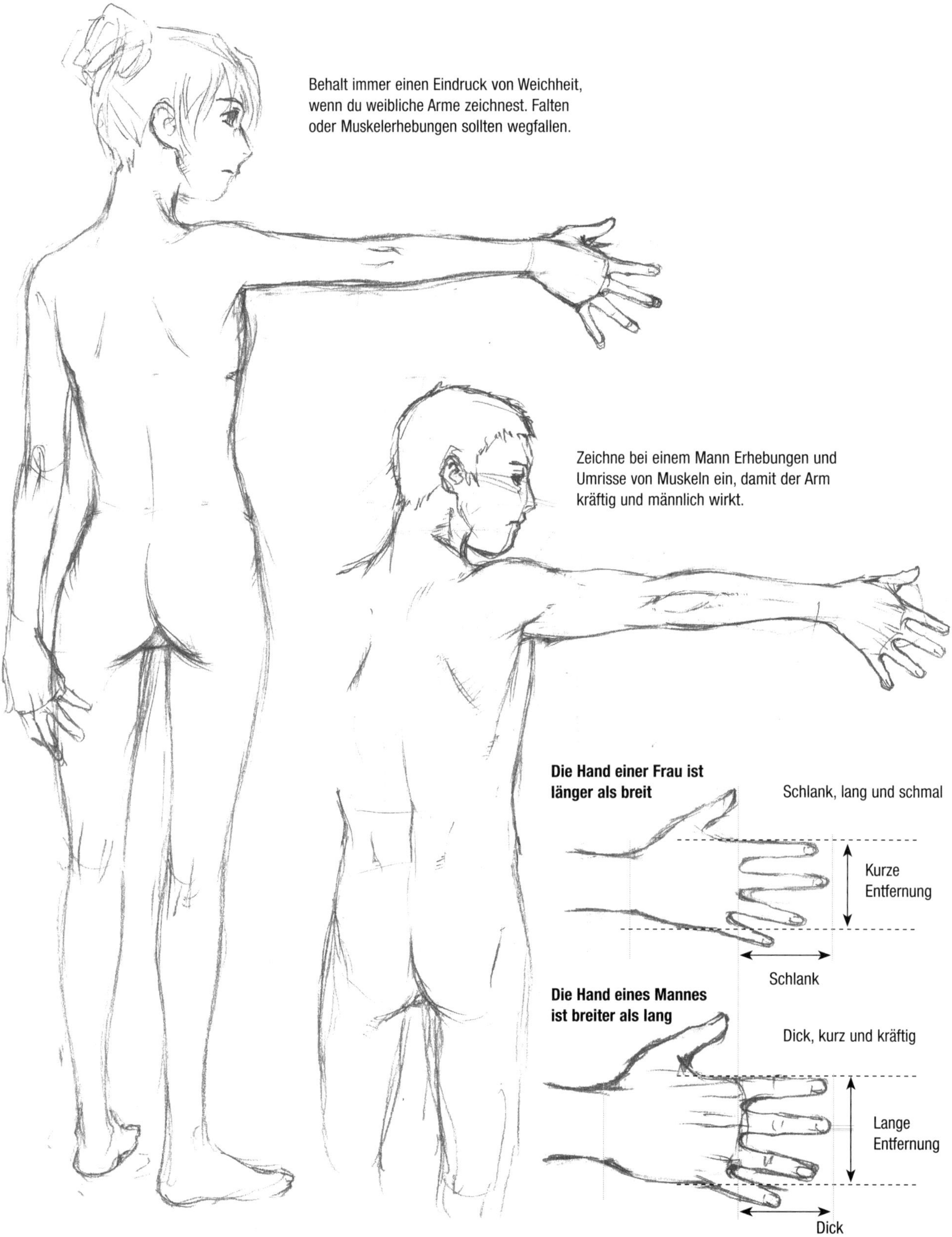

Behalt immer einen Eindruck von Weichheit, wenn du weibliche Arme zeichnest. Falten oder Muskelerhebungen sollten wegfallen.

Zeichne bei einem Mann Erhebungen und Umrisse von Muskeln ein, damit der Arm kräftig und männlich wirkt.

Die Hand einer Frau ist länger als breit

Die Hand eines Mannes ist breiter als lang

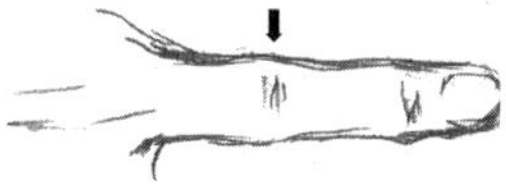

Männliche Finger
Lass die Fingergelenke leicht hervorstehen, um einen groben, männlichen Eindruck zu erzeugen.

Unterschiede beim Hals

Unterschiede beim Halsumfang und der Schultermuskulatur sowie ein fehlender Adamsapfel lassen den Hals einer Frau länger erscheinen.

Da die Schultermuskeln nicht so stark ausgeprägt sind, wirkt der Hals länger.

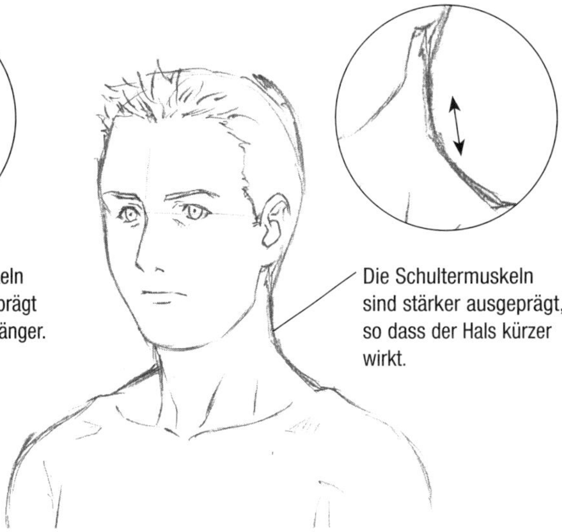

Die Schultermuskeln sind stärker ausgeprägt, so dass der Hals kürzer wirkt.

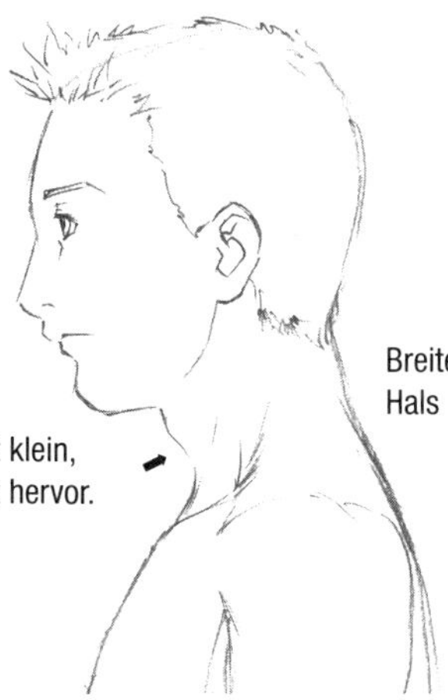

Schlanker Hals

Der Adamsapfel ist bei Frauen nicht sichtbar.

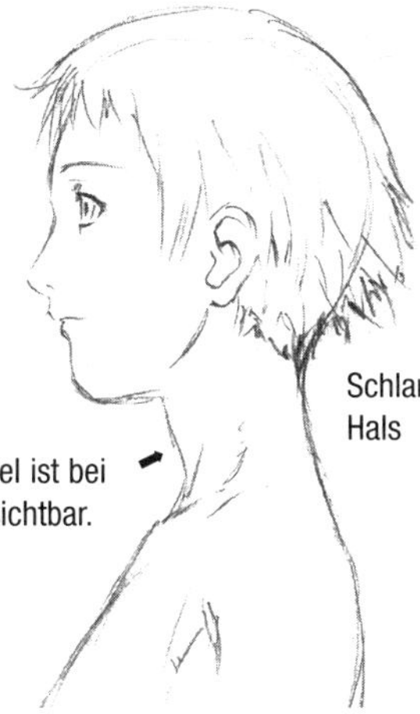

Breiter Hals

Der Adamsapfel ist klein, aber er steht leicht hervor.

Unterschiede beim Ellenbogen

Da bei Frauen und Männern die Knochen unterschiedlich dick sind, sollte der Ellenbogen bei Frauen schmal gezeichnet werden.

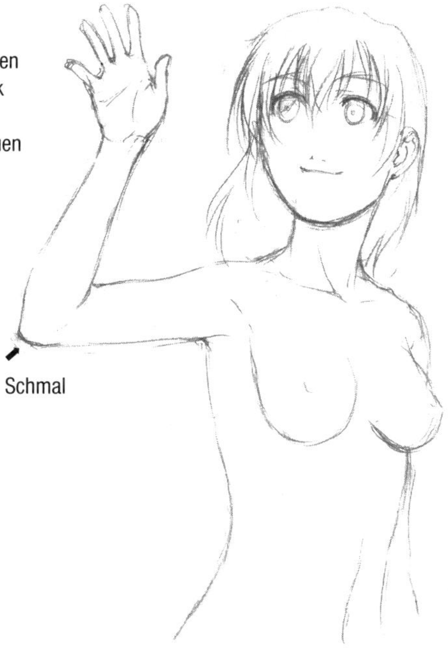

Schmal

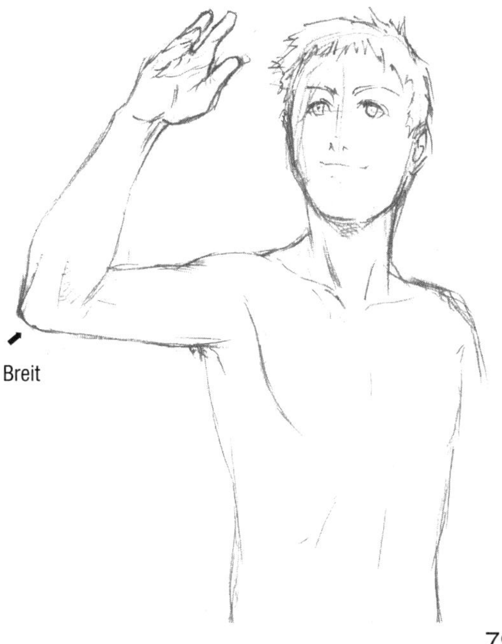

Breit

Aufbau und Bewegungsabläufe wichtiger Gelenke

Lern die Grundlagen, wie sich Gelenke bewegen, um natürliche Ausdrücke und beeindruckende Bewegungen zeichnen zu können.

1. Grundlagen zu Aufbau und Bewegung des Halses

Lern, wie Hals und Kopf miteinander verbunden sind und wie sich der Hals bewegt.

Vorderansicht

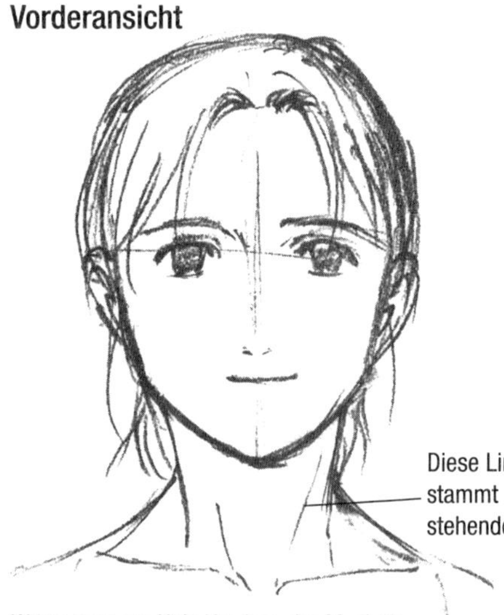

Diese Linie am Halsanfang stammt von einem hervorstehenden Muskel.

Wenn man am Hals Umrisse der Muskeln hinzufügt, wirken Hals und Kopf dreidimensionaler.

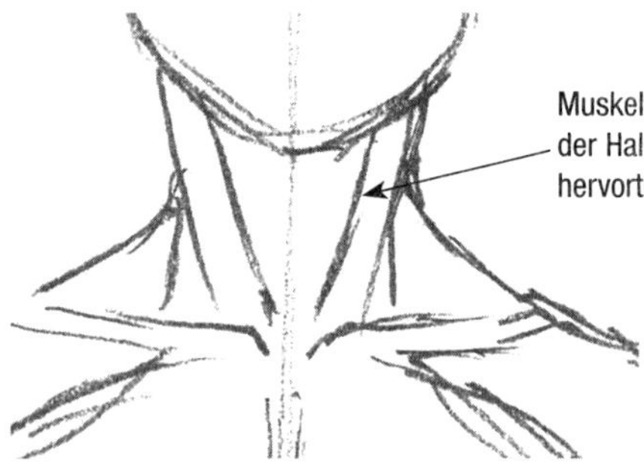

Muskeln, die an der Halsoberfläche hervortreten.

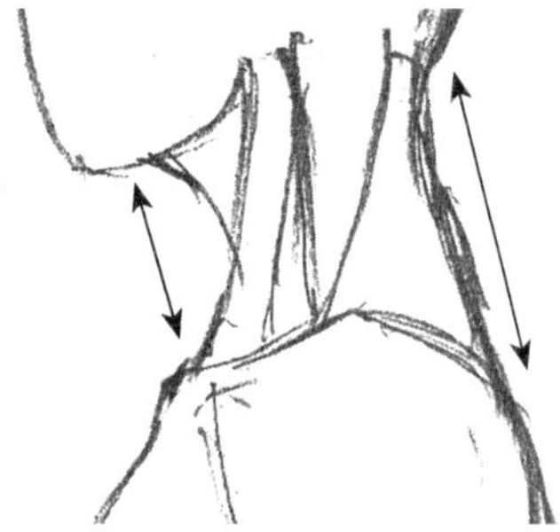

Die Vorder- und die Rückseite des Halses sind unterschiedlich lang.

Kopf und Hals aus der Froschperspektive betrachtet

Dadurch, dass man die Unterseite des Unterkiefers sehen kann, wirkt der Kopf in dieser Skizze sehr dreidimensional.

Linie, die Dreidimensionalität erzeugt

Die Muskeln an der Seite des Halses ziehen sich von der Unterseite des Ohrs bis hin zum Schlüsselbein.

Die Unterseite des Unterkiefers unterscheidet sich bei Männern und Frauen nicht besonders. Zeichne bei Männern nur den Hals breiter und die Muskeln stärker ausgeprägt.

Rückansicht

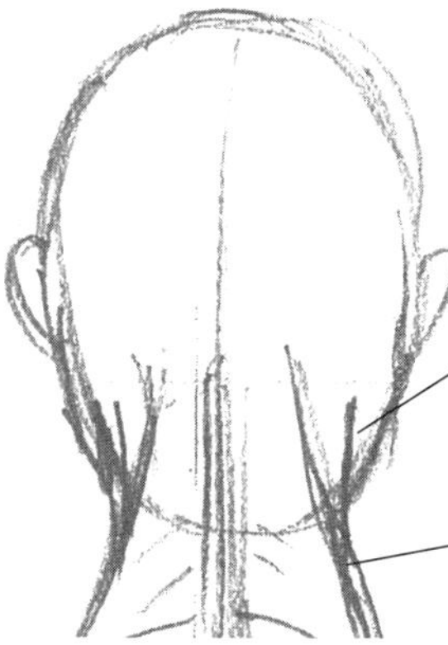

Linie, die unterhalb der Ohren entspringt.

Linie, die bis in den Hinterkopf hineinragt.

Hier zeichnen sich am Hals zwei Muskeln ab.

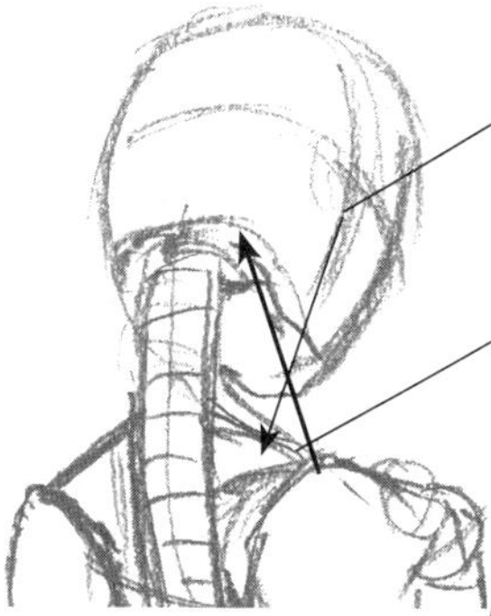

Linie, die unterhalb der Ohren entspringt.

Linie, die bis in den Hinterkopf hineinragt.

Wenn man den Charakter schräg von hinten betrachtet, sieht man zusätzlich zu den zwei Linien der Muskeln auch noch ein Stück vom Kinn.

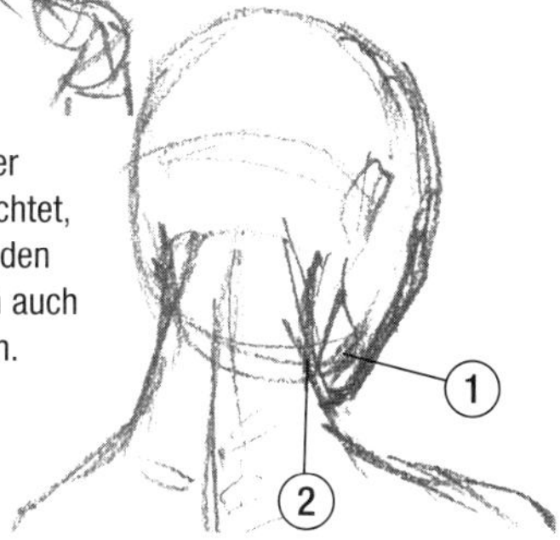

Man verleiht einem weiblichen Charakter einen schlanken Hals, indem man für die Konturen nach innen gebogene, runde Linien verwendet.

Nach außen gebogene, runde Linien erzeugen einen männlichen, stämmigen Eindruck.

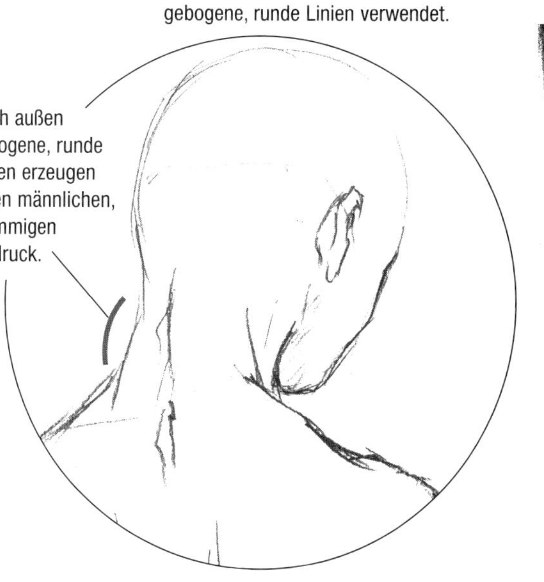

Indem man den Hals mit diesen zwei Linien zeichnet, gibt man Hals und Kopf mehr Dreidimensionalität.

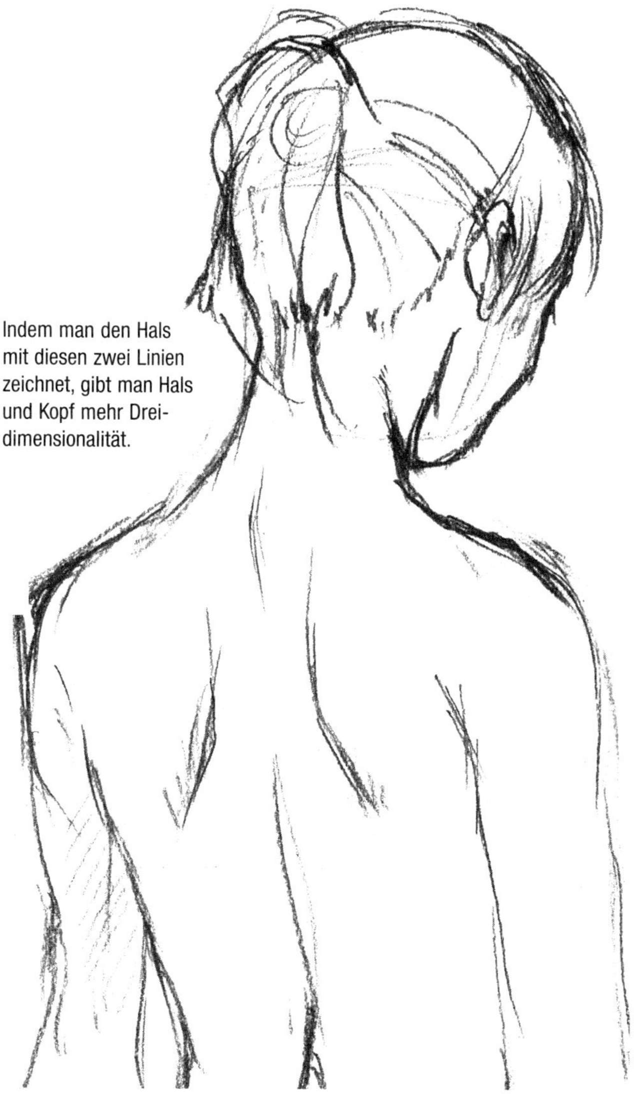

Die wichtigsten Halsmuskeln

Im Hals befinden sich drei Hauptmuskeln, die wichtig für die Bewegungen des Halses und seine Konturen sind.

Die Grundlagen der Halsmuskulatur

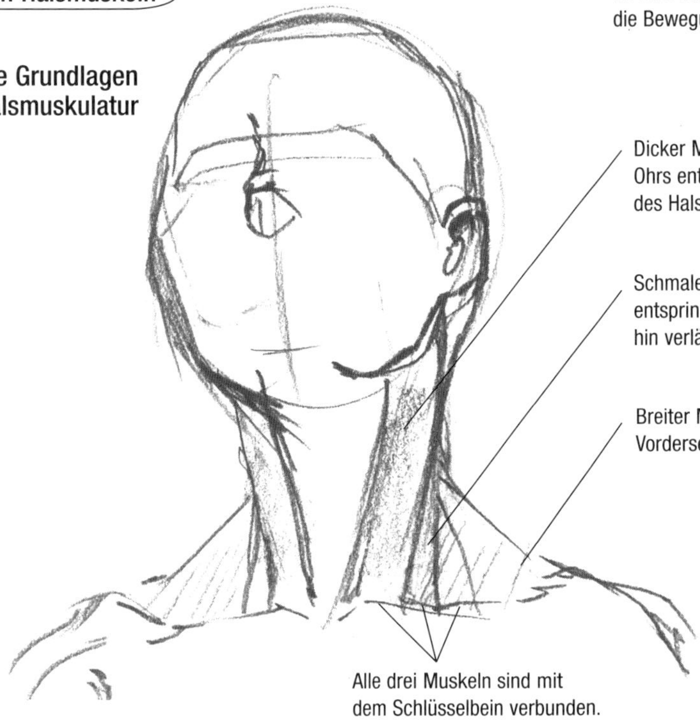

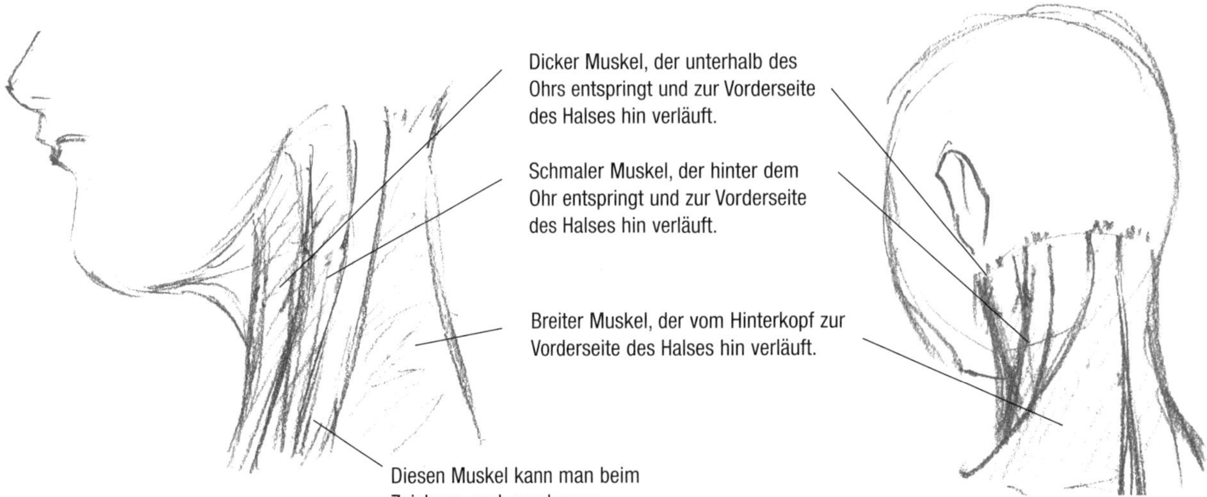

Grundlagen der Bewegung: Muskelstreckung und -beugung

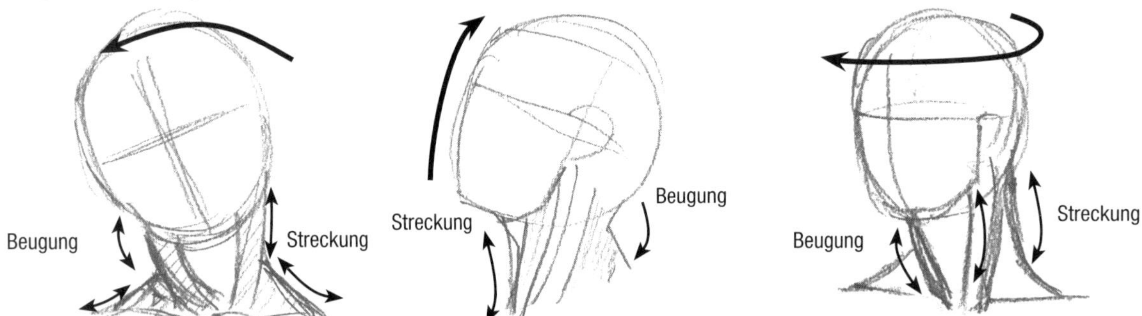

Bewegungen nach links und rechts: Muskeln links und rechts werden gebeugt und gestreckt.
Die Muskeln, die bis in die Schulter hineinragen, werden je nach Bewegung gebeugt und gestreckt.

Bewegungen nach vorne und hinten: Muskeln vorne und hinten werden gebeugt und gestreckt.

Drehbewegung: zusammengesetzt aus mehreren Beug- und Streckbewegungen

Den Hals schief legen: eine Bewegung nach links und rechts

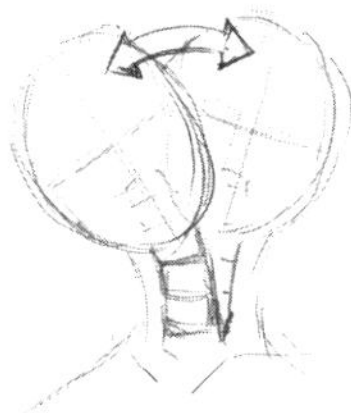

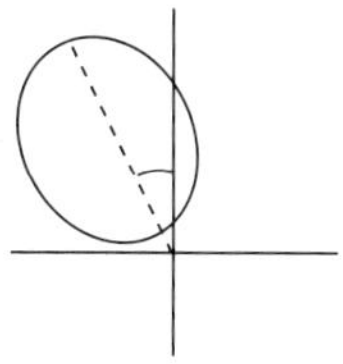

Wenn die Schultern ruhig gehalten werden, kann man den Kopf zu ungefähr 30 Grad nach links oder rechts neigen.

Der dicke Muskel, der unterhalb des Ohrs entspringt und zur Vorderseite des Halses hin verläuft, wird gebeugt und wird breiter.

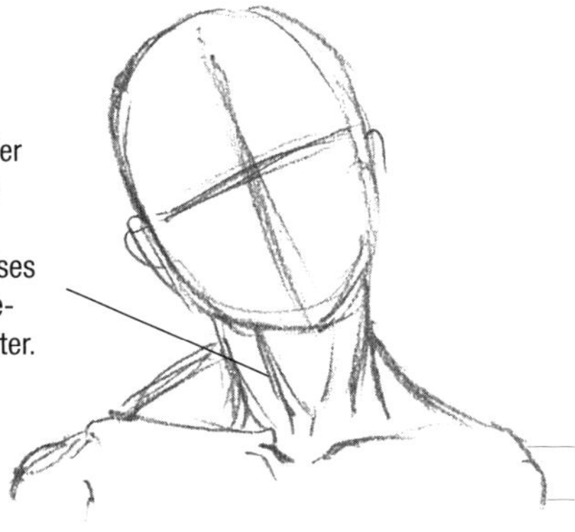

Eine Schulter hochziehen, während man nach vorne schaut

Man kann eine Schulter so weit anheben (d.h. die Richtlinie für die Schulter wird schräg), dass die Schulter das Ohr berührt. Diese Bewegung hat aber auch ihre Grenzen.

Wenn man die Schulter mit dem Gesicht berührt, ist das keine reine Links-Rechts-Bewegung mehr, sondern der Kopf wird außerdem gedreht.

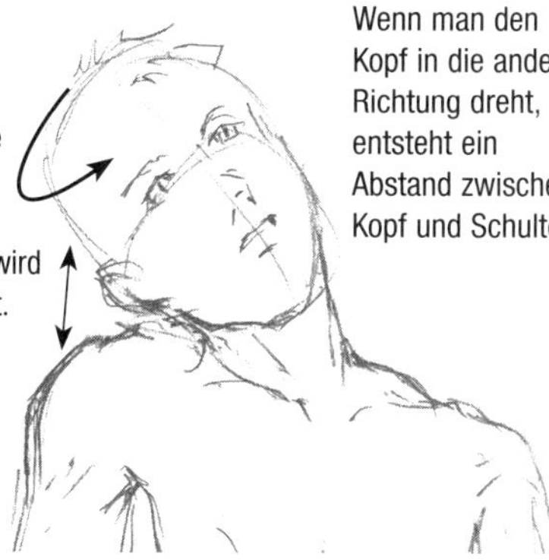

Wenn man den Kopf in die andere Richtung dreht, entsteht ein Abstand zwischen Kopf und Schulter.

Zur Seite blicken: eine Drehbewegung

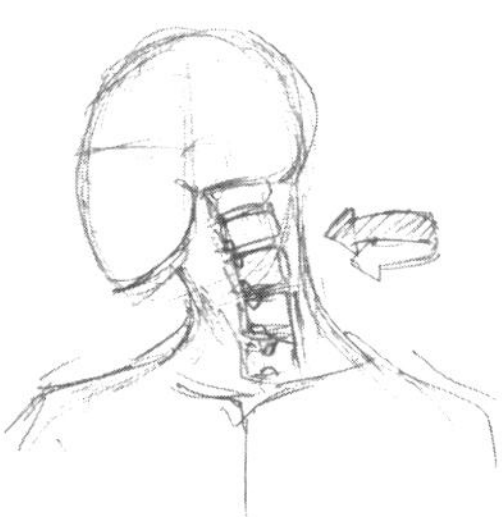

Position der Wirbelsäule

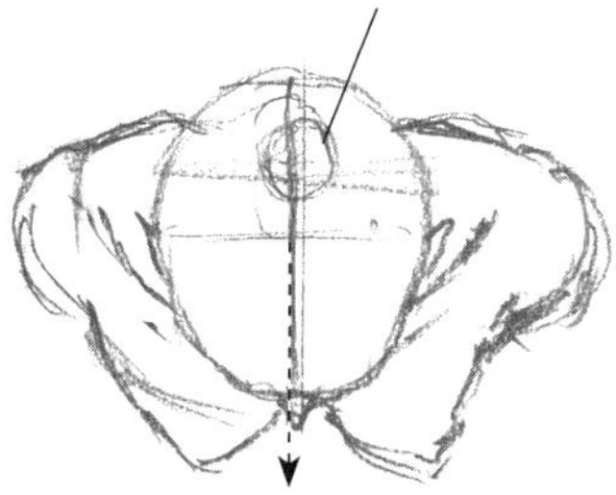

Blickrichtung des Gesichts

Richtlinie für die Schulter

Man kann das Gesicht nicht komplett zur Seite drehen, wenn der Oberkörper gerade nach vorne zeigt.

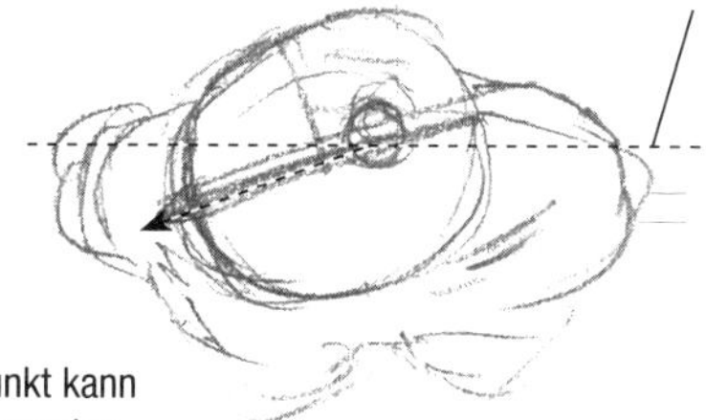

Bis zu diesem Punkt kann der Hals gedreht werden.

Auf- und Ab-Bewegungen

Nach oben blicken

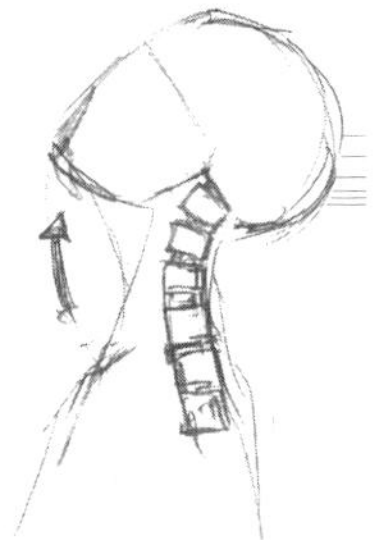

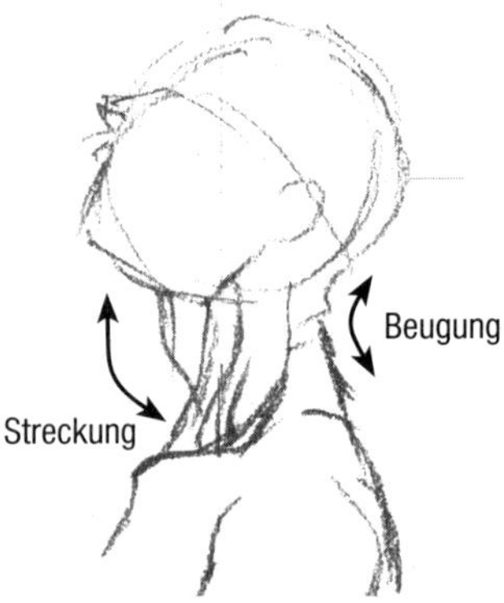

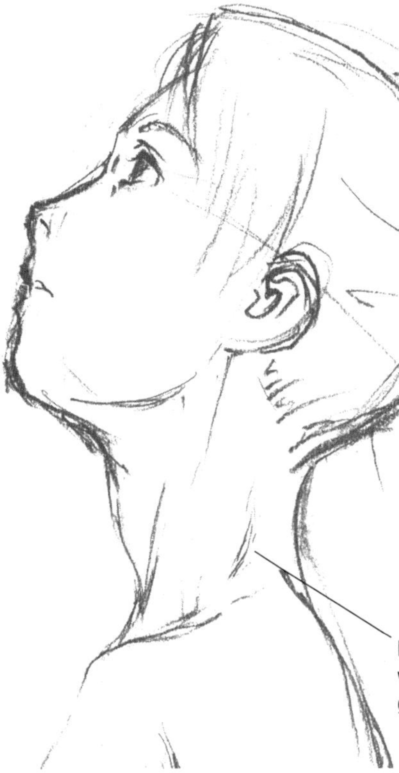

Diese Linie erscheint, wenn der Muskel gebeugt wird.

Wenn der Adamsapfel betont wird, kann man auch bei einem schlanken Hals sofort einen männlichen von einem weiblichen Charakter unterscheiden.

Nach unten blicken

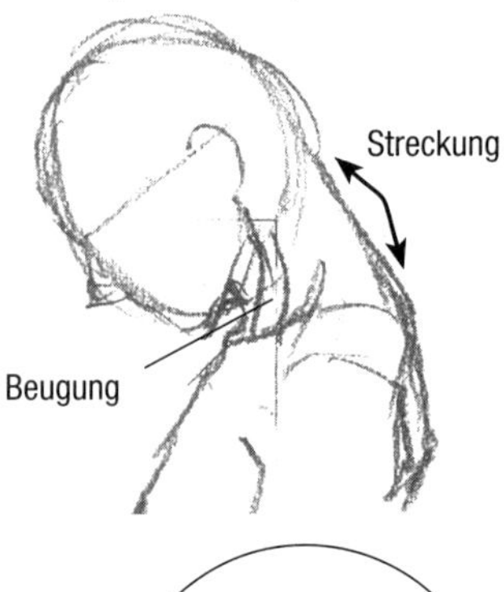

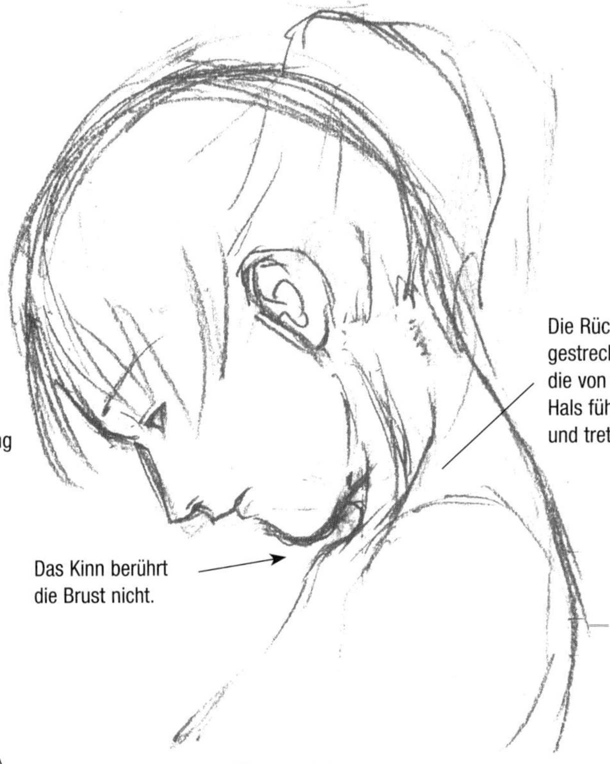

Die Rückenmuskeln sind stark gestreckt, und die Muskeln, die von den Schultern zum Hals führen, sind angespannt und treten stark hervor.

Das Kinn berührt die Brust nicht.

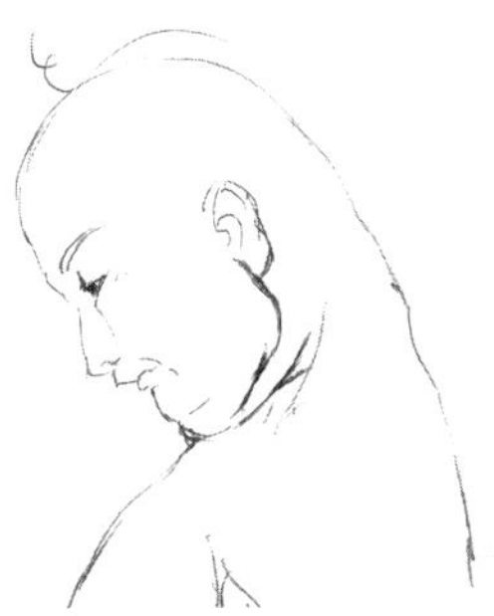

Bei dicken Charakteren kann am Hals ein Doppelkinn entstehen.

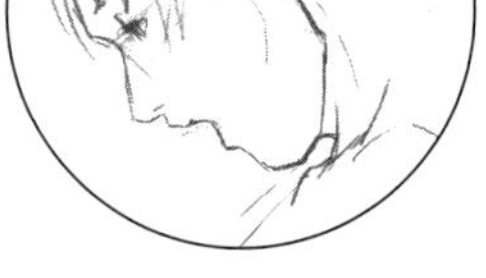

Auch wenn der Mund geöffnet wird, kann das Kinn die Brust nicht ganz berühren. Der Kopf wird vom Oberkiefer angehoben, mit der Position des Unterkiefers als Grundlage.

Sich zurücklehnen (und dabei nach oben schauen)

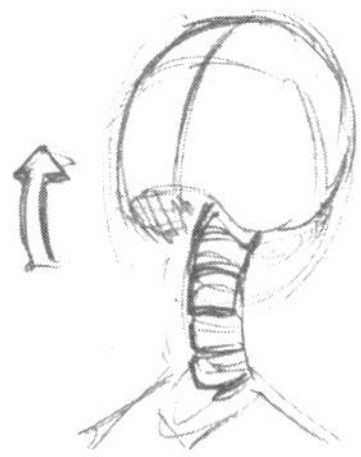

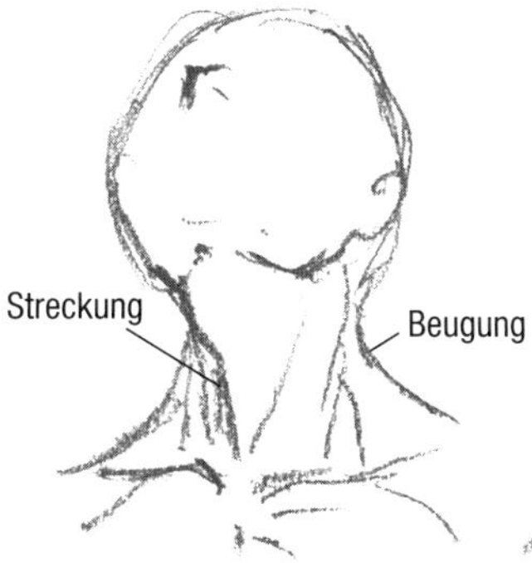

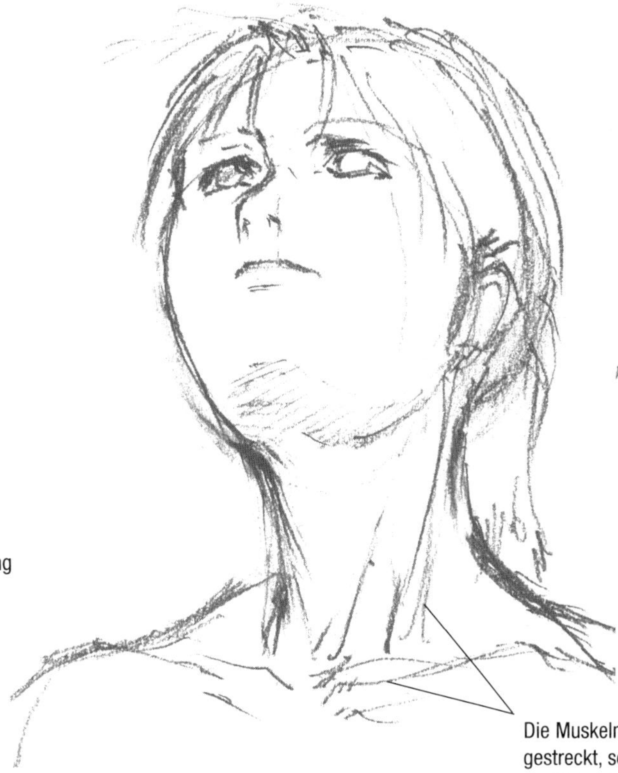

Von vorne betrachtet wird der Adamsapfel nicht besonders betont. Stattdessen sind die Halsmuskeln stärker ausgeprägt.

Die Muskeln an der Vorderseite werden gestreckt, so dass die Konturen der Muskeln deutlicher hervortreten. Außerdem wird das Schlüsselbein stärker betont.

Sich nach vorne beugen

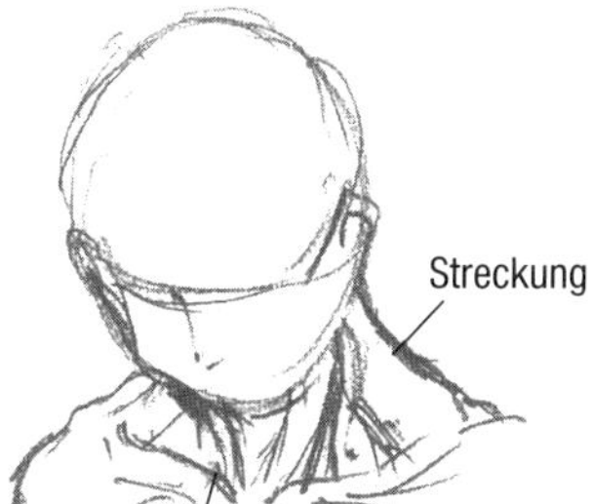

Sowohl zum Beugen als auch zum Strecken wird Zugkraft benötigt. Sowohl die Konturen des Halses als auch des Schlüsselbeins treten stärker hervor.

Kopf, Hals und Oberkörper als eine Einheit wahrnehmen

Achte darauf, dass der Oberkörper je nach Position und Blickrichtung des Kopfes auch seine eigene Position verändern kann.

Das Gesicht ist im Profil zu sehen

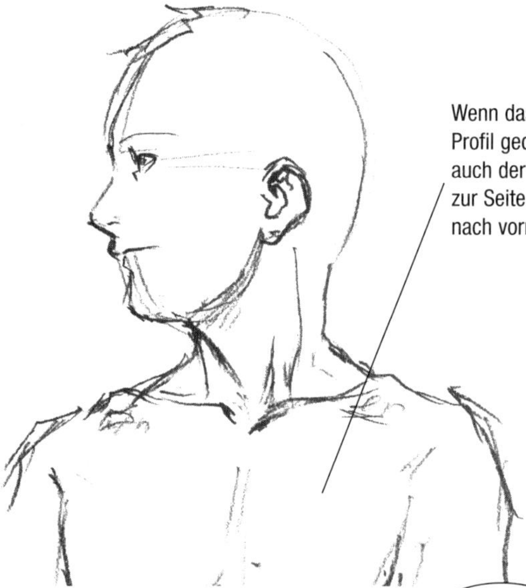

Wenn das Gesicht ganz ins Profil gedreht ist, bewegt sich auch der Oberkörper ein wenig zur Seite. Er kann nicht ganz nach vorne gedreht bleiben.

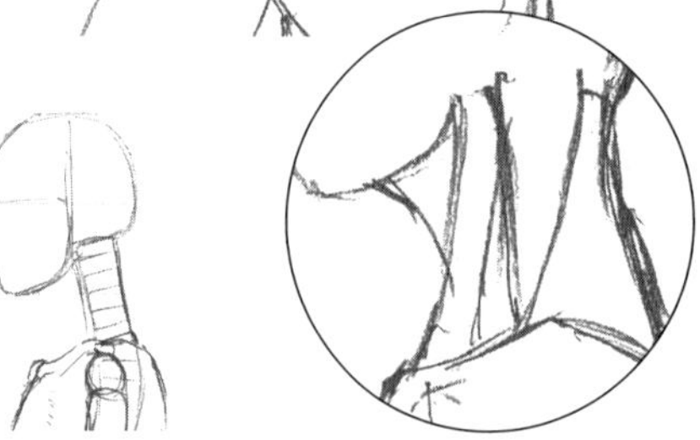

Der Hals wirkt länger, wenn Kopf und Oberkörper im Profil sind.

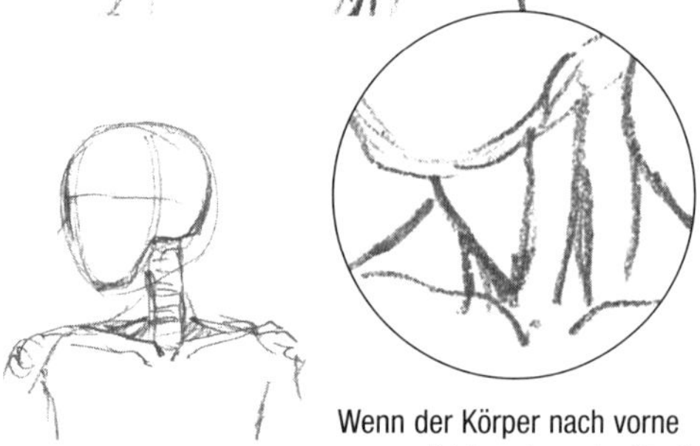

Wenn der Körper nach vorne gewandt ist und nur der Kopf zur Seite schaut, wirkt der Hals kürzer.

Das Gesicht blickt nach vorne

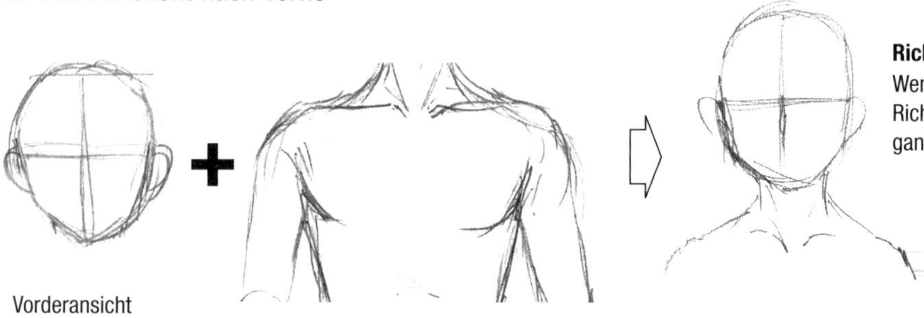

Vorderansicht des Gesichts

Vorderansicht des Oberkörpers

Richtig
Wenn Gesicht und Körper in dieselbe Richtung zeigen, verbindet der Hals ganz normal Kopf und Oberkörper.

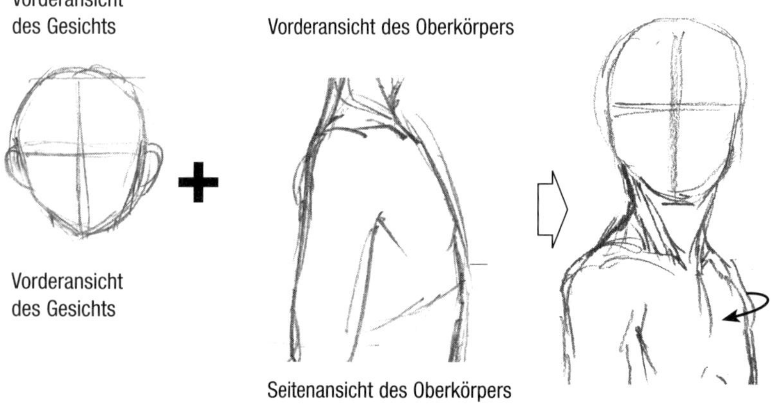

Vorderansicht des Gesichts

Seitenansicht des Oberkörpers

Richtig
Wenn aus einer Seitenansicht nur der Kopf direkt in der Vorderansicht zu sehen ist, wird der Oberkörper auch leicht in Blickrichtung des Kopfes gedreht, und der Hals nimmt die Form eines leicht gebogenen, auf der Seite liegenden Vs an.

Falsch

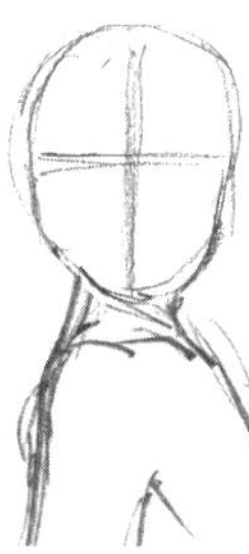

Achte darauf, dass das Gesicht nie komplett nach vorne gerichtet sein kann, wenn der Körper direkt von der Seite zu sehen ist.

Der Körper folgt der Bewegung des Kopfes

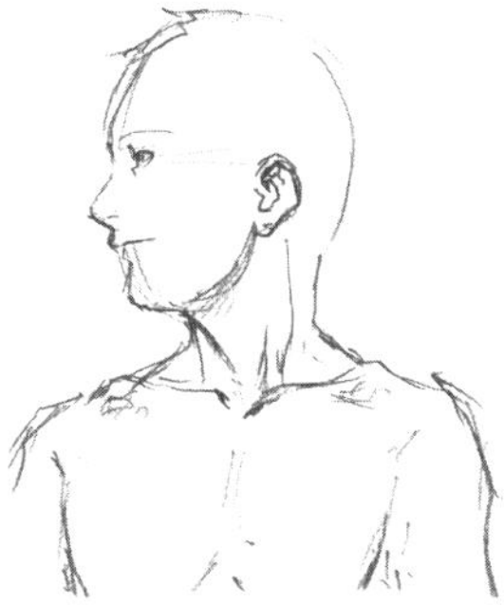

Zur Seite schauen.

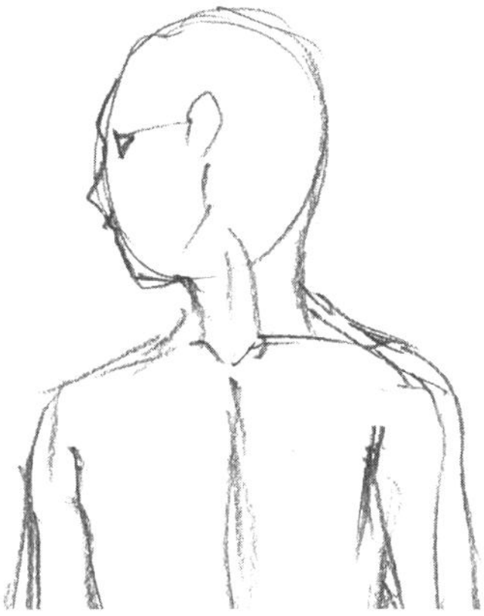

Nach hinten schauen.

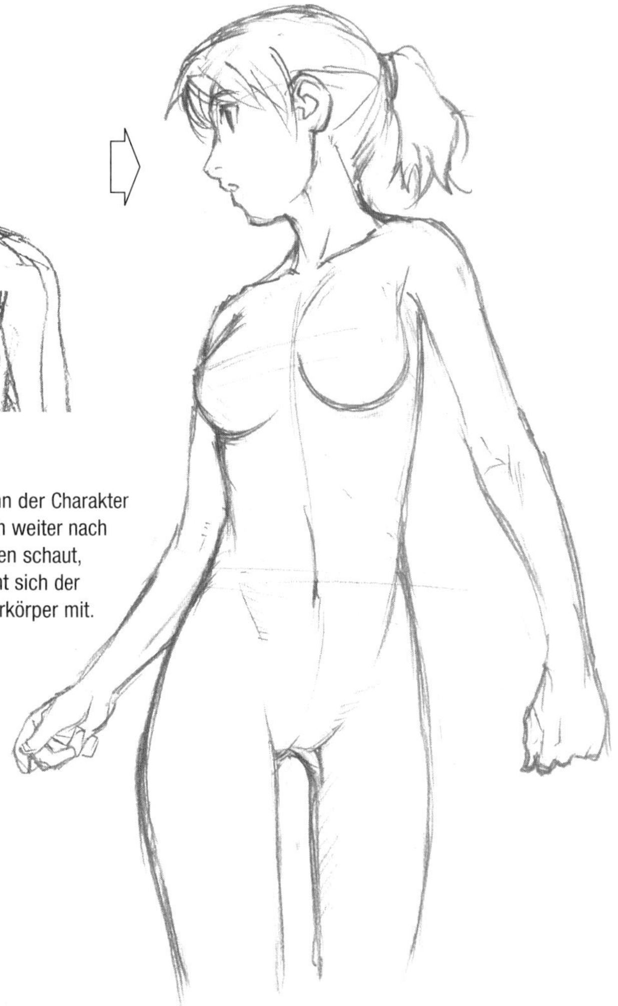

Wenn der Charakter noch weiter nach hinten schaut, dreht sich der Oberkörper mit.

Falsch

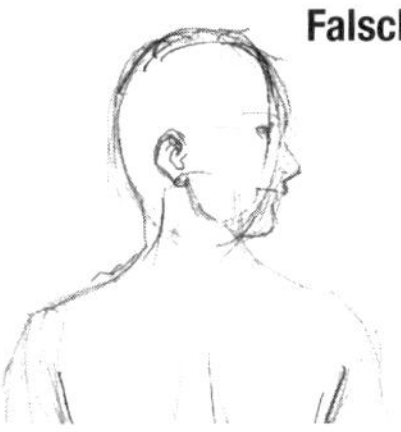

Bei der Rückansicht gilt dasselbe. Der Kopf kann nicht ganz zur Seite gedreht werden, wenn der Oberkörper gerade bleibt.

Richtig

Wenn man sich aus einer Rückansicht so weit zur Seite dreht, dass ein Großteil des Gesichts zu sehen ist, dreht sich der Oberkörper so weit mit, dass er fast im Profil zu sehen ist.

Verschiedene Formen des Halses

Der Hals ist das Bindeglied zwischen Kopf und Körper. Auch wenn das Gesicht immer im selben Winkel zu sehen ist, verändern sich Form und Konturen des Halses, je nachdem, wie der Oberkörper gedreht ist.

2. Grundlagen zum Aufbau der Wirbelsäule und der Bewegung des Körpers

Betrachten wir nun die grundlegenden Bewegungen des Körpers, deren Mittelpunkt die Wirbelsäule ist.

Anhand einer groben Skizze des Skeletts die Wirbelsäule betrachten

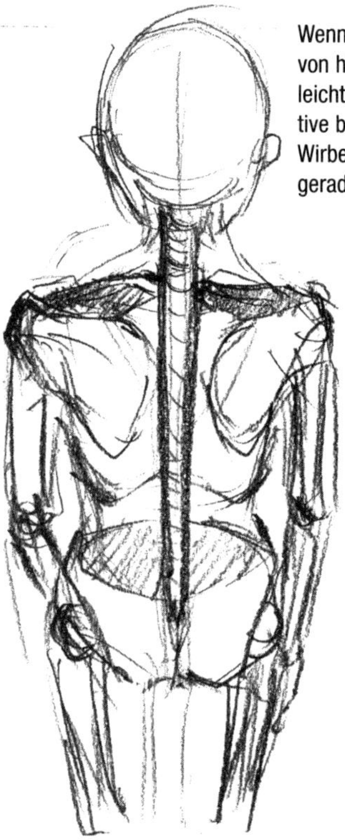

Wenn man den Körper von hinten aus einer leichten Vogelperspektive betrachtet, ist die Wirbelsäule komplett gerade.

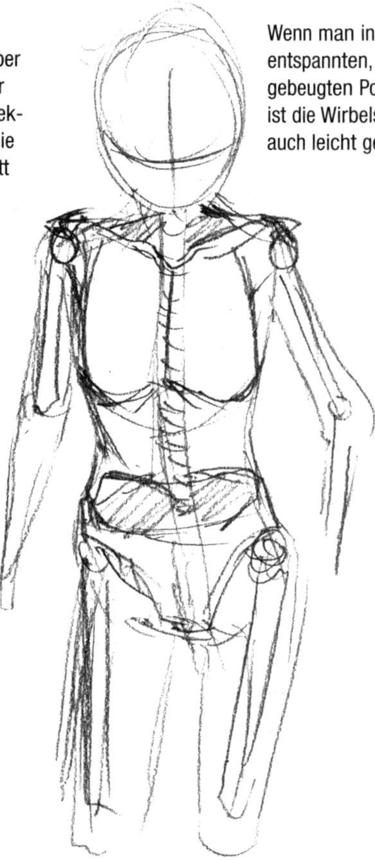

Wenn man in einer entspannten, leicht gebeugten Pose steht, ist die Wirbelsäule auch leicht gebeugt.

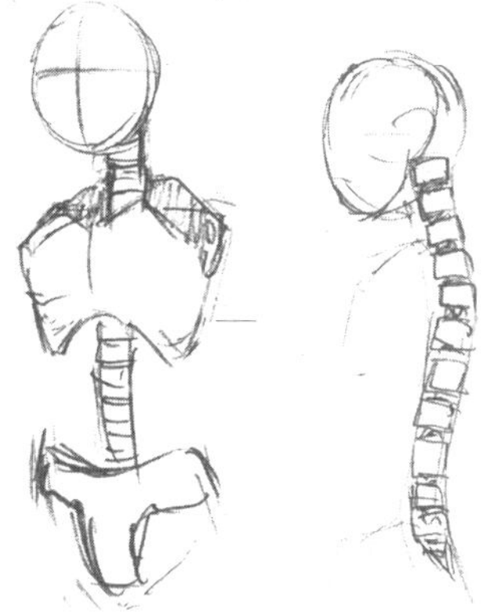

Diagramm von Kopf, Brustkorb und Becken

Je nach Pose oder Blickwinkel verändert sich die Krümmung der Wirbelsäule. Die Entscheidung, wie die Wirbelsäule gekrümmt werden soll, hilft dir auch bei der Entscheidung, was für eine Pose du zeichnen sollst.

Schräg von hinten, aus einer leichten Vogelperspektive betrachtet, nimmt die Wirbelsäule eine S-Form an.

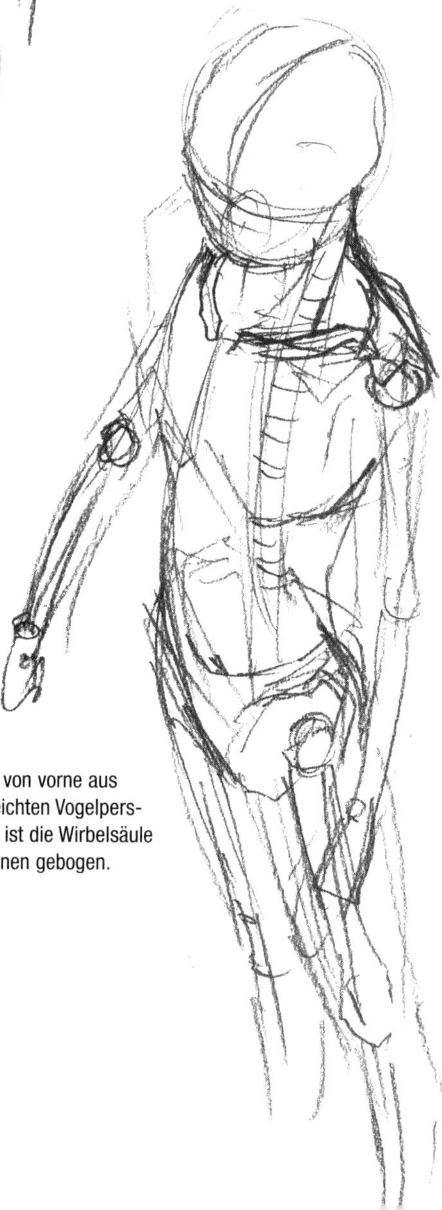

Schräg von vorne aus einer leichten Vogelperspektive ist die Wirbelsäule nach innen gebogen.

Die Umrisse des Körpers, basierend auf einer groben Skizze des Skeletts

Wenn du die Umrisse des gesamten Körpers zeichnest, zeichne eine Mittellinie ein, die der Wirbelsäule entspricht. Wenn du diese zusammen mit der Medianlinie zeichnest, kannst du die Figur einfacher ausbalancieren und die Dreidimensionalität des Körpers besser erfassen.

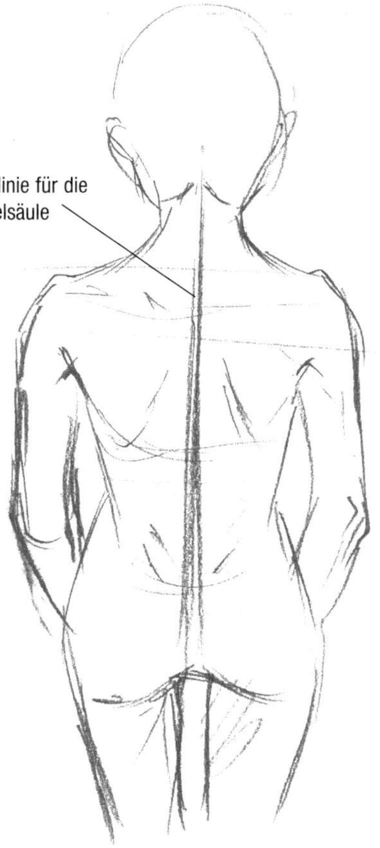

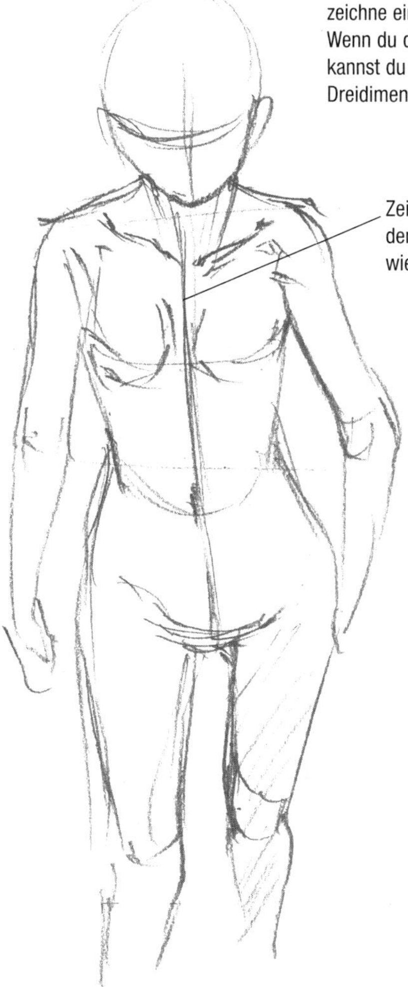

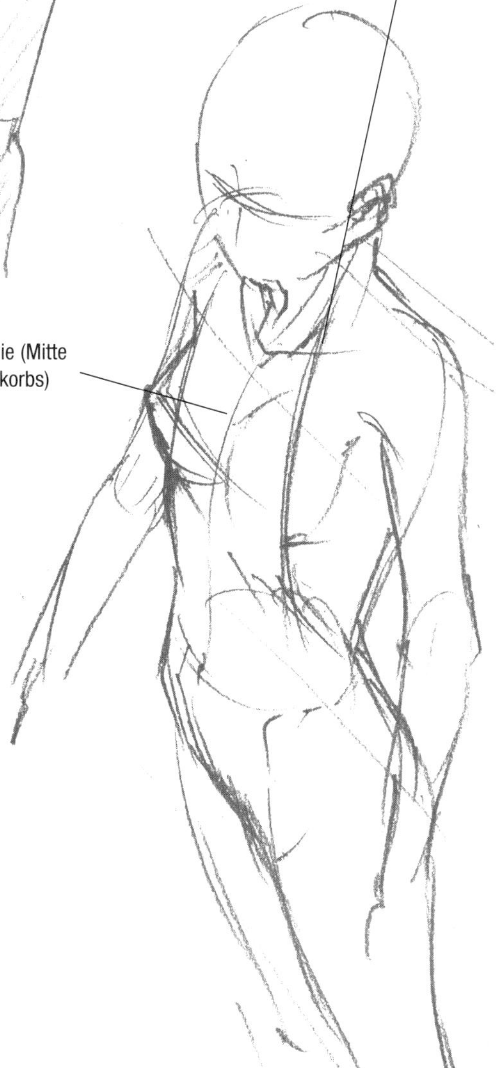

Bewegungen nach links und rechts

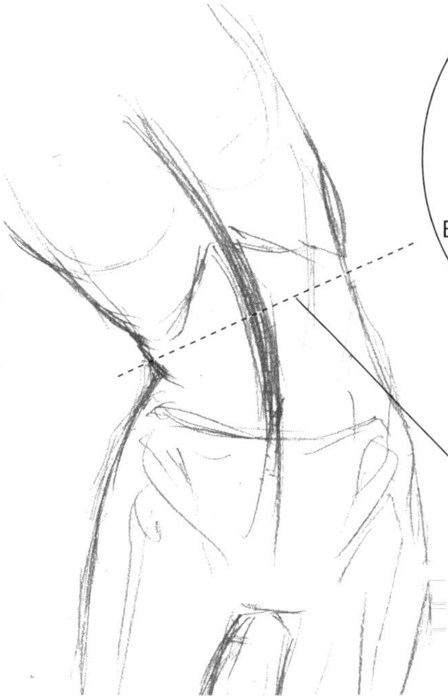

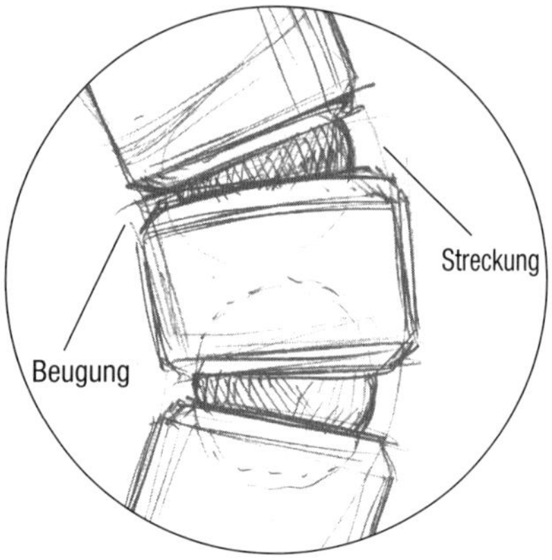

Die gesamte Wirbelsäule biegt sich zwischen jedem einzelnen Wirbel ein wenig.

Die Taille ist ein wichtiges Element beim Zeichnen. Während die Wirbelsäule selbst nur wenig biegsam ist, kann man beim Zeichnen die Taillengegend als extrem flexibel betrachten.

Der menschliche Körper lässt sich nicht komplett zur Seite biegen. Die Grenze liegt bei einem Winkel von ungefähr 45 Grad.

Bewegungen nach vorne und nach hinten

Sich nach vorne beugen

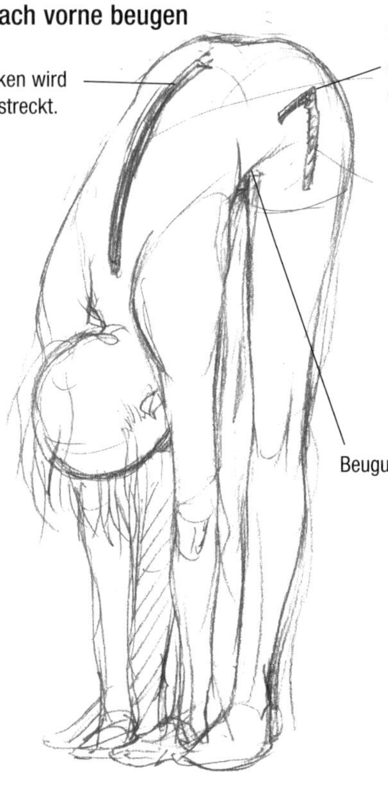

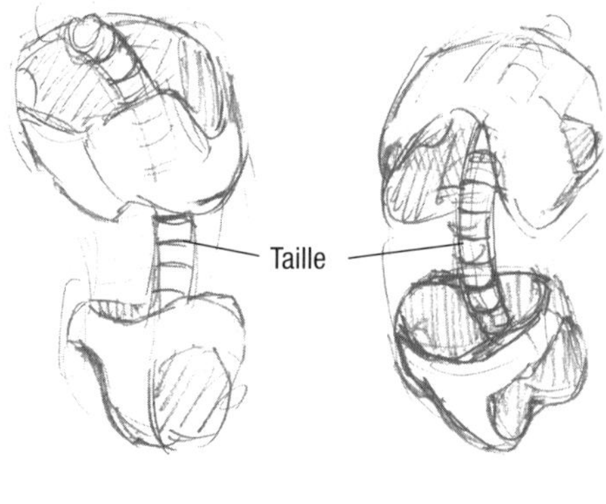

Verwende für die Biegung der Wirbelsäule eine sanft gebogene Linie.

Falsch

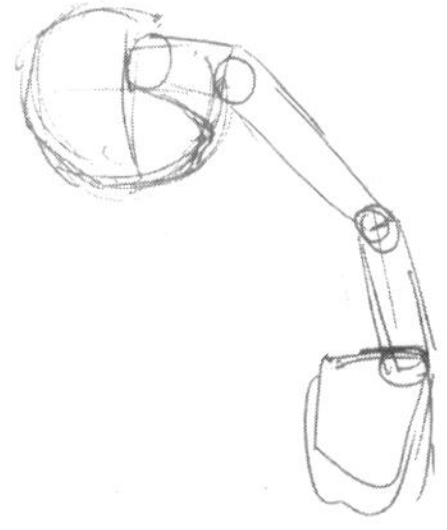

Die Wirbelsäule knickt nicht in der Taillengegend gerade ein.

Sich nach hinten beugen

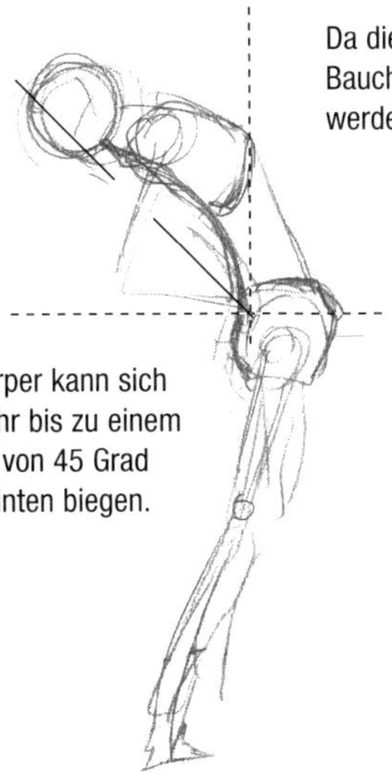

Der Körper kann sich ungefähr bis zu einem Winkel von 45 Grad nach hinten biegen.

Da die Muskeln und die Haut im Bauchbereich extrem gedehnt werden, treten die Rippen hervor.

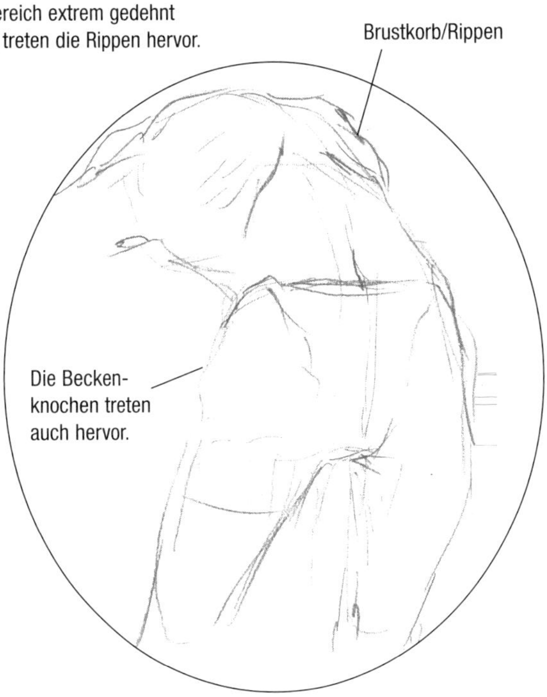

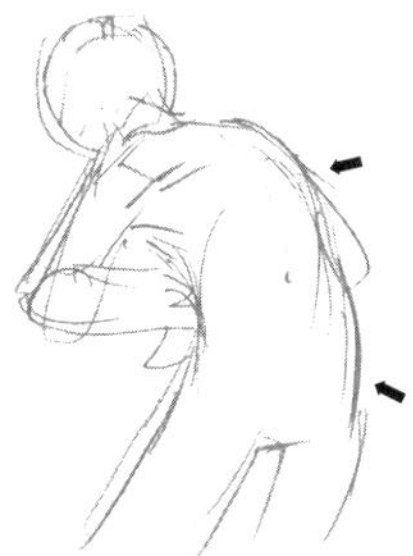

Benutz bei den Umrissen gebogene Linien, um den Brustbereich und den Hüftbereich zu zeichnen.

Posen mit einem nach innen gebogenen Rücken

Wenn man auf dem Bauch liegt, wird der Rücken nach innen gebogen.

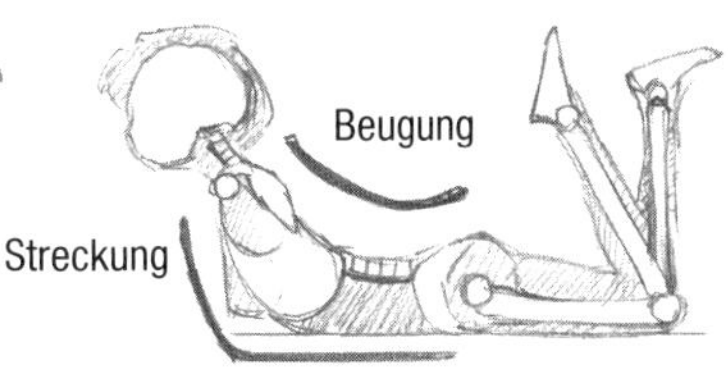

Die Vorderseite des Körpers sieht aufgerichtet aus, weswegen der Rücken stark gebogen erscheint.

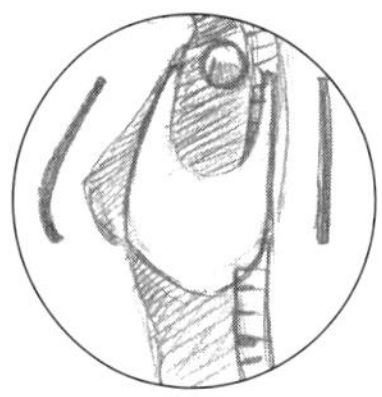

Die Silhouette, die an ein umgedrehtes V erinnert, lässt die Krümmung des Rückens noch stärker erscheinen.

Drehbewegungen

Sich umdrehen

Eine Drehung des ganzen Körpers, an der Taille, Schultern und Hals beteiligt sind.

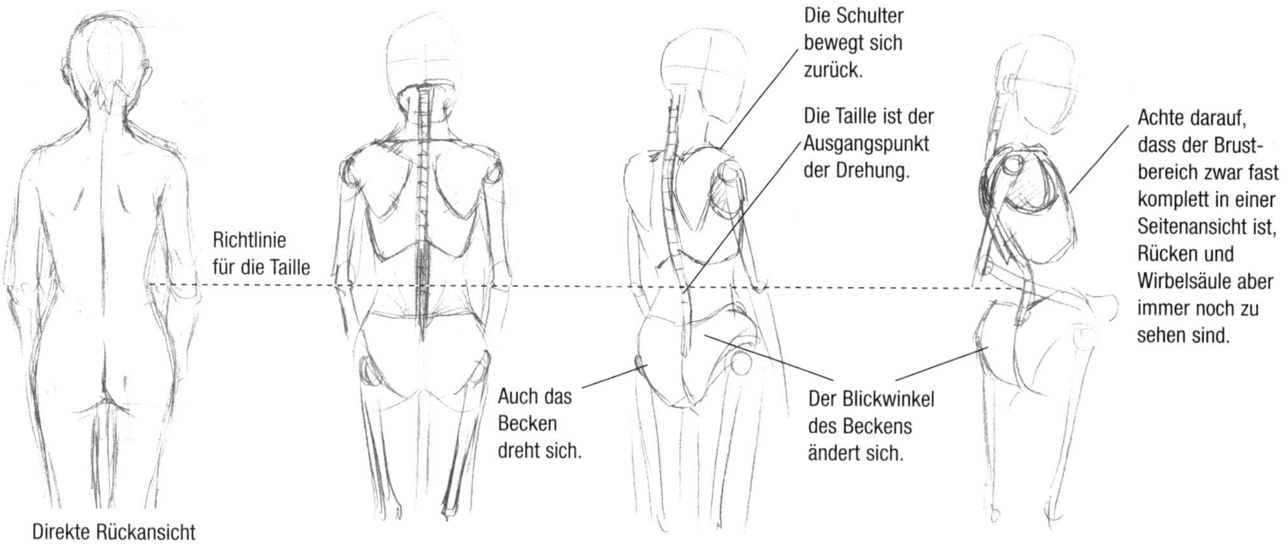

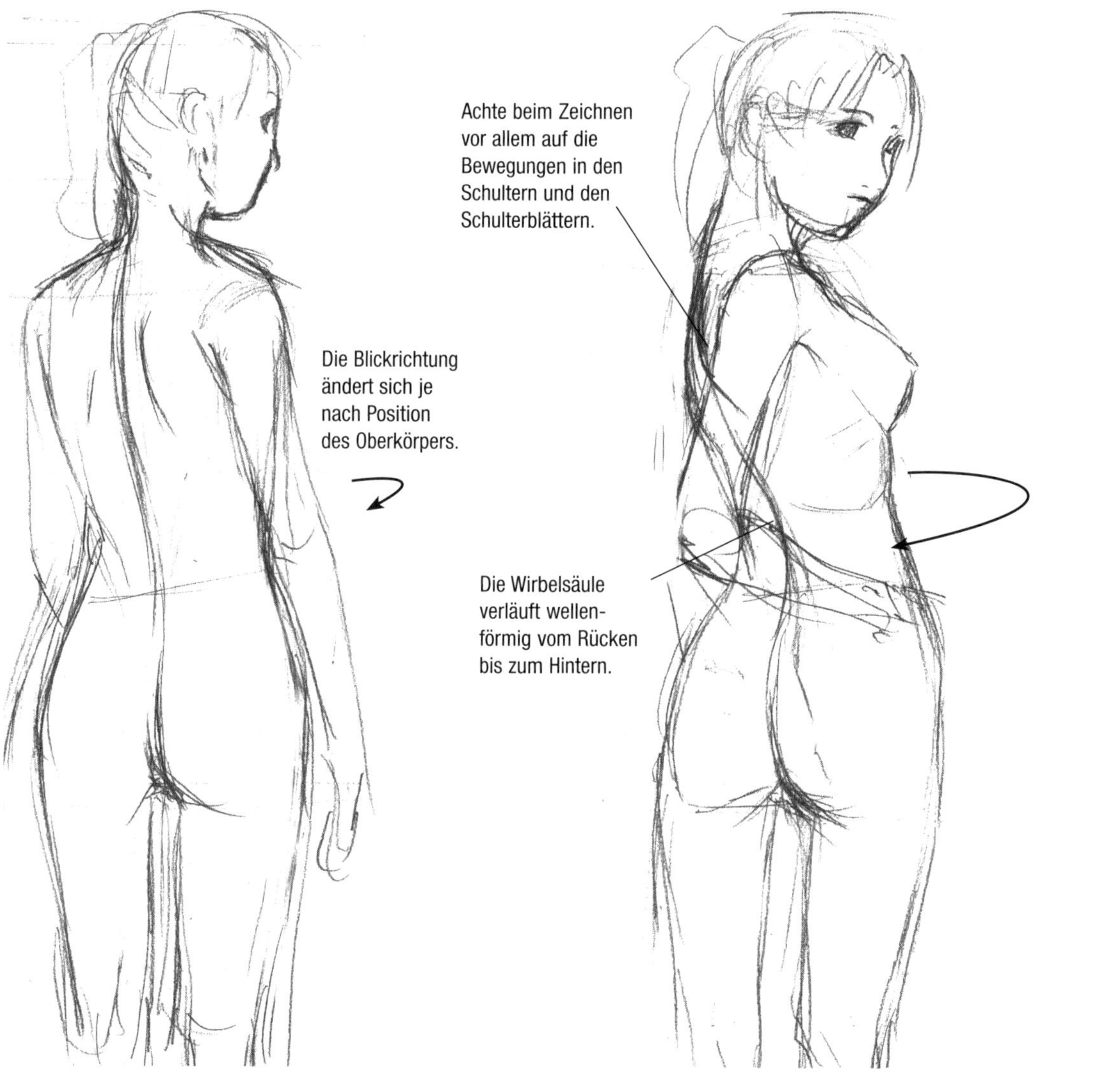

Wurfbewegung

Aufbau der Figur

Die fertige Vorzeichnung. Um die Dreidimensionalität hervorzuheben, sind an den passenden Stellen gestrichelte Schatten eingefügt worden.

Grobe Skizze

Bewegungen, die durch Beugen und Drehen hervorgerufen werden

Hier werden nicht nur effektvolle, sondern auch unbewusste Bewegungen mit eingeschlossen.

Bewegung, die in einem Zusammenspiel von Wirbelsäule, Hals, Taille und Hüftgelenken entsteht

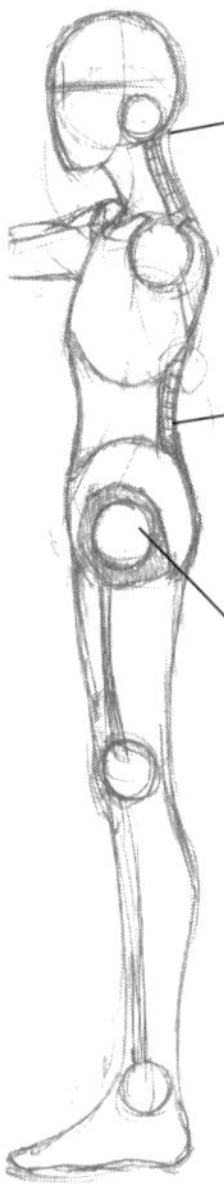

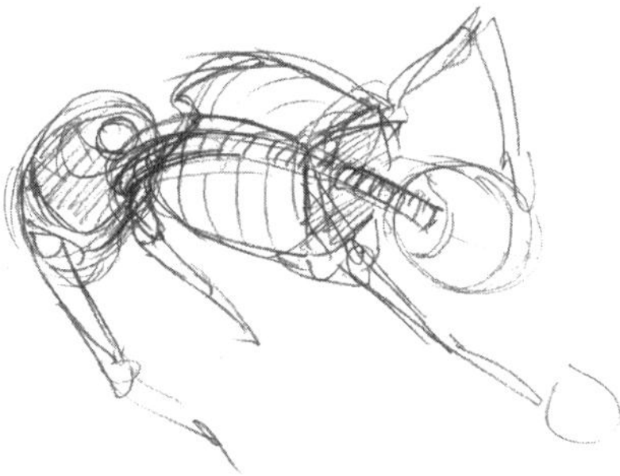

Nicht nur die Wirbelsäule, sondern auch der Hals, die Taille und das Hüftgelenk bewegen sich, so dass der ganze Körper stark gebogen wird.

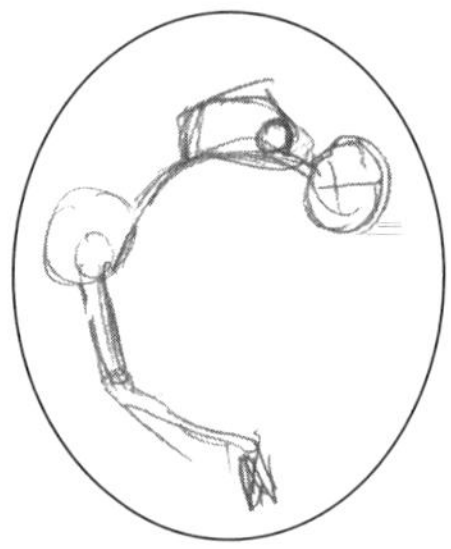

Eine gedrehte und gebeugte Bewegung

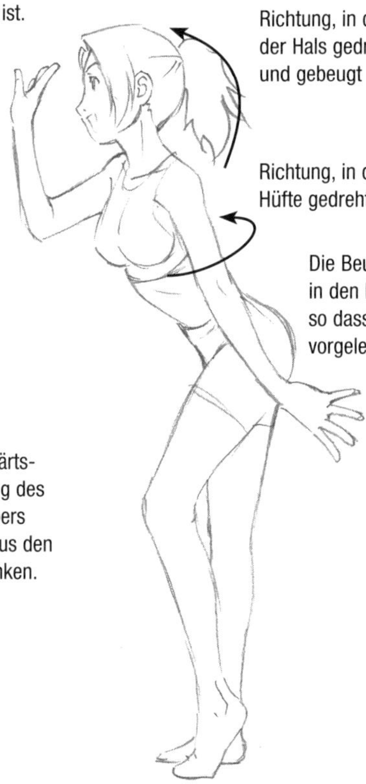

Diese Figur dreht sich in entgegengesetzter Richtung.

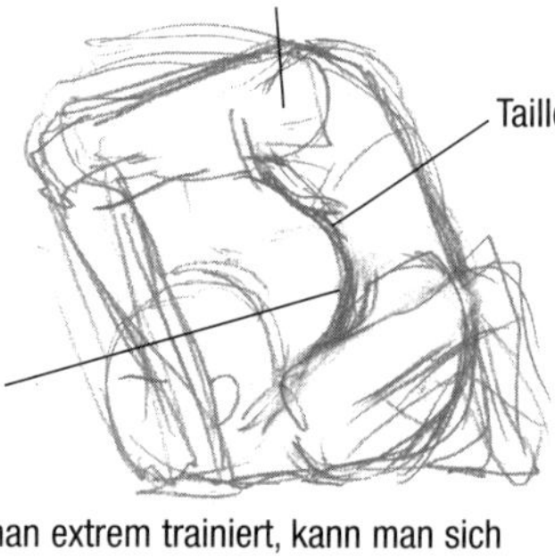

Wenn man extrem trainiert, kann man sich ungefähr so weit verbiegen. Die wichtigsten Punkte sind hierbei der Hals und die Hüftgelenke.

Bewegungen, die in Sportübungen verwendet werden

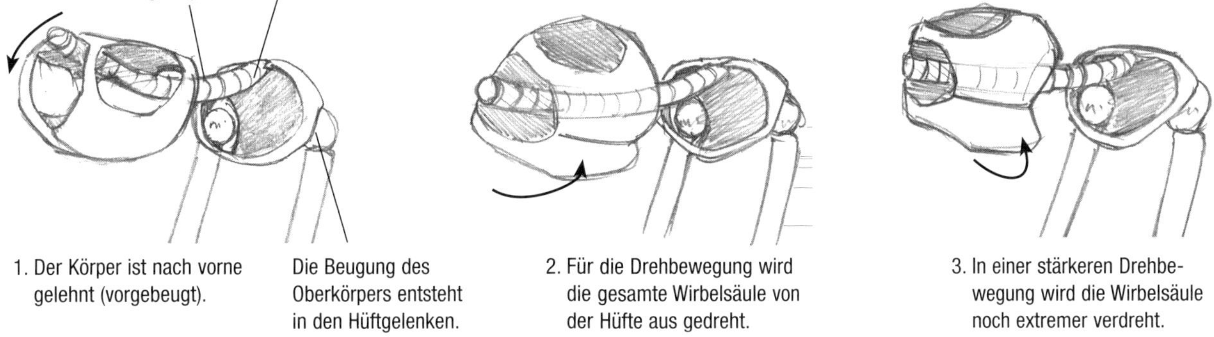

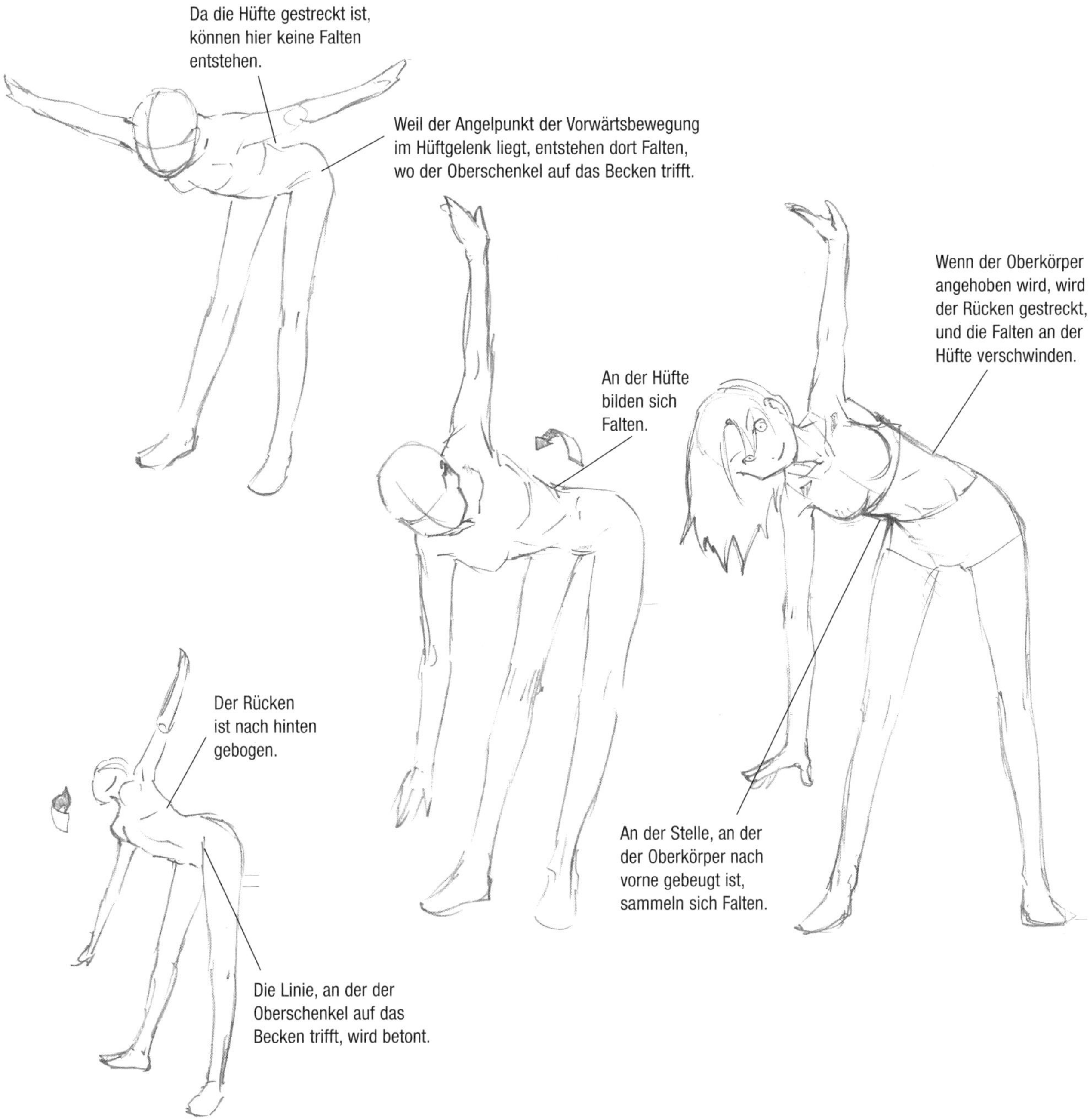

3. Grundlagen der Verbindung und Bewegung von Schultern und Armen

Das Schultergelenk besteht aus Schulterblatt und Schlüsselbein. Betrachten wir nun, wie Schulter und Arm aufgebaut sind.

Der Aufbau der Schulter und die Muskeln des Arms

Vorderansicht

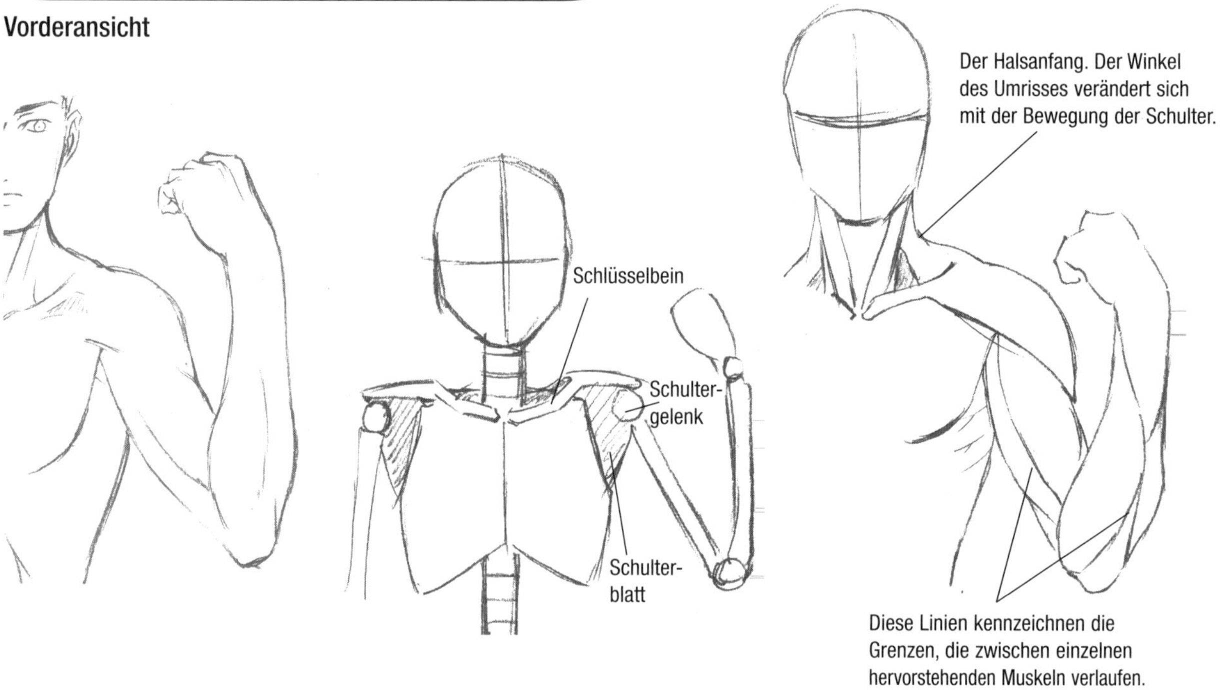

Der Aufbau des Skeletts

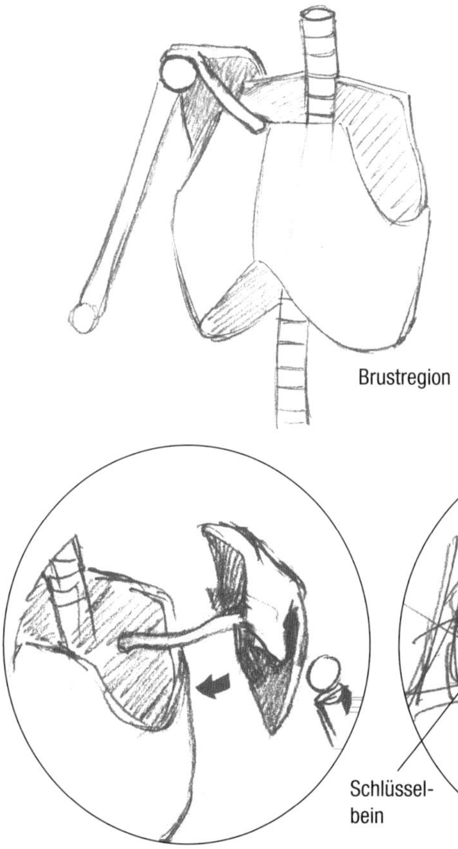

Schulterblatt und Schlüsselbein gehören zusammen. Zeichne sie so, dass sie den Brustkorb überdecken.

Die Schulter und die Armmuskeln

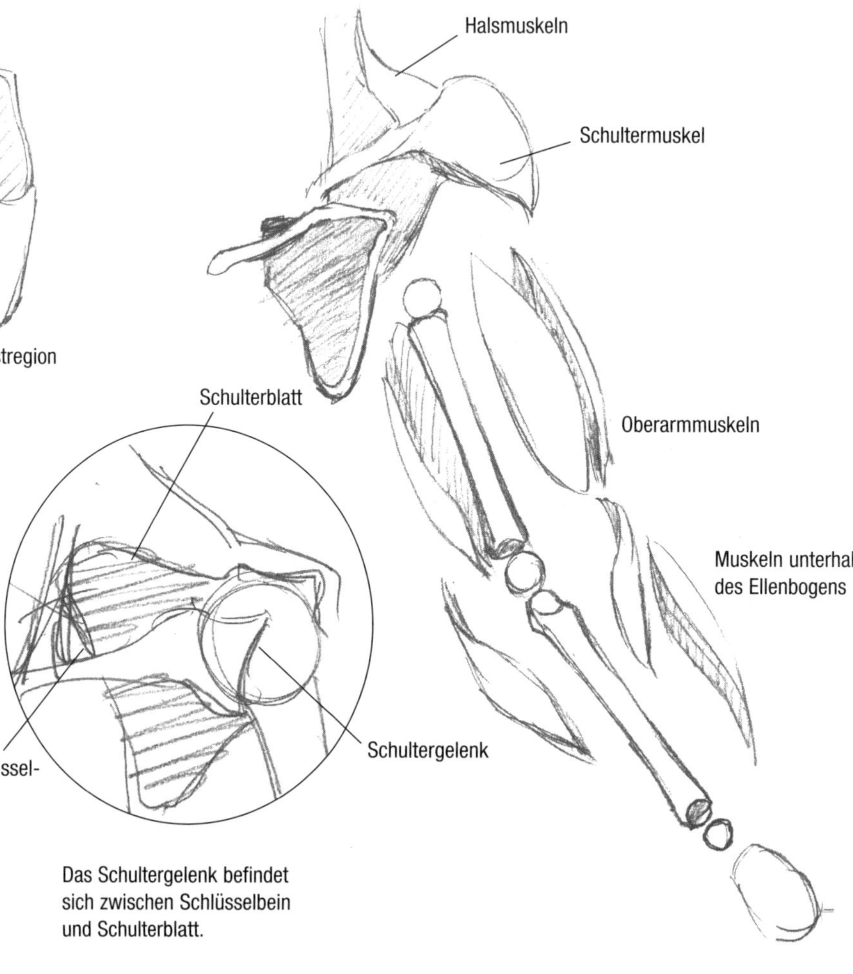

Das Schultergelenk befindet sich zwischen Schlüsselbein und Schulterblatt.

Rückansicht

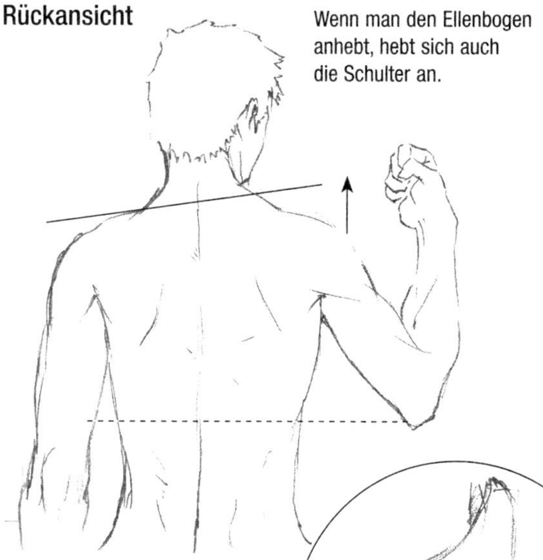

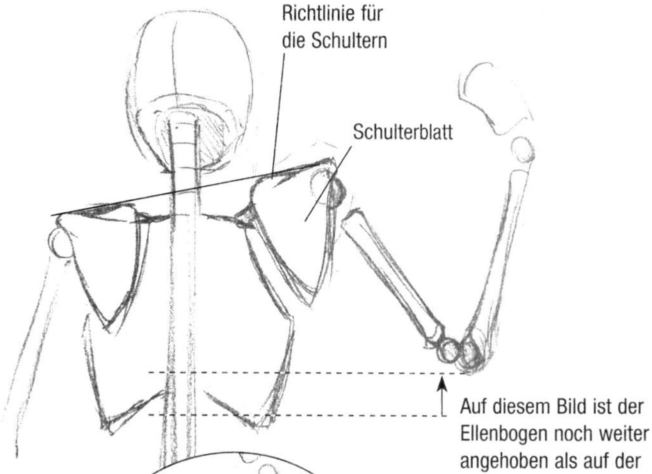

Auf diesem Bild ist der Ellenbogen noch weiter angehoben als auf der Zeichnung links. Daher sind auch die Schulter und das Schulterblatt noch weiter angehoben und die Richtlinie für die Schultern hat einen schärferen Winkel angenommen.

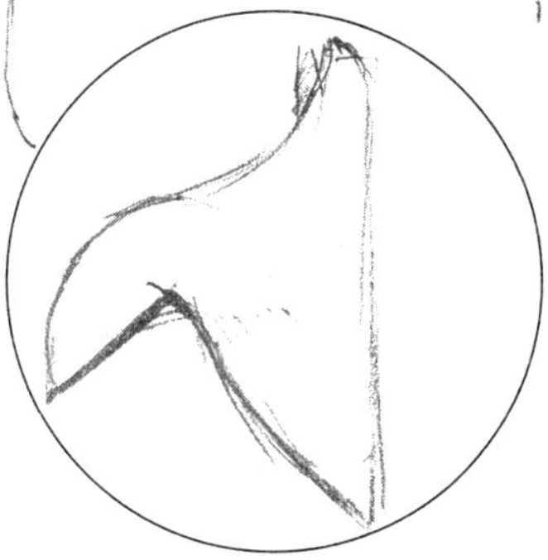
Die Rückenmuskeln breiten sich weit vom Nacken über die Schultern bis in den Rücken aus.

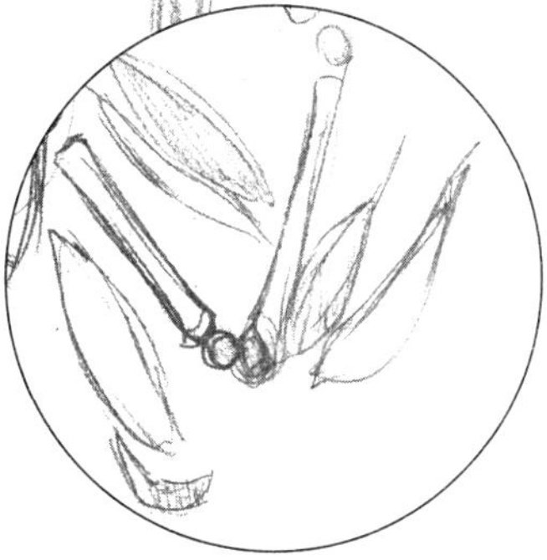
Die Armmuskulatur

Seitenansicht

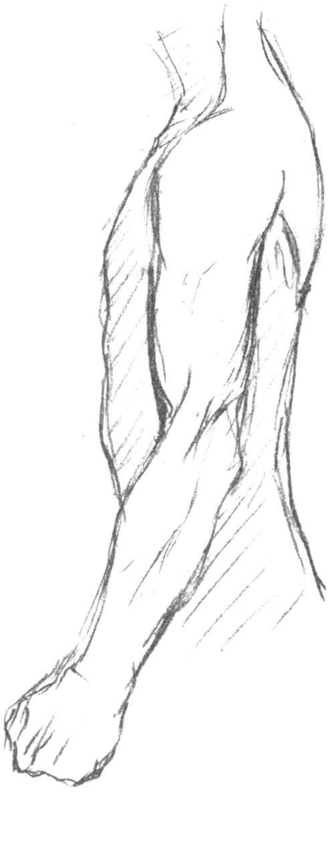

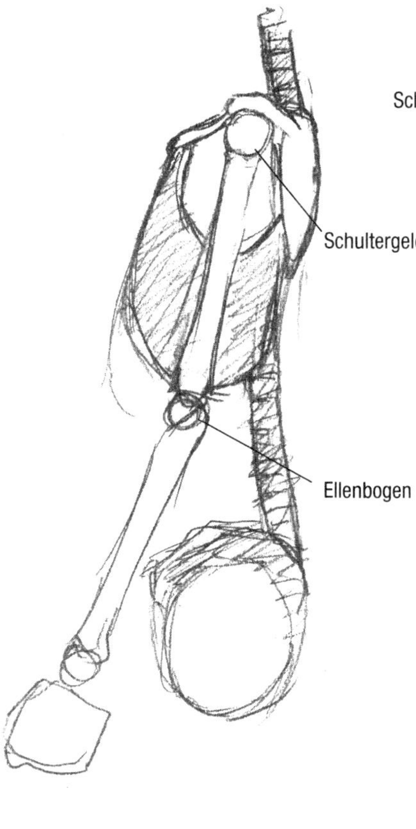

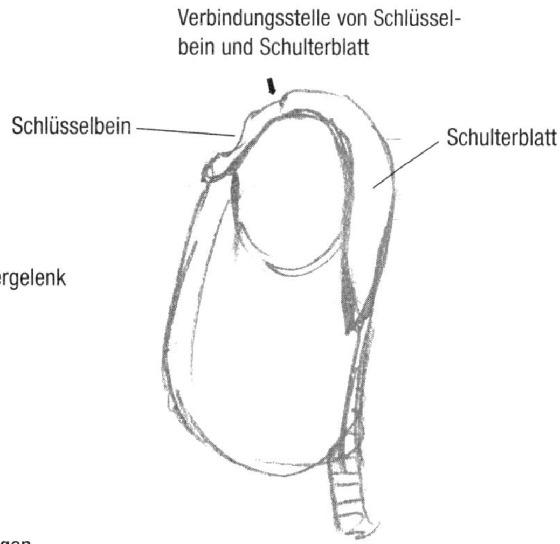

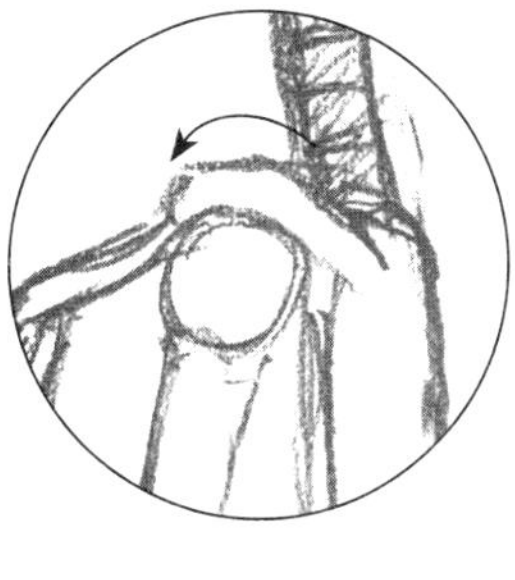
Schultergelenk

Das Schulterblatt befindet sich größtenteils auf dem Rücken, doch ein Teil reicht bis auf die Vorderseite und bildet das Schultergelenk.

Die Bewegung der Schultern

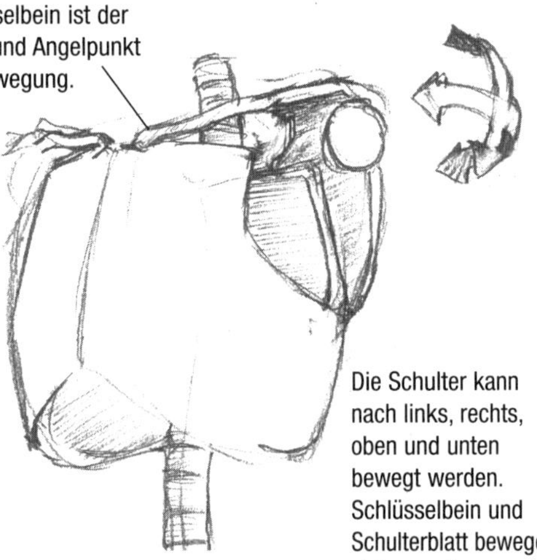

Dieser Punkt am Schlüsselbein ist der Dreh- und Angelpunkt der Bewegung.

Die Schulter kann nach links, rechts, oben und unten bewegt werden. Schlüsselbein und Schulterblatt bewegen sich gemeinsam mit der Bewegung der Schulter.

Die Beweglichkeit der Schulter nach oben, unten, links und rechts ermöglicht es uns, die Schulter anzuheben oder nach vorne zu schieben.

Das Anheben der Schulter ist eine Oben-Unten-Bewegung.

Oben-Unten-Bewegung

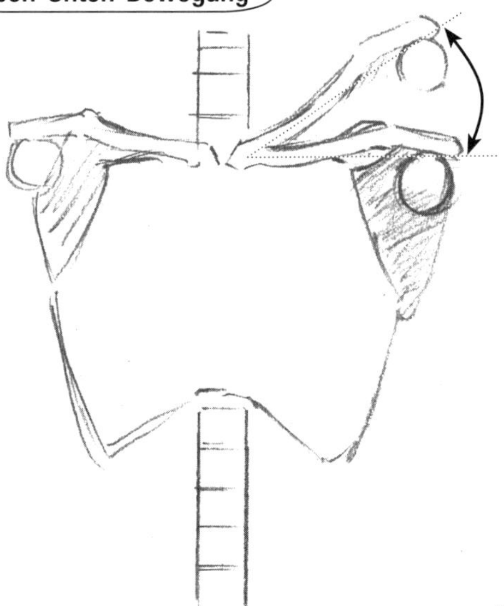

Das Schlüsselbein bewegt sich schräg in seinem Gelenk.

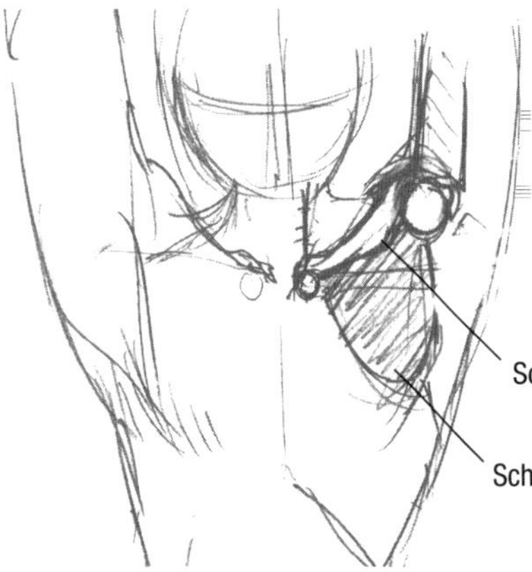

Schlüsselbein und Schulterblatt bewegen sich gemeinsam.

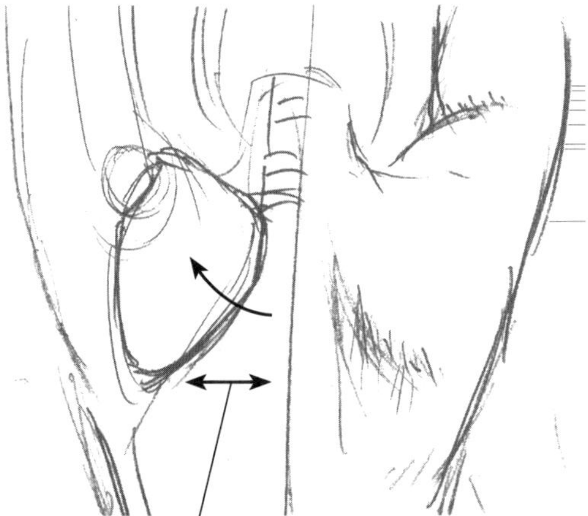

Je nach Bewegung der Arme verändert sich der Abstand zwischen dem unteren Teil des Schulterblatts und der Wirbelsäule stark. Dementsprechend sollte sich auch die Form des Rückens in der Zeichnung verändern.

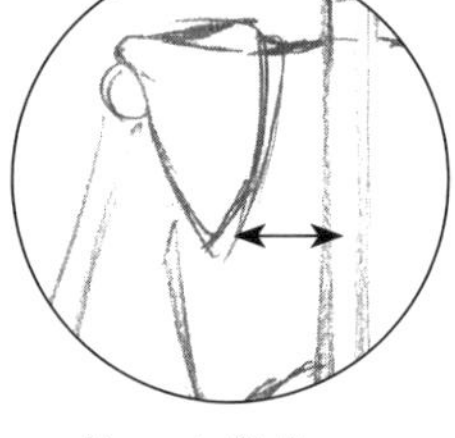

Normale Stellung des Schulterblatts.

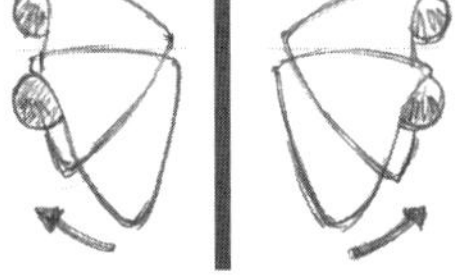

Wenn beide Arme hochgehoben werden, entfernen sich die Schulterblätter von der Wirbelsäule und formen ein umgedrehtes V.

Beide Arme hochheben

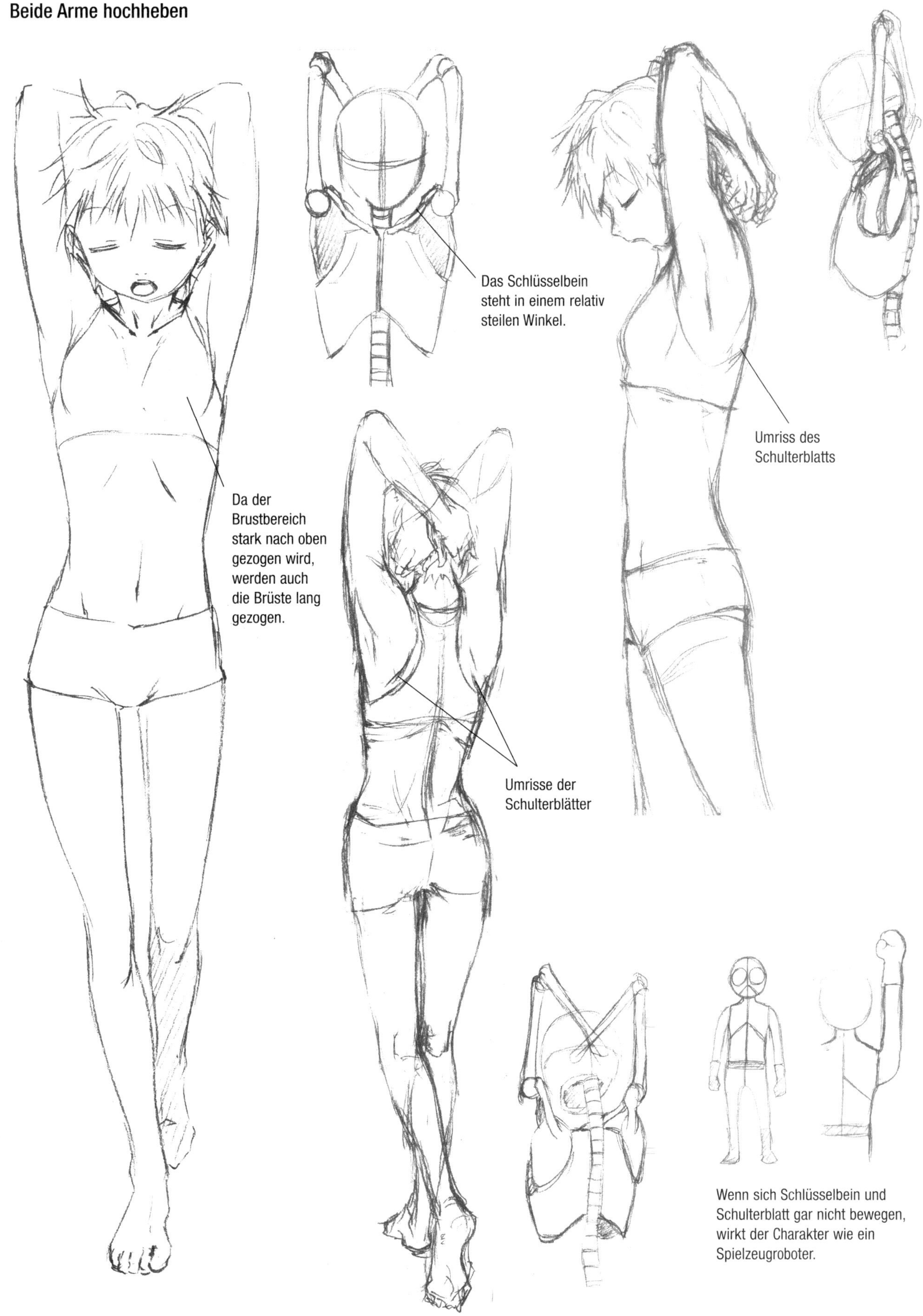

Vorwärts-Rückwärts-Bewegung

Hier sieht man einen Querschnitt durch den Rumpf. Betrachte insbesondere die Bewegung des Schulterblatts.

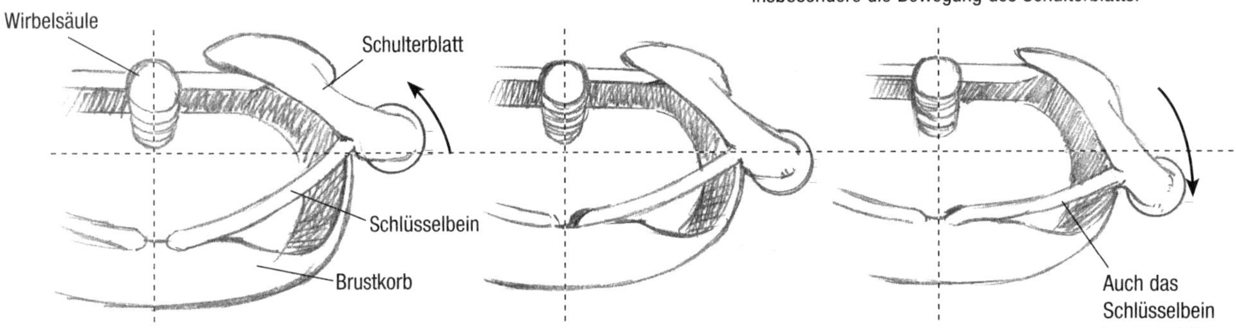

Bewegung nach hinten | **Normalzustand** | **Bewegung nach vorne**

Rückwärtsbewegung der Arme: Die Schulterblätter bewegen sich aufeinander zu.

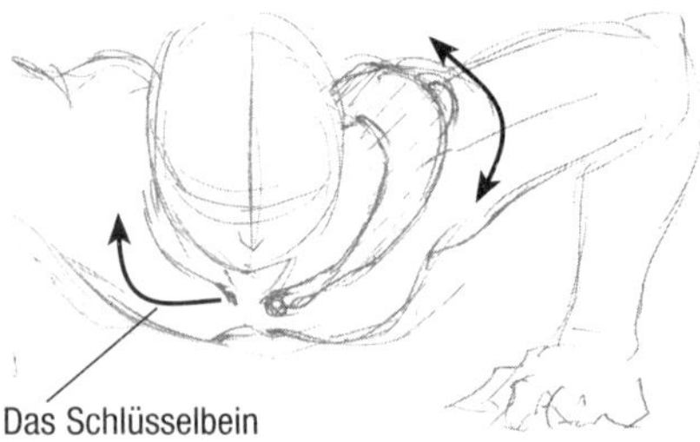

Das Schlüsselbein beugt sich nach hinten.

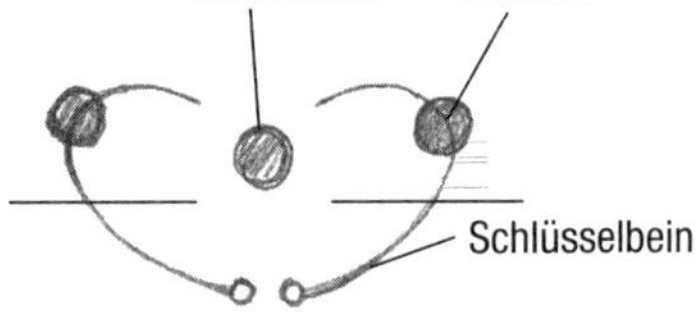

Wenn man den Querschnitt betrachtet, sieht man, dass sich die Schultern nun hinter der Wirbelsäule befinden. Die Haut und die Muskeln des Rückens ziehen sich zusammen und der Brustbereich wird stark gedehnt.

Auf dem Rücken bewegen sich die Schulterblätter aufeinander zu und der gesamte Rücken nimmt die Form einer nach innen gekrümmten Kurve an.

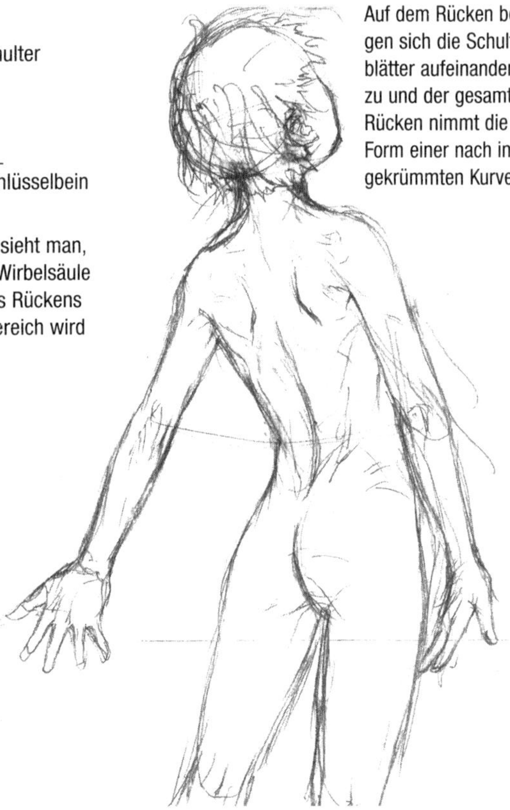

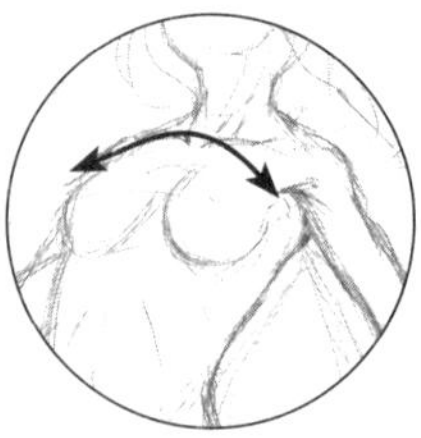

Oben auf der Brust entsteht ein weiter Bogen.

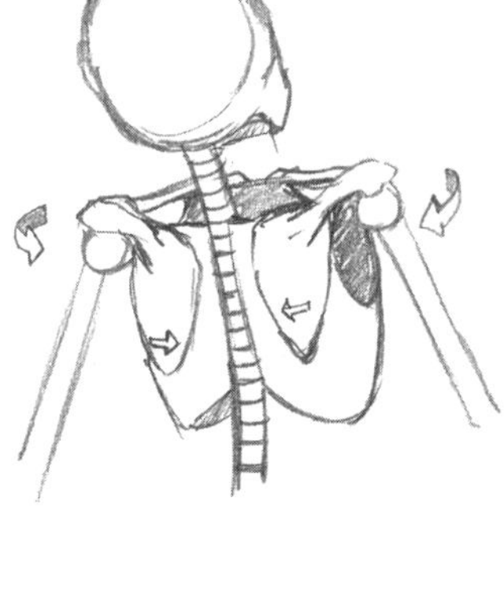

Wenn die Arme das Körpergewicht stützen, treten die Schulterblätter deutlich hervor.

Vorwärtsbewegung der Arme:
Die Schulterblätter bewegen sich voneinander weg.

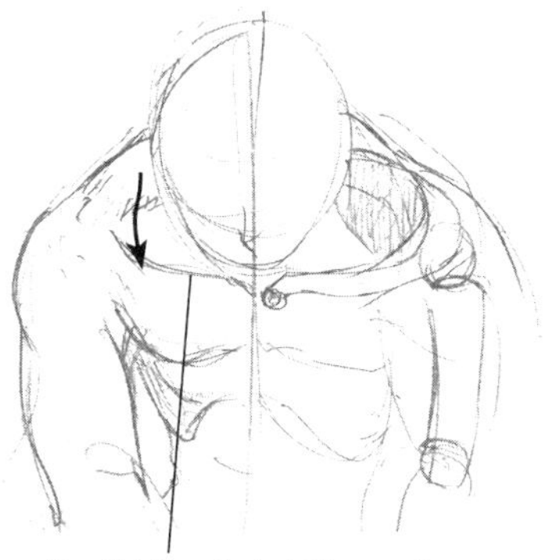

Das Schlüsselbein tritt vorne hervor.

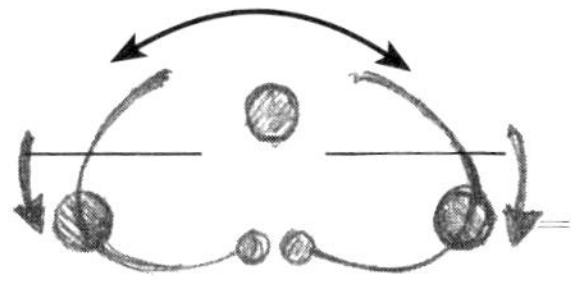

Wenn beide Arme nach vorne bewegt werden, wird die Rückenmuskulatur gestreckt und der Rücken wird rund.

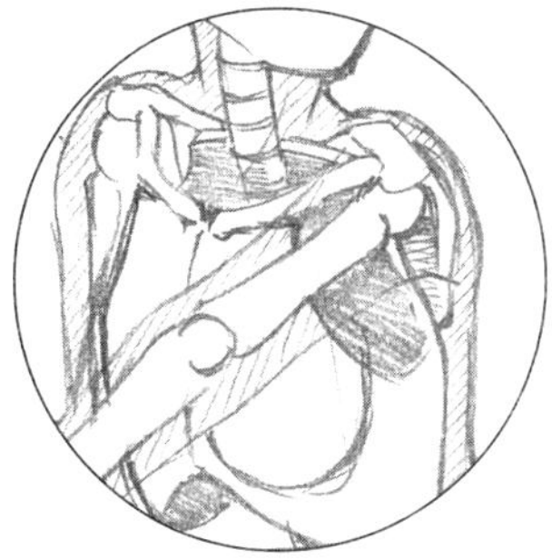

Wenn wie hier nur ein Arm nach vorne ausgestreckt wird, wird das Schlüsselbein teilweise von der Rundung der Schultermuskulatur verdeckt.

Der runde Rücken drückt hier körperliche Stärke aus.

Bewegungen der Arme

Den Arm nach vorne bewegen und drehen

Je nachdem, wie sich der Arm bewegt, verändern sich seine Konturen. Achte besonders auf die starken Veränderungen in den Konturen des Unterarms.

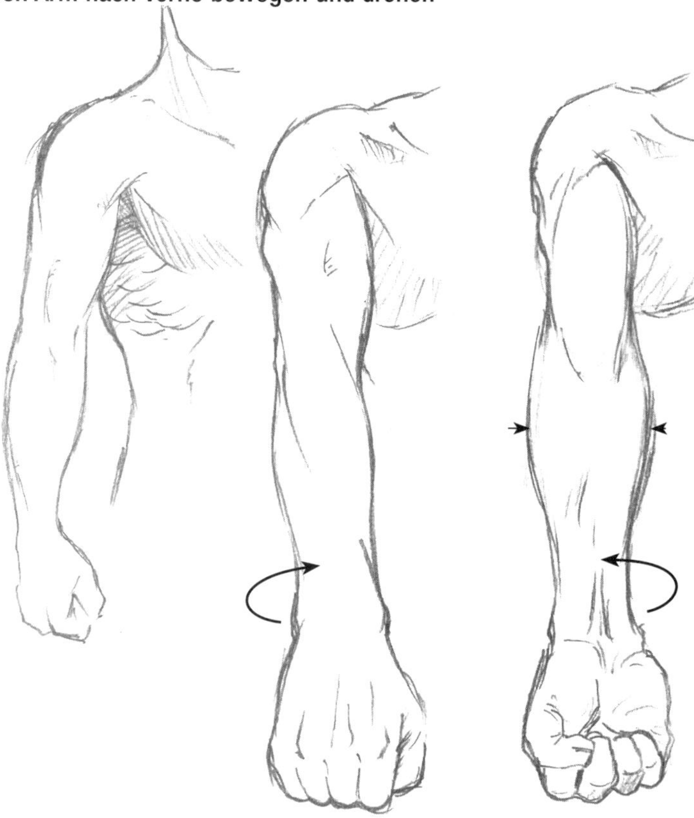

Wenn der Arm nach innen gedreht wird, werden auch die Muskeln gedreht. Die Konturen des Unterarms sind relativ gerade.

Wenn der Arm nach außen gedreht wird, werden die Muskeln gerade. Die Konturen des Unterarms sind breiter und deutlich gewölbt.

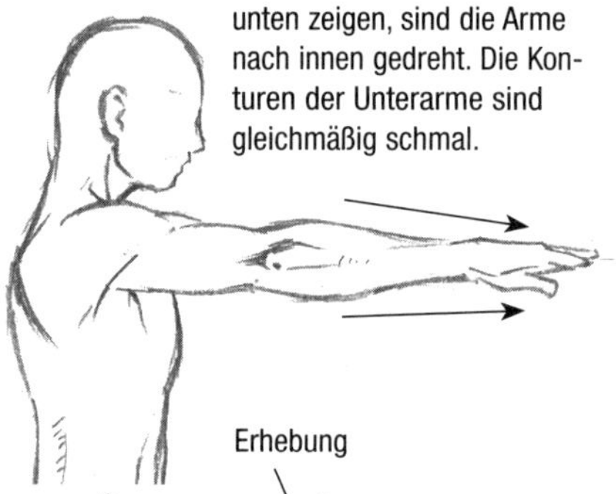

Wenn die Handflächen nach unten zeigen, sind die Arme nach innen gedreht. Die Konturen der Unterarme sind gleichmäßig schmal.

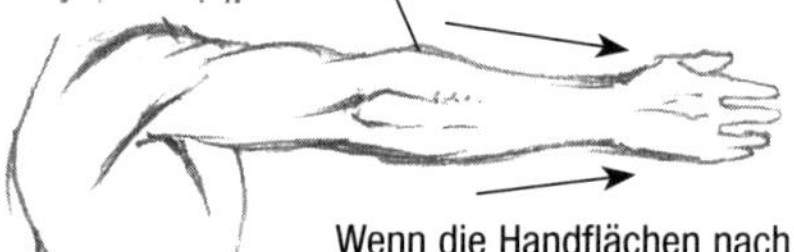

Erhebung

Wenn die Handflächen nach innen zeigen, sind die Arme halb nach außen gedreht. Die Umrisslinie auf der Seite des Daumens ist leicht abgesenkt.

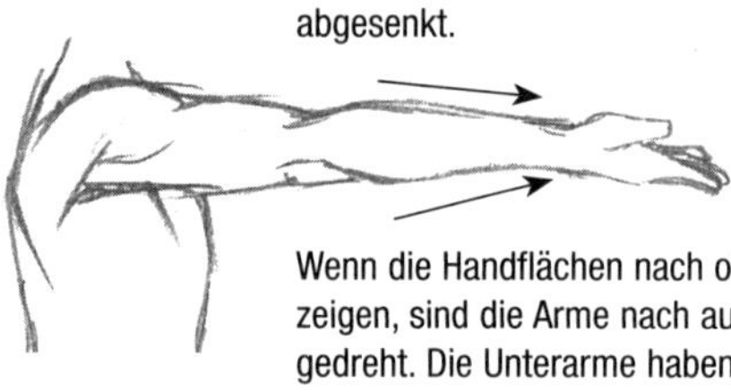

Wenn die Handflächen nach oben zeigen, sind die Arme nach außen gedreht. Die Unterarme haben gebeugte Konturen.

Den Arm strecken und drehen

Zeichne den Arm mit einer leicht gebeugten Silhouette.

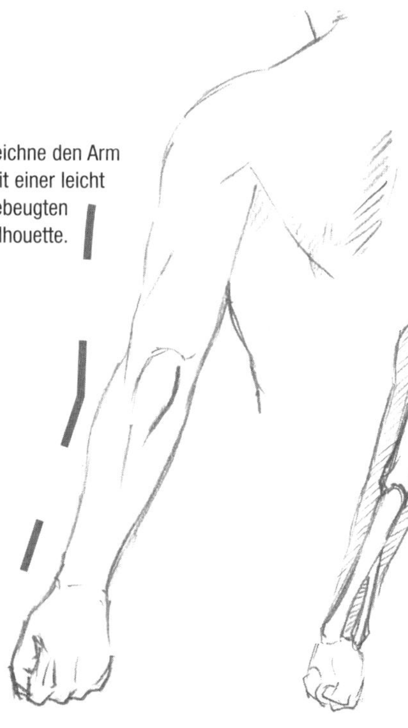

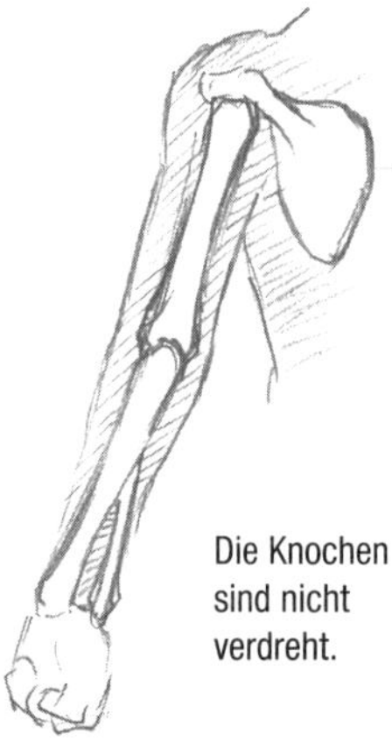

Die Knochen sind nicht verdreht.

Zeichne den Arm in einer leicht S-förmigen Silhouette.

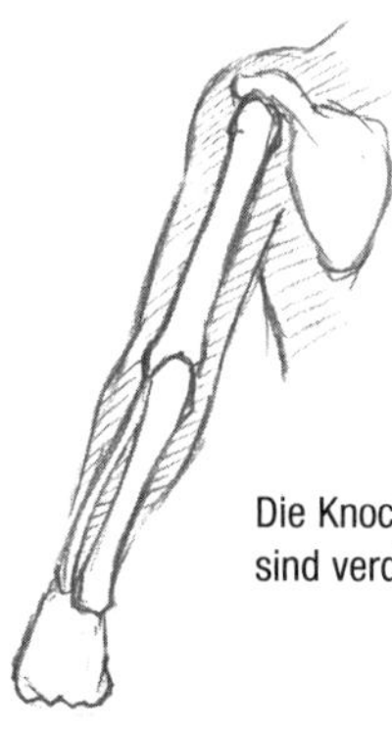

Die Knochen sind verdreht.

Das Handgelenk bewegen

Wenn das Handgelenk bewegt wird, werden Muskeln gestreckt und gebeugt, was dazu führt, dass sich die Silhouette des Arms verändert. Der Oberarm verändert sich nicht, wenn nur der Unterarm gedreht wird.

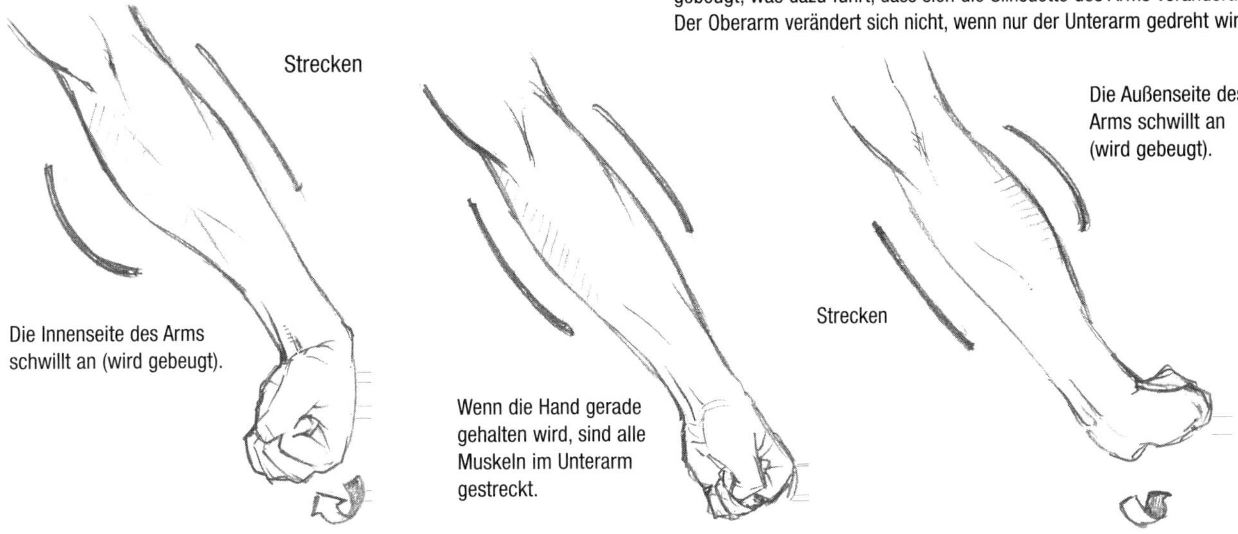

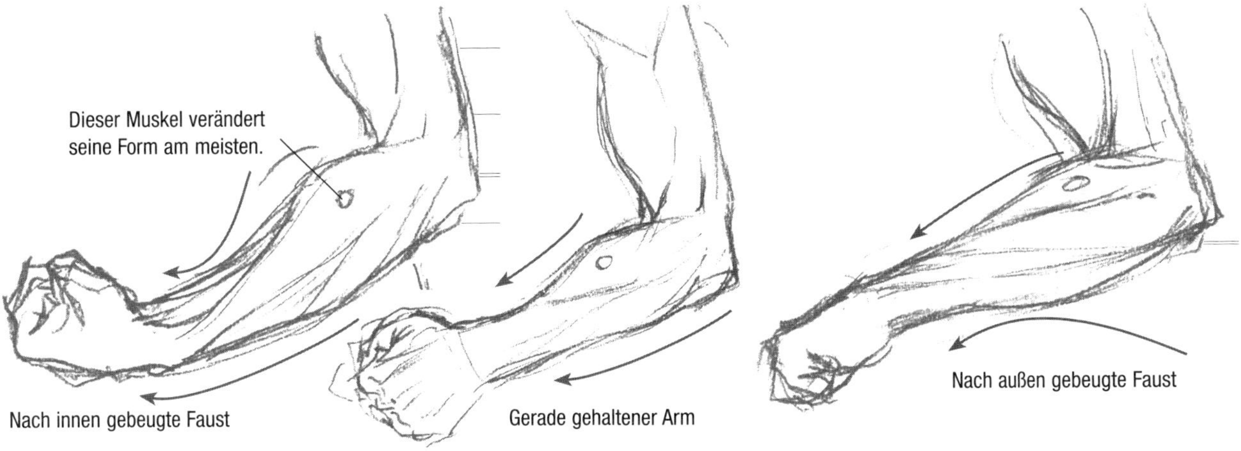

Den Arm beugen

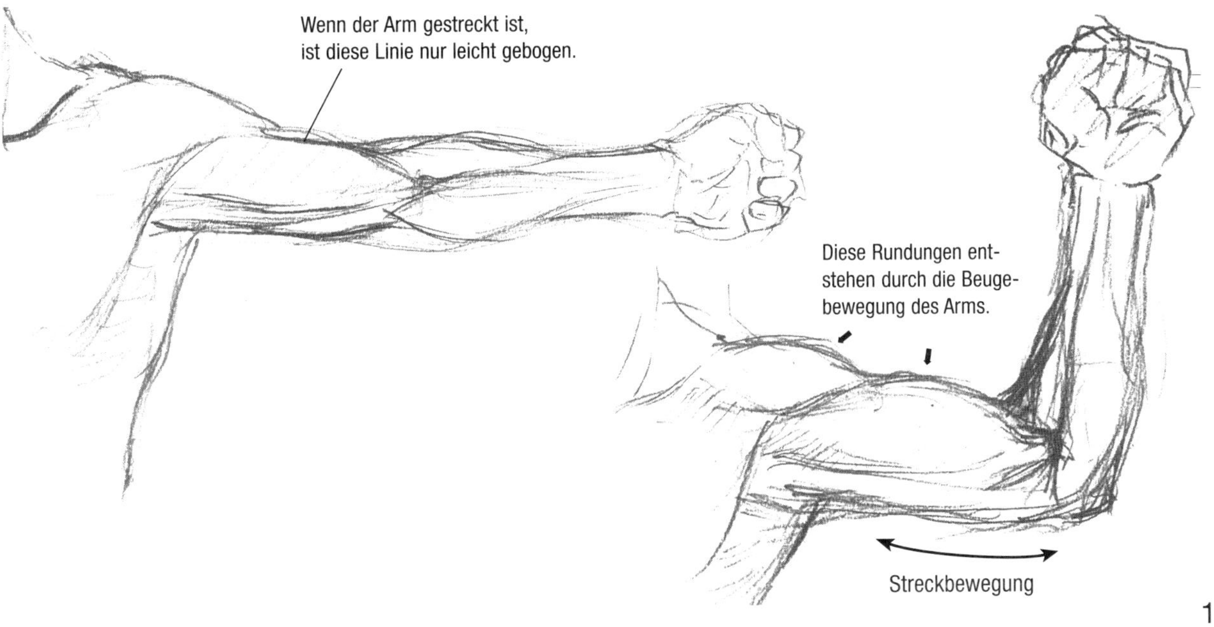

4. Grundlagen zu Aufbau und Bewegung der Beine

Die Konturen der Beine verändern sich bei einer Drehung der Beine, die im Hüftgelenk stattfindet. Achte darauf, dass sich die Unterschenkel aus dem Kniegelenk nicht drehen können.

Die Gelenke in Hüfte und Bein

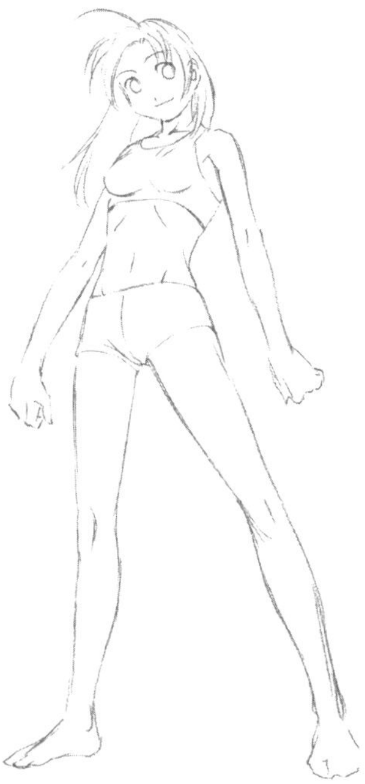

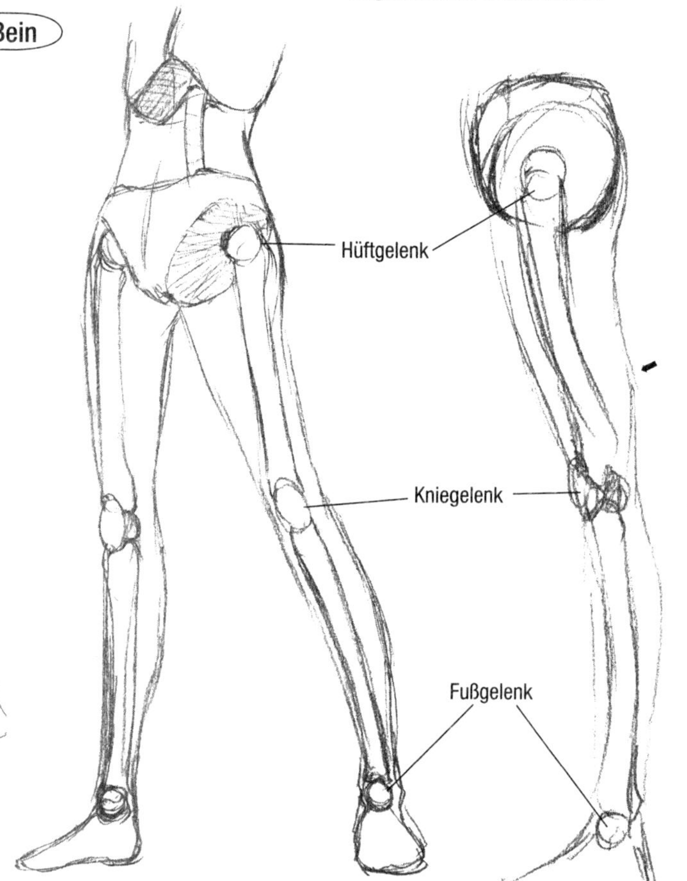

Von der Seite betrachtet kann man genau eine Ausbuchtung im Oberschenkel sehen.

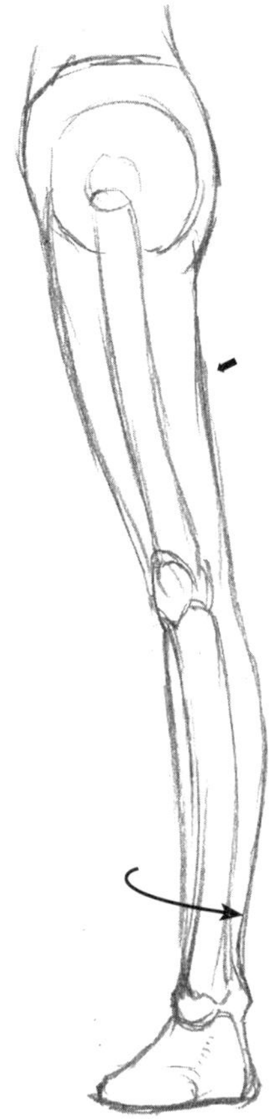

Wenn der Fuß nach außen gedreht wird, nehmen die Konturen des Beins sanft gebogene Linien an.

Drehungen im Hüftgelenk

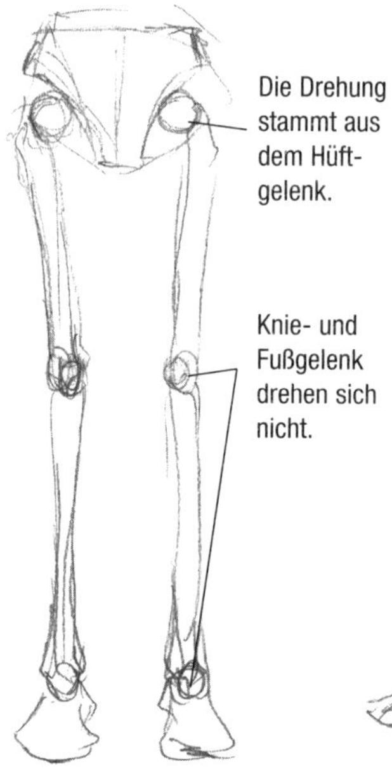

Die Beine stehen gerade.

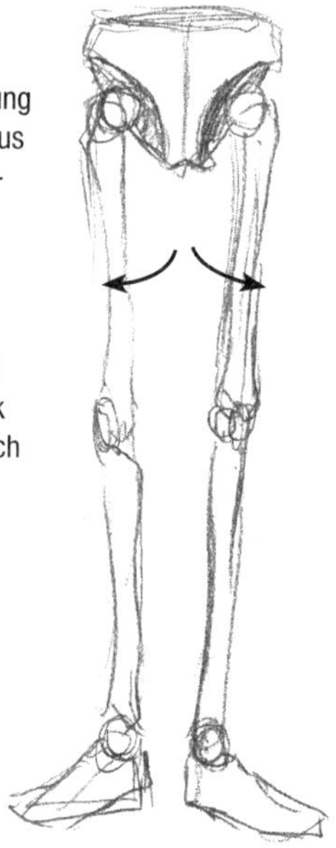

Drehbewegung nach außen: Wer nicht speziell dafür trainiert hat, kann seine Beine ungefähr so weit nach außen drehen.

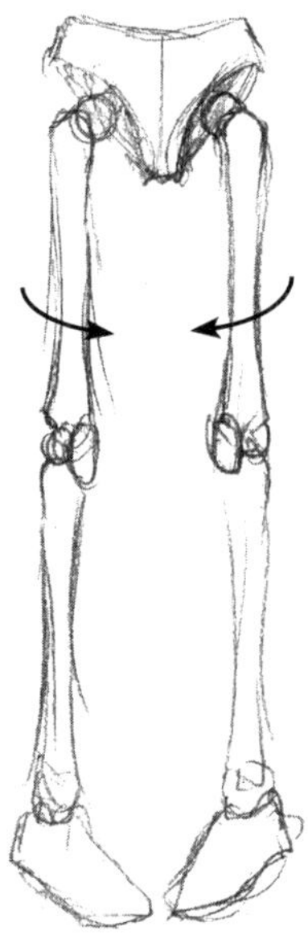

Drehbewegung nach innen.

Die wichtigsten Muskeln der Beine.

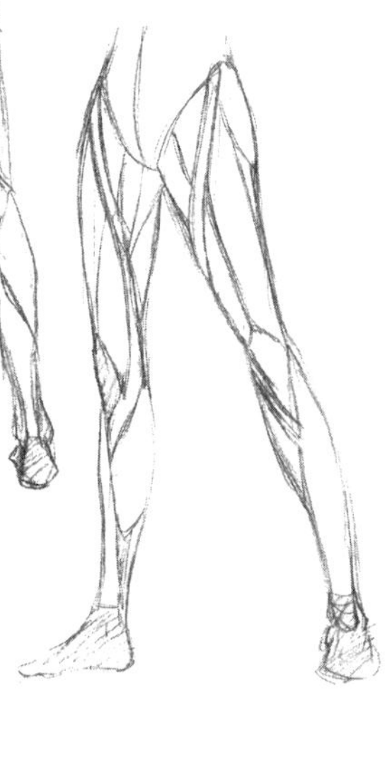

Spagat zur Seite

Die Beine sind zu 180 Grad geöffnet.

Die Zehenspitzen zeigen nach oben

Bewegungen in Bein und Hüfte geschehen auch in der Taille. Achte beim Zeichnen besonders auf Richtung und Winkel von Hüfte und Taille.

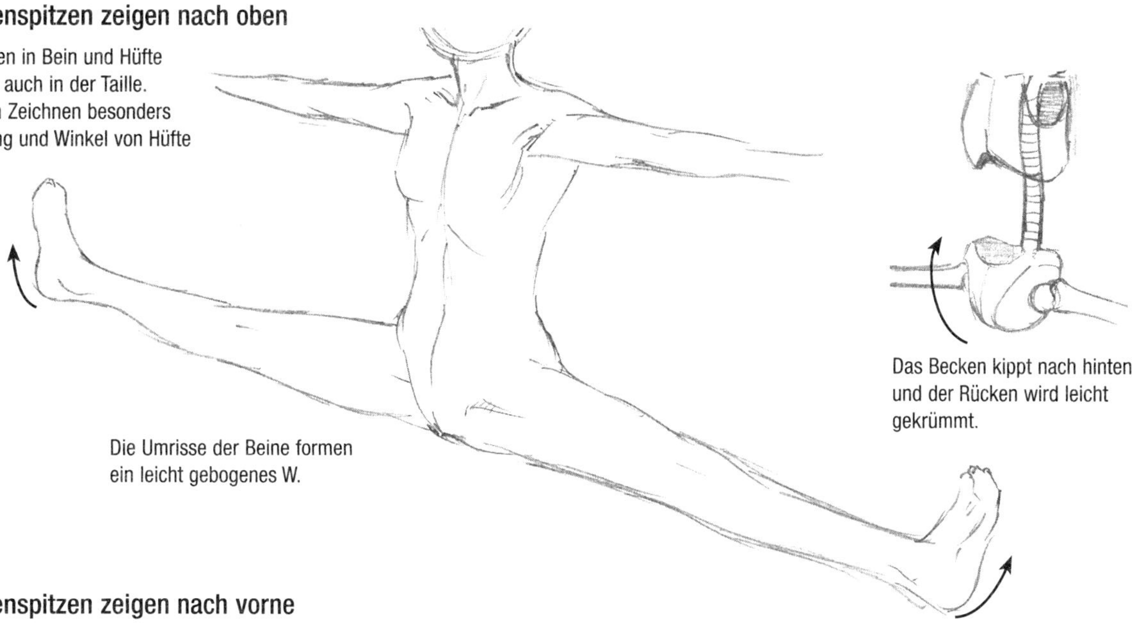

Die Umrisse der Beine formen ein leicht gebogenes W.

Das Becken kippt nach hinten und der Rücken wird leicht gekrümmt.

Die Zehenspitzen zeigen nach vorne

Da das Becken nach vorne kippt, wird die Taille durchgebogen, um die Balance zu halten. Die Brust wird ebenfalls nach hinten gebogen.

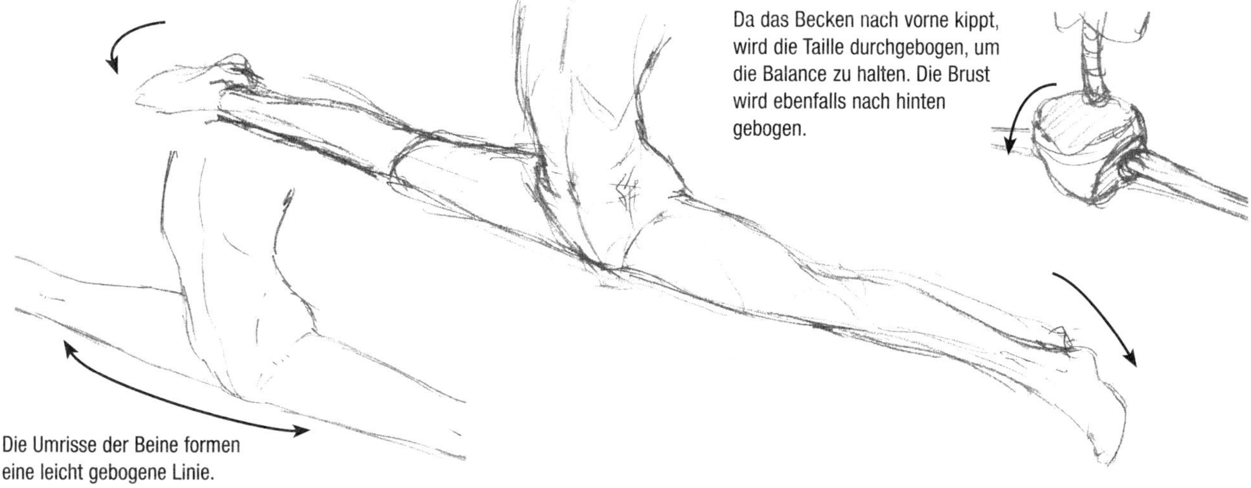

Die Umrisse der Beine formen eine leicht gebogene Linie.

Bewegungen nach vorne und hinten (oben und unten)

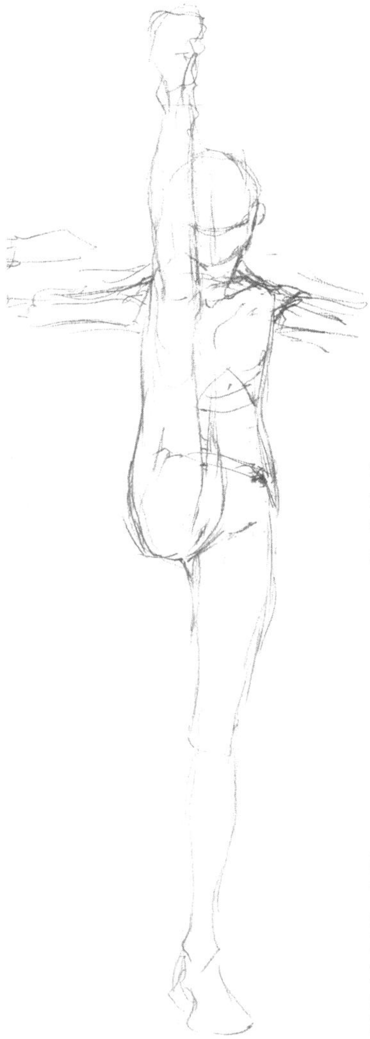

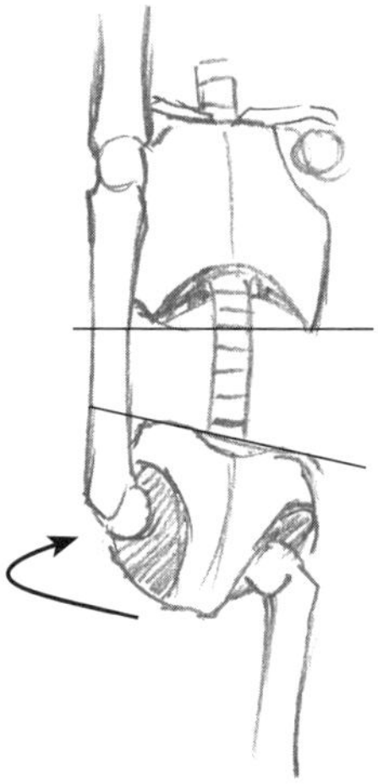

Wenn ein Bein nach oben und unten geschwungen wird, entsteht zusätzlich eine Drehung in der Taille.

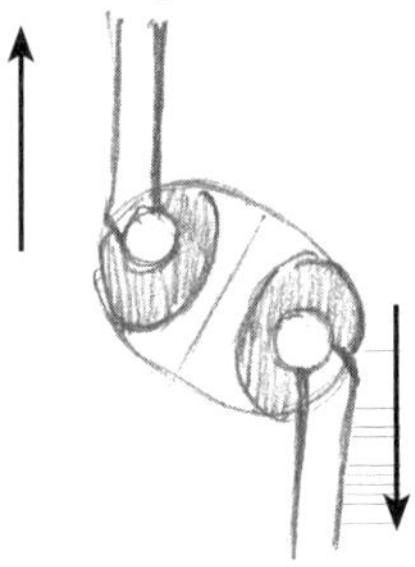

Hier sieht man die Hüfte bei einem Vorwärtsspagat (bzw. Tritt nach oben) direkt von unten betrachtet. Damit das nach vorne und das nach hinten gestreckte Bein völlig gerade durchgestreckt sind, muss die Hüfte gedreht werden.

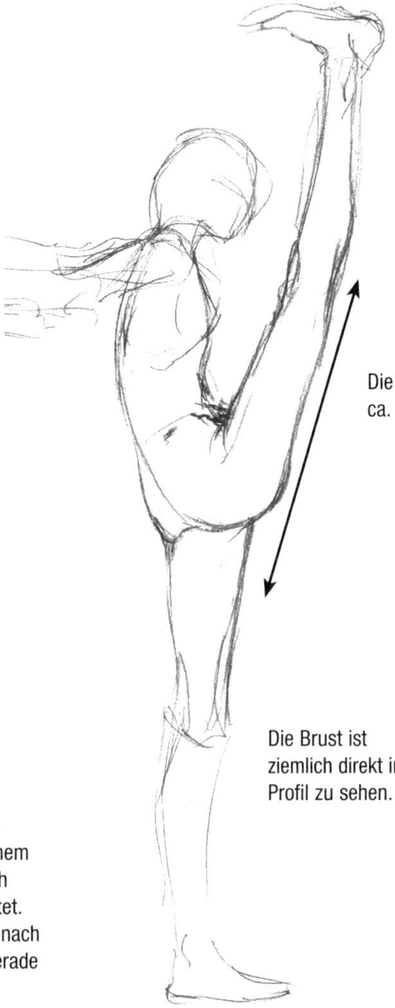

Die Beine sind zu ca. 180 Grad geöffnet.

Die Hüfte wird ungefähr so weit gedreht, bis man ihre Hinterseite sieht.

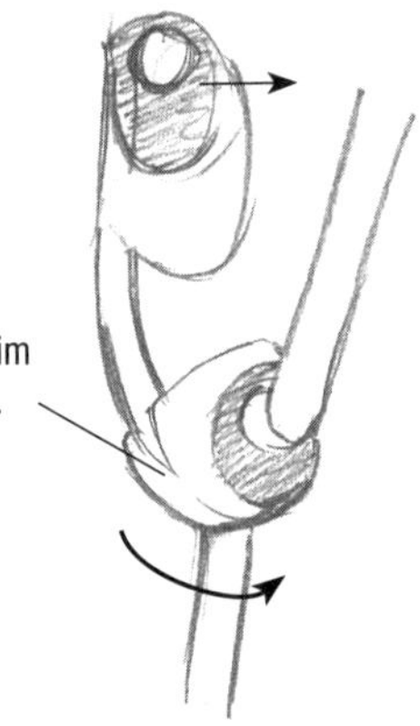

Die Brust ist ziemlich direkt im Profil zu sehen.

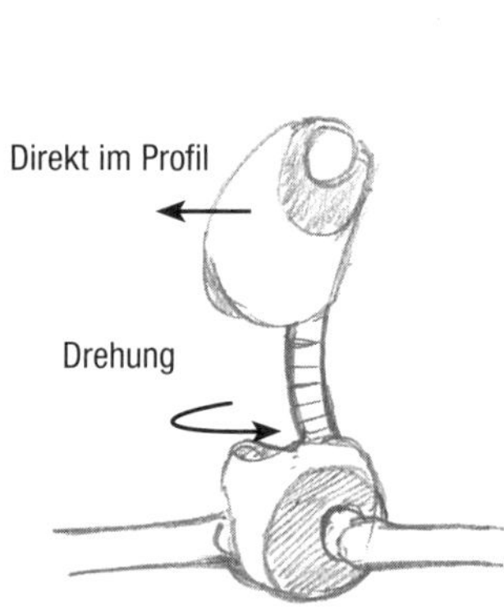

Im Vorwärtsspagat ist es dasselbe wie beim Tritt nach oben: Die Hüfte wird gedreht, damit die Beine ganz nach vorne und nach hinten ausgebreitet werden können.

Arabeske (nach hinten und oben gestrecktes Bein)

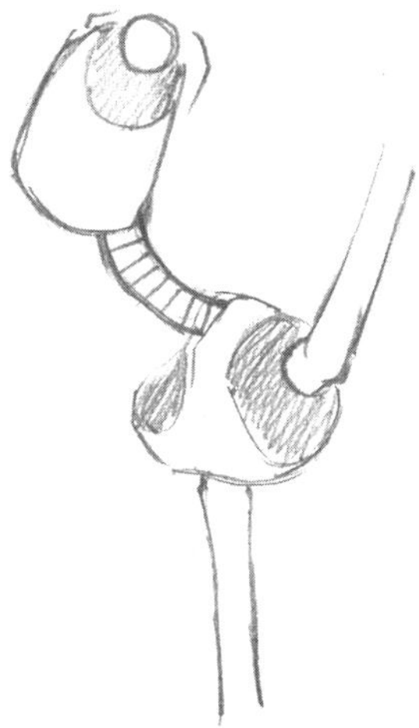

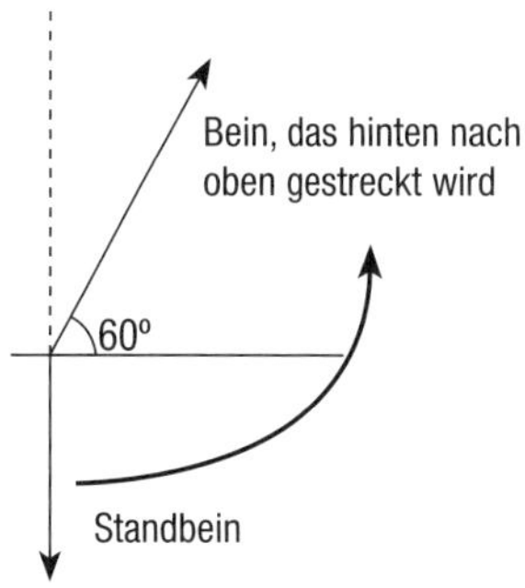

Die Arabeske-Position, bei der ein Bein hinter dem Rücken gerade nach oben gestreckt wird, wird ebenfalls durch eine Drehung in der Hüfte ermöglicht. Doch im Gegensatz zum Tritt nach oben sind die Beine hier nicht zu 180 Grad geöffnet.

Ausfallschritt nach vorne

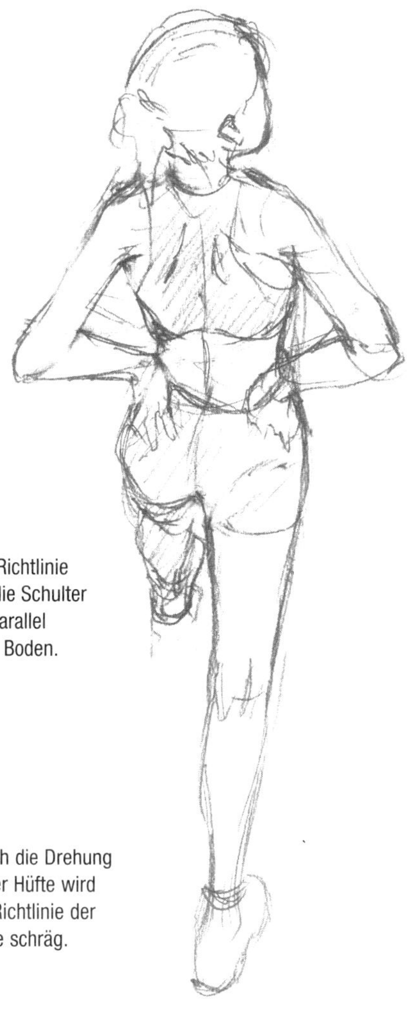

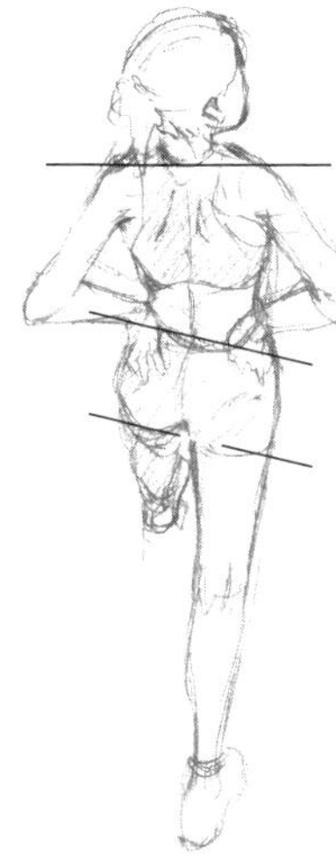

Die Richtlinie für die Schulter ist parallel zum Boden.

Durch die Drehung in der Hüfte wird die Richtlinie der Hüfte schräg.

5. Grundlagen zu Aufbau und Bewegung von Händen und Fingern

Versuch, dir die Hand als viele einzelne Blöcke vorzustellen, wenn du sie zeichnest. Teil die Handfläche in vier verschiedene bewegliche Blöcke ein.

Der grundlegende Aufbau

Die Handfläche

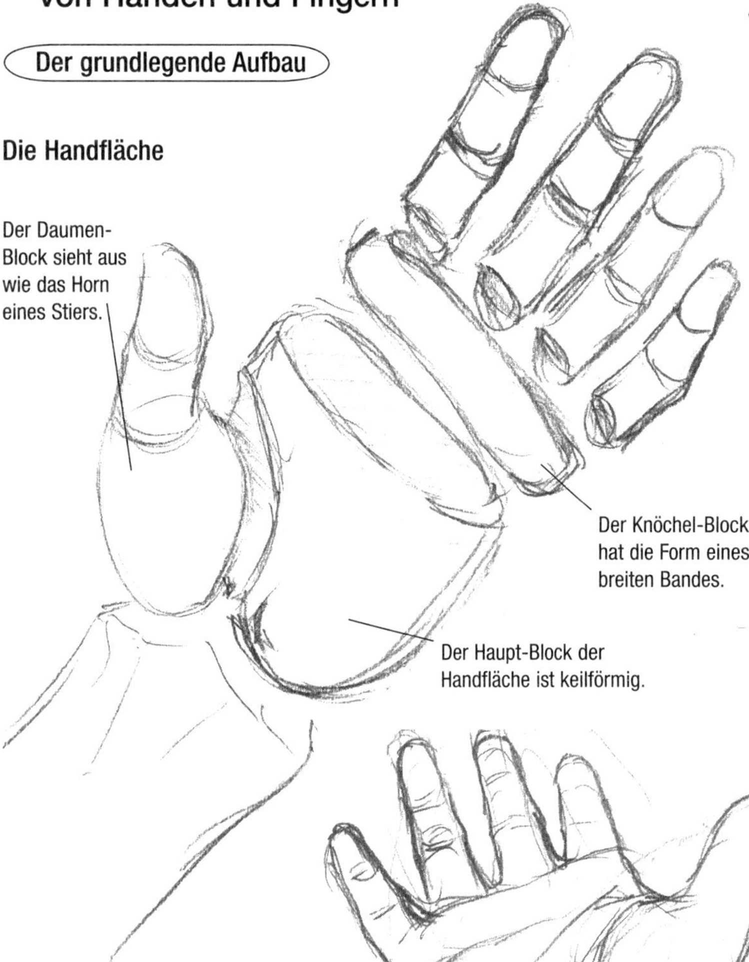

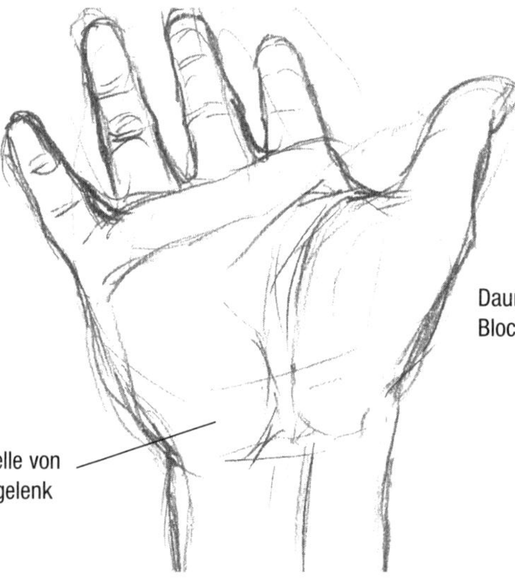

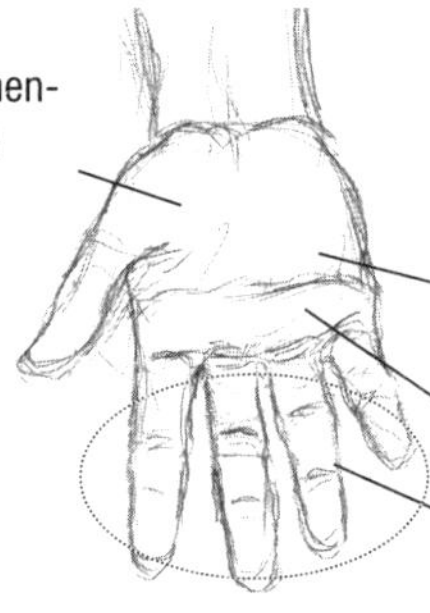

Die Zeichenschritte

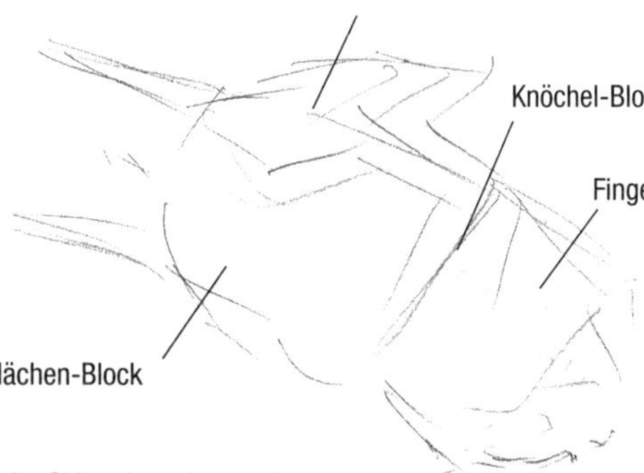

① Die grobe Skizze besteht aus den Umrissen für die gesamte Form. Die Linien, die die einzelnen Blöcke begrenzen, sind zu erkennen.

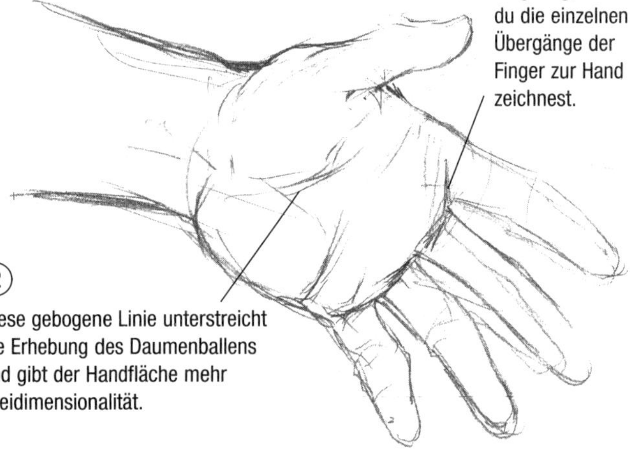

② Diese gebogene Linie unterstreicht die Erhebung des Daumenballens und gibt der Handfläche mehr Dreidimensionalität.

Der Handrücken

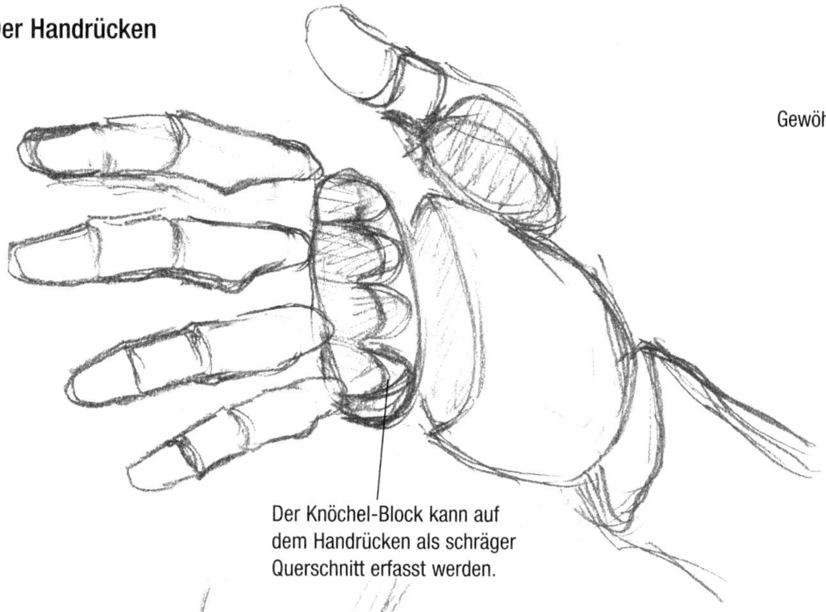

Der Knöchel-Block kann auf dem Handrücken als schräger Querschnitt erfasst werden.

Gewöhnliche Handhaltung

Nach hinten gebogene Hand

Wenn die Hand mit Kraft nach hinten gebogen wird, zeichnen sich auf dem Handrücken Sehnen und Adern ab.

Die Silhouette des Handrückens verändert sich.

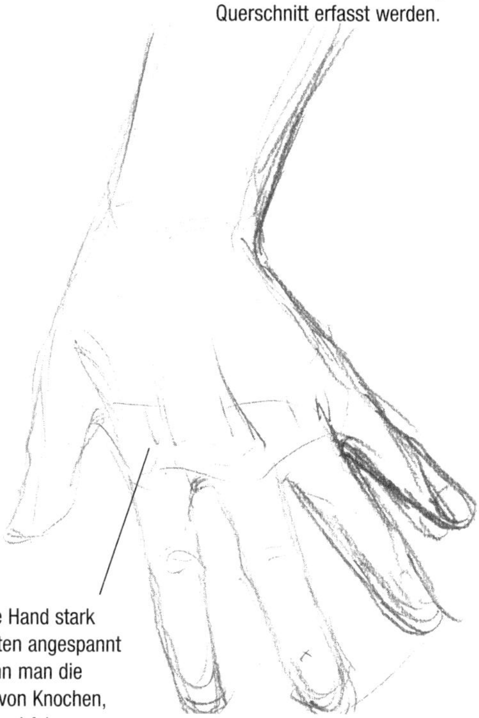

Wenn die Hand stark nach hinten angespannt wird, kann man die Umrisse von Knochen, Sehnen und Adern erkennen.

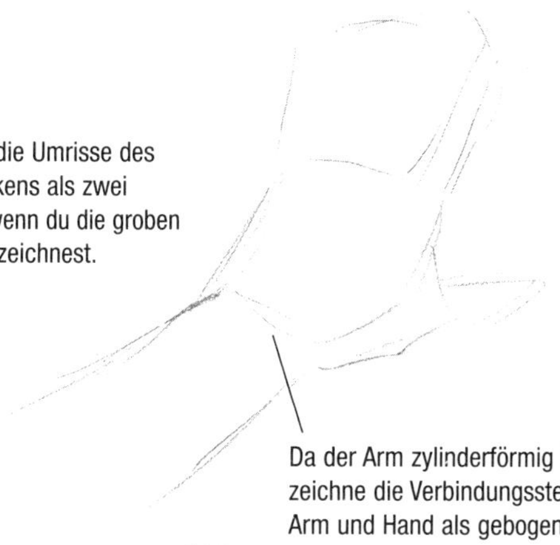

Zeichne die Umrisse des Handrückens als zwei Blöcke, wenn du die groben Umrisse zeichnest.

Da der Arm zylinderförmig ist, zeichne die Verbindungsstelle von Arm und Hand als gebogene Linie.

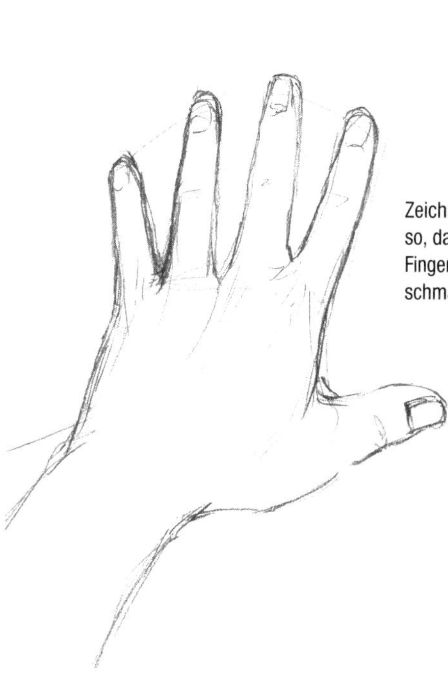

Zeichne die Finger so, dass sie zu den Fingerspitzen hin leicht schmaler werden.

Greifbewegungen

Die Verbindungsstellen zwischen den einzelnen »Blöcken« sind auch gleichzeitig die Stellen der Hand, die gebogen werden. Daher entstehen dort auch schnell Falten.

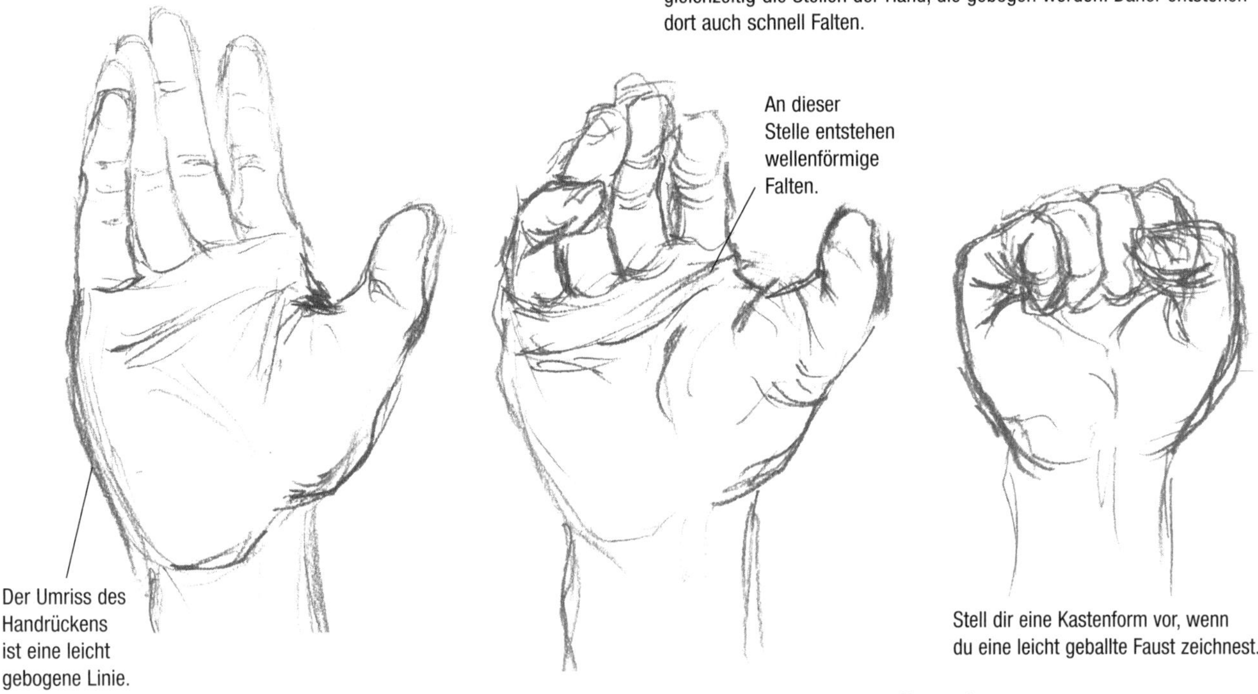

Bei Bewegungen der Finger entstehen an vier Stellen Falten

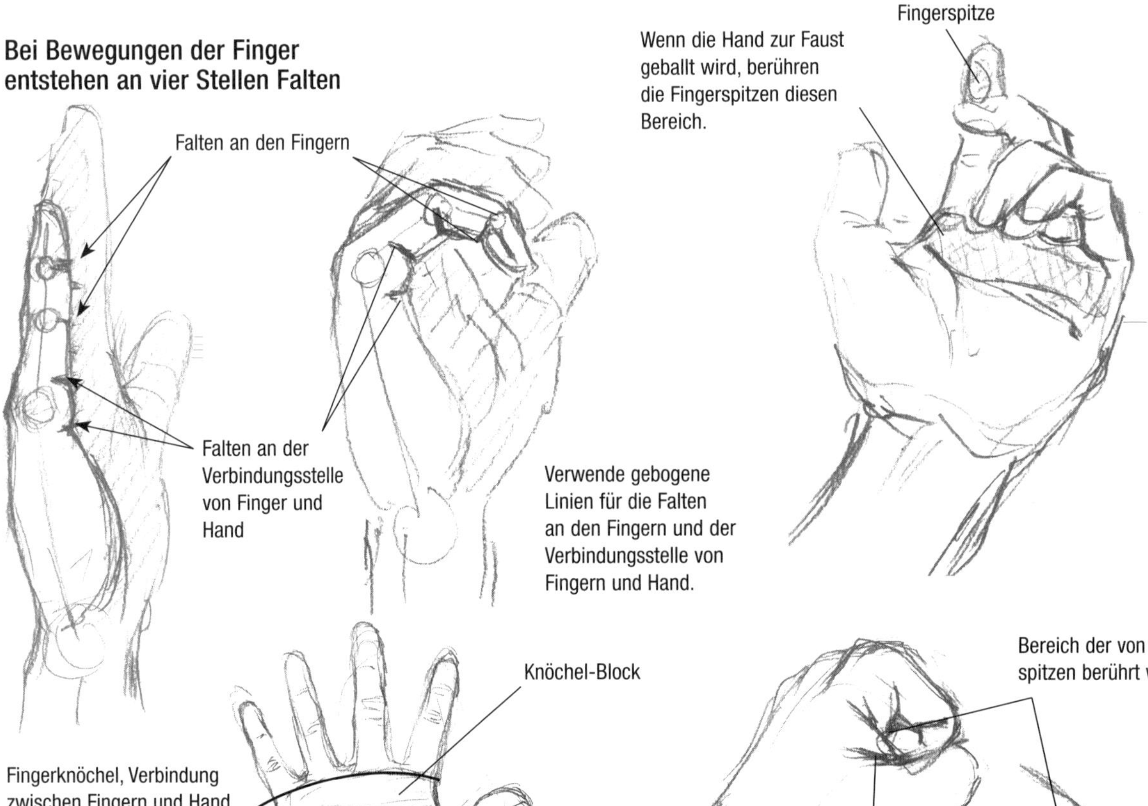

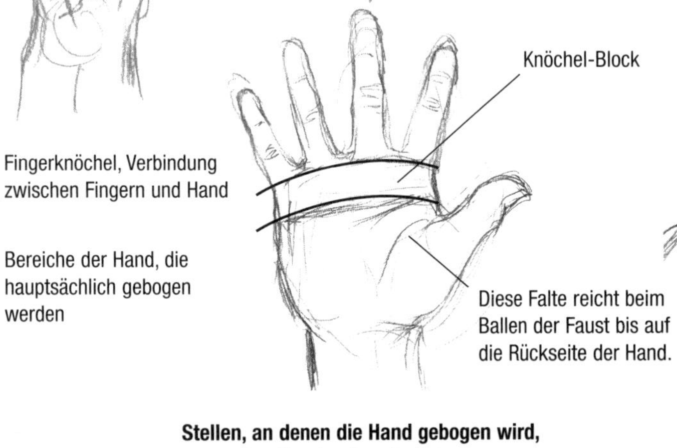

Stellen, an denen die Hand gebogen wird, wenn eine Faust geformt wird

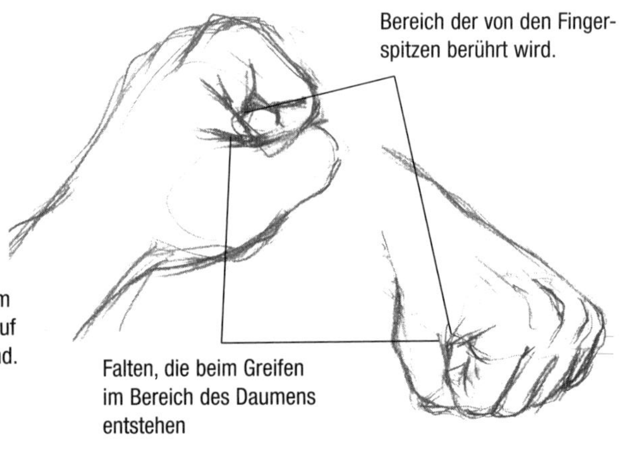

Die Hand ausstrecken und zusammenziehen

Handfläche

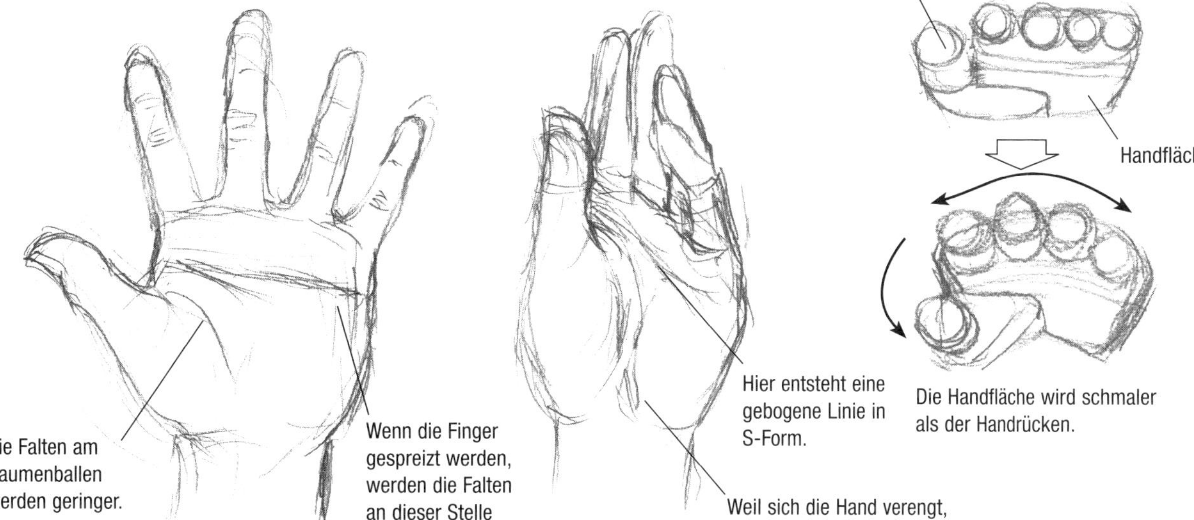

Handrücken

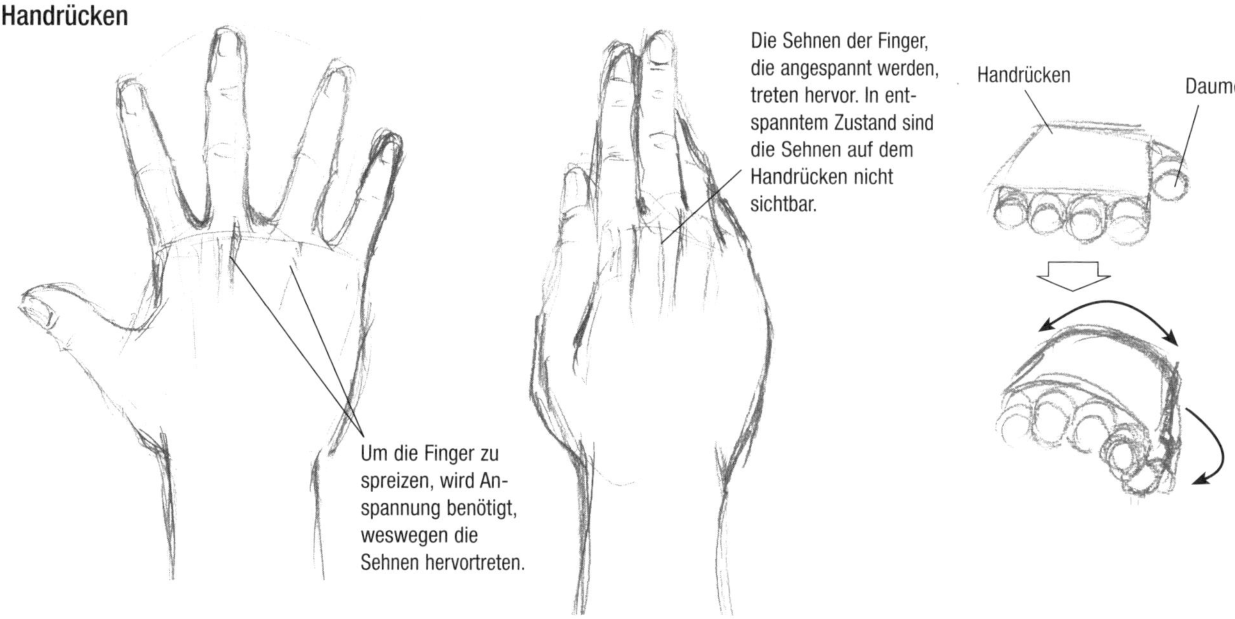

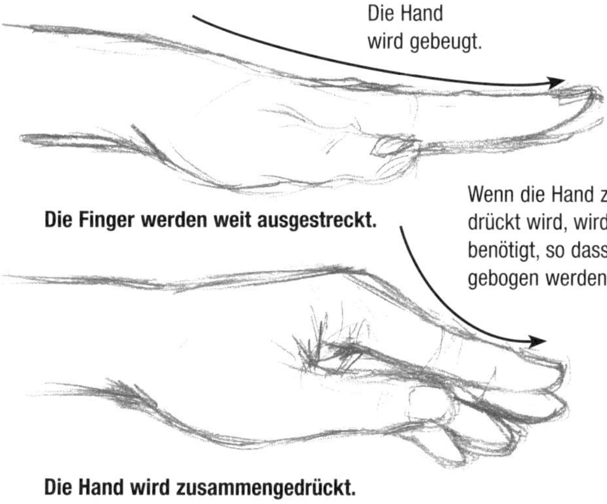

Die Finger werden weit ausgestreckt.

Die Hand wird zusammengedrückt.

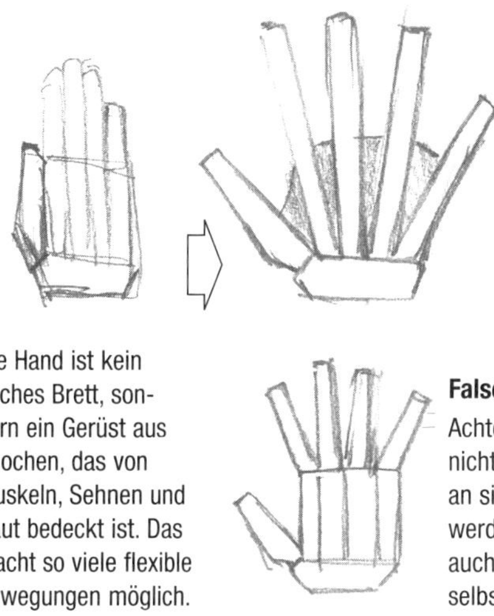

6. Grundlagen zu Aufbau und Bewegung der Füße

Der grundlegende Aufbau

Füg beim Fuß, ähnlich wie beim Aufbau der Hand, einen Block für den Übergang von den Zehen zum Fuß (Zehenballen) ein.

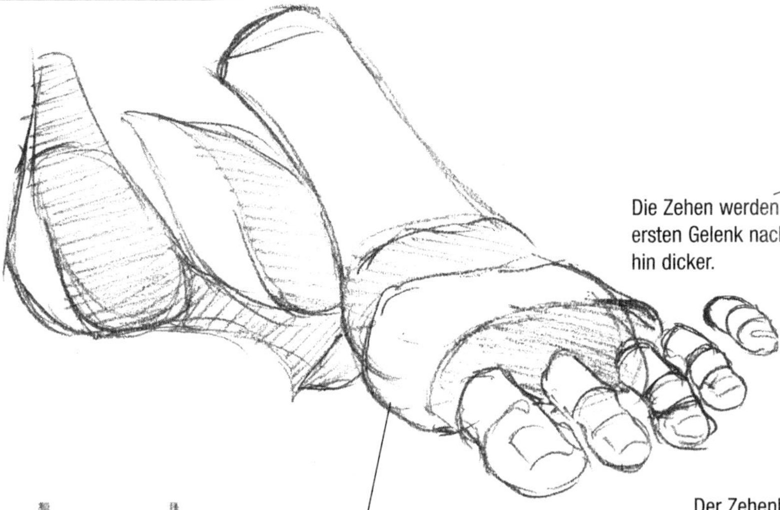

Die Zehen werden ab dem ersten Gelenk nach vorne hin dicker.

1. Gelenk

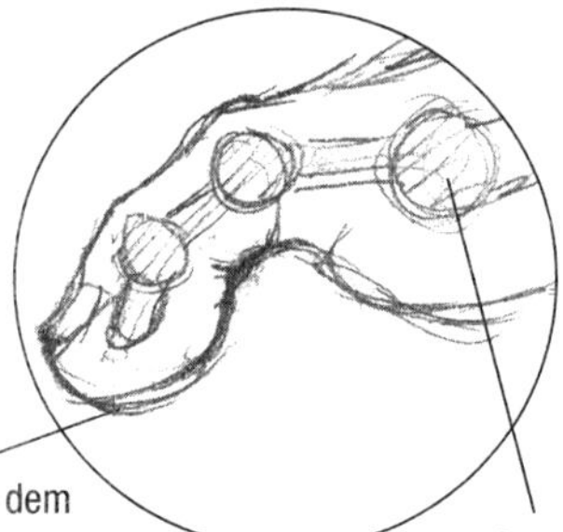

Der Block für den Zehenballen. Stell ihn dir als ein breites Band vor.

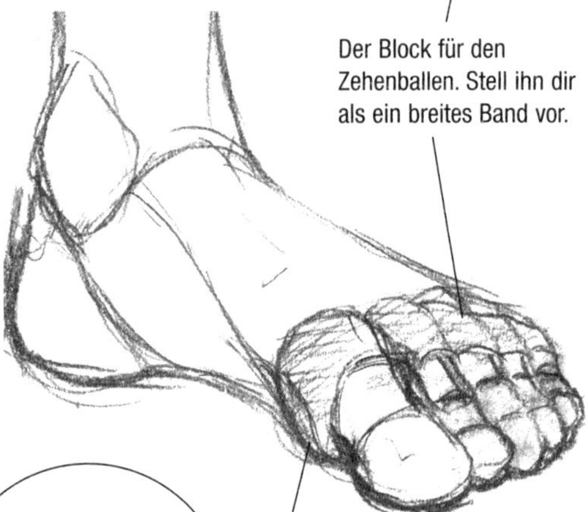

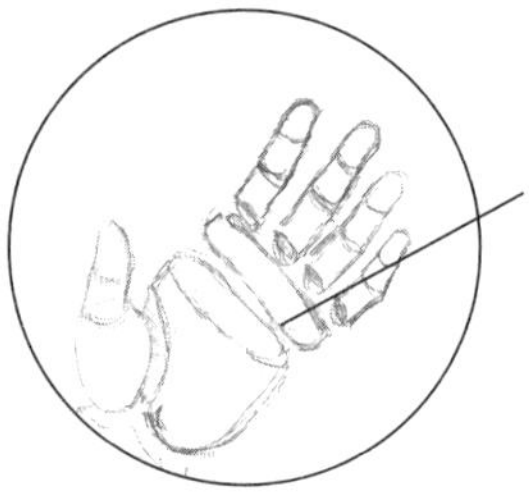

Wie bei der Hand entstehen Krümm- und Spreizbewegungen des Fußes im Zehenballen-Block.

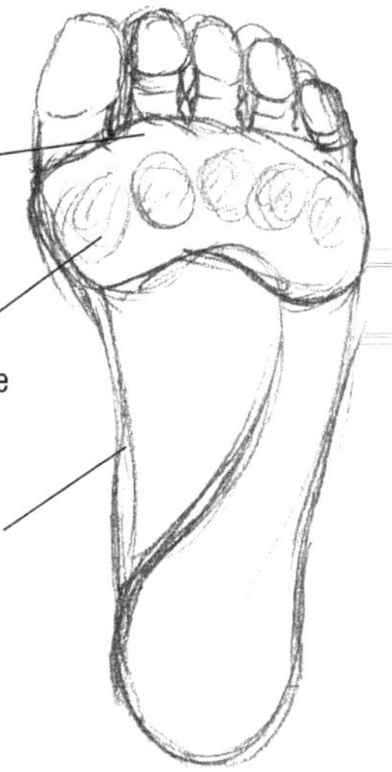

Der Zehenballen-Block von der Fußsohle aus gesehen

Richtlinien für die Zehengelenke

Fußgewölbe

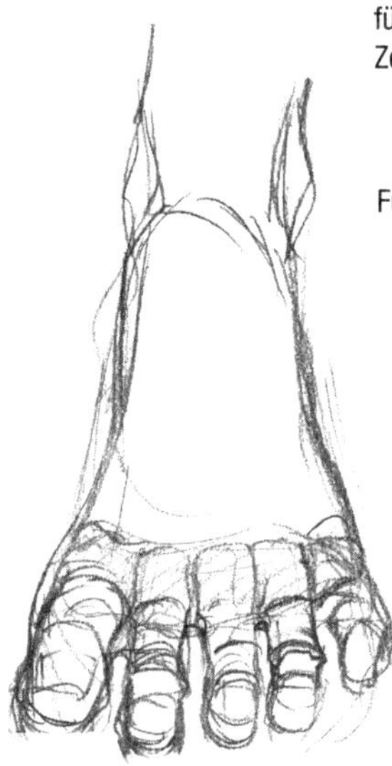

Gespreizte Zehen

Die Zehen werden nach innen gebeugt.

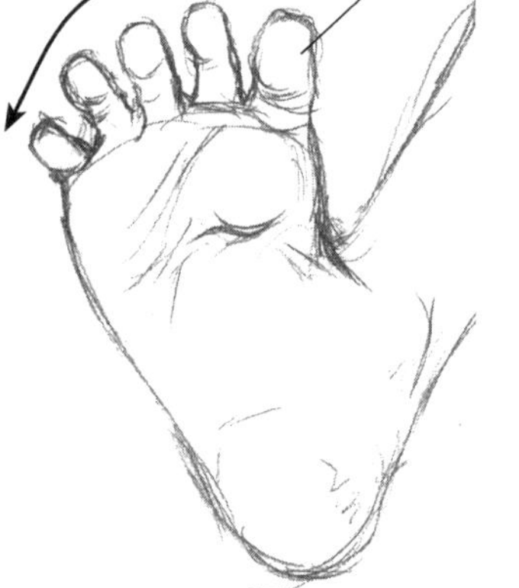

Wenn der Fuß aufgerichtet ist, sind die Zehen gespreizt.

Wenn der Fuß gestreckt wird, sind die Zehen dicht beieinander.

Grundlegende Formen

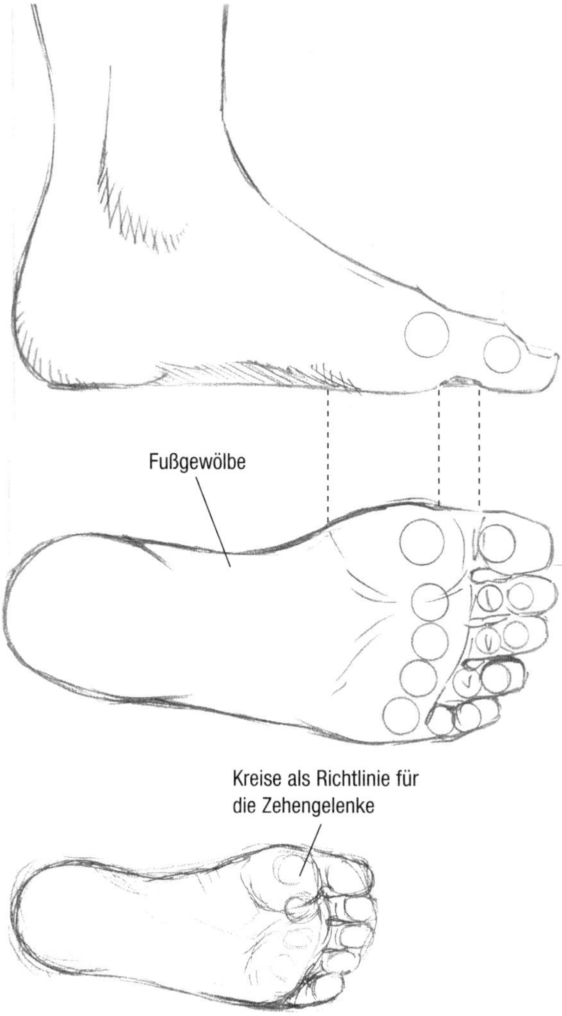

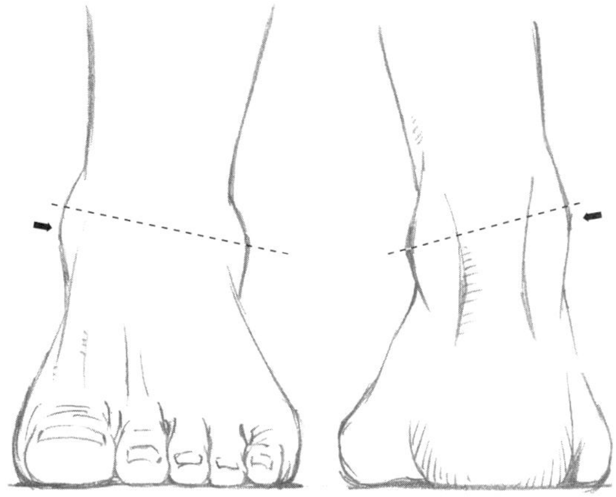

Im Fußgelenk liegt der Knöchel auf der Seite des großen Zehs höher als auf der anderen Seite. Zeichne eine schräge Hilfslinie ein, die die beiden Knöchel verbindet und benutz sie als Richtlinie, wenn du die Umrisse des Fußgelenks zeichnest.

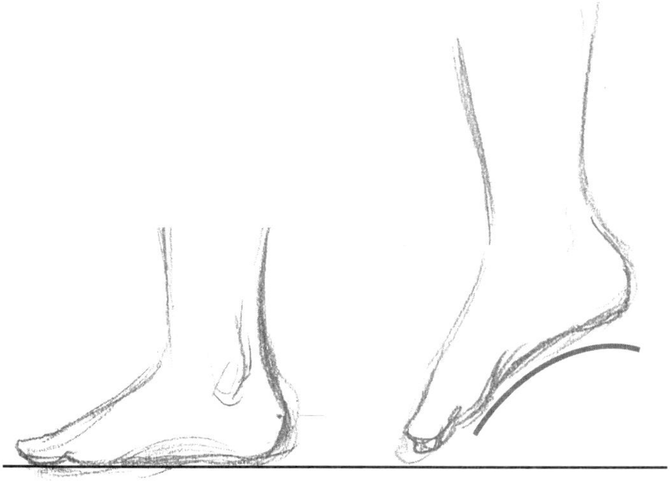

Zeichne die Fußsohle so, dass ihr Umriss ziemlich gerade am Fußboden entlangläuft, wenn du einen fest stehenden Fuß darstellen willst.

Wenn du einen angehobenen Fuß zeichnest, verwende für die Fußsohle eine gebogene Linie.

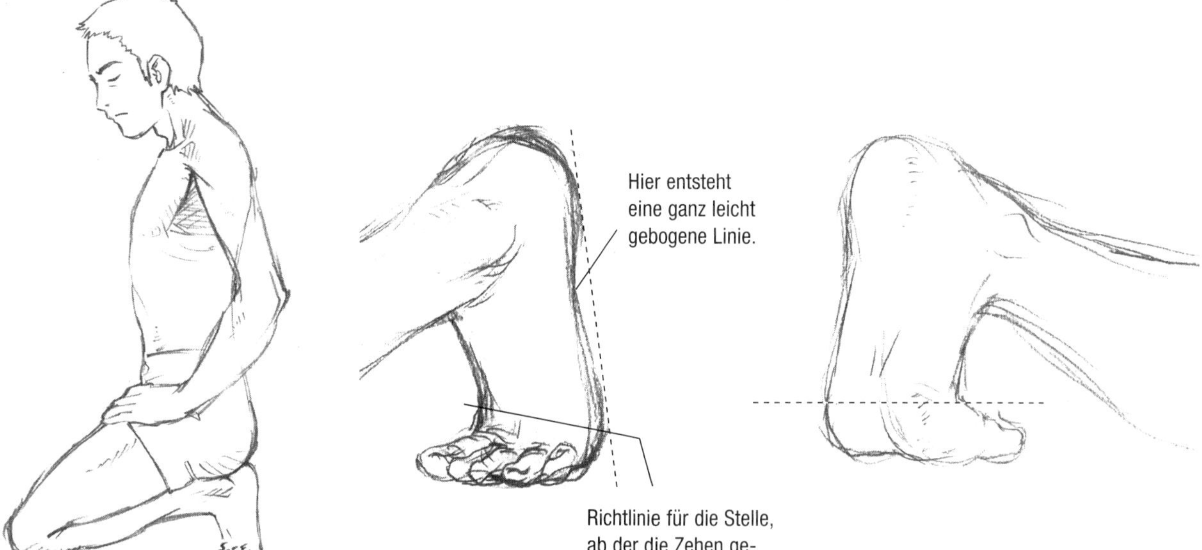

Veränderungen in der Silhouette des Fußes je nach Position

Fußrücken und Zehen

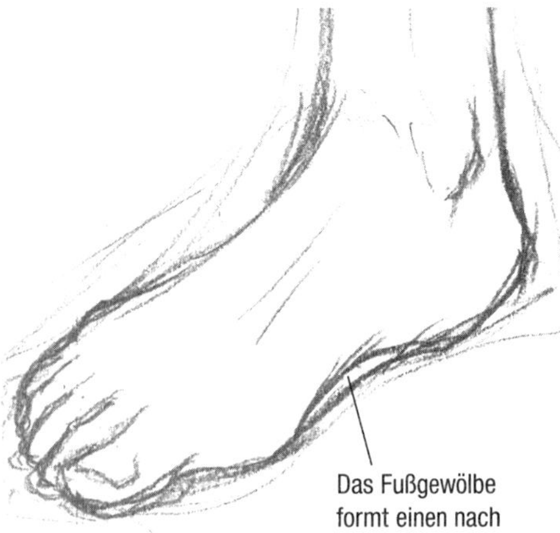

Das Fußgewölbe formt einen nach innen gerichteten Bogen.

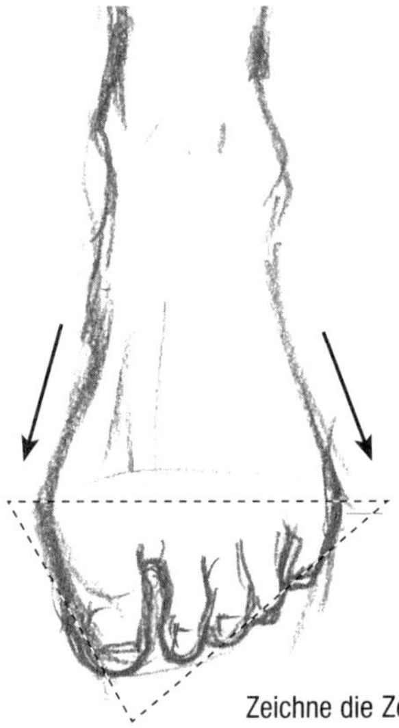

Zeichne die Zehen als ein Dreieck mit dem großen Zeh als Spitze.

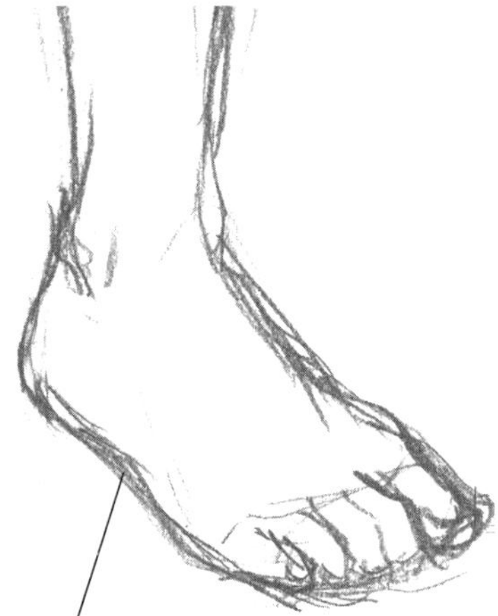

Auf der Seite des kleinen Zehs ist die Fußsohle als nahezu gerade Linie zu sehen.

Von der Ferse aus gesehen

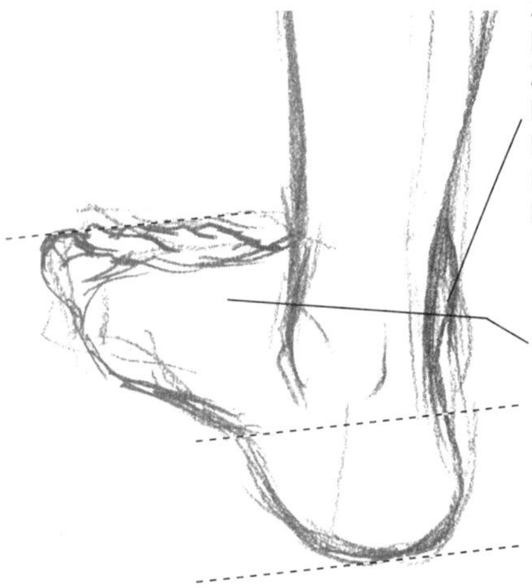

Zeichne parallele Richtlinien für die Zehen und die Ferse, bevor du eine schräge Richtlinie für die Position der Fußknöchel einzeichnest.

Richtlinie für die Fußknöchel

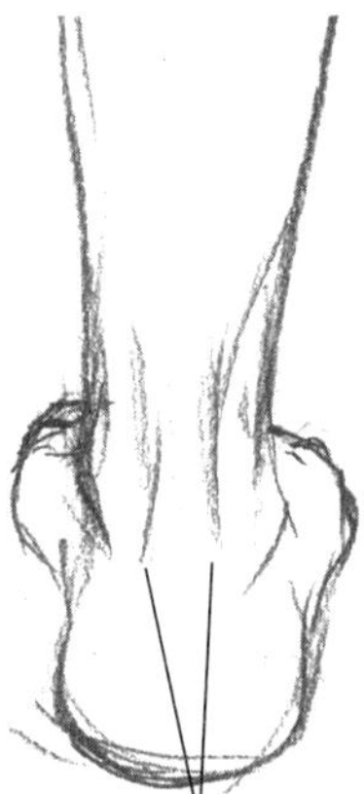

Zeichne die Achillessehne so, als würde sie die Ferse in drei Teile teilen.

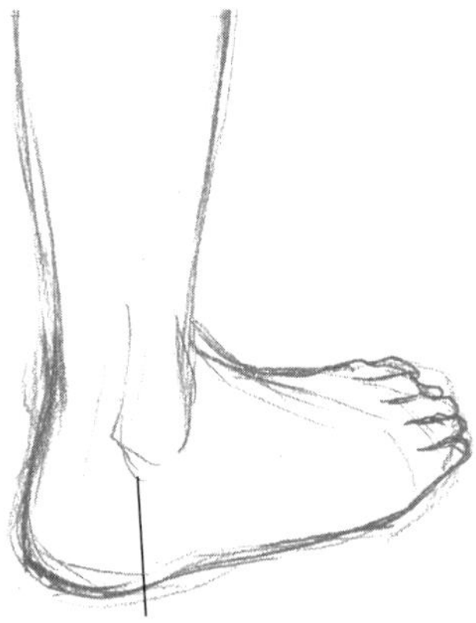

Zeichne den Knöchel am Fußgelenk als ein auf der Seite liegendes V, damit er stärker wie ein hervorstehender Knochen wirkt.

Die Fußform richtig erfassen

Leg den Blickwinkel fest und zeichne die groben Umrisse.

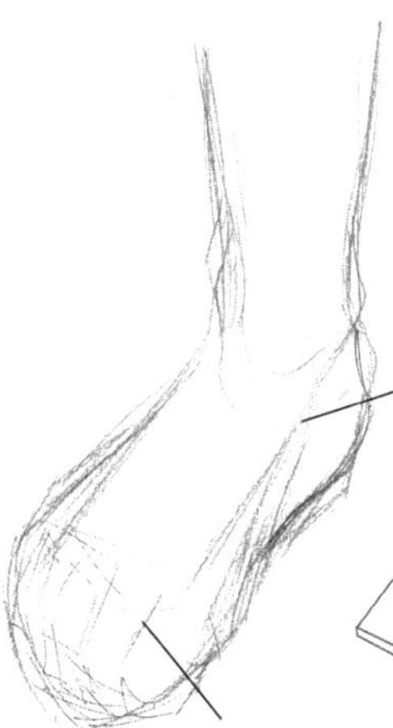

Der Fuß ist wie ein Keil geformt, hinten an der Ferse hoch und vorne an den Zehen flach. Zeichne einen Keil als Richtlinie ein, damit du die Dreidimensionalität und Dicke des Fußes richtig erfasst.

Stell dir die Zehen als einen Block vor, wenn du ihre Umrisse zeichnest.

Richtlinie

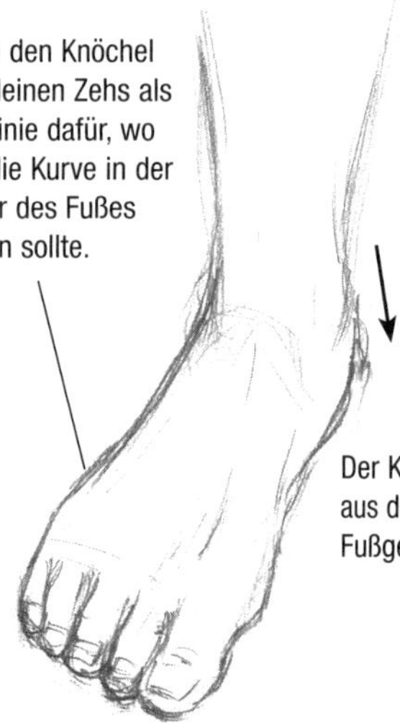

Nimm den Knöchel des kleinen Zehs als Richtlinie dafür, wo sich die Kurve in der Kontur des Fußes ändern sollte.

Der Knöchel steht aus den Umrissen des Fußgelenks hervor.

Bewegungsradius des Fußgelenks

Bewegungen nach oben und unten

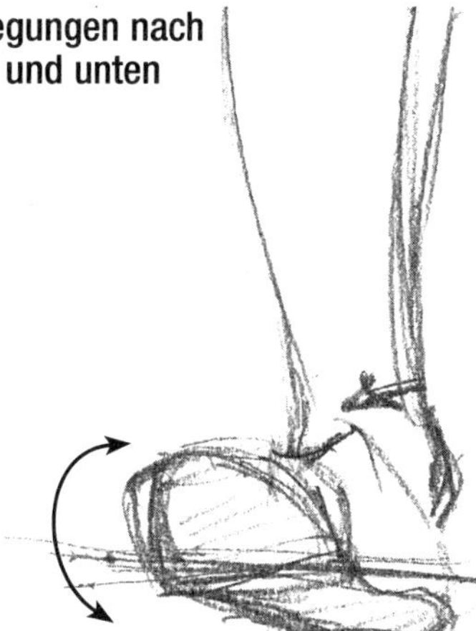

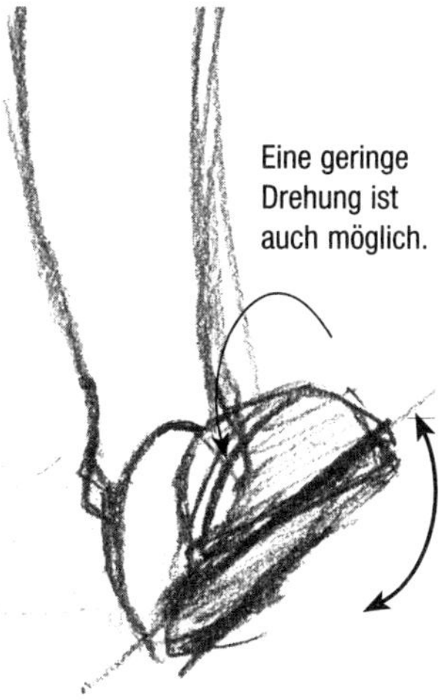

Eine geringe Drehung ist auch möglich.

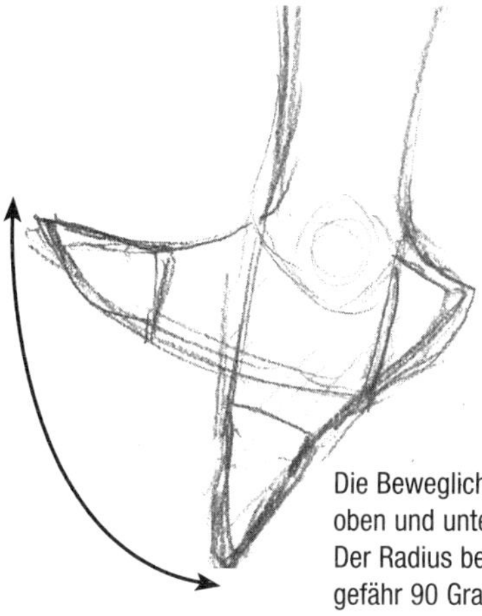

Die Beweglichkeit nach oben und unten ist groß. Der Radius beträgt ungefähr 90 Grad.

Bewegungen nach links und rechts

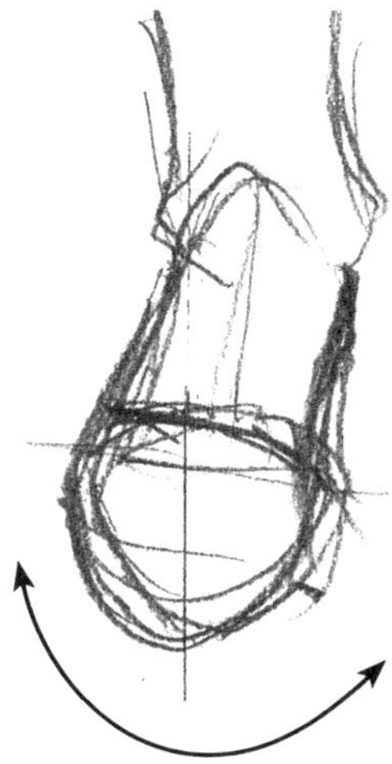

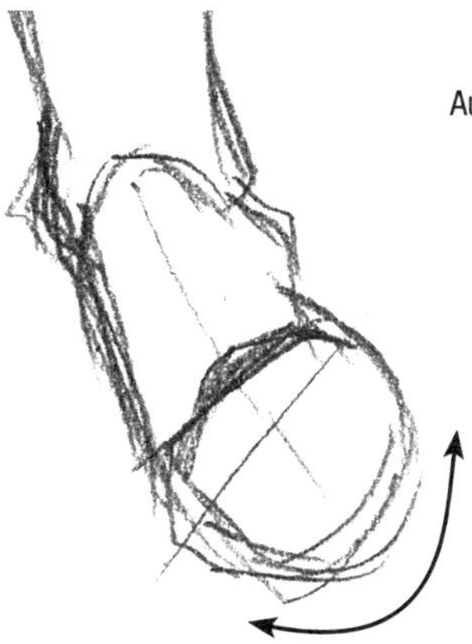

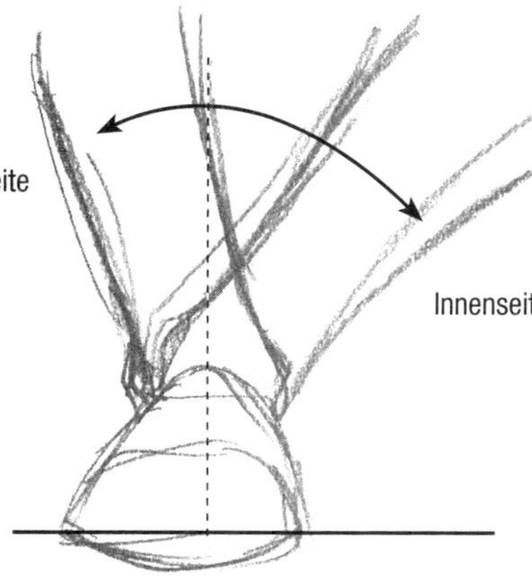

Das Fußgelenk kann zu ungefähr 45 Grad nach innen gebeugt werden. Nach außen ist hingegen so gut wie gar keine Beugung möglich.

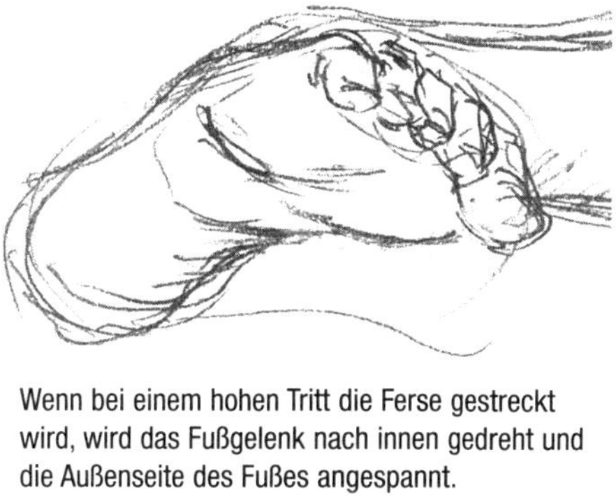

Wenn bei einem hohen Tritt die Ferse gestreckt wird, wird das Fußgelenk nach innen gedreht und die Außenseite des Fußes angespannt.

Den Hintern und die Oberschenkel dreidimensional zeichnen

Der unterste Teil des Rumpfes sollte dreidimensional wirken.

Die Oberschenkel gehen zwar in den Hintern über, aber dennoch unterscheiden sich Oberschenkel und Hintern in der Breite.

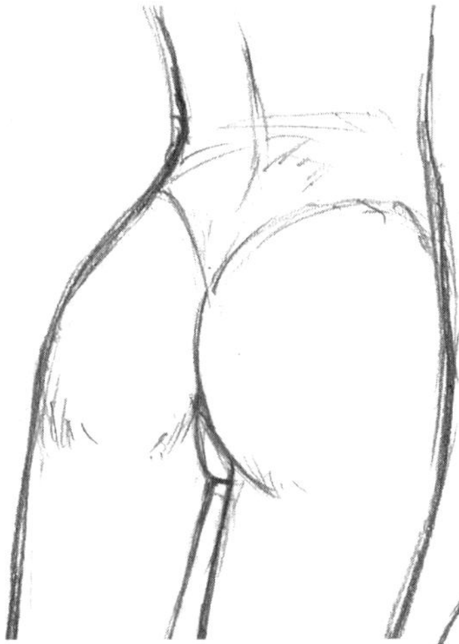

Das Volumen des Hinterns verbirgt das eigentliche Volumen des Rumpfes.

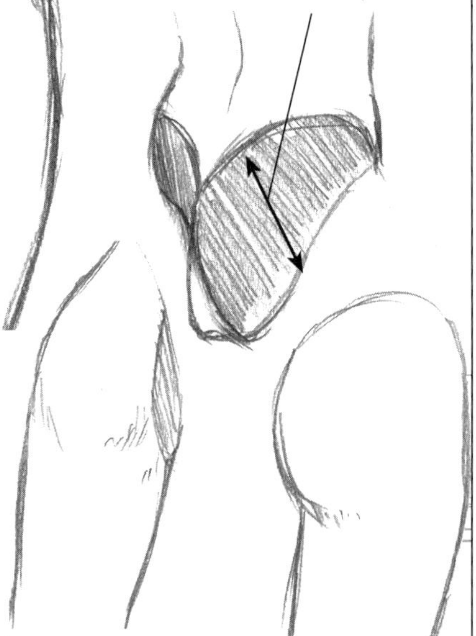

Die Stelle, an der der Oberschenkel an den Rumpf anschließt, ist schmaler als der Hintern.

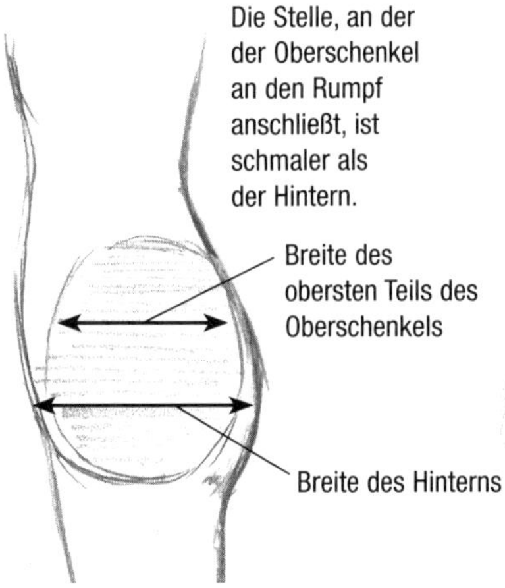

Wenn man den oberen Teil des Oberschenkels schmaler zeichnet, wirkt die Figur auch dann schlank, wenn man ihr einen voluminösen Hintern gibt.

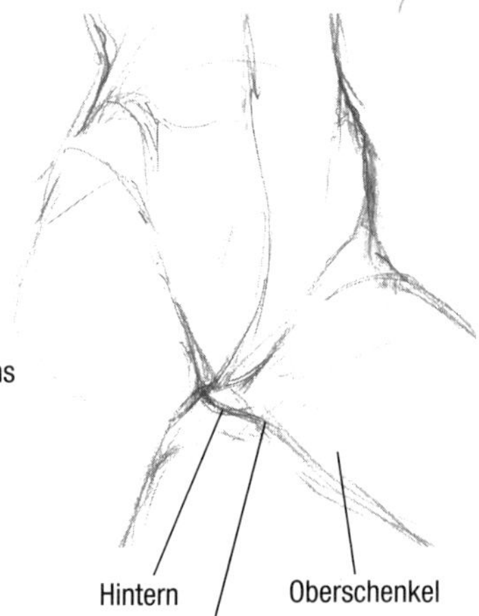

Wenn man den Übergang von Oberschenkel zu Hintern besonders hervorhebt, wirken die Beine schlank.

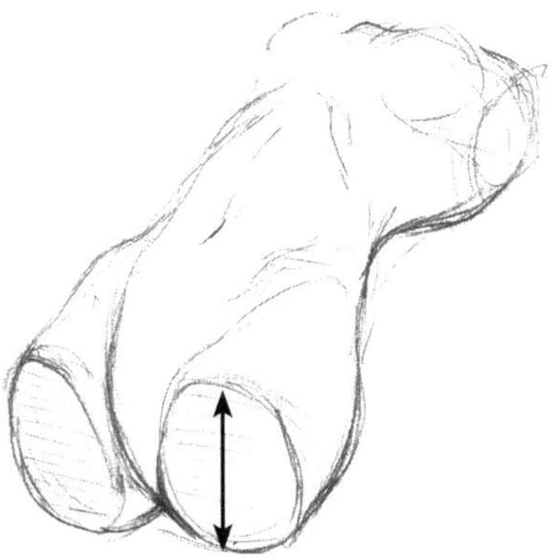

Der Oberschenkel ist im Querschnitt nicht genau rund, sondern eher oval.

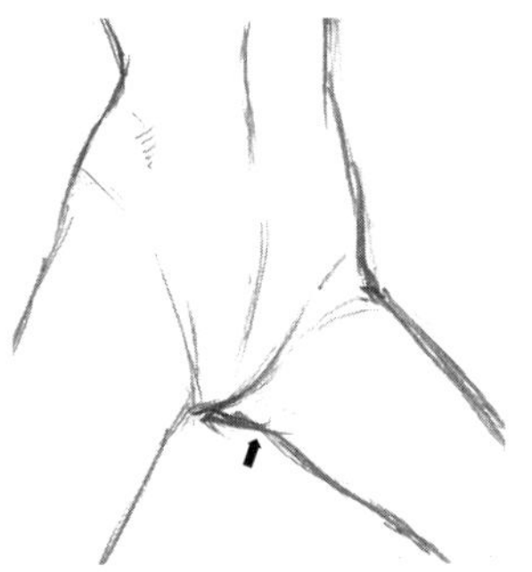

Bei dieser Figur sind die Beine noch schlanker.

Kapitel 4
Von der Skizze zum Charakter

In der Welt von Anime und Manga gibt es zahlreiche Charaktere, die unrealistische Proportionen, aber ansprechende Gesichter und einen interessanten Look haben. Künstler brauchen eine große Bandbreite an Techniken, um ansprechende Charaktere zu entwerfen, die abwechslungsreich sind und selbstständig zu leben scheinen.

Aber wie kann ein Künstler einen Charakter entwerfen, der eine starke Präsenz zeigt und bei dem Leser einen bleibenden Eindruck hinterlässt? Einige Elemente sind natürlich das Gesicht des Charakters, eigenständiger Stil oder eine ungewöhnliche Frisur, interessante und individuelle Kleidung, dreidimensional erscheinende Entwürfe etc. Bei vielen Aspekten ist es schwer, sie sich selbst beizubringen. Doch keine Sorge: Mit den Grundlagen des Manga-Skizzen-Zeichnens kannst du dies erlernen.

In diesem Kapitel geht es um die Grundlagen zum Erschaffen eines Charakters. Du lernst Techniken, die zum Ausdruck des Charakters beitragen, sowie das effektive Anpassen von Frisur und Kleidung, Stilisierung etc. Mit diesen Techniken wird es dir gelingen, originelle und ansprechende Charaktere zu entwerfen.

Das Stilisieren des Charakters

In diesem Abschnitt zeichnen wir einen Charakter, der bereits in normaler Größe existiert, im Chibi-Format. Überleg bereits beim Zeichnen, durch welche Merkmale du darstellen kannst, dass die Chibi-Figur derselbe Charakter ist, um deine Zeichenfähigkeiten zu verbessern.

Denselben Charakter in unterschiedlichen Formen zeichnen

Verhältnis von Kopf zu Körper: 1:7

1/2 Größe
(Verhältnis von Kopf zu Körper: 1:4)
Mit dem veränderten Verhältnis von Kopf zu Körper werden die Augen größer und die Arme und Beine werden anders dargestellt.

1/4 Größe
Verhältnis von Kopf zu Körper: 1:2

Strichmännchen, aus weiter Entfernung betrachtet
Das charakteristische Merkmal der Figur ist die Frisur. Obwohl die Figur so klein ist, kann man erkennen, dass es derselbe Charakter sein soll.

3 Elemente der Stilisierung

Die Stilisierung eines Charakters bedeutet Vereinfachung. Je weiter der Charakter abstrahiert wird, desto deutlicher tritt seine Stimmung hervor.

1. Benutz weniger Linien.
2. Vereinfach komplizierte Linien.
3. Beton die Eigenschaften des Charakters, indem du seine besonderen Merkmale hervorhebst.

• Stilisierung eines Charakters: Vereinfachung und Betonung

Realistische Darstellung eines Menschen

Folge Schritt 1: Benutz weniger Linien und Schritt 2: Vereinfach komplizierte Linien. Im Falle des Gesichts bedeutet das, die Gesichtsform (z.B. das Kinn) oder die Frisur zu vereinfachen. Häufig werden hier der Nasenrücken oder die Nasenlöcher weggelassen.

Folg Schritt 3: die Betonung. Vergrößer die Ohren und beton die einzelnen Fransen der Haare. Eine andere effektive Technik ist es, den Mund des Charakters zu vergrößern und ihn so als besonderes Erkennungsmerkmal herauszustellen.

• Stilisierung der Hände: Vereinfachung

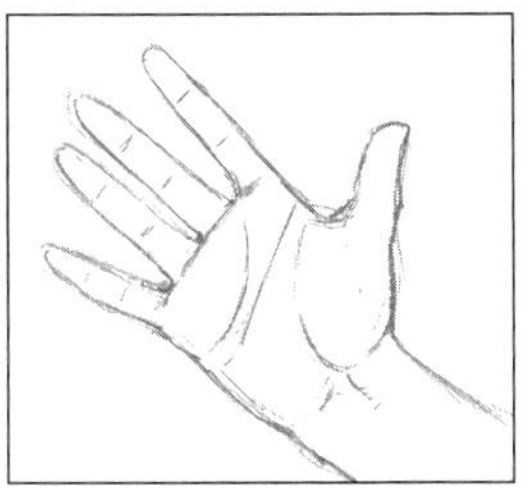

Realistische Darstellung

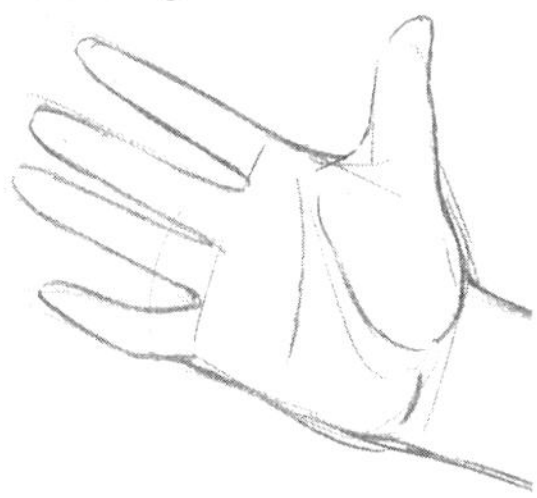

1. Verringer die Anzahl der Linien in den Falten der Finger, des Handgelenks etc.

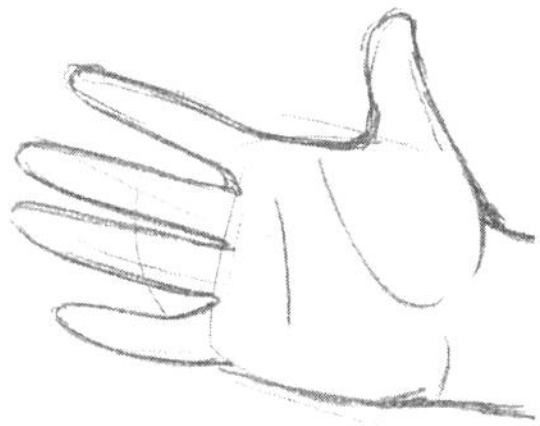

Vereinfach komplizierte Linien.

Betonung: Vergrößer die Fläche der Hand und zeichne die Finger dicker.

• Stilisierung des Verhältnisses von Kopf zu Körper: Betonung (veränderte Formen, übertriebene Proportionen, Vereinfachung)

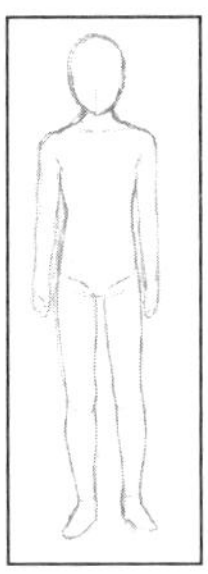

Realistische Darstellung
Das Verhältnis von Kopf zu Körper beträgt 1:5 – 1:6

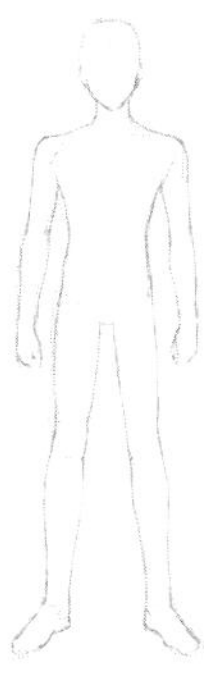

Idealisierte Proportionen
Das Verhältnis von Kopf zu Körper beträgt 1:7 – 1:8
Beton die Muskulatur und den Knochenbau, während du die Proportionen anpasst.

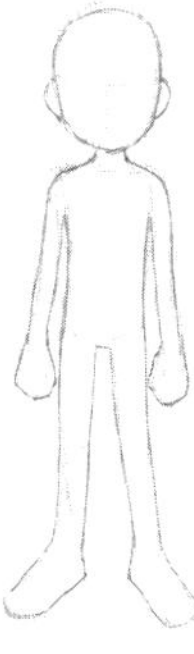

Manga-typischer Charakter
Das Verhältnis von Kopf zu Körper beträgt 1:4 – 1:5
Zeichne die Arme und Beine vereinfacht als gerade Stöcke und vergrößer Hände, Füße und den Kopf.

Chibi-Charakter
Das Verhältnis von Kopf zu Körper beträgt 1:2 – 1:3
Das Verhältnis von Kopf zu Körper ist sehr gering, und Arme und Beine sind noch weiter vereinfacht.

Techniken des Charakterdesigns

Mit Hilfe von Stilisierung

Ein Charakter wird nicht nur durch sein Gesicht unvergesslich. Hier wird gezeigt, wie die Stilisierung von Haaren, Körpern, Kleidung etc. dazu beiträgt, einen eindrucksvollen Charakter zu erschaffen.

Gesicht und Frisur

Heb charakteristische Merkmale hervor, die eine besondere Form erzeugen (z.B. große Augen, ein großer Mund, lange Haare etc.)

Körper

Heb charakteristische Körpermerkmale hervor (z.B. ein unförmiger Körper, eine schlanke Figur, ein kräftiger Knochenbau etc.)

Outfit

Gib der Figur ein Outfit, das ihre Charaktereigenschaften und Verhaltensweisen widerspiegelt, und gib ihr charakteristische, unverwechselbare Accessoires.

Eine Übung im Charakterdesign

Hier solltest du einmal zu zeichnen versuchen, was dir nach und nach einfällt, während du das Ziel des Charakterdesigns im Auge behältst. Probier unterschiedliche Elemente aus wie verschiedene Gesichtsausdrücke, Frisuren oder Accessoires.

Ein Charakter, der ohne besonderes Konzept gezeichnet wurde.

Hier wurden die Haare verlängert und die Haarspitzen nach außen gedreht, um eine ausgeprägte Silhouette zu erschaffen. Die abstehenden Haarspitzen erzeugen das Bild eines fröhlichen, aufgeweckten Charakters.

Die Haare wurden verkürzt und die Augen leicht mandelförmig gezeichnet, um den Charakter lebhafter zu machen. Da der Figur aber nach wie vor das gewisse Etwas fehlte, wurde die Fliegerbrille als Accessoire hinzugefügt.

Das endgültige Rohdesign

Die wichtigsten Punkte, die beachtet werden müssen

1. Ist die Figur einfach zu zeichnen (bei Einzelillustrationen ist das nicht so wichtig, aber bei Manga oder Anime, wo derselbe Charakter ständig wieder gezeichnet wird, ist ein wichtiger Punkt, dass er einfach zu reproduzieren ist)?

2. Wie sehr bist du mit dem endgültigen Charakter zufrieden? Gefällt er dir?

Um den fertigen Charakter objektiv beurteilen zu können, ist es wichtig, die Zeichnung eine Zeit lang wegzulegen und sie später noch einmal zu betrachten und neu zu bewerten.

In dieser Zeichnung sind alle drei Punkte miteingeflossen.

Stilisieren von Gesichtern

Charaktere sollten so gestaltet werden, dass man sie sofort anhand ihrer Kopfform erkennen kann. Es gibt zwei Methoden, um eine charakteristische Kopfform zu entwickeln: Man legt vor dem Zeichnen die Gestaltung fest oder man entwickelt sie beim Zeichnen.

Die Gestaltung vor dem Zeichnen festlegen: Erst bestimmt man Kopf- und Gesichtsform und zeichnet dann den Charakter

Für das Grundgerüst aus Kreis und Kreuz wird in dieser Vorgehensweise auch oft ein Rechteck an Stelle des Kreises verwendet. Auch ein Oval ist eine übliche Gesichtsform.

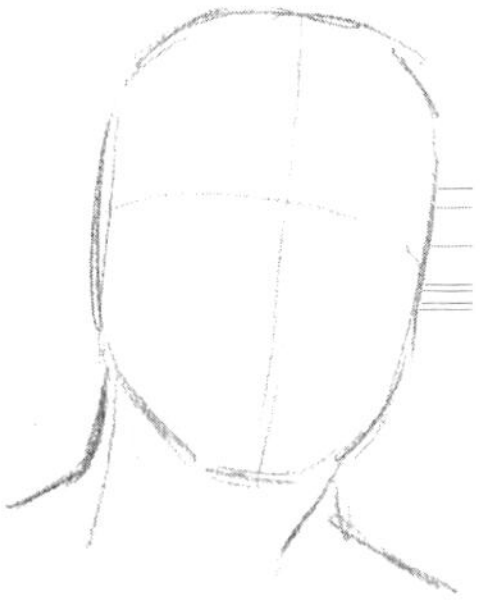

Überleg dir zuerst, wie der Charakter wirken soll und wie seine Silhouette sein soll, und beginn dann mit rechteckigen Umrissen.

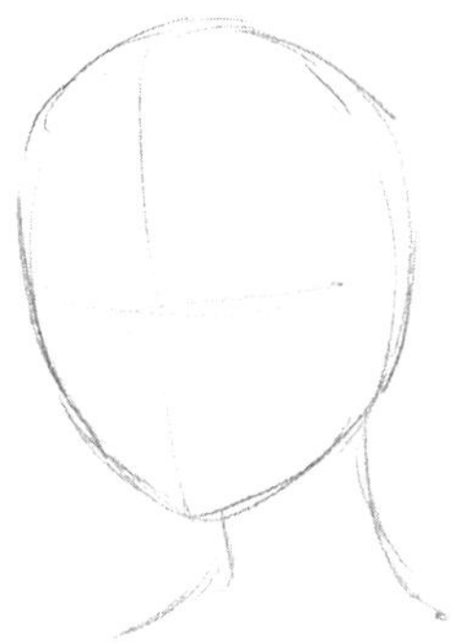

Entfern bei einem Charakter mit einem schmalen Kinn einfach Teile der Linien für den Unterkiefer und achte dabei darauf, dass das Gesicht symmetrisch bleibt. Pass auf, dass du für die Linie zwischen Wange und Kinn den richtigen Winkel bestimmst.

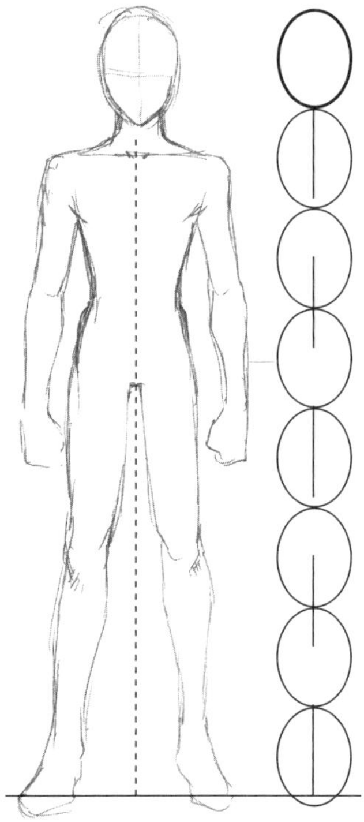

Die Umrisslinien bestimmen die grundlegende Größe des Kopfes. Das ist hilfreich, wenn man den gesamten Körper zeichnet, weil man so die Proportionen des Körpers und das Verhältnis von Kopf zu Körper besser erfassen kann.

Die beliebte ovale Gesichtsform

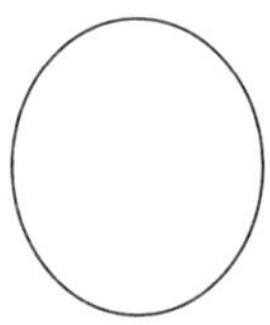

Wenn man einen Charakter mit ovaler Gesichtsform zeichnen möchte, ist es am einfachsten, gleich mit einem Oval als Grundform zu beginnen.

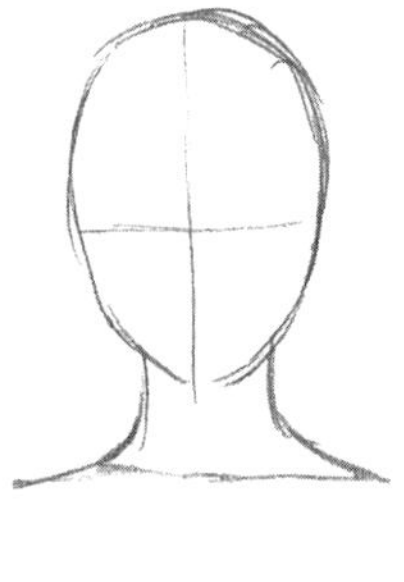

Zeichne die Haare so, dass ihr Volumen über die Umrisslinien des Kopfes hinausgeht.

Umrisslinie des Kopfes

Die Gestaltung beim Zeichnen entwickeln: Zu den grundlegenden Umrissen ein Kinn hinzufügen

Fass hier das Grundgerüst aus Kreis und Kreuz als ein Teil des Schädels auf, zu dem anschließend der Kiefer bzw. die Kinnregion hinzugefügt wird.

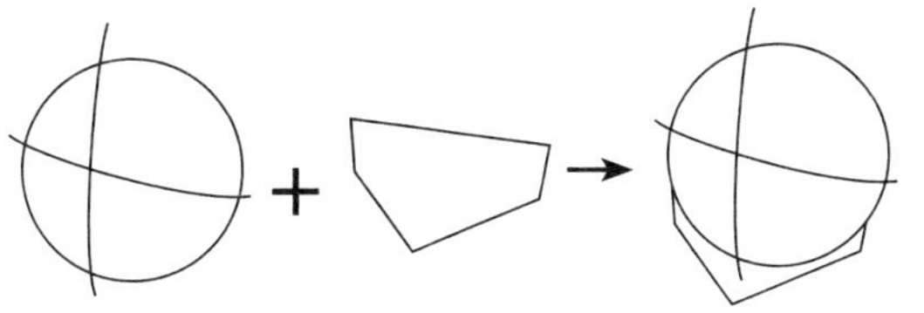

Kopf: Grundgerüst aus Kreis und Kreuz (Schädel) — Kiefer — Fertige Gesichtsform

Es ist einfacher, einen Charakter mit einer einzigartigen Gesichtsform zu erschaffen, wenn man beim Zeichnen des Gesichts eine vereinfachte Form als Grundlage für den Unterkiefer nimmt.

Da der Kopf eine vereinfachte Form als Grundlage für den Unterkiefer hat, ist es einfacher, ihn von oben oder aus schwierigeren Blickwinkeln zu zeichnen.

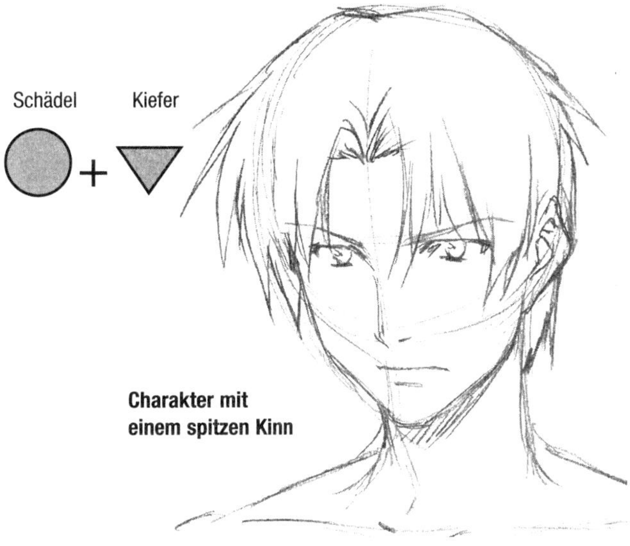

Charakter mit einem spitzen Kinn

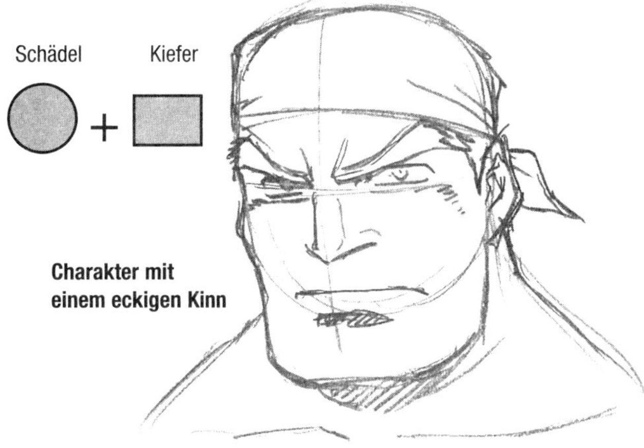

Charakter mit einem eckigen Kinn

Der Unterkiefer wird stilisiert.

Stell dir einen in der Mitte durchgeschnittenen Plastikbecher vor, der dem Kopf des Charakters hinzugefügt wurde.

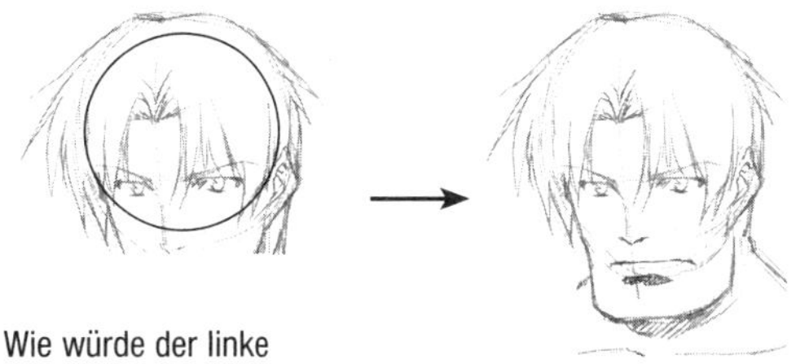

Wie würde der linke Charakter wohl mit einem rechteckigen Kinn aussehen...?

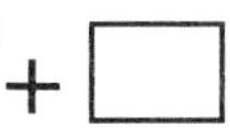

Versuch, wenn du die groben Umrisse zeichnest, die verschiedensten Kinnformen auszuprobieren. Vielleicht erschaffst du einen Charakter, den du dir selber noch gar nicht vorstellen konntest.

Tricks für das Hinzufügen des Kinns

Achte darauf, die Reihenfolge der Schritte einzuhalten.

Richtig

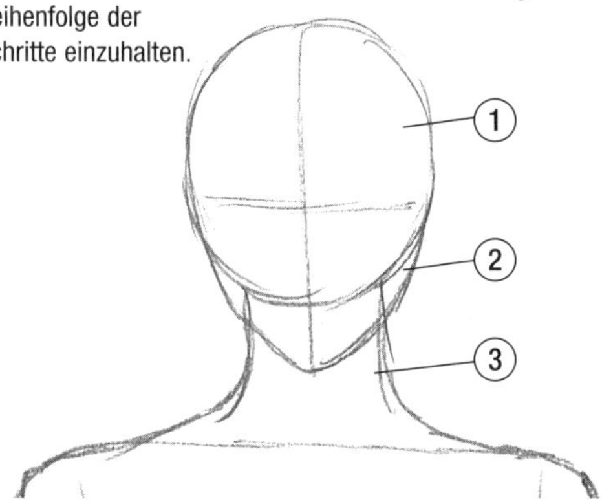

1. Zeichne das Grundgerüst aus Kreis und Kreuz.
2. Füg das Kinn hinzu.
3. Zeichne den Hals.

Falsch

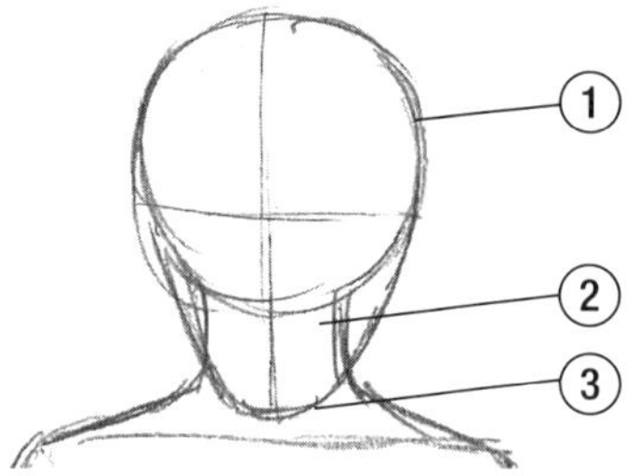

Wenn man den Hals zeichnet, bevor das Kinn hinzugefügt wurde, wird der gesamte Kopf größer, wenn man das Kinn anzeichnet.

Achte darauf, dass der Kiefer an der richtigen Stelle hinzugefügt wird.

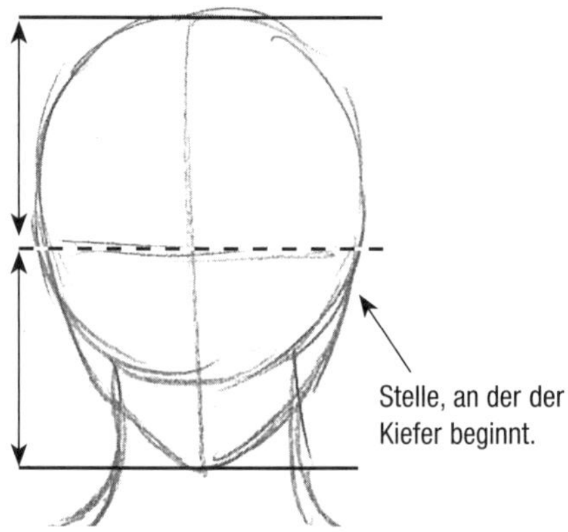

Von vorne betrachtet sollte der Kiefer ungefähr in der Hälfte des Kopfes beginnen.

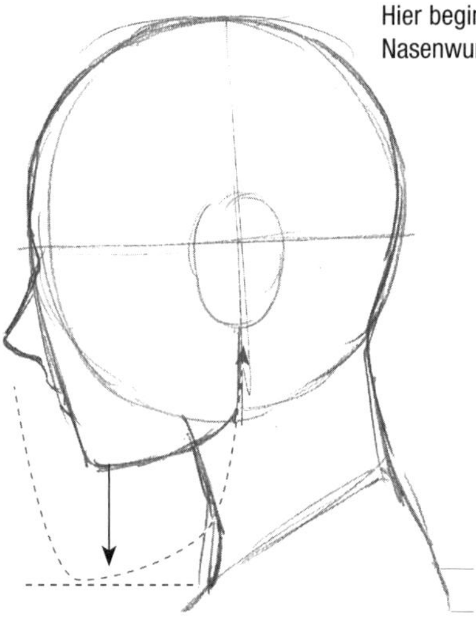

Der gezeichnete Kiefer ist identisch mit dem Unterkieferknochen. Auch wenn man die Form und Länge des Kinns frei bestimmen kann, sollte man darauf achten, dass der Unterkiefer immer unterhalb des Ohrs entspringt.

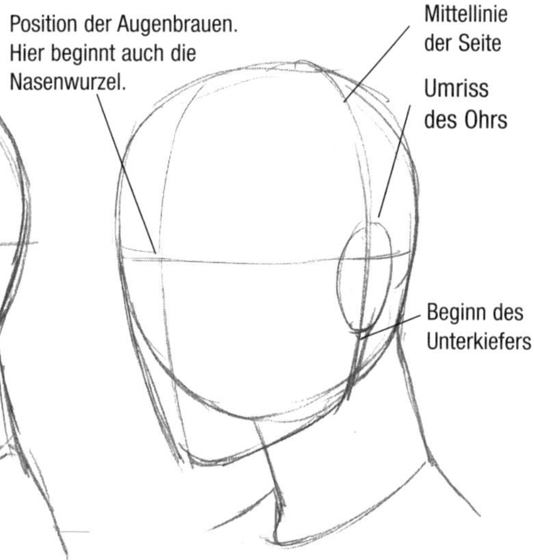

Auch wenn man bei der Gestaltung die Form und Größe von Ohren und Nase relativ frei entscheiden kann, wird ihre Position trotzdem von den menschlichen Proportionen bestimmt.

Überprüf Form und Länge des Kinns, wenn du das Gesicht von der Seite zeichnest.

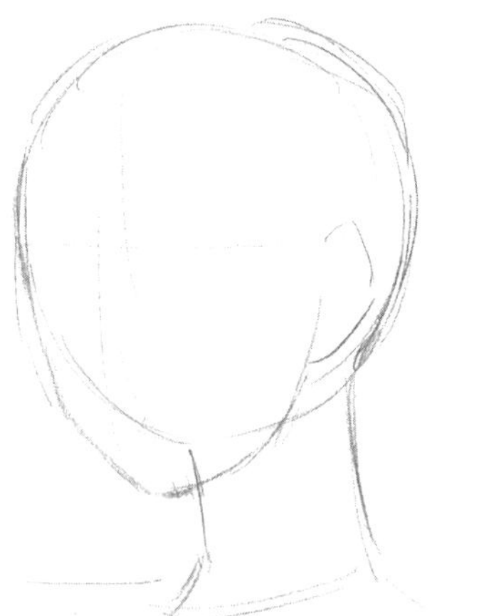

Zeichne an das Grundgerüst aus Kreis und Kreuz eine Umrisslinie für das Kinn. Dies ist die festgelegte Gesichtsform des Charakters.

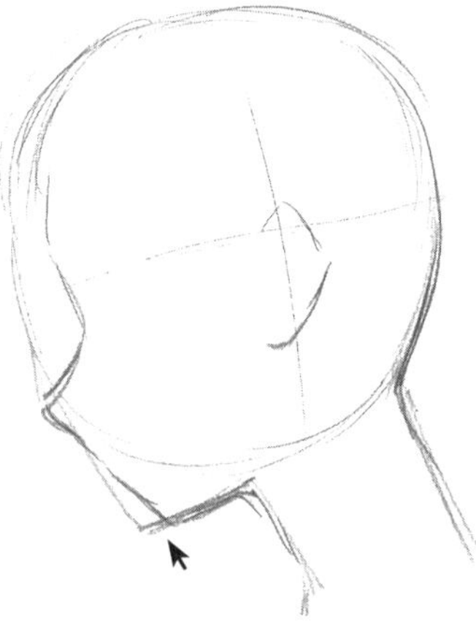

Zeichne nun einmal die Form des Kinns von der Seite. Wenn du einen Charakter entwirfst, versicher dich, dass dir die Proportionen des Charakters von allen Seiten bewusst sind.

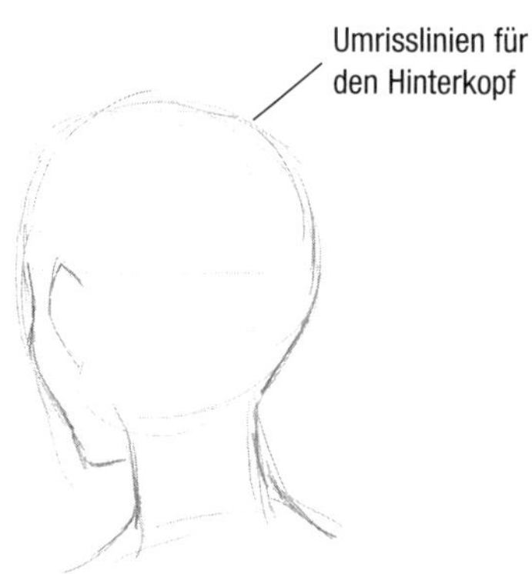

Bei dieser Technik kann man bereits im Stadium der groben Skizzen den Kopf aus den verschiedensten Blickwinkeln erfassen, was es später einfacher macht, den Kopf in unterschiedlichen Ansichten zu zeichnen.

Typische Kinnformen, mit denen sich individuelle Charaktere zeichnen lassen

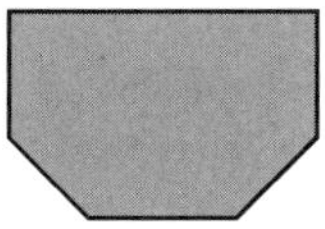

Kaffeetassen-Form
Ein grobes Kinn

Dieses Kinn passt gut zu starken, maskulinen Charakteren wie z.B. einem entschlossenen, zuverlässigen Mann mittleren Alters.

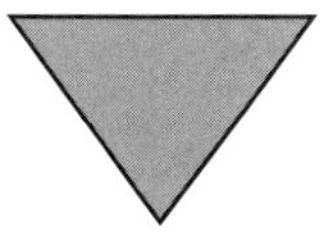

Dreieckige Form
Spitzes Kinn

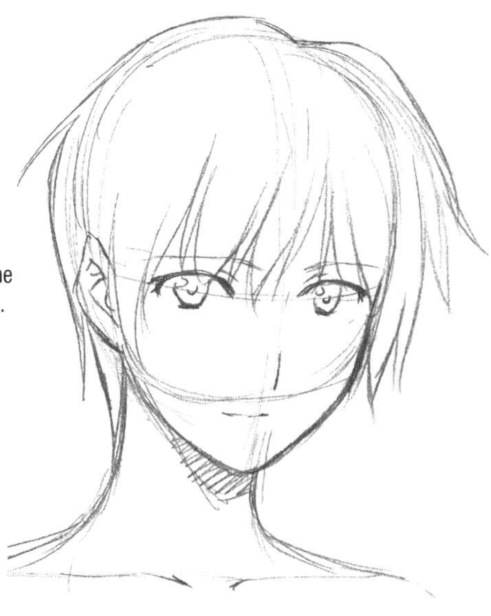

Diese Form kann sowohl für männliche als auch für weibliche Charaktere verwendet werden. Es passt zu liebenswürdigen und unschuldigen weiblichen Charakteren.

Becher-Form
Langes Kinn

Dieses Kinn passt gut zu exzentrischen Charakteren wie einem Bösewicht oder einem Wissenschaftler.

Für einen exzentrischen Charakter mit einem langen Gesicht reicht es nicht, einfach nur eine ovale Grundform für das Gesicht zu verwenden.

Wenn du erst einmal Übung darin hast, unterschiedliche Gesichtsformen zu zeichnen, solltest du brauchbare Umrisse in einem Durchgang zeichnen können.

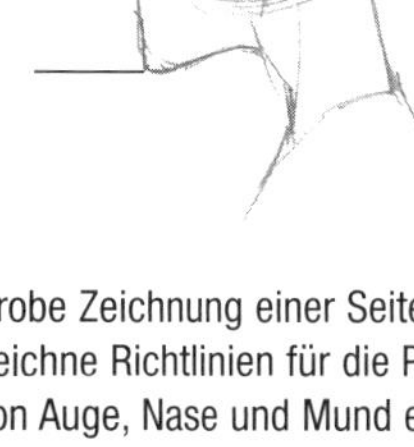

Grobe Zeichnung einer Seitenansicht. Zeichne Richtlinien für die Positionen von Auge, Nase und Mund ein, bis du dich an die Proportionen im Gesicht deines Charakters gewöhnt hast.

Stilisierung des ganzen Körpers

Benutz unterschiedliche Verhältnisse von Kopf zu Körper, um viele individuelle Charaktere zu entwerfen, die interessant, cool, niedlich oder einfach besonders wirken.

Das Verhältnis von Kopf zu Körper entwerfen

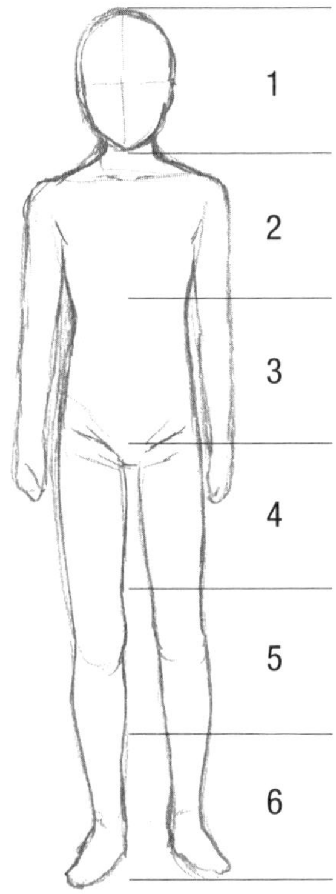

Hier sieht man das Verhältnis von Kopf zu Körper bei einem normalen Menschen. Das Verhältnis ist ungefähr 1:5,5 – 1:6, und der Kopf ist vergleichsweise groß in Bezug zum Körper.

Die Proportionen von Manga-Charakteren weichen oft von denen echter Menschen ab. Ein erwachsener Charakter wirkt mit einem kleinen Kopf attraktiver und cooler und eignet sich so besser als Hauptcharakter in einer Action-Story oder einem Drama.

Standardgrößen:
Verhältnis 1:7 und Verhältnis 1:4

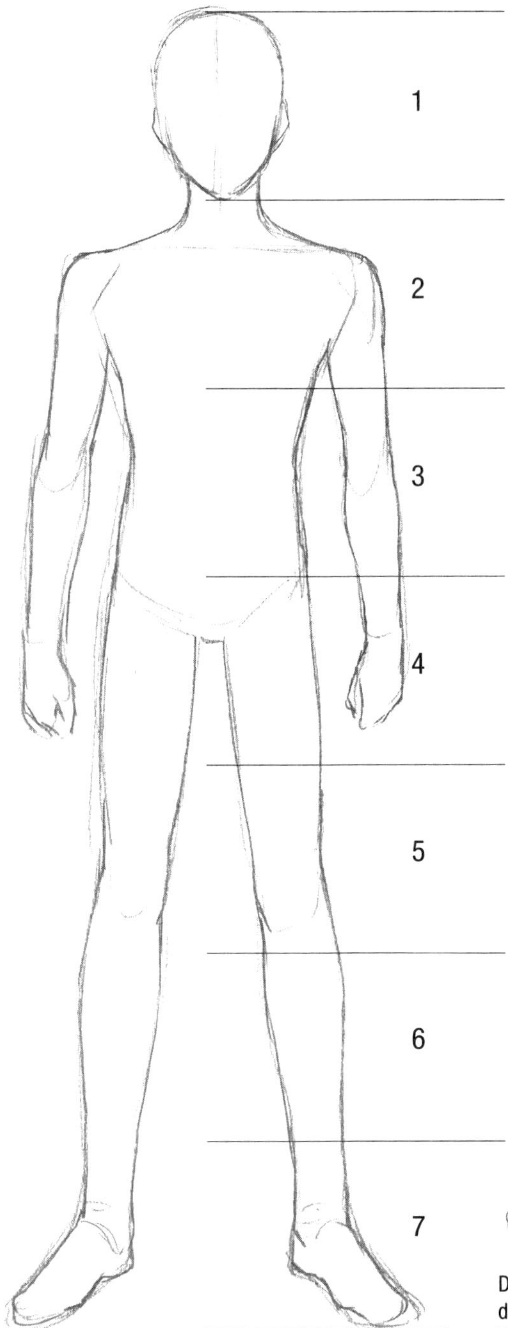

Hier sieht man einen Charakter, der so stilisiert wurde, dass er attraktiv und cool wirkt. Das Verhältnis von Kopf zu Körper beträgt 1:7 bis 1:8. Da es in der Realität tatsächlich einige Menschen mit so einem Körperbau gibt, wird so ein Charakter auch als »realistischer Typ« bezeichnet.

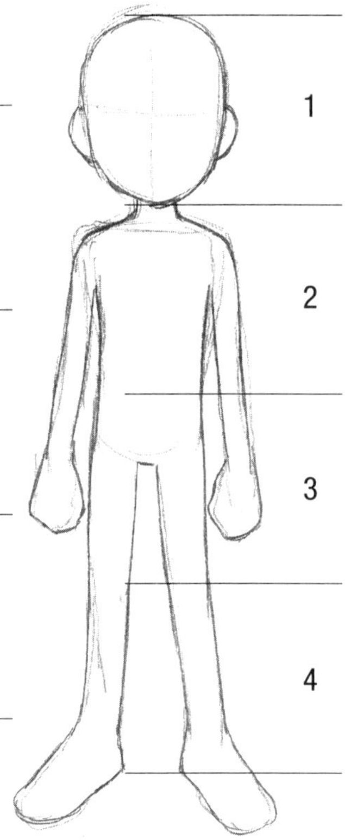

Dieser Charakter wurde so stilisiert, dass er niedlich und liebenswert wirkt. Das Verhältnis von Kopf zu Körper liegt zwischen 1:4 und 1:5. Dies ist dasselbe Verhältnis wie bei einem Kind (ca. 10 Jahre alt), aber wenn die Beine lang gezeichnet werden, erkennt man, dass es ein stilisierter, cooler Charakter ist.

Chibi-Figuren

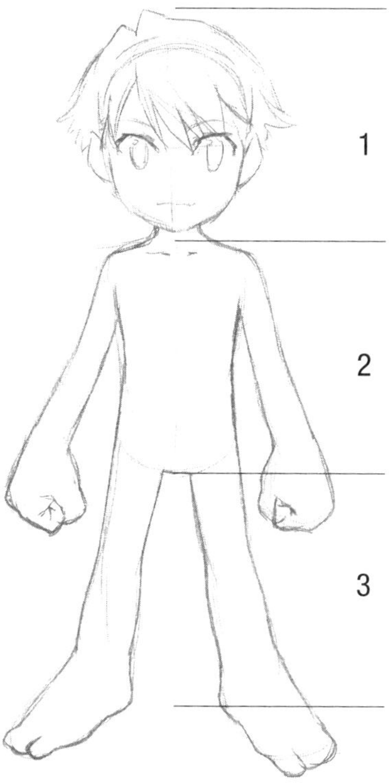

Dies ist eine stilisierte Figur, bei der Hände und Füße überproportional groß dargestellt werden. Diese Proportionen werden häufig verwendet, wenn eine Figur mit dem Kopf-Körper-Verhältnis von 1:8 auf Maskottchengröße geschrumpft werden soll.

Diese Figur hat ganz kleine Hände und Füße.

Solche Chibi-Figuren sind gut dafür geeignet, lustige Bewegungen oder niedliche Emotionen darzustellen. Sie sind eine Grundlage dafür, das Zeichnen von Ausdruck und Emotionen zu üben.

Tricks, um eine Figur trotz unterschiedlichem Kopf-Körper-Verhältnis wiedererkennbar zu machen

Die Frisur und die Form der Augen bleiben gleich.

Realistischer Typ

Der Kopf ist klein, die Muskeln sind deutlich eingezeichnet.

Shonen-Manga-Typ

Kopf und Hände sind größer, die Umrisse der Muskeln sind verschwunden.

Realistischer Typ

Der Kopf wird größer, der Rumpf kürzer und die Gliedmaßen werden immer zylinderförmiger.

Shonen-Manga-Typ

Chibi-Typ

Mit einem Kopf-Körper-Verhältnis von 1:8 einen attraktiven männlichen Charakter zeichnen

Der Hals sollte lang genug sein, dass man den Adamsapfel sehen kann.

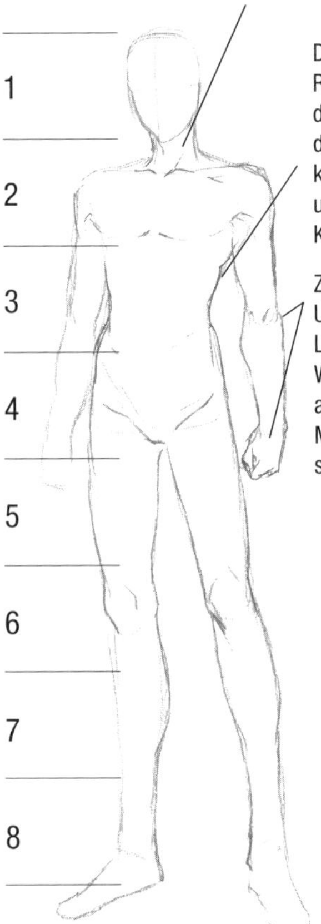

Die hervorstehende Rückenmuskulatur unter der Achselhöhle erzeugt den Eindruck eines kräftigen Körperbaus und einer guten Körperhaltung.

Zeichne am Unterarm schräge Linien ein, um die Wölbungen der angespannten Muskeln darzustellen.

Die Muskeln sind in dieser Zeichnung nicht allzu deutlich hervorgehoben, da der Charakter nicht zu sehr wie ein Muskelprotz wirken soll.

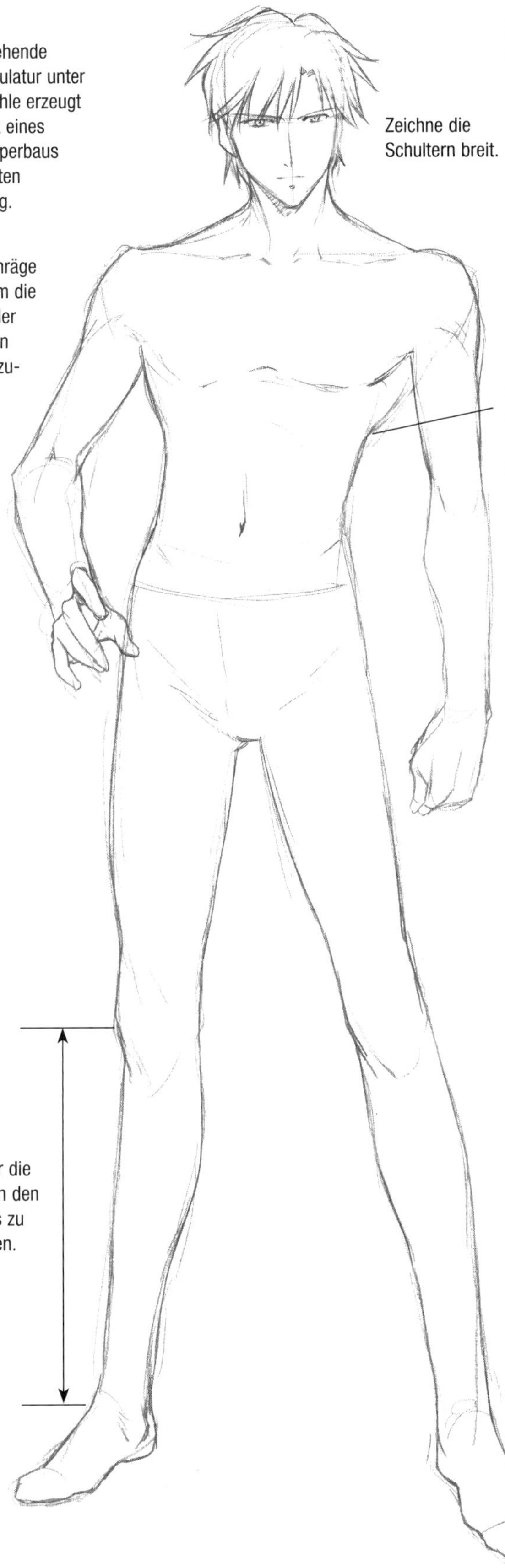

Zeichne die Schultern breit.

Männer haben einen geringeren Körperfettanteil. Zeichne die Beckenknochen leicht hervortretend, um die Figur grobschlächtig wirken zu lassen.

Zeichne den Charakter mit angespannten Bauchmuskeln. Der Körper sollte von der Taille ab mit einer relativ geraden Linie gezeichnet werden.

Verlänger die Beine von den Knien bis zu den Füßen.

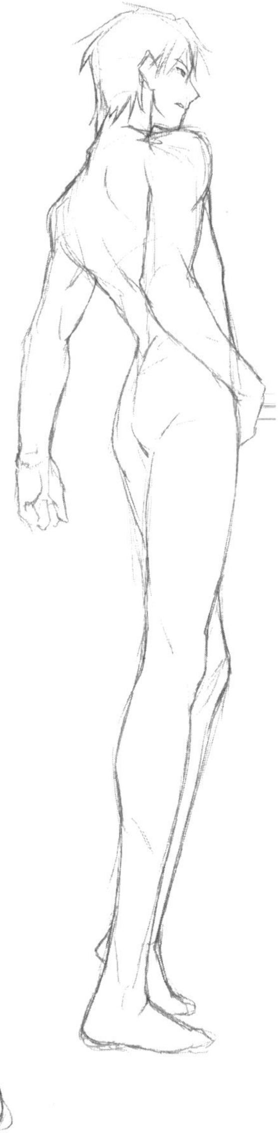

Durchschnittlicher Körperbau

Hals und Beine sind kurz, die Arme sind ziemlich gerade ohne hervorstehende Muskeln. Hände und Füße sind klein und wirken kümmerlich.

Mit einem Kopf-Körper-Verhältnis von 1:7,5 einen attraktiven weiblichen Charakter zeichnen

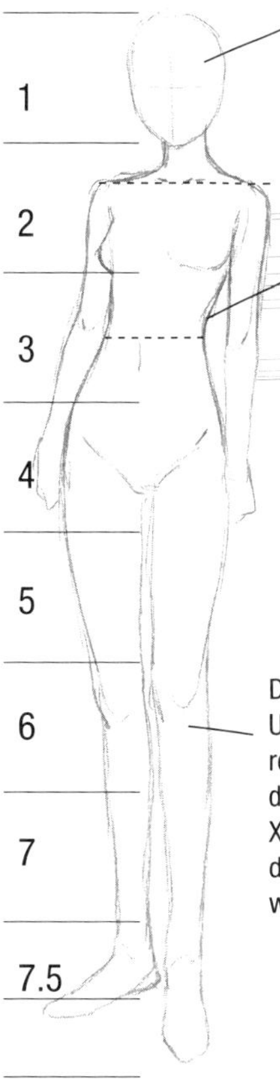

Der Kopf ist relativ klein.

Zeichne die Taille halb so breit wie die Schultern, um eine kurvige Figur zu erzeugen.

Die Innenseite der Unterschenkel ist relativ gerade. Zeichne die Unterschenkel leicht X-förmig gebogen, um die Beine anmutig wirken zu lassen.

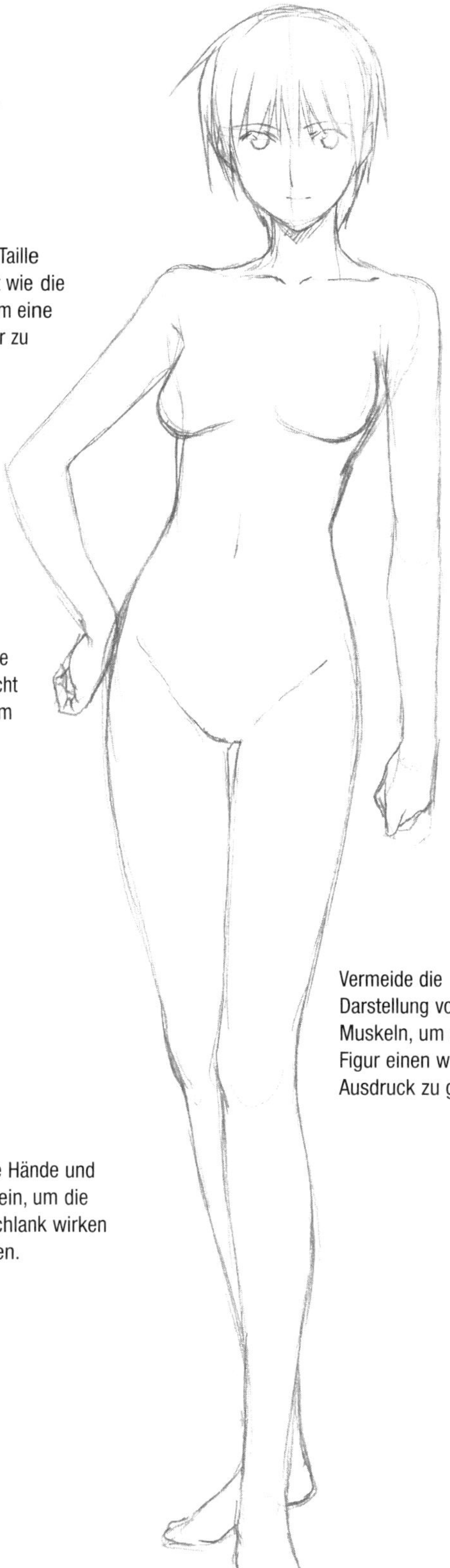

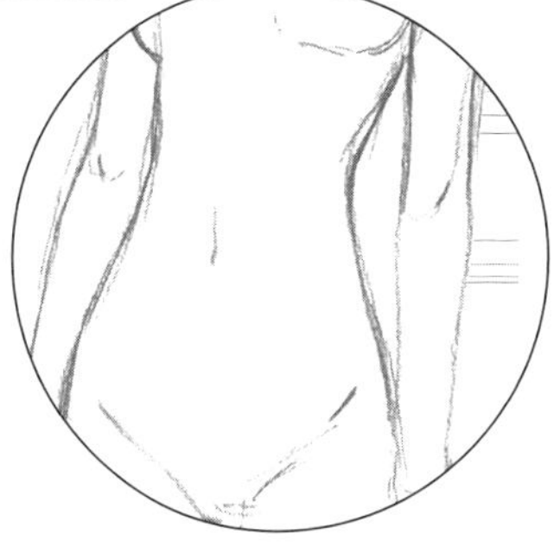

Zeichne die Taille so, als würden Muskeln und Hüftknochen von weichem Körperfett verhüllt werden, um eine kurvige Taille darzustellen.

Vermeide die Darstellung von Muskeln, um der Figur einen weichen Ausdruck zu geben.

Durchschnittlicher Körperbau

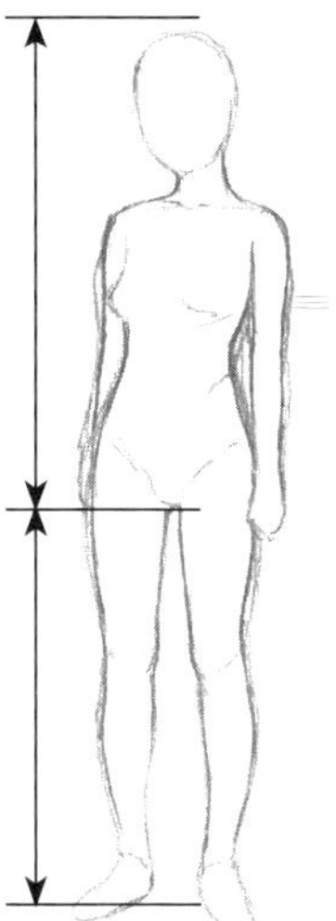

Zeichne Hände und Füße klein, um die Figur schlank wirken zu lassen.

Die Beine sind kurz und die Arme sind bis zu den Händen hin gerade Linien. Die Hüfte ist breiter und die Unterschenkel formen ein O.

Techniken, um individuelle Charaktere zu erstellen

In diesem Abschnitt werden wir die Länge und Dicke einzelner Körperteile stilisieren.

Ein schlanker, drahtiger Charakter

Zeichne Charaktere, die schlank, aber nicht schwach wirken sollen, mit einem Kopf-Körper-Verhältnis von 1:7.

Der Bauchraum unter dem Brustkorb suggeriert nahezu kein Fett. Zeichne die Taille extrem schlank.

Die Kopfform ist oval.

Zeichne den Hals lang.

Beton die hervorstehenden Hüftknochen.

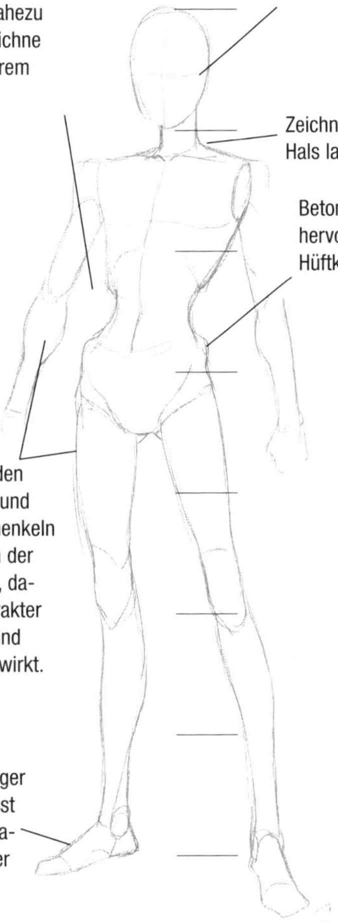

Zeichne an den Unterarmen und den Oberschenkeln die Konturen der Muskeln ein, damit der Charakter nicht dünn und schmächtig wirkt.

Indem man die Füße länger zeichnet, lässt man den Charakter dünner wirken.

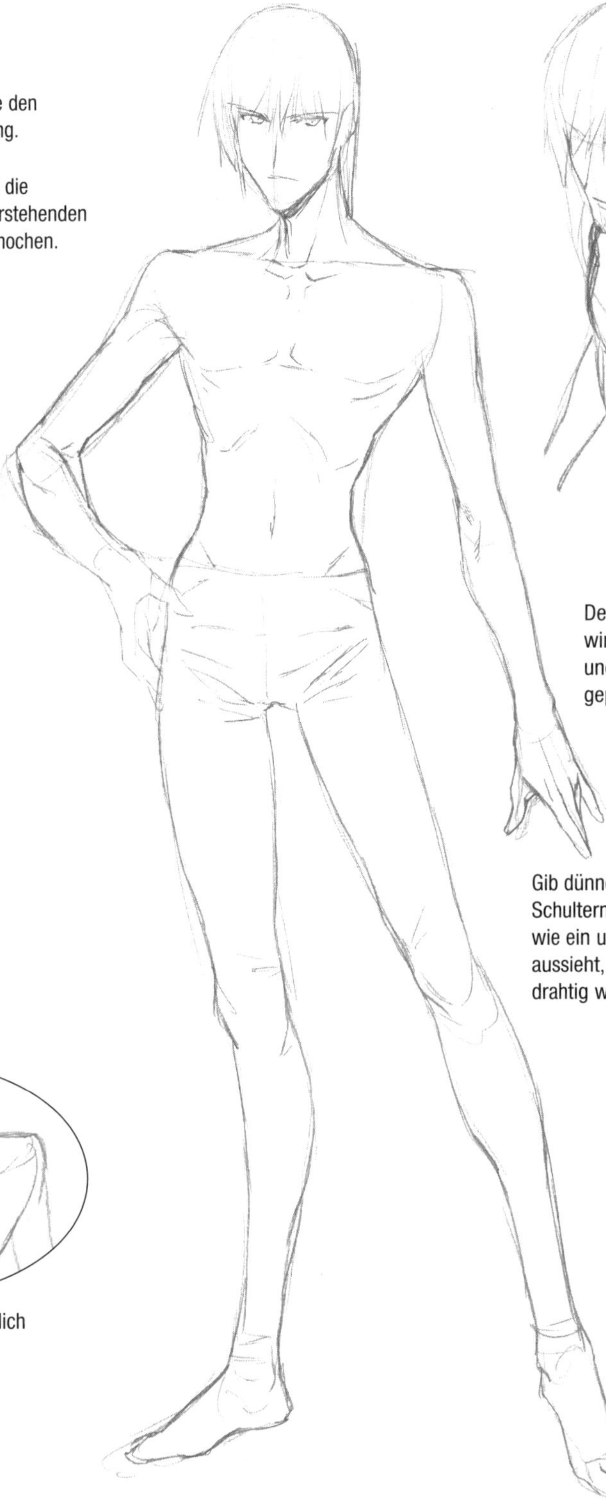

Der Rumpf sollte schmal wirken und Halsmuskeln und Schlüsselbein ausgeprägt zu sehen sein.

Gib dünnen Charakteren breite Schultern und einen Rumpf, der wie ein umgekehrtes Dreieck aussieht, um sie kräftig und drahtig wirken zu lassen.

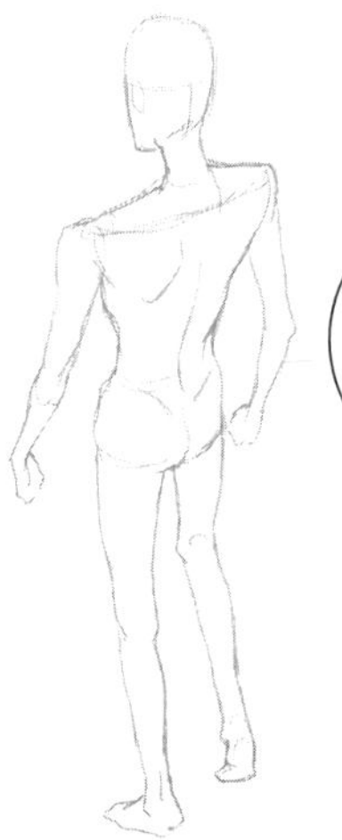

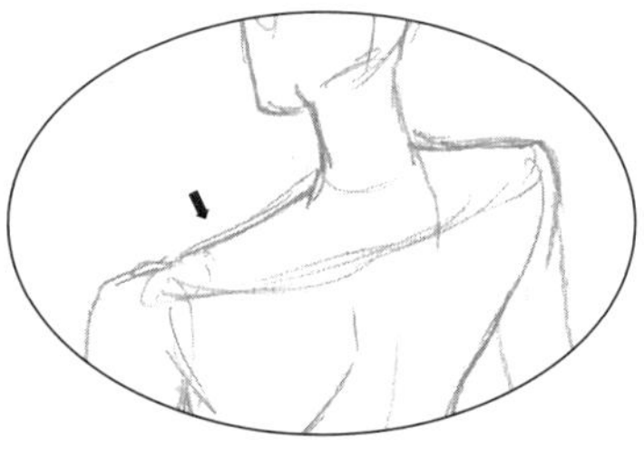

Zeichne den Rumpf ziemlich flach wie ein Brett.

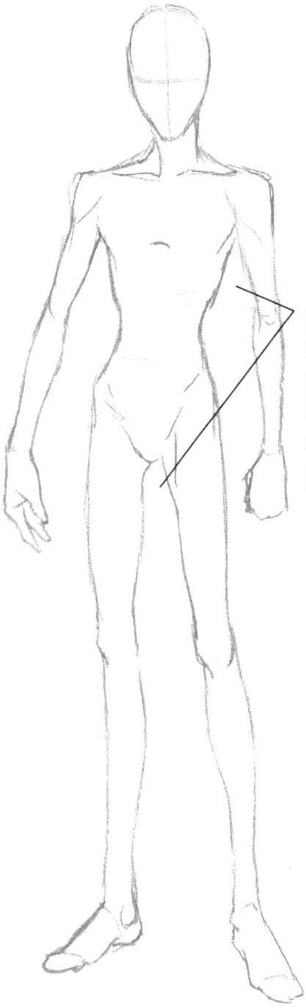

Die Achselhöhle und die Lücke zwischen den Oberschenkeln sollten auffällig und sichtbar sein.

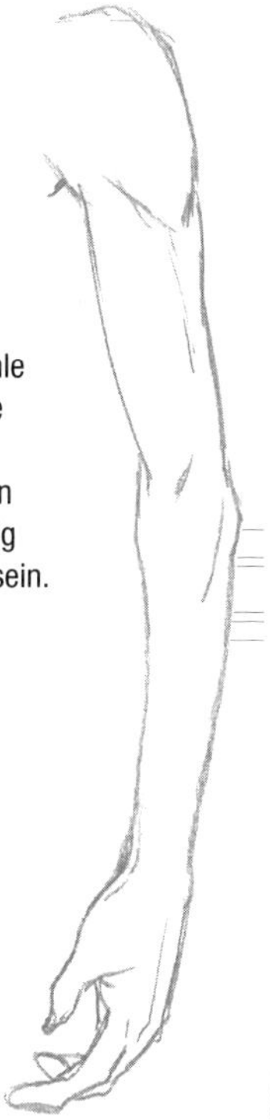

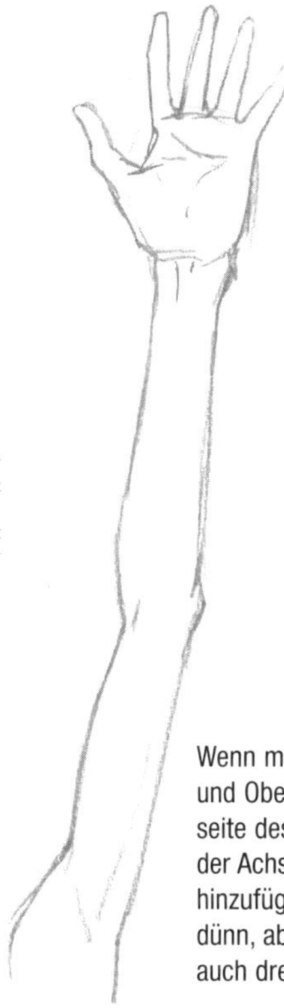

Wenn man an Schulter und Oberarm, der Innenseite des Ellenbogens und der Achselhöhle Linien hinzufügt, wirkt der Körper dünn, aber gleichzeitig auch dreidimensional.

Wenn man die Muskeln nicht so stark betonen möchte, kann man die Arme unterhalb des Deltamuskels dünner zeichnen, um dem Charakter ein schlankes Aussehen zu geben.

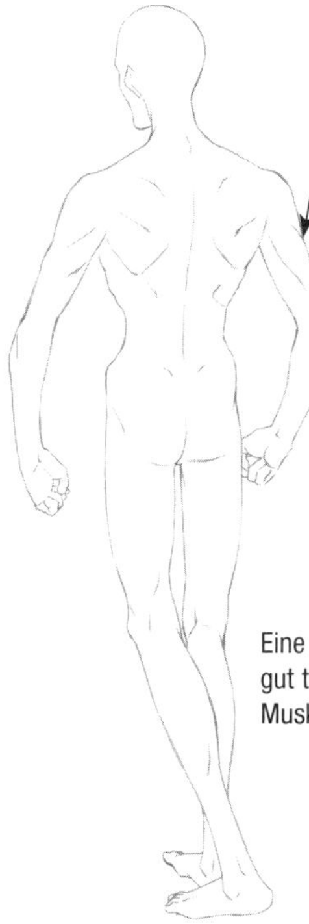

Eine Figur mit gut trainierten Muskeln.

Die Ellenbogenknochen stehen stärker hervor als bei jemandem mit durchschnittlicher Figur.

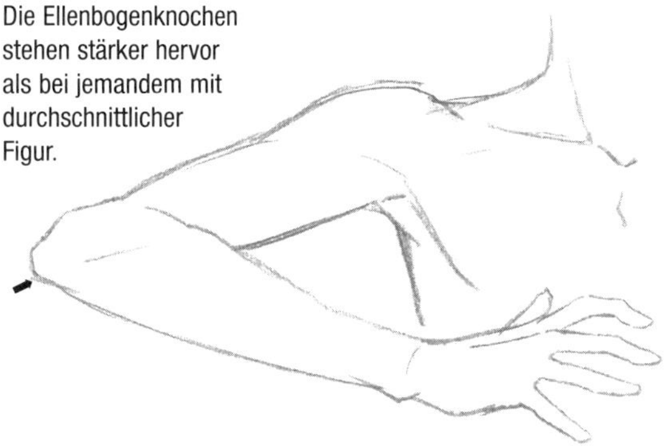

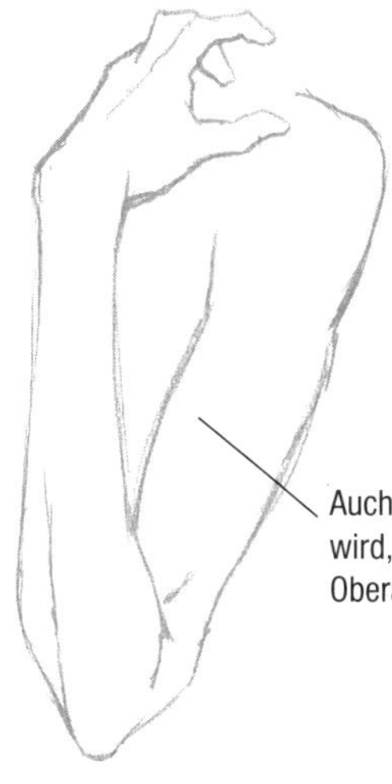

Auch wenn der Arm gebeugt wird, schwellen die Muskeln des Oberarms nicht besonders an.

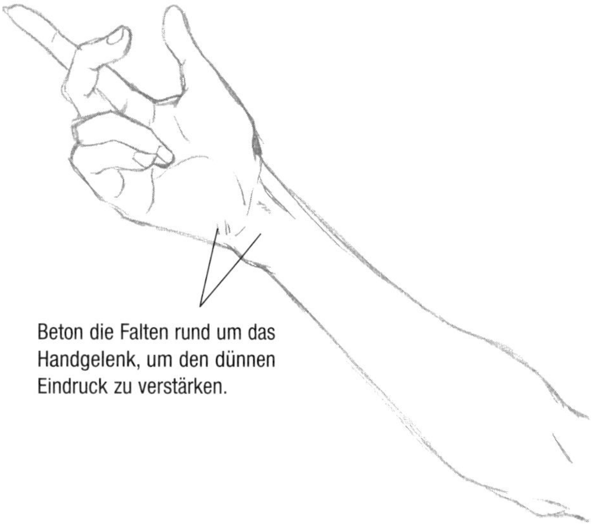

Beton die Falten rund um das Handgelenk, um den dünnen Eindruck zu verstärken.

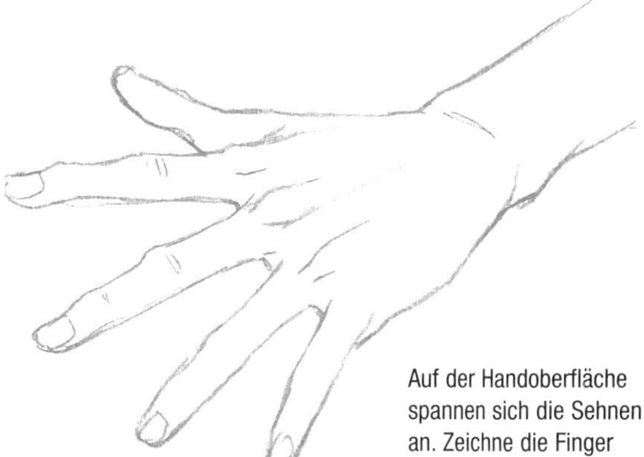

Auf der Handoberfläche spannen sich die Sehnen an. Zeichne die Finger lang und dünn.

Ein starker, muskulöser Charakter

Verwende wie bei dem dünnen Charakter ein Kopf-Körper-Verhältnis von 1:7.

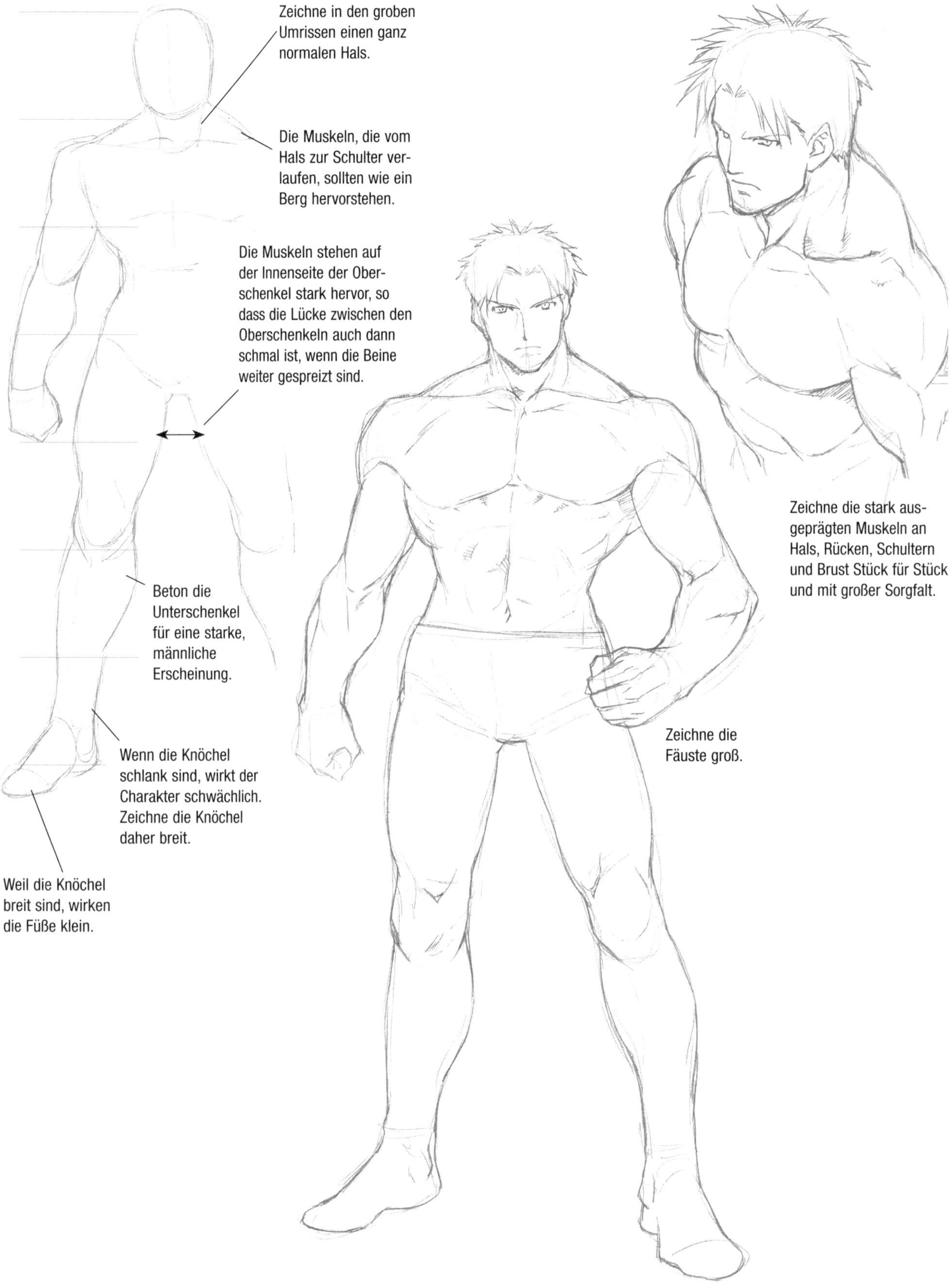

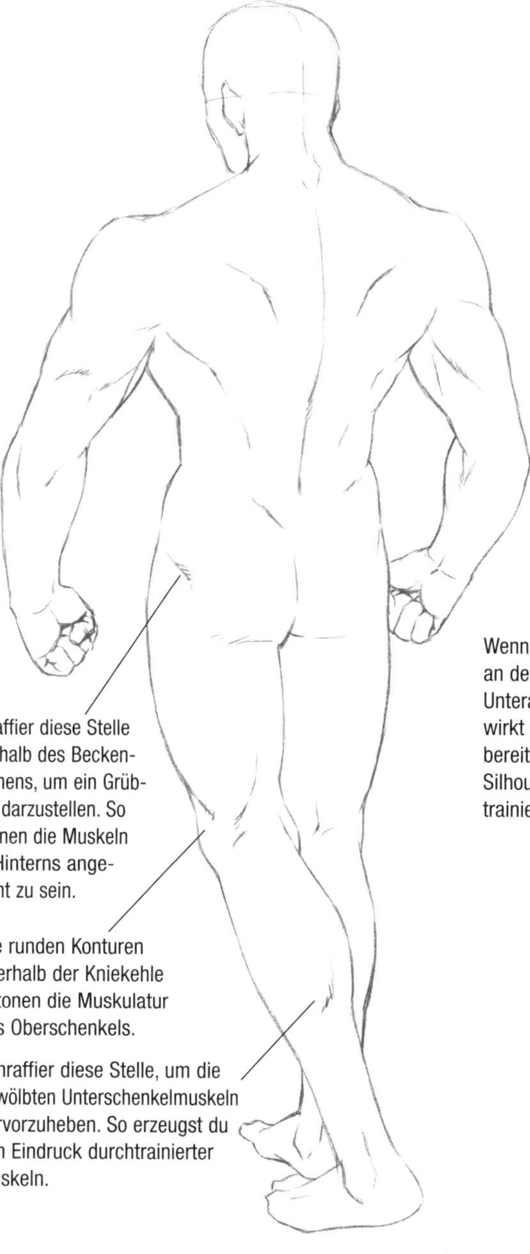

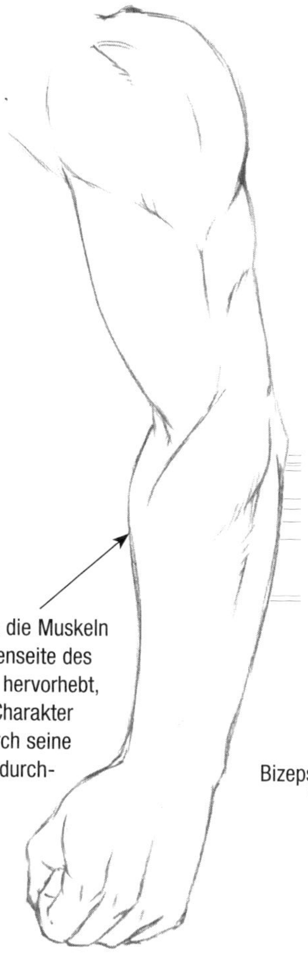

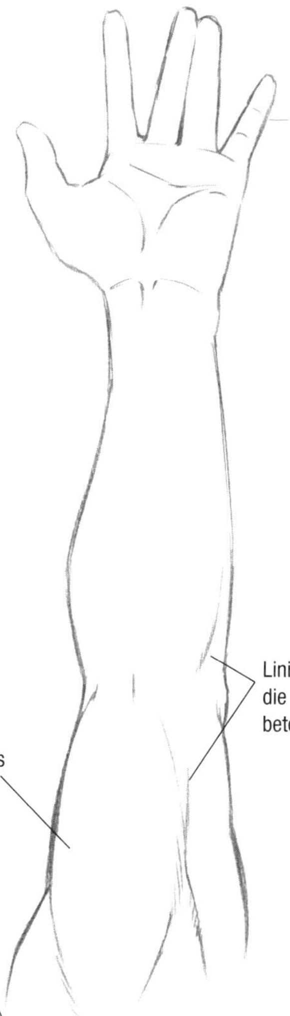

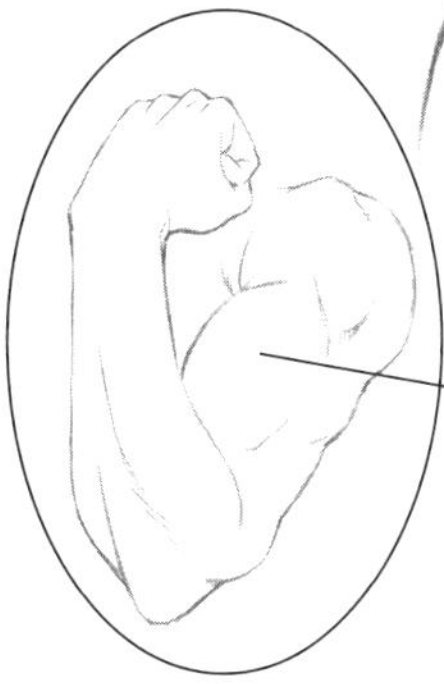

Vergleich zwischen dünnen und muskulösen Armen

Muskulöser Arm

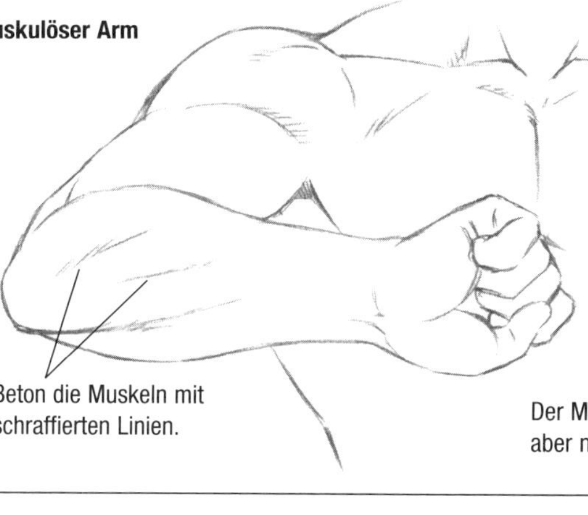

Dünner Arm

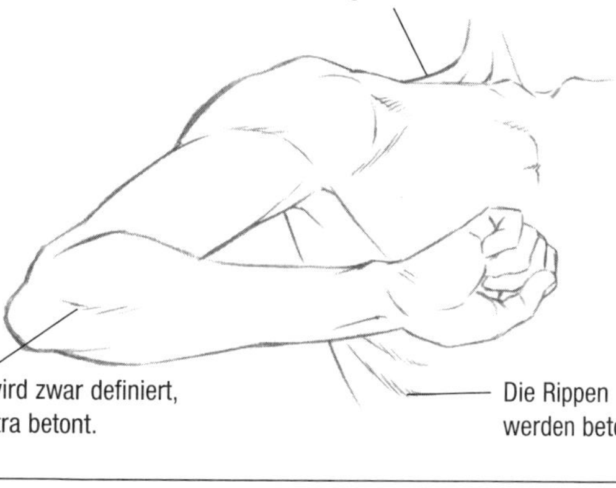

Ein grotesk muskulöser Charakter

Vergiss alles über Symmetrie und Proportionen von Muskeln, um einen freakigen, unheimlichen Charakter zu erschaffen.

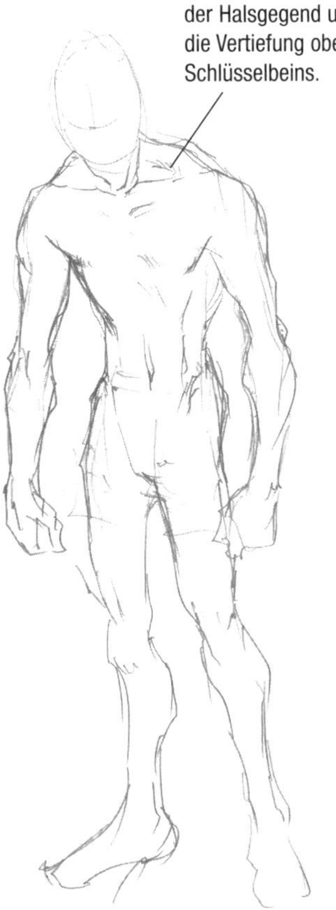

Verform die Muskeln in der Halsgegend und beton die Vertiefung oberhalb des Schlüsselbeins.

Dies ist ein erstes Design mit einem Oberkörper, der wie ein umgekehrtes Dreieck geformt ist, und großen, übertriebenen Muskeln.

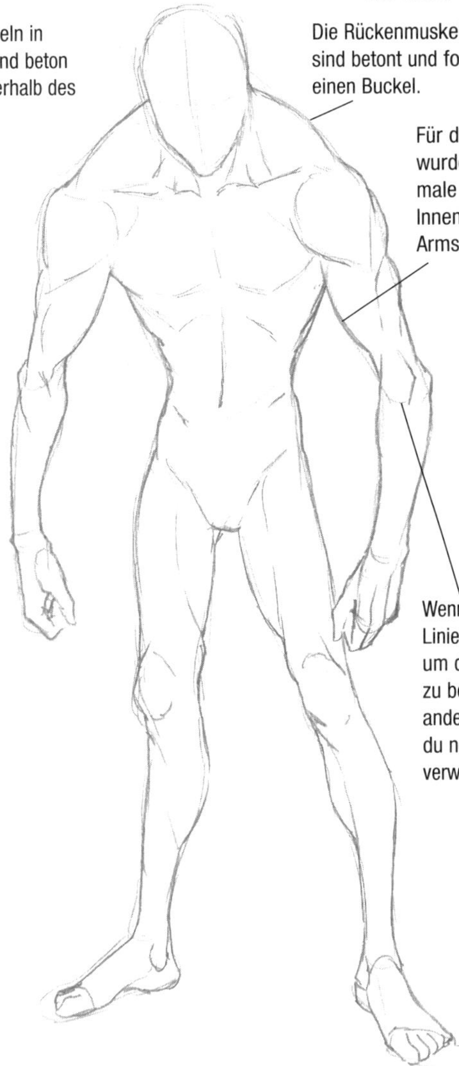

Die Rückenmuskeln sind betont und formen einen Buckel.

Für diese Form wurde die normale Kontur der Innenseite des Arms umgekehrt.

Wenn du zwei Linien zeichnest, um den Ellenbogen zu betonen, benutz andere Formen, als du normalerweise verwenden würdest.

Studie des verformten Körpers: Da die Form des Körpers hier neu bestimmt wird, sollte man die Konturen schon in den groben Umrisslinien gestalten.

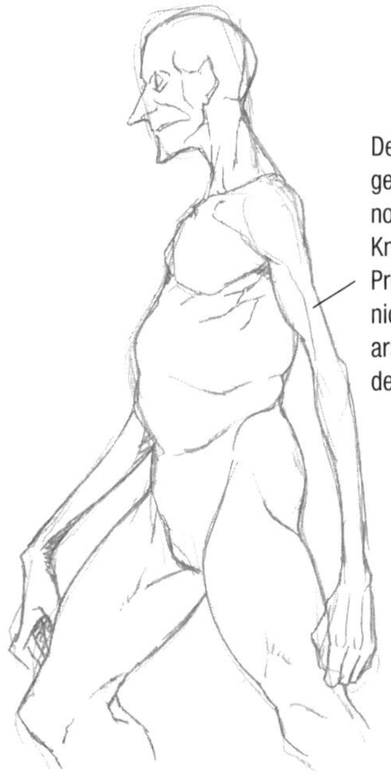

Der Arm ist ungefähr genauso dünn wie normalerweise ein Knochen wäre. Die Proportionen stimmen nicht, denn der Unterarm ist viel länger als der Oberarm.

Das erste Design. Der Hals ist kürzer und der Rücken leicht bucklig.

Je größer der Rücken gezeichnet wird, desto größer müssen auch die Füße werden, damit die Balance beibehalten wird.

Unterschiedlich geformte Arme

Selbst bei einem realistischen Zeichenstil kann dasselbe Körperteil ganz unterschiedliche Formen annehmen. Die Zeichenfähigkeiten stehen in direktem Zusammenhang mit der Fähigkeit, Charaktere zu entwerfen. Entwickel eine gute Beobachtungsgabe, um die daraus resultierende Fähigkeit, Unterschiede zu erkennen, beim Zeichnen anzuwenden.

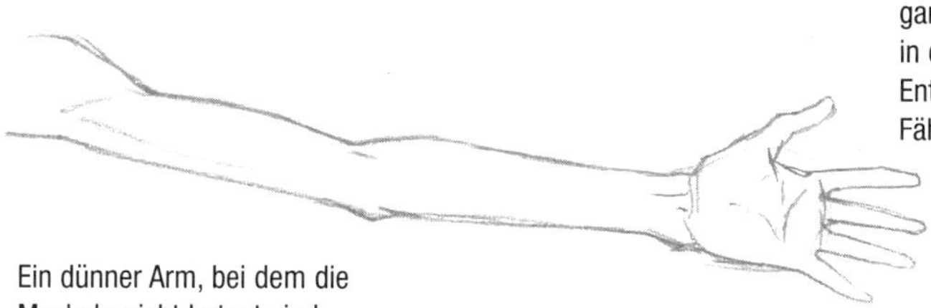

Ein dünner Arm, bei dem die Muskeln nicht betont sind.

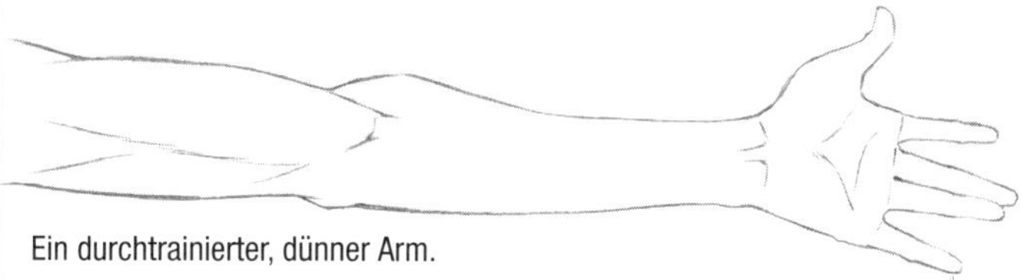

Ein durchtrainierter, dünner Arm.

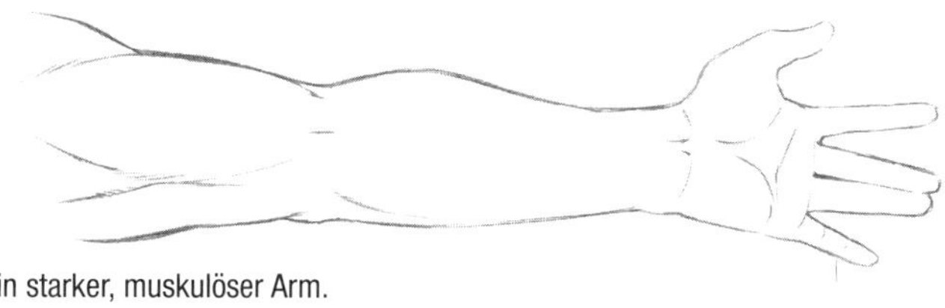

Ein starker, muskulöser Arm.

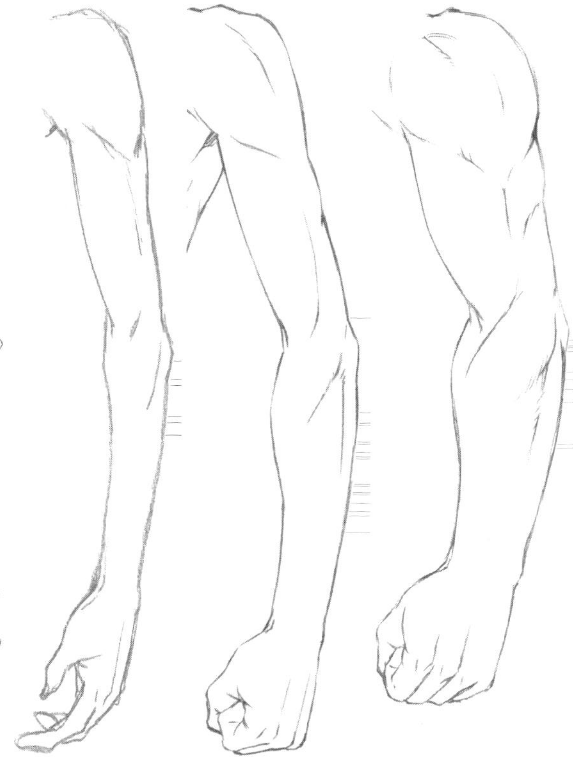

Der Arm ganz rechts ist doppelt so breit wie der Arm ganz links. Die Stärke der Hände und Finger ändert sich auch je nach Breite des Arms.

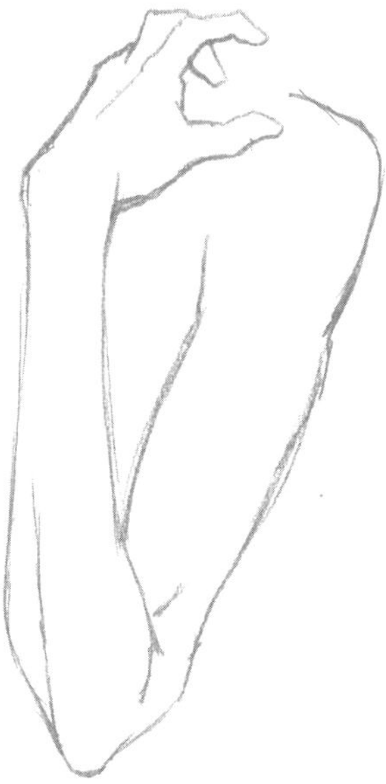

Selbst bei einem dünnen Arm, bei dem die Muskeln nicht betont wurden, kann man die Konturen der Muskeln des Unterarms erkennen.

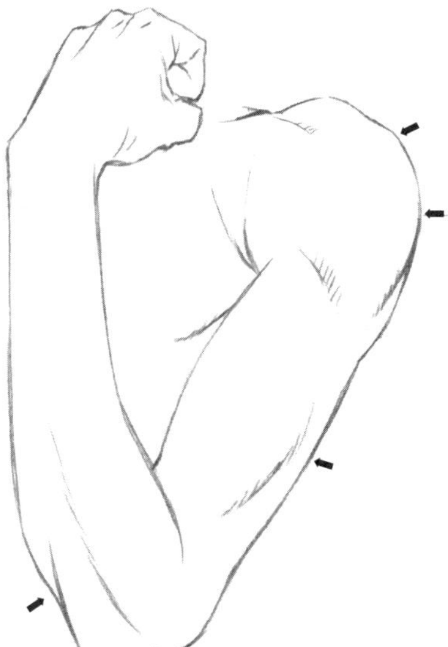

Zeichne bei einem schlanken, muskulösen Arm weiche Konturen für die Umrisse. Die wichtigsten Punkte sind hier die Konturen der Muskeln an der Schulter, des Bizeps und der drei Muskeln am Ellenbogen.

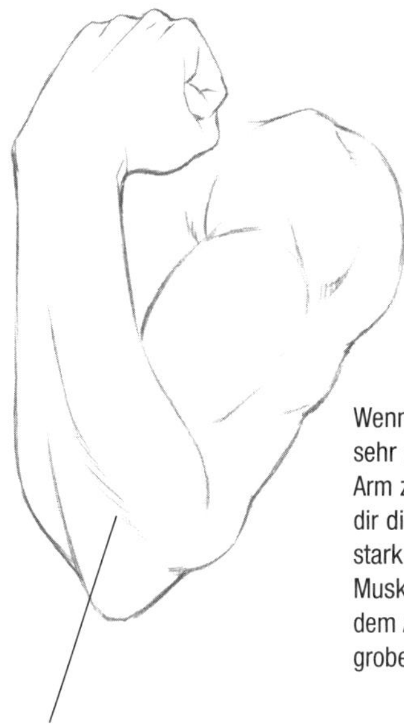

Wenn du einen sehr muskulösen Arm zeichnest, stell dir die einzelnen stark ausgebildeten Muskeln vor und gib dem Arm unebene, grobe Konturen.

Schattierungen sind hilfreich, wenn man die Konturen der Muskeln bei sehr muskulösen Charakteren hervorheben will.

Ein schlanker, weiblicher Charakter

Wenn du einen schlanken Körperbau als Grundlage nimmst und diesen je nach Bedarf anpasst, kannst du die unterschiedlichsten attraktiven weiblichen Charaktere erschaffen.

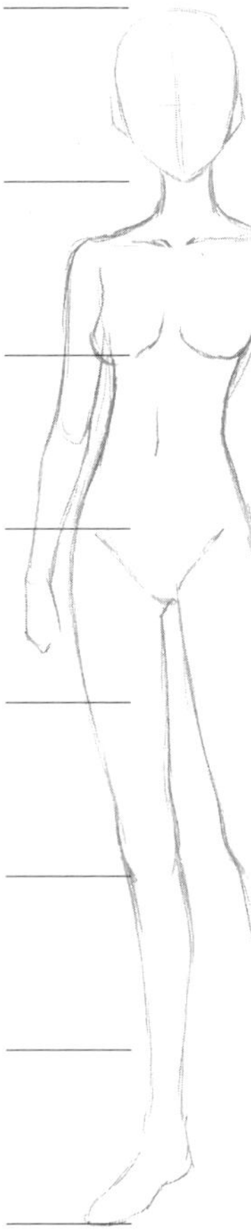

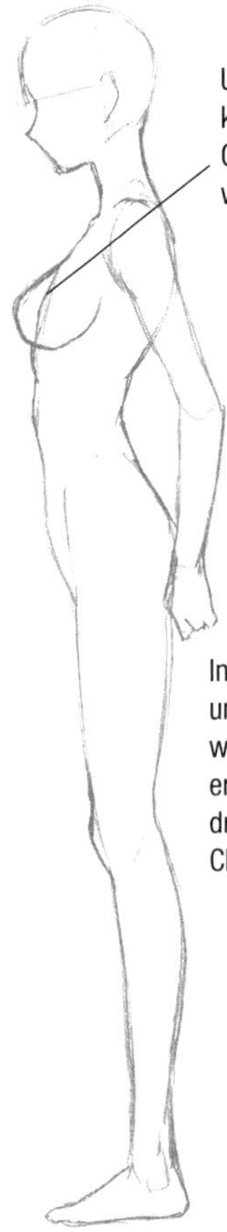

Umriss des Brustkorbs. Veränder die Größe der Brüste so, wie es dir gefällt.

Indem man den Rumpf ungefähr so tief zeichnet, wie der Kopf breit ist, erzeugt man den Eindruck eines schlanken Charakters.

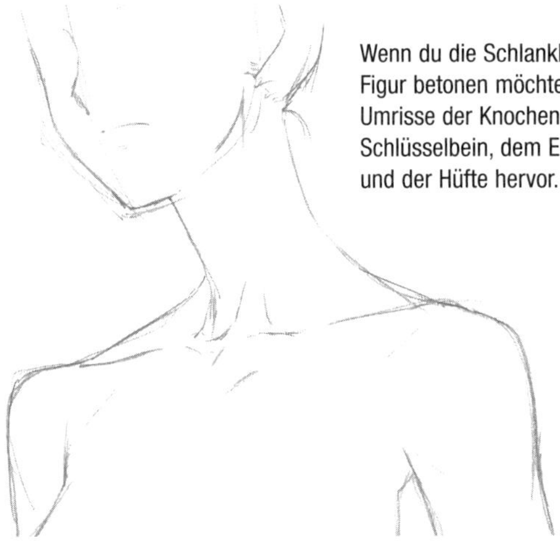

Wenn du die Schlankheit einer Figur betonen möchtest, heb die Umrisse der Knochen vom Schlüsselbein, dem Ellenbogen und der Hüfte hervor.

Wenn man den Charakter noch schlanker erscheinen lassen möchte, kann man den Hals dünner zeichnen und das Schlüsselbein stärker betonen.

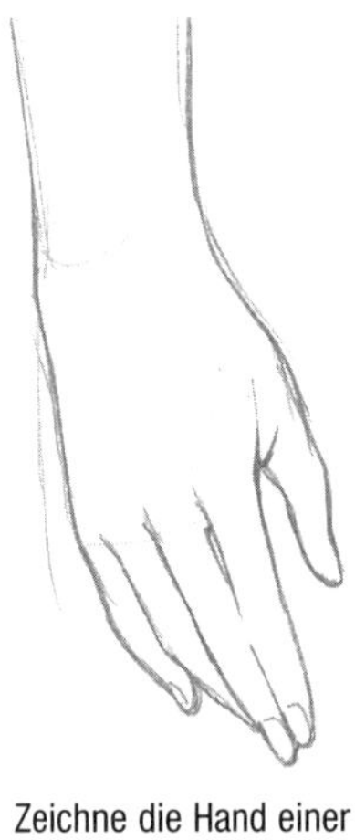

Zeichne die Hand einer weiblichen Figur immer zart, unabhängig von dem Körperbau dieses Charakters. Ovale Fingernägel geben einen femininen Touch.

Achte darauf, auch dünnen Charakteren einen runden Hintern zu zeichnen.

Zeichne eine Figur aus einer leichten Froschperspektive, um die Brüste besonders sexy wirken zu lassen.

Wenn du einen Charakter mit kleinen Brüsten zeichnest, heb die Taille und die Rundungen von Hüfte und Hintern hervor, damit die Figur feminin wirkt.

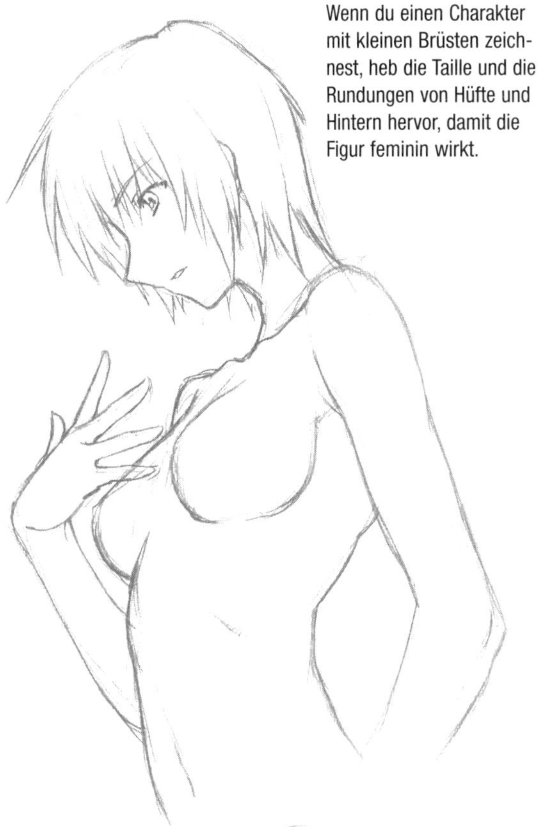

Dieser Charakter hat besonders üppige Brüste. Da eine kurvige Frau besonders attraktiv wirkt, zeichne Taille und Hüfte mit runden Linien und vermeide sich abzeichnende Knochen. Das lässt den Charakter ausgewogen erscheinen.

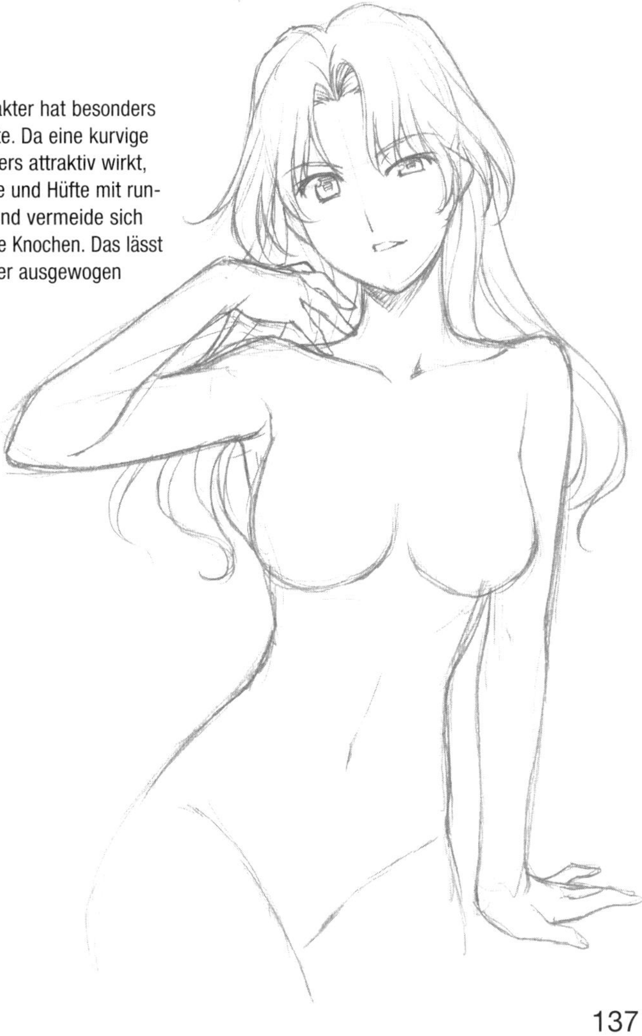

Die Vogelperspektive macht es möglich, die attraktiven Rundungen der weiblichen Brust zu betonen.

Niedliche Chibi-Figuren

Mit dem Chibi-Stil, bei dem der Kopf der Figur riesig ist, lassen sich Proportionen erzeugen, die die Figur am niedlichsten und mangamäßigsten wirken lassen. Die Proportionen schwanken zwischen einem Kopf-Körper-Verhältnis von 1:2 bis 1:5 und bieten unzählige Variationsmöglichkeiten.

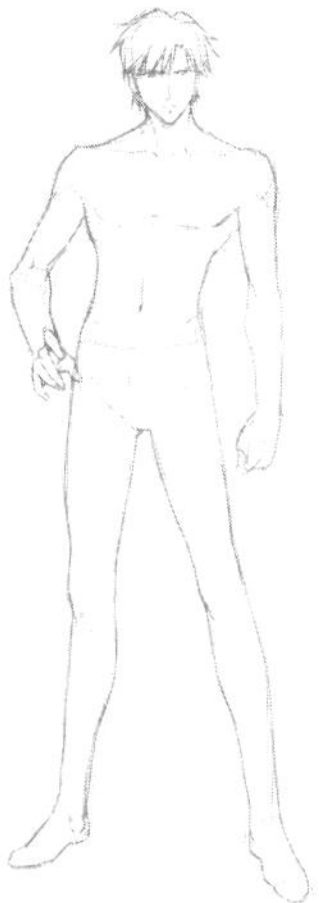

Die Vorlage: Kopf-Körper-Verhältnis von 1:8

Version mit einem Kopf-Körper-Verhältnis von 1:3,5

Version mit einem Kopf-Körper-Verhältnis von 1:2

Die Gelenke werden abgerundet

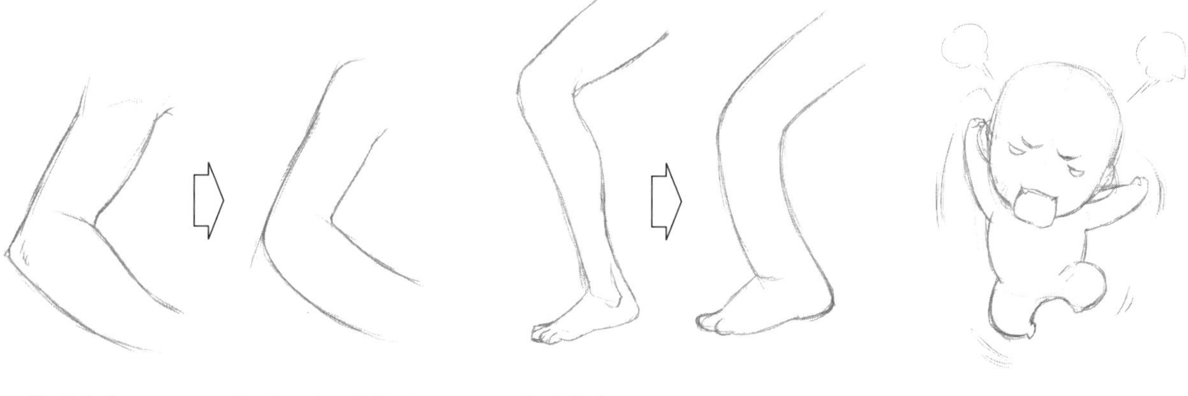

Realistischer Arm

Der Arm einer Chibi-Figur. Der Arm ist von der Schulter bis zur Hand zylinderförmig.

Realistisches Bein

Das Bein einer Chibi-Figur. Der Unterschenkel ist an allen Stellen ungefähr gleich dick.

Lass die Chibi-Figuren ihre Emotionen mit dem gesamten Körper ausdrücken.

Die Darstellung von Chibi-Charakteren

Chibi-Charaktere mit demselben Kopf-Körper-Verhältnis wirken unterschiedlich niedlich, je nachdem, wie groß man Hände und Füße zeichnet.

Heb die Konturen der Muskeln von Gesicht und Körper hervor, um eine »realistische« Chibi-Figur zu zeichnen.

Dieser Charakter ist zwar auch in einem »realistischen« Stil gezeichnet, aber die kleinen Hände und Füße machen die Figur besonders niedlich.

Konzentrier dich bei Monster-Figuren auf simple Umrisse und lass genaue Details weg, damit der Charakter niedlich wirkt.

Gib dir Mühe, Requisiten, wie z.B. das Schwert, sorgfältig zu zeichnen, auch wenn das Bild niedlich und kindlich wirken soll. Solche kleinen Details machen die Illustration überzeugender.

Zeichne eine Hand ruhig größer, wenn die Szene es erfordert, auch wenn der Chibi-Charakter eigentlich ganz kleine Hände hat.

Das Pferd wird zu einem Chibi-Pferd, indem du seinen Kopf genauso vergrößerst wie den des menschlichen Charakters.

Zeichnen einer typischen Chibi-Pose
in der Praxis

Hier betrachten wir, wie Schritt für Schritt eine Chibi-Figur in einer dynamischen Pose gezeichnet wird.

Eine Chibi-Figur zeigt mit ausgestrecktem Finger nach vorne.

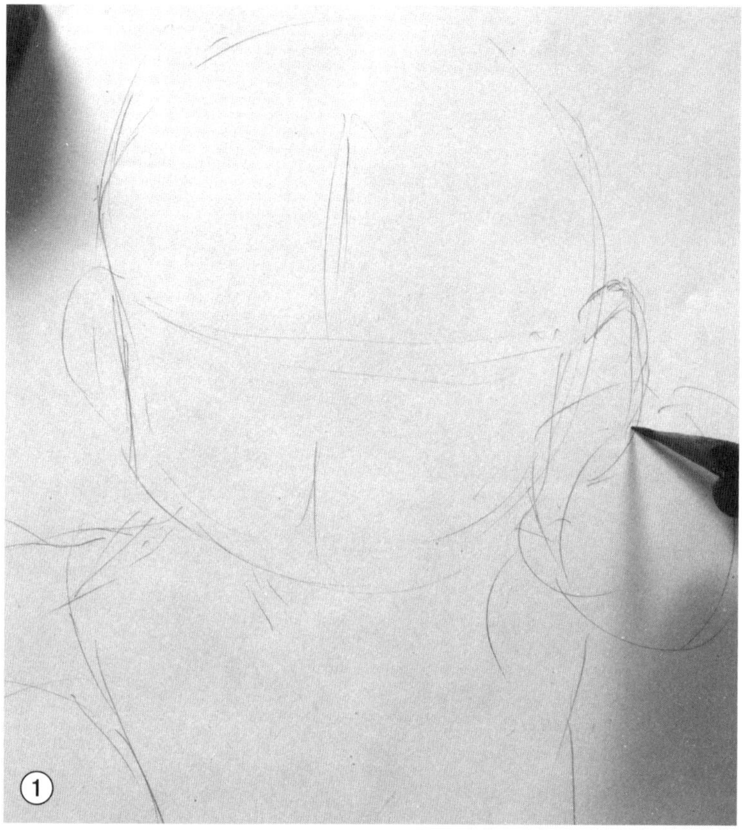

Zeichne die allerersten groben Umrisse, einschließlich einer ungefähren Form der nach vorne ausgestreckten Hand.

Skizzier Augen und Nase grob.

Der Mund geht über die Umrisslinien des Gesichts hinaus. Zeichne stark stilisierte Charaktere immer schon bereits im Stadium der groben Umrisse in stilisierter Form.

Dies sind die ungefähren Umrisse. In den nächsten Schritten werden die Konturen angepasst und korrigiert, um die Vorzeichnung fertigzustellen.

Die Konturen anpassen

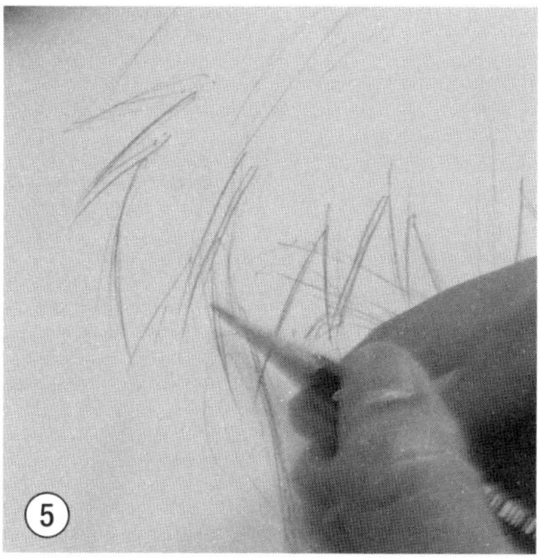

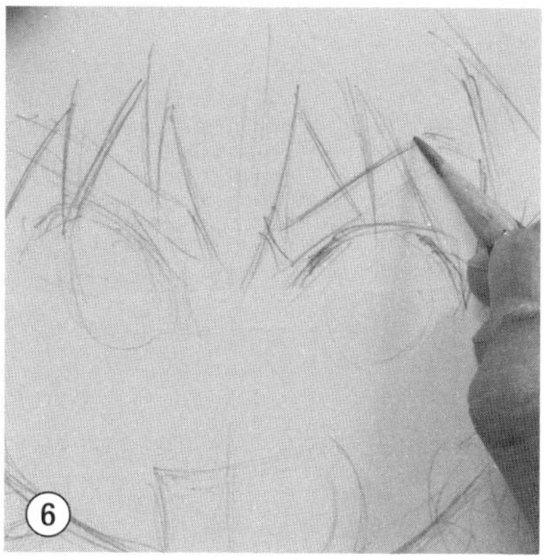

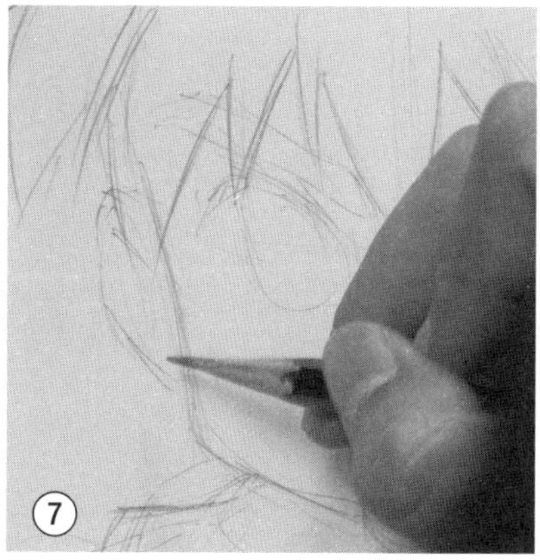

Zeichne die Umrisse der Haare, der Augenbrauen und des Gesichts nach, um die Formen deutlich herauszustellen.

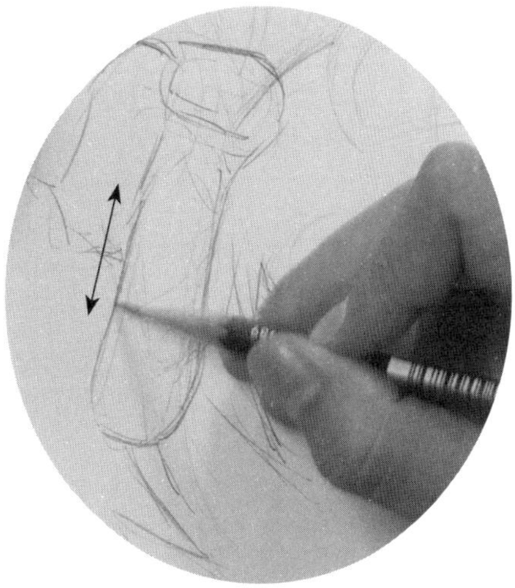

Dies ist der Finger, der nach vorne zeigt. Wenn du saubere, gerade Linien ziehen willst, dreh das Papier so herum, wie es dir am leichtesten fällt.

Wenn du die Augen zeichnest, überlager einzelne Linien, um nach und nach eine weiche, runde Form zu erzeugen.

Pass Schritt für Schritt die Umrisse der Arme und des Körpers an.

Das Gesicht fertigstellen

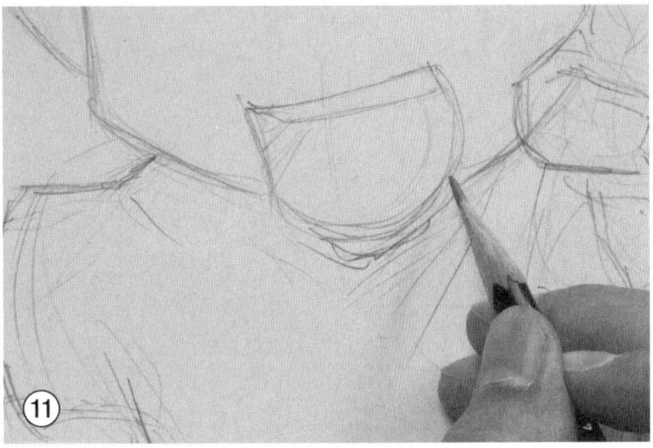

Pass die Konturen des Mundes an, die über die Umrisse des Gesichts herausragen.

Für Rechtshänder ist es einfacher, von links nach rechts und von oben nach unten zu zeichnen. Bei großflächigen Zeichnungen hilft es zusätzlich, das Papier so zu drehen, wie sich die Striche am einfachsten ziehen lassen.

Zeichne die Pupillen und Glanz in den Augen ein.

Den Körper fertigstellen

Setz Schatten mit Schraffuren, wie z.B. im Innern des Ärmels. Das gibt dem Bild zusätzlich Tiefe.

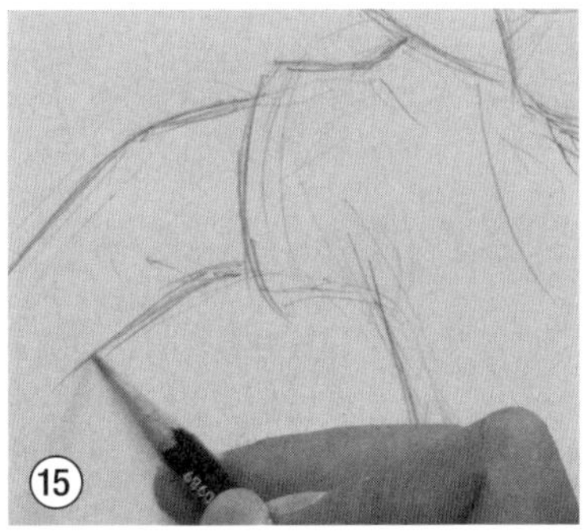

Wenn du nur einen Teil des Arms zeichnest und der Rest im Bild nicht zu sehen sein soll, lass die Linien am Ende spitz auslaufen. Dies lässt die Zeichnung ansprechend wirken.

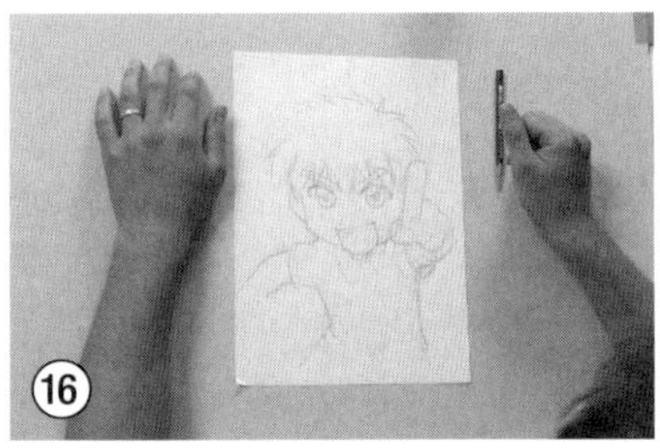

Fertig.

Die fertige Chibi-Figur mit ausgestrecktem Finger.

Dreidimensionales Zeichnen: sich eine Box vorstellen

Um einen dreidimensionalen Charakter zu zeichnen, stell ihn dir einmal in einem rechteckigen Würfel vor. Wenn man es schafft, eine Figur dreidimensional zu zeichnen, wirkt sie viel lebhafter.

Was macht eine dreidimensionale Figur aus?

Wenn man die Seiten- oder Oberflächen einer Figur sehen kann, verstärkt das den dreidimensionalen Eindruck.

Figuren, die aus einem relativ niedrigen Winkel gezeichnet wurden, wirken bereits ohne ein Gesicht oder genaue Details lebendig.

Indem man eine Figur in eine Box zeichnet, kann man leichter erfassen, welche Oberflächen sichtbar sind.

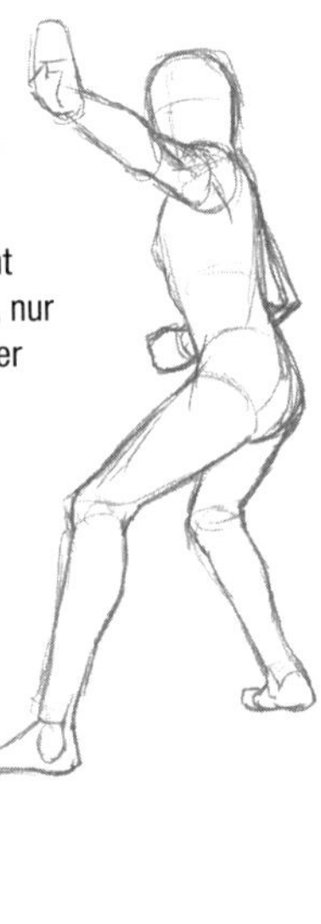

Eine Figur wirkt noch nicht unbedingt dreidimensional, nur weil man viele Seiten- oder Oberflächen sehen kann.

Bei dieser Figur wurden Gesicht und Details hinzugefügt. Sie wirkt bereits lebendig, obwohl man nur den Oberkörper sieht.

Drei Elemente, die eine Figur dreidimensional wirken lassen

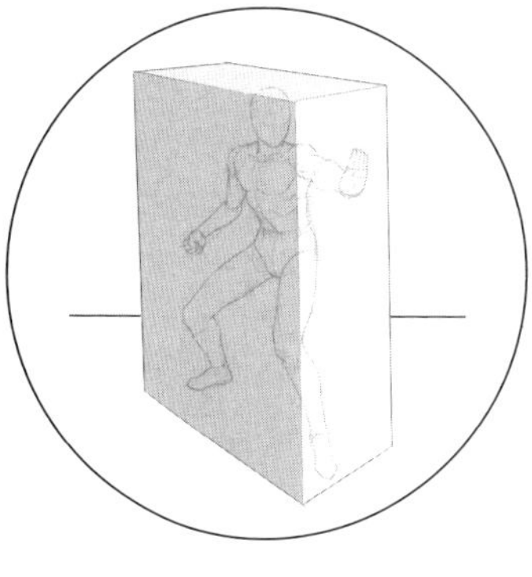

1. Die Komposition
Entwirf eine Komposition, bei der man drei verschiedene Oberflächen sehen kann (Vorderseite, Seitenfläche, Oberseite).

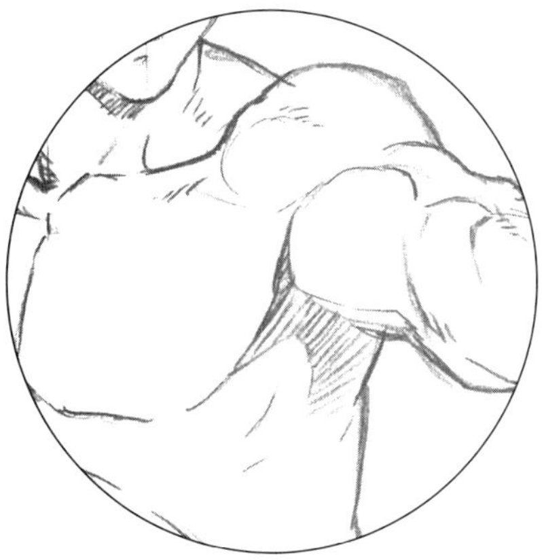

2. Setz Schatten
Beton die Dreidimensionalität des Körpers, indem du Schatten setzt wie z.B. unterhalb des Kinns oder an der Achselhöhle.

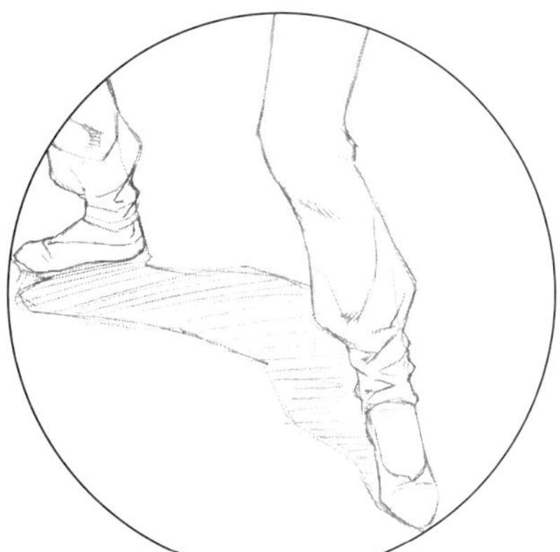

3. Bezieh den Boden mit ein
Zeichne um die Füße der Figur einen Schatten ein.

Einen Charakter in eine Box stellen

Hier betrachten wir die drei Elemente der Dreidimensionalität: Breite, Höhe und Tiefe.

Wenn man es direkt von vorne betrachtet, erscheint das Objekt flach.

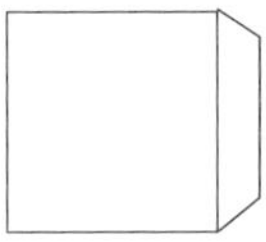

Wenn man eine Seitenfläche erkennen kann, wirkt das Objekt gleich dreidimensional.

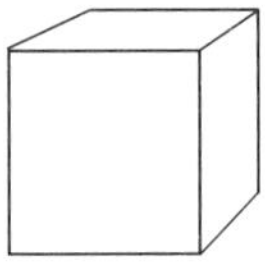

Indem nicht nur eine Seitenfläche sichtbar ist, sondern auch die Oberfläche, entsteht eine Dreidimensionalität.

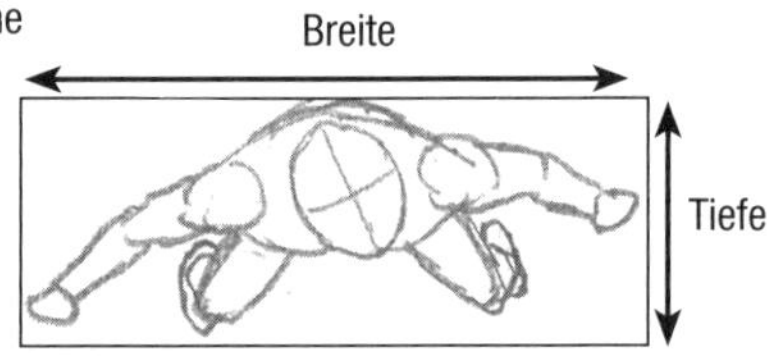

Direkt von oben betrachtet
So lässt sich die Tiefe des Charakters gut erfassen.

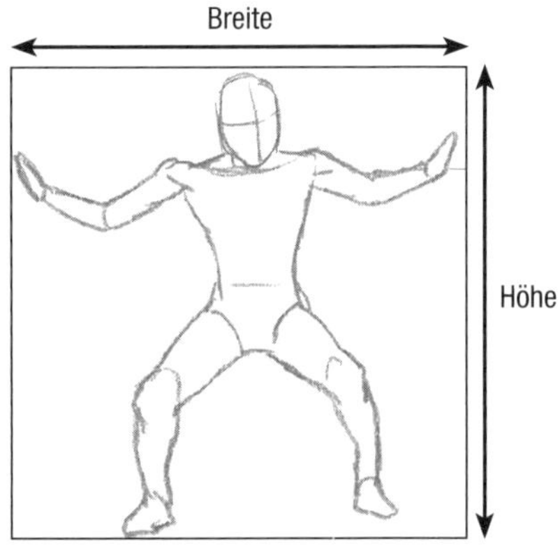

Direkt von vorne betrachtet
Hier lassen sich Breite und Höhe der Pose erkennen.

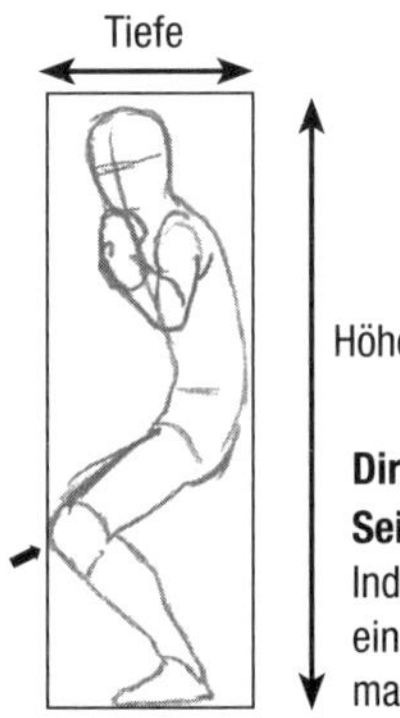

Direkt von der Seite betrachtet
Indem man die Figur in eine Box zeichnet, kann man gut festlegen, wie weit die Knie im Vergleich zum Kopf nach vorne treten und wie weit sie gebeugt sind.

Beginne mit der Form einer Box, wenn du eine Pose entwirfst

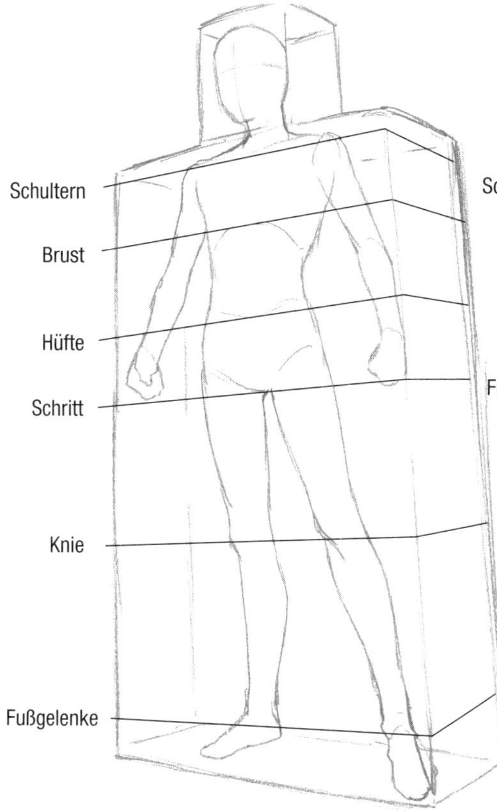

Zeichne Richtlinien für die Position der Schultern, der Brust, der Hüfte, des Schritts, der Knie und der Fußgelenke ein. Diese Bereiche sind elementar für das Zeichnen einer Bewegung oder einer Pose.

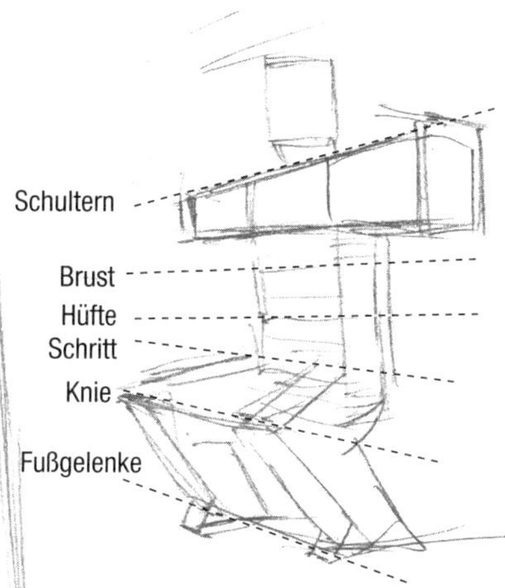

Der Grundriss in Blöcken
Erfass die Positionen von Schultern, Brust, Hüfte, Schritt, Knien und Fußgelenken und zeichne einen Grundriss der Pose mit Blöcken. Diese Technik macht es einfacher, eine dynamische, dreidimensionale Pose zu zeichnen.

Für diese Figur wurde ein Grundriss aus Blöcken verwendet.

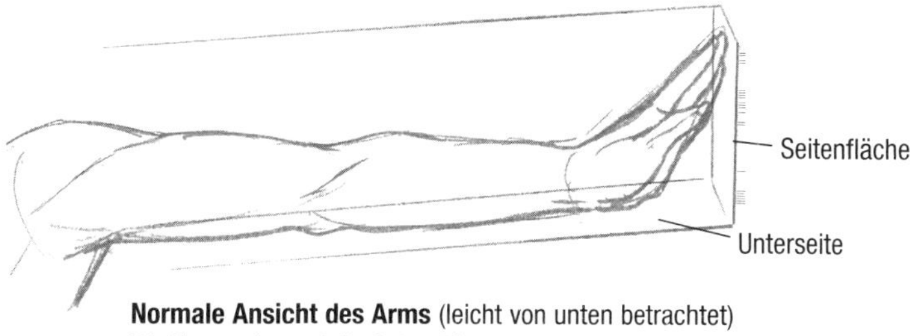

Normale Ansicht des Arms (leicht von unten betrachtet)
Die Unterseite und die Seitenfläche sind ein wenig zu sehen. Dadurch wirkt der Arm dreidimensional.

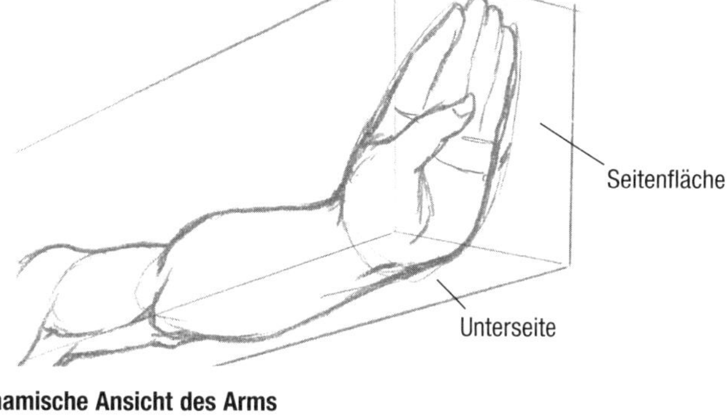

Dynamische Ansicht des Arms
In dieser Ansicht ist die Hand in Richtung des Betrachters gedreht. Da man die Seitenfläche und die Unterseite deutlich sehen kann, wird die Dreidimensionalität verstärkt.

Wenn man einen Grundriss aus Blöcken verwendet, wird es wesentlich einfacher, diese oder eine aus einem leicht höheren Winkel betrachtete Pose zu erfassen.

Von der Box zum Charakter: Schritt für Schritt

Beginn mit einer Box, wenn du die groben Umrisse einer Figur zeichnest. So kannst du objektiv die sichtbaren Oberflächen, die Tiefe des Charakters etc. erkennen.

Zeichne eine Box von oben.

Zeichne die Umrisse des Charakters in die Box.

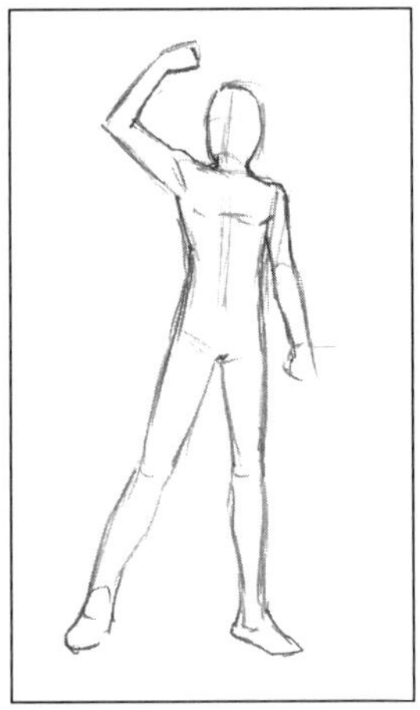

Zeichne zuerst die gewünschte Pose aus einem einfacheren Winkel. Das erleichtert die Darstellung.

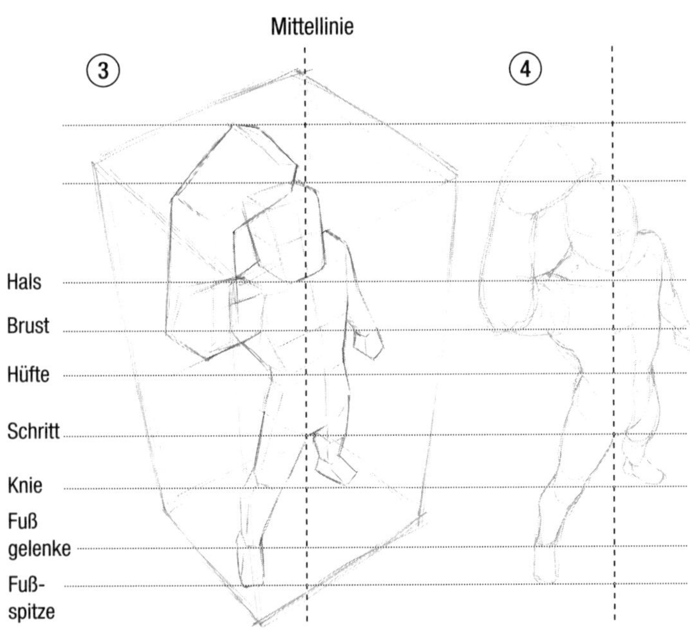

Verwende den Grundriss der Box, um die Proportionen zu bestimmen (d.h., leg die Positionen von Hals, Brust, Hüfte, Schritt, Knie und Fußgelenken fest). Besser die groben Umrisse der gesamten Figur nach.

Nachdem die groben Umrisse festgelegt wurden, zeichne die endgültigen Umrisslinien ein.

⑤

Füge Details hinzu, um die Vorzeichnung fertigzustellen.

Den Charakter ansprechender gestalten:
Techniken zum Zeichnen von Kleidung

Wenn man gute Faltenwürfe zeichnen kann, wirkt die Illustration gleich überzeugender, egal was für Kleidung der Charakter trägt. In diesem Abschnitt werden die Grundlagen zum Zeichnen von Kleidung, vor allem Tipps zum Zeichnen von Faltenwürfen, vermittelt.

Grundlagen zum Zeichnen von Kleidung

Elementare Faltenwürfe

Ein ungetragenes Hemd (das gebügelt wurde und völlig flach ist), wird dreidimensional, wenn es angezogen wird.

Falten, die aus zusammensackendem Stoff entstehen

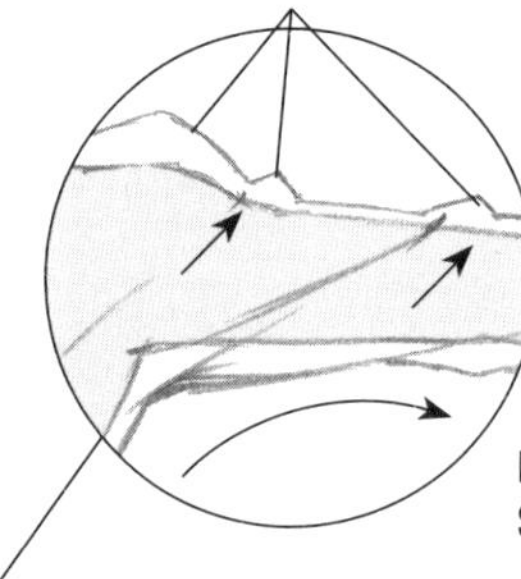

Richtung, in die der Stoff gezogen wird

Schwerkraft

Der Stoff berührt die Haut.

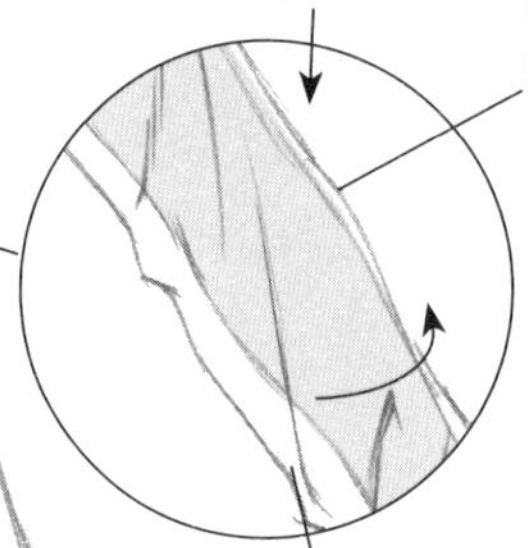

Richtung, in die der Arm bewegt wird

Der Stoff hängt entgegengesetzt zur Richtung herab, in die der Arm bewegt wird, so dass ein Abstand zwischen Stoff und Haut entsteht.

Hüftgelenk

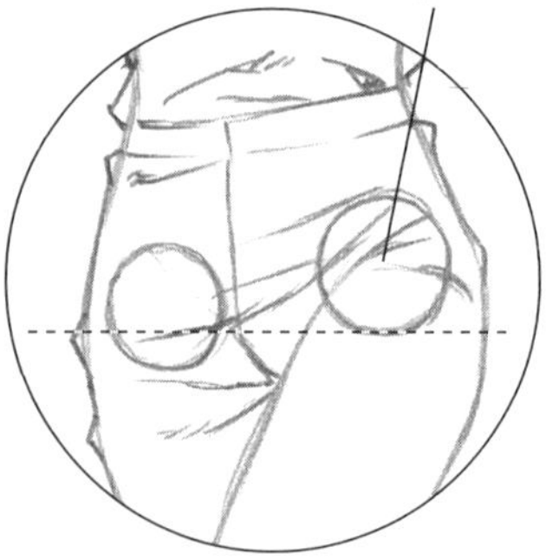

Die Falten entstehen an den Erhebungen des Beckenknochens und werden in die Richtung gezogen, an der das Hüftgelenk erhöht ist. Beachte die Neigung des Beckens.

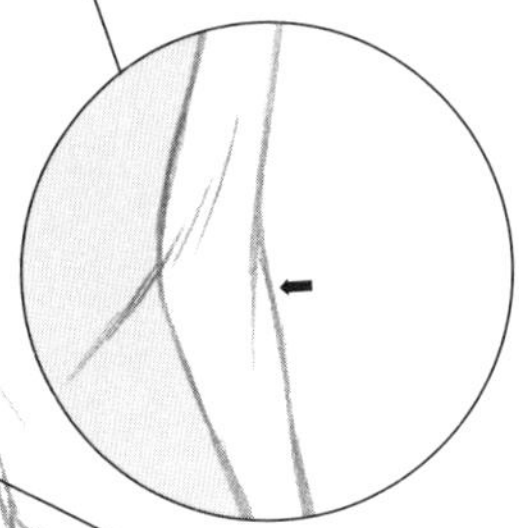

Der Charakter wirkt attraktiver, wenn man seine schlanke Taille betont. Daher zeichne die Taille immer ein bisschen schmaler, als sie vielleicht in Wirklichkeit wäre, und füg an der Stelle Falten hinzu.

Kniescheibe

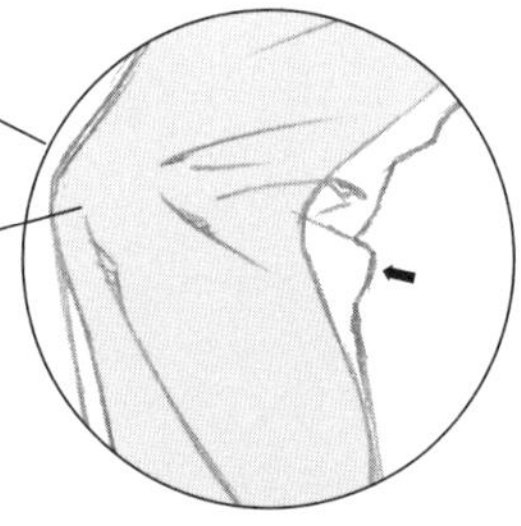

Wenn das Bein gebeugt wird, bilden sich um das Knie herum Falten, die strahlenförmig von der Kniescheibe ausgehen. Dazu bilden sich Falten in dem Stoff, der sich in der Kniekehle ansammelt.

- Bei eng geschnittenen Hosen und Blusen ist die Menge des Stoffes gering, aber die Menge der Falten groß.
- Bei weiter, schlabbriger Kleidung entstehen zwar große, herabhängende Flächen, aber insgesamt bilden sich weniger Falten auf der Kleidung.

Kontrollier, wo die Umrisse des Körpers durch Falten erkennbar werden.

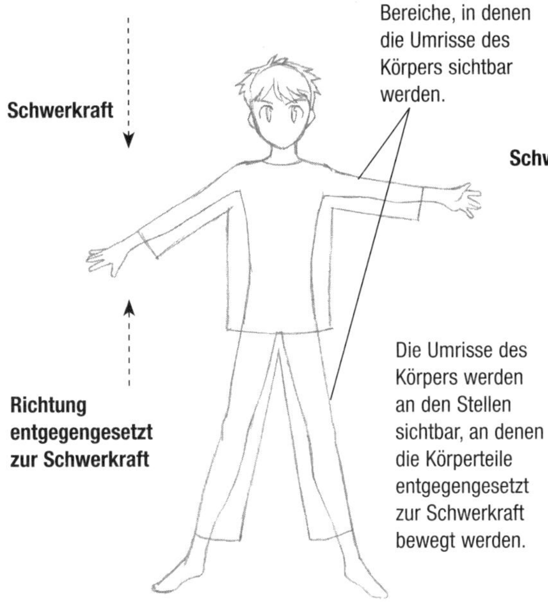

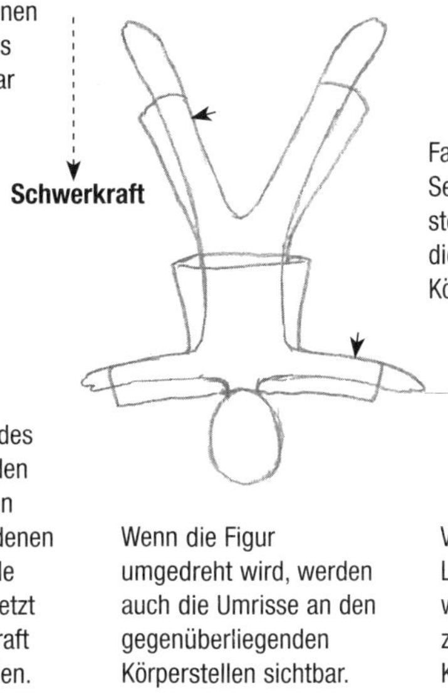

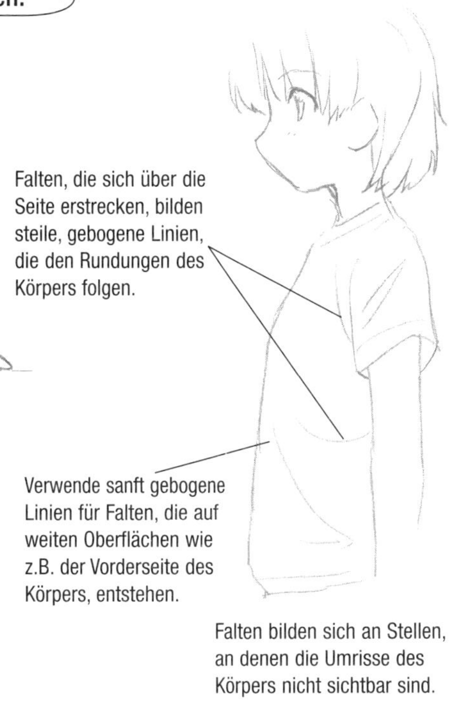

Falten, die sich an den Gelenken bilden

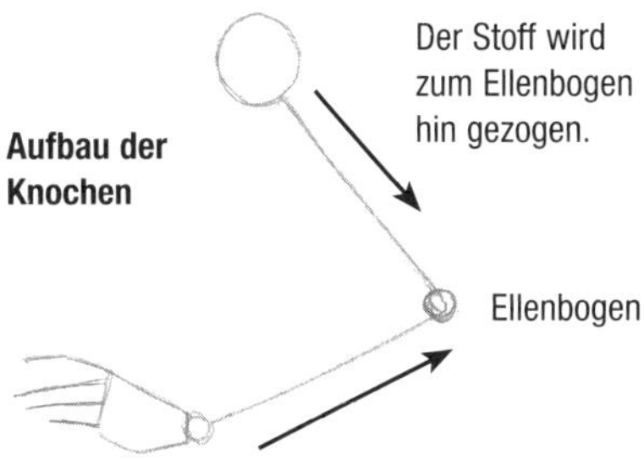

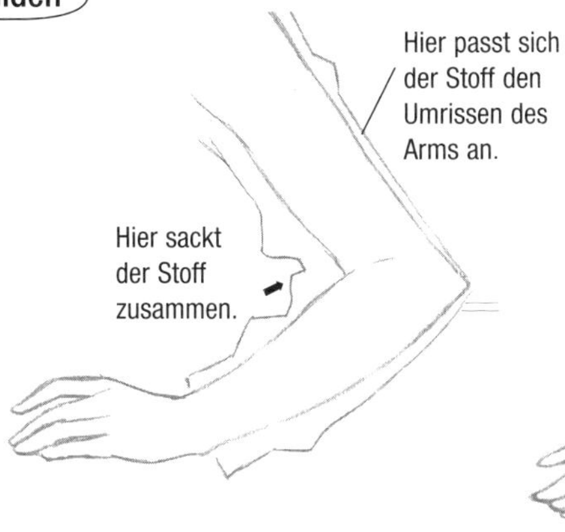

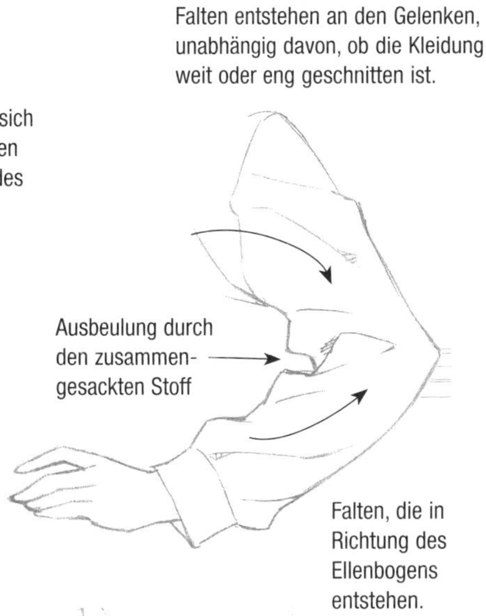

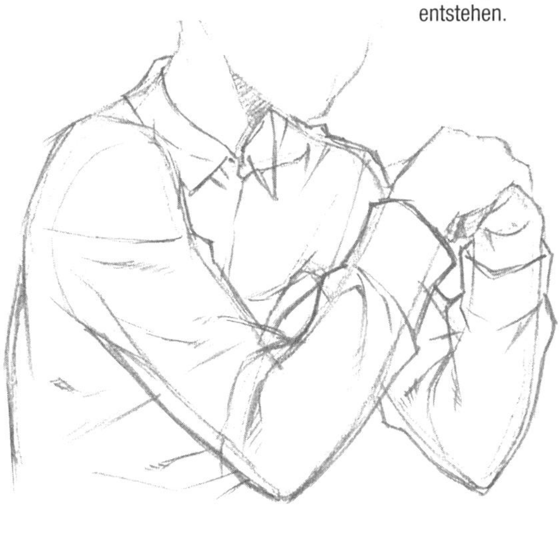

Mit Falten Dreidimensionalität darstellen

Ein entscheidender Faktor, um Dreidimensionalität darzustellen, ist, beim Zeichnen von Falten unterschiedliche Strichstärken und Schraffierungen zu verwenden.

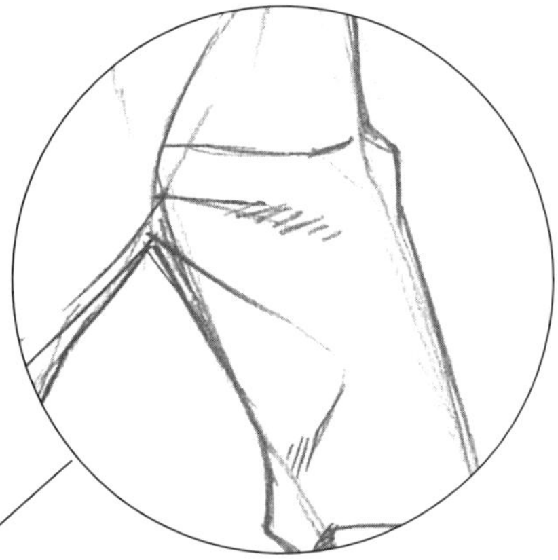

Die Schraffierungen lassen Volumen entstehen.

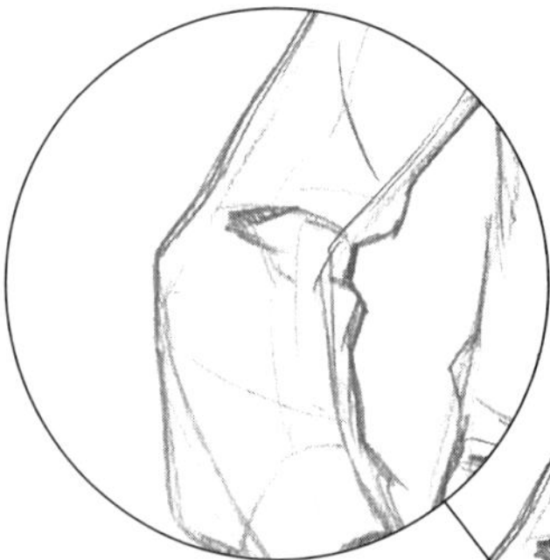

Hier werden dicke Linien verwendet, um einen Schatten in der Falte darzustellen.

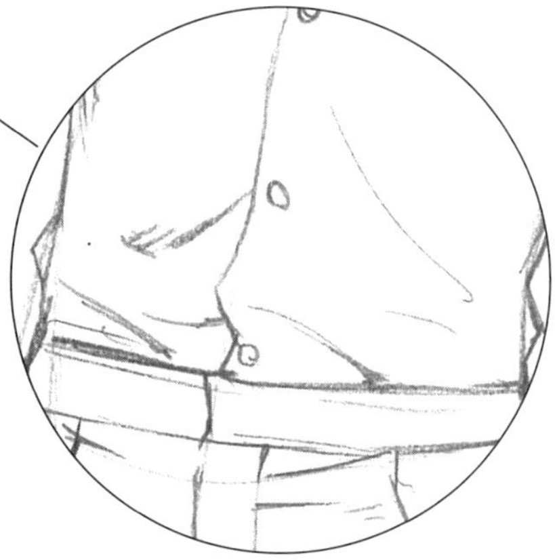

An dieser Stelle werden dicke und dünne Linien verwendet, um die Unebenheiten hervorzuheben.

Unterschiede in den Falten anhand des Kleidungsstoffes

Die Art und Weise, wie die Falten gezeichnet werden, lässt erkennen, ob der Stoff dick oder dünn sein soll.

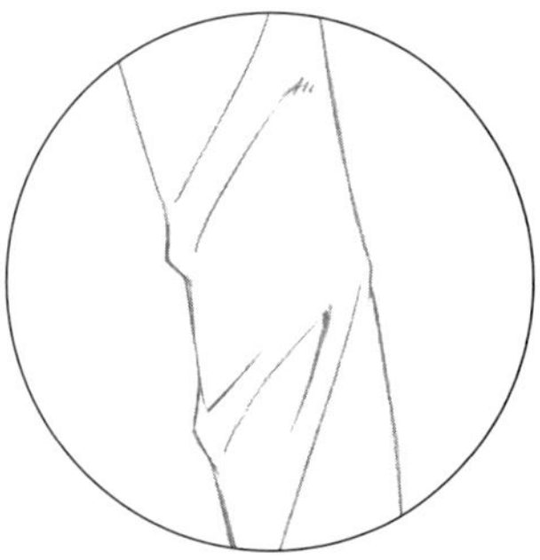

Um dünnen Stoff darzustellen (wie z.B. von einer Bluse), zeichne die Abstände zwischen den Linien der Falten geringer.

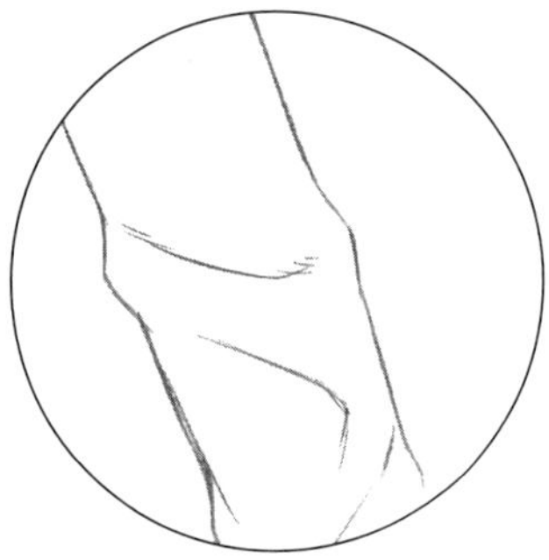

Um festeren Stoff darzustellen (wie z.B. von einem Jackett), lass großen Abstand zwischen den Linien der Falten.

Einfache Methoden zum Zeichnen von Falten

Schätz ab, wo Falten entstehen könnten, und zeichne an diesen Stellen Erhebungen ein. Bereits dadurch entsteht der Eindruck von Falten und unebenem Stoff.

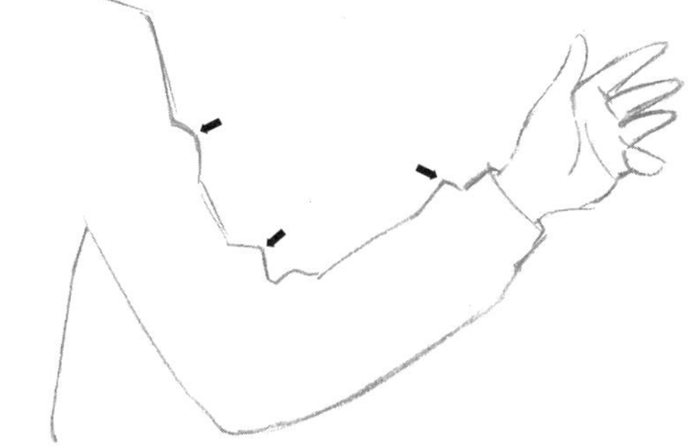

Füg beim Zeichnen der Umrisse der Figur die Umrisse der Falten hinzu.

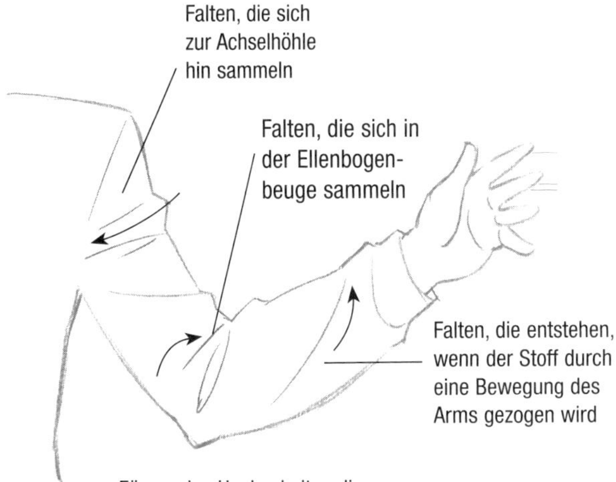

Füg zu den Unebenheiten die Linien der Falten hinzu.

Hier sind bereits bei den Umrissen der Figur die Umrisse der Falten eingezeichnet.

Hier wurden die Details der Kleidung und der Falten hinzugefügt.

Zeichne die Umrisse des Körpers sehr sorgfältig, bevor du die Umrisse der Kleidung festlegst.

Mit Kleidung die Persönlichkeit eines Charakters ausdrücken

Die grundlegende Aufgabe von Kleidung ist es, den Körper zu verhüllen. Dennoch kann Kleidung grob in zwei Kategorien eingeteilt werden: solche, die die Konturen des Körpers hervorhebt, und solche, die die Konturen des Körpers verhüllt. Mit diesen Unterschieden lässt sich die Persönlichkeit eines Charakters unterstreichen.

Weite Kleidung, die den Körperbau verhüllt

Zwischen Körper und Stoff bilden sich viele leere Freiräume. Damit lassen sich sehr zartgliedrige weibliche Figuren oder zerbrechliche Charaktere effektiv darstellen.

Wenn der Stoff relativ steif ist, entsteht hier im Bereich der Schulter ein Freiraum zwischen Stoff und Arm.

Der überschüssige Stoff sammelt sich unten.

Enge Kleidung, die sich den Körperformen genau anpasst

Zwischen Kleidung und Körper befinden sich keine Lücken. Verwende diesen Stil, um muskulöse Charaktere zu zeichnen oder den Körperbau eines Charakters besonders zu betonen.

Auch wenn die Kleidung direkt auf den Körper gezeichnet wurde, wirkt sie durch die Falten realistisch.

Darstellung des Körperbaus durch T-Shirts

Lockerer Schnitt: Verhüllen
Die Falten sammeln sich im unteren Bereich des T-Shirts. Verwende lange, leicht gebogene Linien, die ein V bilden, um die Falten darzustellen.

Normaler Schnitt
Durch die Unebenheiten des Körpers entstehen bei einem normal geschnittenen T-Shirt mehr Falten als bei einem weiten Schnitt. Erhöh die Konzentration der Falten beim Zeichnen.

Enger Schnitt: Hervorheben
Hier betonen die Falten die Unebenheiten und Rundungen des Körpers. Zieh relativ gerade Linien, um die Konturen des Körpers zu betonen.

Das Einkleiden eines Charakters in der Praxis

Hier wird gezeigt, wie man Schritt für Schritt einen Charakter einkleidet. Die Kleidung bewegt sich, je nachdem, wie sich der Charakter bewegt. Auf den nächsten Seiten wird gezeigt, wie man die Kleidung dazu verwenden kann, die Bewegungen eines Charakters zu betonen.

①

Zeichne die groben Umrisse für die Pose.

②

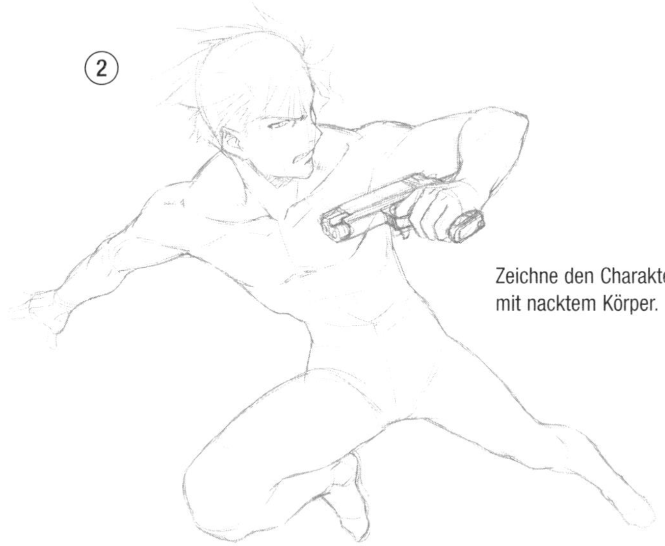

Zeichne den Charakter mit nacktem Körper.

③

Zeichne nun die Kleidung auf den Körper. Wenn du zunächst den nackten Körper skizzierst und dann darüber die Kleidung zeichnest, bekommt die Kleidung einen stärkeren Ausdruck von Bewegung.

Der Effekt von Kleidung bei der Darstellung eines Charakters

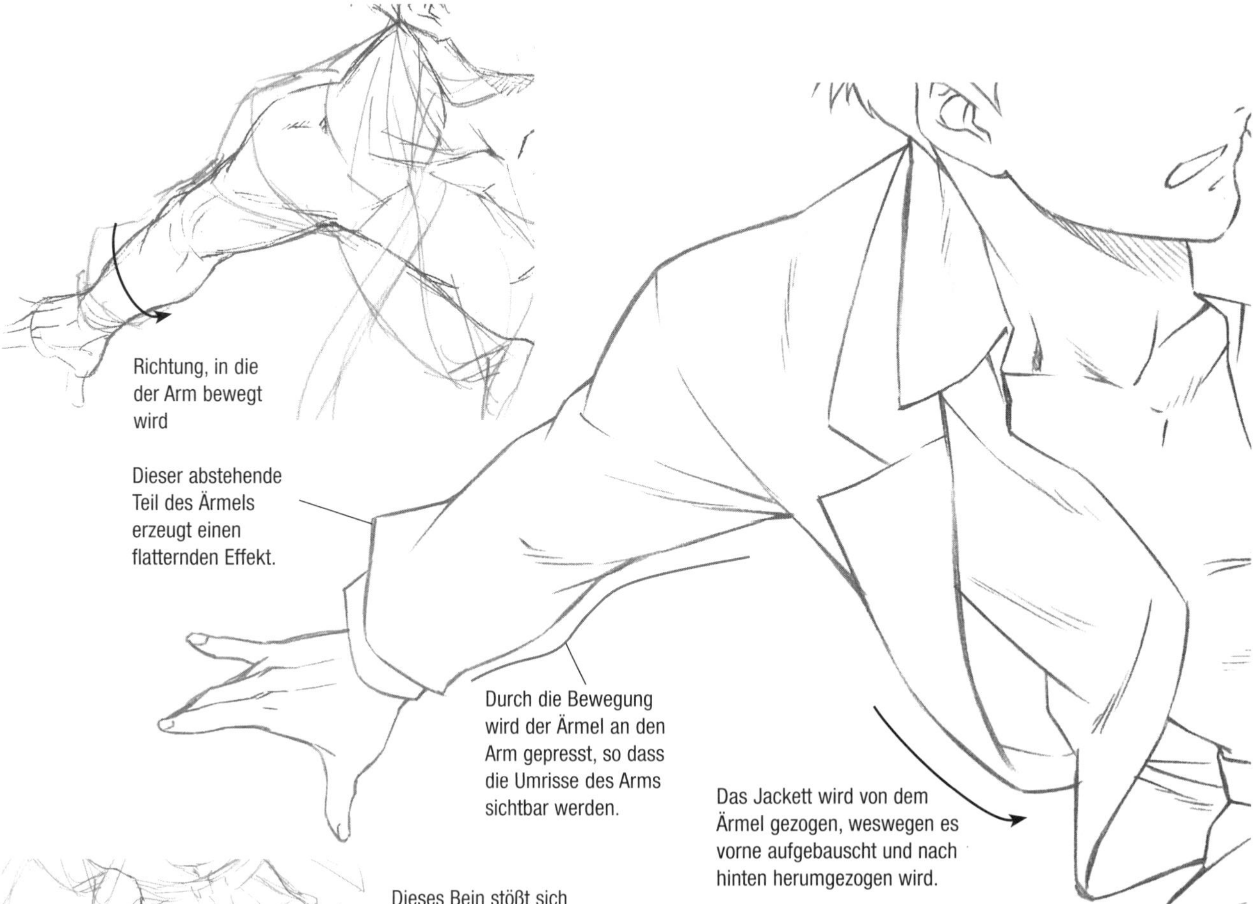

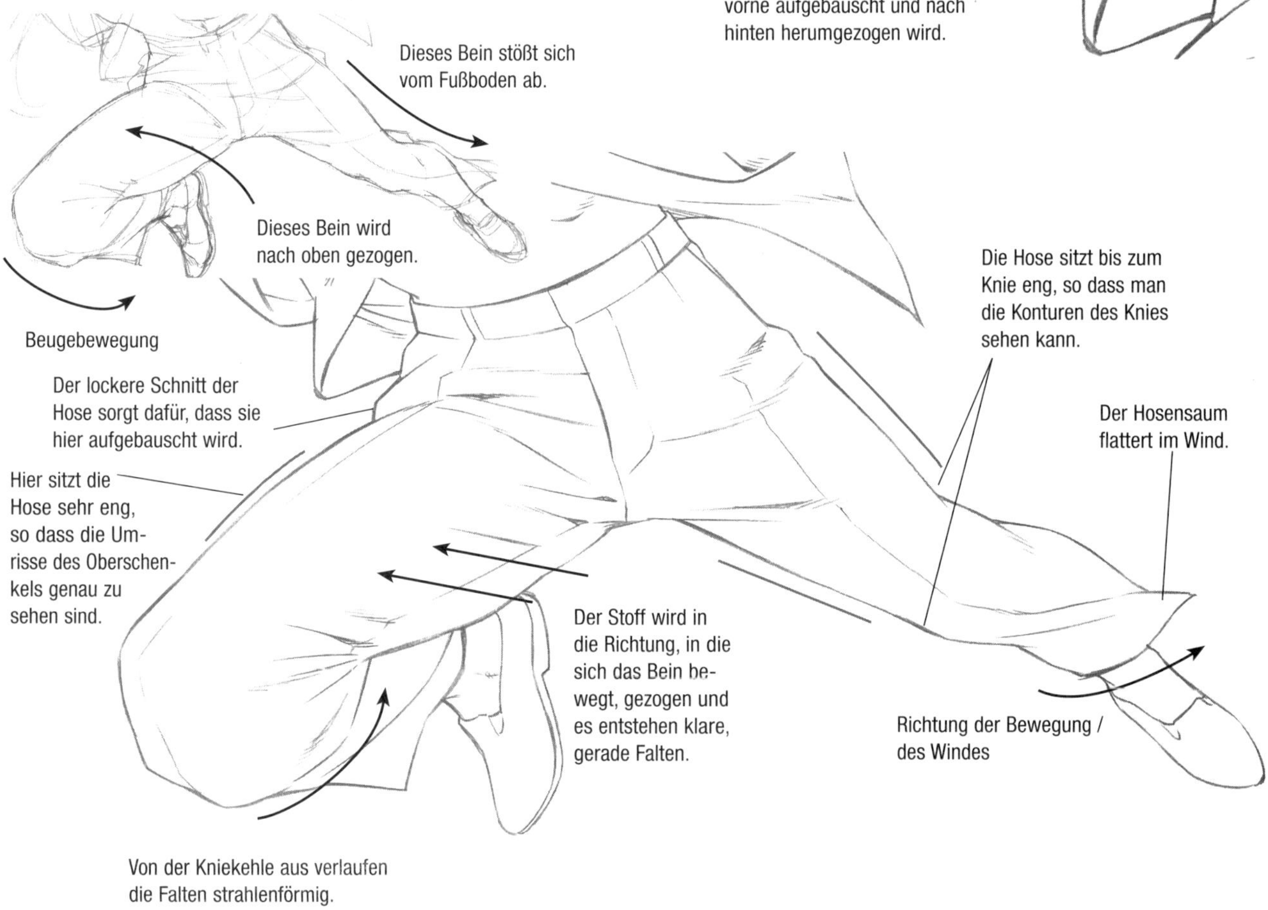

Richtung der Bewegung

Richtung, in die die Kleidung weht

Durch das Schulterpolster behält das Jackett an der Schulter seine Form und beult an dieser Stelle stark aus.

Diese Falten entstehen dadurch, dass der Ellenbogen gebeugt wird. Da der Stoff des Jacketts dick ist und locker sitzt, bestehen die Falten aus langen, gebogenen Linien.

Jackett und Hemd flattern nach oben und unten, was ein Gefühl von Geschwindigkeit erzeugt.

Verwende eine wellenförmige Kurve wie ein großes S, um den im Wind flatternden Stoff zu zeichnen.

Füg für den letzten Schliff schwarze Flächen, weiße Details und Raster hinzu.

Dynamische Posen zeichnen

Mit den folgenden Techniken lassen sich dynamische Posen effektiv zeichnen:

1. Entwirf eine Pose, in der die Dreidimensionalität der Figur gut zu erkennen ist.
2. Verlager die Balance der Figur auf nur ein Bein.
3. Zeichne eine extreme Drehbewegung.

Berücksichtig diese Punkte, wenn du dir die Pose der Figur ausdenkst, und füg anschließend die Bewegungen von Haaren und Kleidung hinzu.

Mit einem niedrigen Blickwinkel eine eindrucksvolle Pose erschaffen

Vorzeichnung

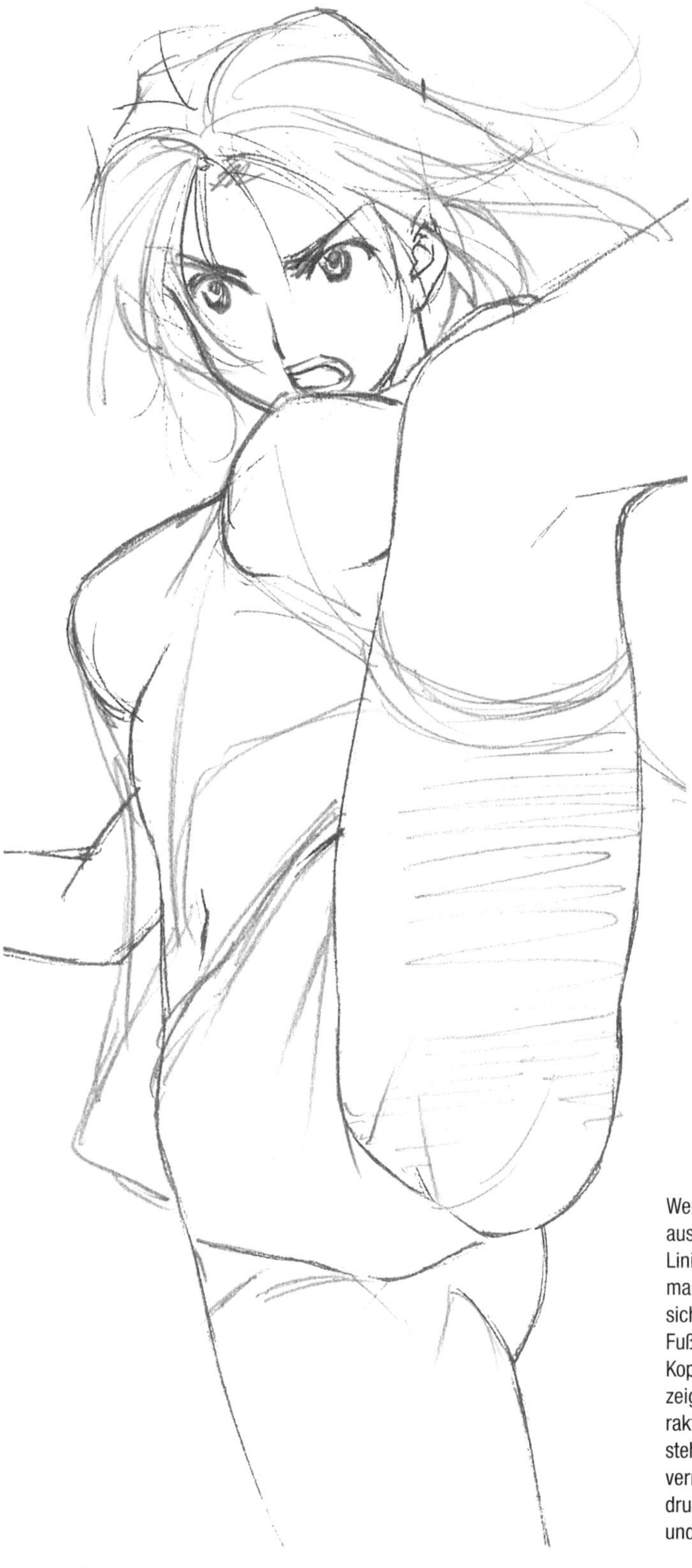

Die groben Umrisse

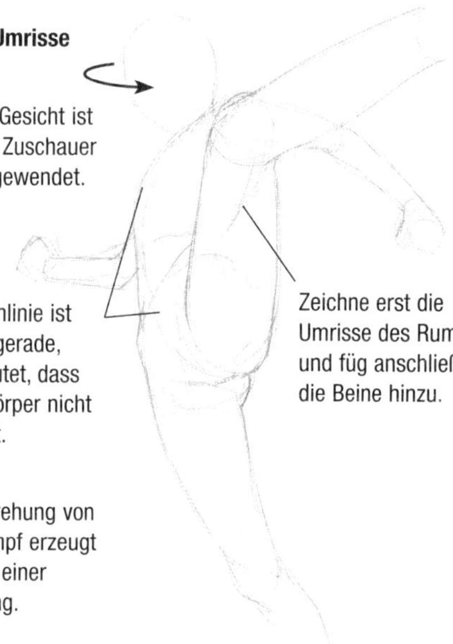

Das Gesicht ist zum Zuschauer hin gewendet.

Die Medianlinie ist fast ganz gerade, was bedeutet, dass der Oberkörper nicht gedreht ist.

Zeichne erst die Umrisse des Rumpfes und füg anschließend die Beine hinzu.

Bereits die Drehung von Kopf und Rumpf erzeugt den Eindruck einer Drehbewegung.

Umrisszeichnung der unbekleideten Figur

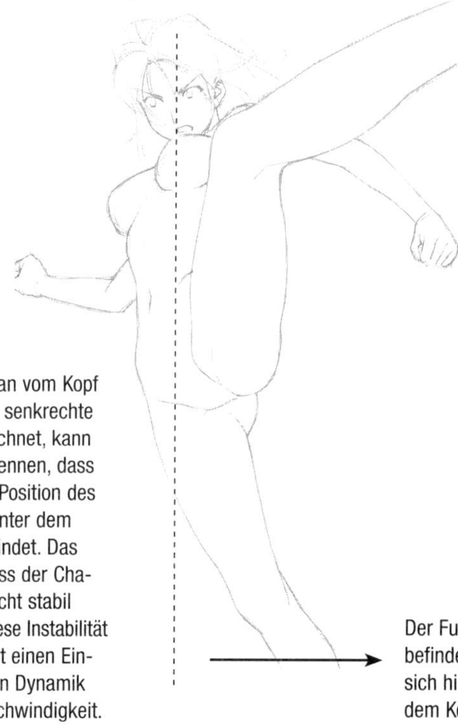

Wenn man vom Kopf aus eine senkrechte Linie zeichnet, kann man erkennen, dass sich die Position des Fußes hinter dem Kopf befindet. Das zeigt, dass der Charakter nicht stabil steht. Diese Instabilität vermittelt einen Eindruck von Dynamik und Geschwindigkeit.

Der Fuß befindet sich hinter dem Kopf.

Fertige Zeichnung

Wenn man vor dem Rastern an Haaransatz und den Saumlinien der Kleidung schwarze Schatten einfügt, erzeugt man so ein Gefühl von Dreidimensionalität.

Umrisszeichnung mit Kleidung

Das Oberteil sitzt locker und schwingt unten weit auf.

Leggings sind der Inbegriff enger Kleidung.

Spektakuläre Pose mit einem genau ausbalancierten Gleichgewicht

Vorzeichnung

Vorzeichnung ohne Kleidung

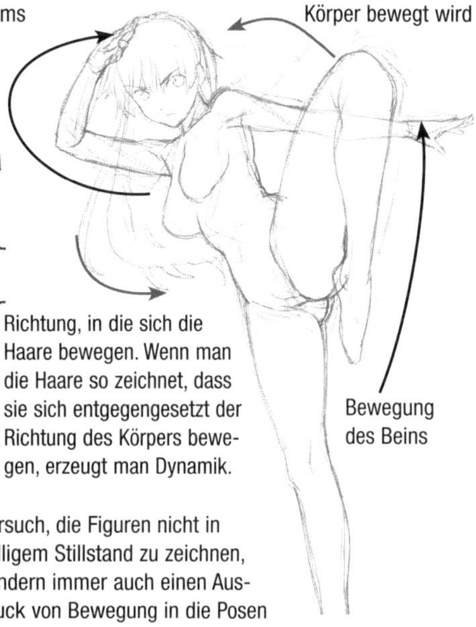

Richtung, in die sich die Haare bewegen. Wenn man die Haare so zeichnet, dass sie sich entgegengesetzt der Richtung des Körpers bewegen, erzeugt man Dynamik.

Versuch, die Figuren nicht in völligem Stillstand zu zeichnen, sondern immer auch einen Ausdruck von Bewegung in die Posen miteinzubauen. So wirken auch stillstehende Posen dynamisch.

Wenn du besondere Posen zeichnest, dann erstell grobe Skizzen von derselben Pose aus vielen verschiedenen Blickwinkeln, um die Drehung in der Taille, die Position von Armen, Beinen und Kopf und andere Details genau zu erfassen. Diese Skizzen werden dir auch später dabei helfen, die Falten richtig zu setzen, wenn du den Charakter einkleidest.

Umrisszeichnung ohne Kleidung

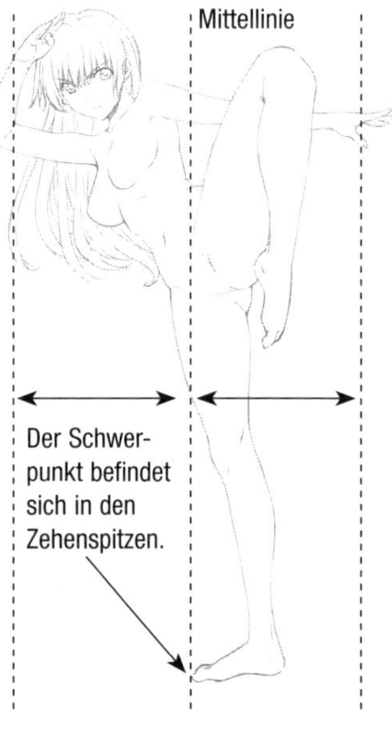

Fertige Zeichnung

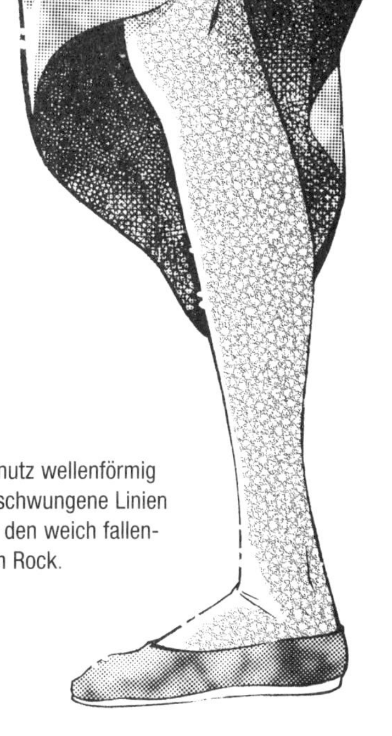

Umrisszeichnung mit Kleidung

Das Cheongsam (chinesisches Kleid) sitzt eng am Körper anliegend.

Durch den Seitenschlitz kann das Bein frei bewegt werden.

Benutz wellenförmig geschwungene Linien für den weich fallenden Rock.

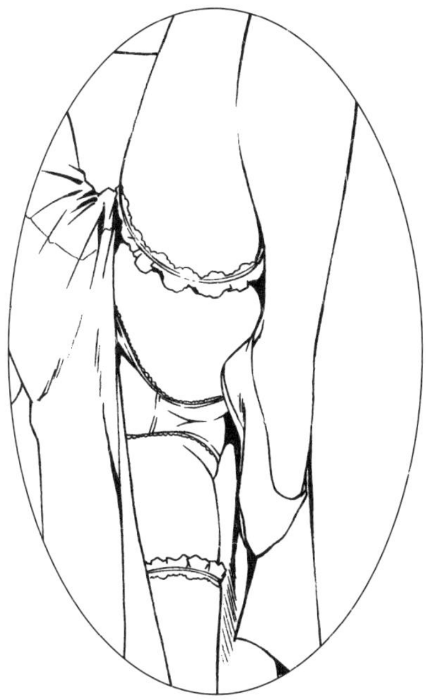

Beton die Umrisse des Rocks und die Falten im Kleid mit schwarzen Schattierungen.

Beeindruckende Posen mit einer Drehbewegung

Vorzeichnung

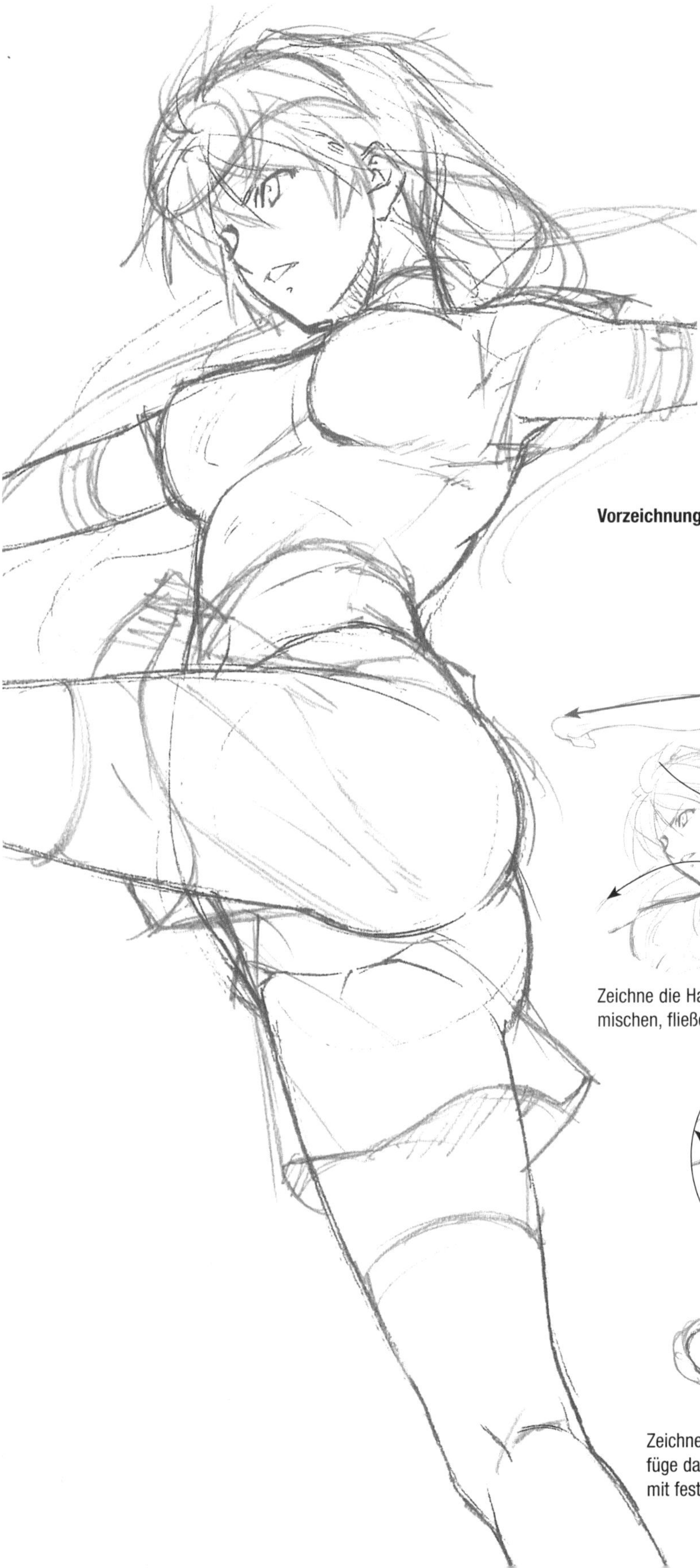

Grobe Umrisse

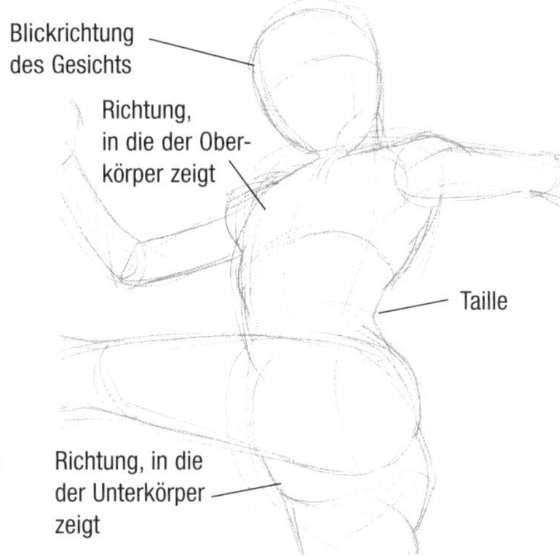

Lass Kopf, Oberkörper und Unterkörper in verschiedene Richtungen zeigen, um eine extreme Drehung darzustellen.

Vorzeichnung ohne Kleidung

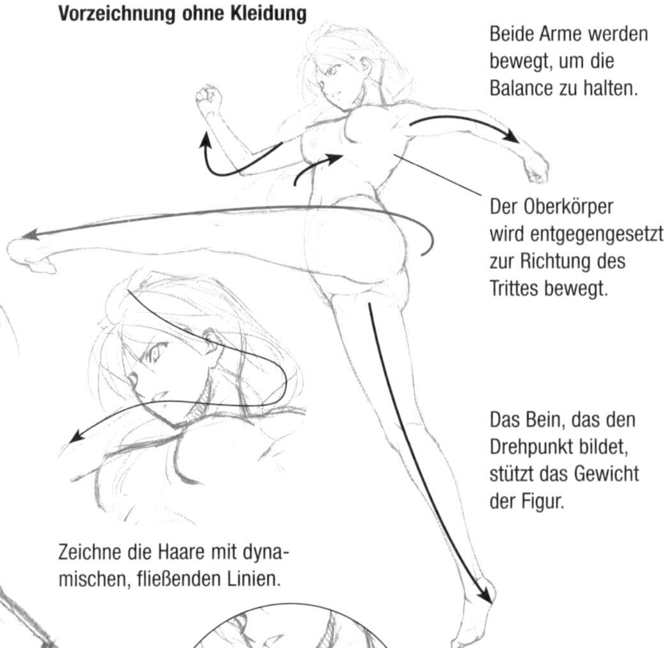

Zeichne die Haare mit dynamischen, fließenden Linien.

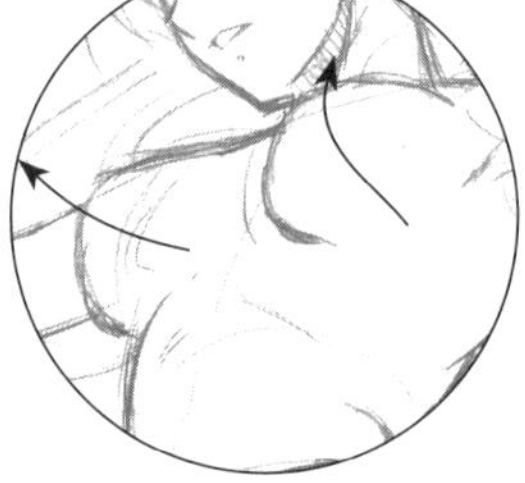

Veränder die Form der Brüste, um die starke Bewegung des Oberkörpers darzustellen.

Zeichne die Füße zuerst nackt und füge dann vorsichtig die Sportschuhe mit festen Sohlen hinzu.

Benutz schwarze Schattierungen für die Innenseiten der Ärmel und der Hosenbeine.

Fertige Zeichnung

Linien der Kleidung einzeichnen

Füg bei eng anliegenden, langen Handschuhen feine Falten in der Armbeuge hinzu.

Zeichne bei einem eng anliegenden Top nur wenige Falten ein, die der Drehbewegung des Oberkörpers entsprechen.

Die Hosenbeine der Shorts sind weit.

Der Saum des Hosenbeins fliegt in die Richtung des Tritts nach oben. Verwende wellenförmige Linien, um den Eindruck eines weichen Stoffs zu vermitteln.

Die Overknee-Strümpfe liegen eng am Bein an. Indem man das Bein am Strumpfbund leicht eingeschnürt zeichnet, lässt sich der Unterschied zwischen Strumpf und nacktem Bein leicht erkennen.

Die Schuhe drücken auch die Persönlichkeit der Figur aus und sorgen dafür, dass die Figur auf den Leser überzeugend wirkt. Zeichne sie daher besonders sorgfältig.

Modellskizzen

Wenn im Manga und Anime der Künstler feine Details wie Schatten, Kontraste und Balance festgelegt hat, erstellt er eine Modellskizze. Hierbei wendet er sein Wissen vom Manga-Skizzen-Zeichnen über die Grundlagen des menschlichen Körperbaus an.

Kopier für eine Modellskizze die Originalzeichnung und verwende einen Bleistift oder Druckbleistift, um Details hinzuzufügen. Verwende verschiedenfarbige Buntstifte, um die Details noch leichter erkennbar festzulegen.

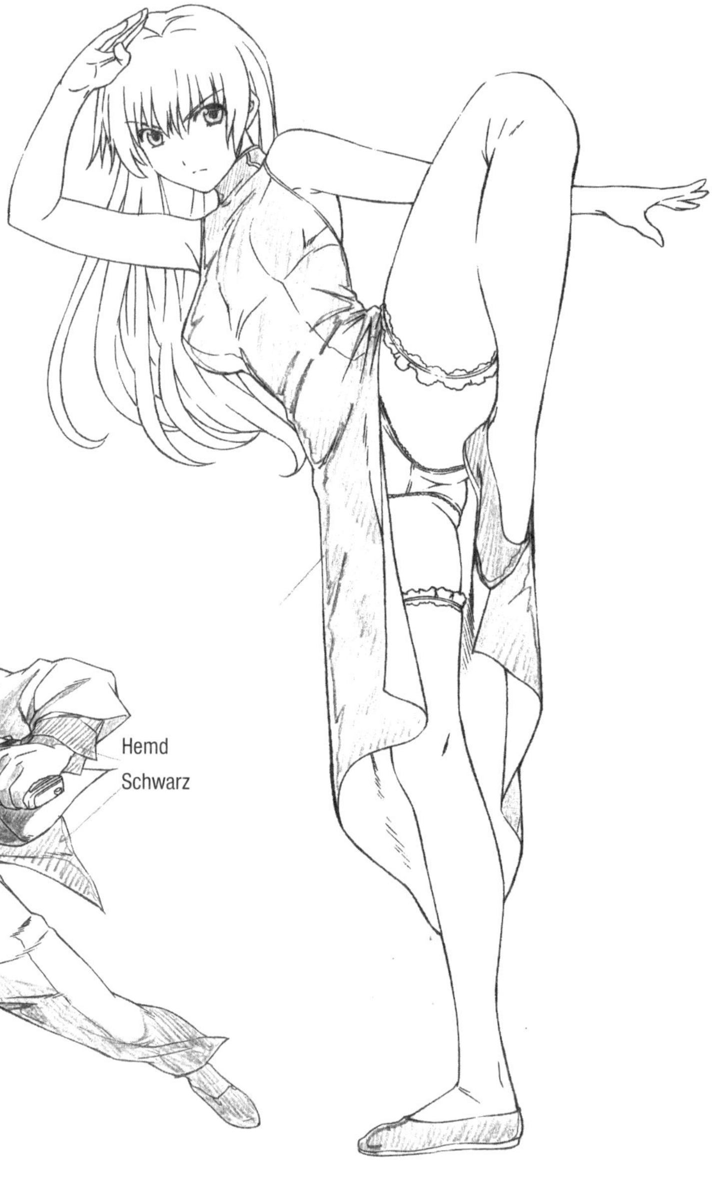

Modellskizzen werden auch verwendet, um Farbentwürfe zu erstellen. Mach es dir zur Gewohnheit, regelmäßig die Modellskizzen wie ein Ausmalbild einzufärben.

Ein Blick hinter die Kulissen: Entstehung des Cover-Charas

Hier wird am Beispiel des Covers dieses Buches gezeigt, wie ein Charakter entsteht. Die Zeichnung stammt von Kazuaki Morita.

Dies ist ein erster Entwurf, der das Thema des Buches aufgreifen soll. Er basiert auf einem Wortspiel mit den Wörtern »kangaeru« (nachdenken) und den ähnlich klingenden Wörtern »kan« (Dose) und »kaeru« (Frosch).

Diese groben Umrisse zeigen den Charakter aus einem relativ hohen Blickwinkel, damit das Gesicht besser zur Geltung kommt. Die Figur hält einen großen Bleistift in der Hand.

Hier sieht man den Charakter mit einem capeartigen Regenponcho, der aus der Assoziation eines Frosches mit einer Regenjacke entstanden ist. Zunächst war diese Pose mit ausgestreckten Armen auch ein Kandidat für das Titelbild, aber in Kombination mit der Dose ging der Charakter zu sehr unter, so dass dieser Entwurf nicht mehr weitergeführt wurde.

Leopardenfrosch

Links sieht man eine der Skizzen mit der ursprünglichen Idee, dem Charakter ein Froschkostüm anzuziehen. Auf Grund von Kommentaren, dass nur die Froschaugen alleine langweilig wären und einige Frösche doch beide Wangen aufblasen, wenn sie quaken, hat Herr Morita bei der Frosch-Kapuze die aufgeblasenen Wangen hinzugefügt.

Hier sieht man, wie Herr Morita wie immer die grundlegenden Schritte zum Zeichnen der Umrisslinien befolgt.

Herr Morita hat festgelegt, dass das Bild aus einer leichten Vogelperspektive gezeichnet wird, und zeichnet das Kostüm des Charakters, inspiriert von dem niedlichen, verspielten Froschthema, als ein Kapuzen-Cape mit aufgeblasenen Froschwangen. Nachdem er die Front- und Seitenansichten des Charakters bis zu einem gewissen Grad festgelegt hat, muss er nur noch die Zeichnung dem Entwurf entsprechend anfertigen.

Beim letzten Feinschliff

Wenn du mit einem Druckbleistift oder Bleistift die Umrisse korrigierst (säuberst), nimmt die Anzahl der Striche im Bild zu. Verwende daher ein leeres Blatt Papier als Unterlage für deine Hand, um zu verhindern, dass die Zeichnung verschmiert.

Fertige Originalzeichnung

Kolorierung des Charakters

Die Kolorierung erweitert den Ausdruck eines Charakters und erhöht seine Lebendigkeit deutlich. Beginn beim Kolorieren mit den größten Flächen derselben Farbe – in diesem Fall der Hautfarbe und der Farbe des Frosches.

Die Schritte einer einfachen Kolorierung

Lichtquelle

Beginn damit, die Haut einzufärben. Da es leicht passieren kann, dass man die Lücken zwischen den Haaren auslässt, nimm keine Rücksicht auf die Haare und färb die gesamte Haut ein.

Färb die Kapuze (die Außenseiten und großen Flächen).

Färb die Kleidung, die Haare und andere kleine Details wie die Innenseiten ein.

Färb als letztes die Augen ein und füg die Schatten auf dem Fußboden hinzu.

Haut und Gesicht einfärben

Füg hauptsächlich an der unteren rechten Seite, also genau in gegenüberliegender Richtung zur Lichtquelle, Schatten ein. Der Schatten an der Nase würde sich normalerweise auch auf der rechten Seite befinden, aber um einen Akzent zu setzen, wurde er auf die andere Seite gesetzt (auf der sich in der Realität kein Schatten befinden würde).

Der Kontrast von Licht und Schatten ist grundlegend für einen Ausdruck von Dreidimensionalität. Bestimm die Richtung der Lichtquelle und achte beim Kolorieren sorgfältig darauf, an welchen Stellen Schatten entstehen können.

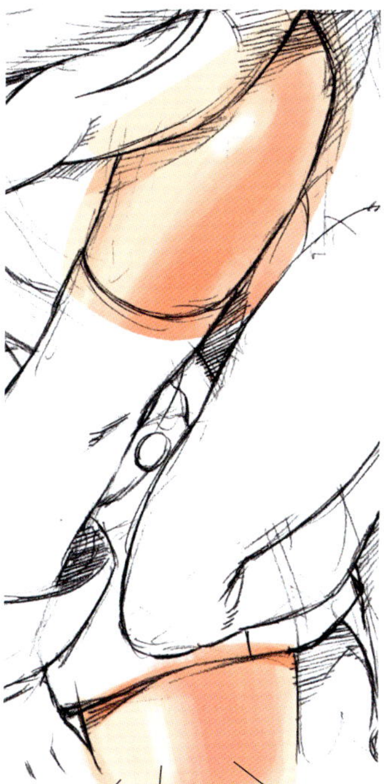

Arme und Beine sind zylinderförmig. Färb die Seite, auf die das Licht fällt, in der Reihenfolge »normal – hell – dunkel« ein, damit Bein oder Arm dreidimensional wirken.

Färb das obere Augenlid dunkel und kolorier die Augen.

Dies sind Glanzpunkte auf Auge und Wange. Füg sie ganz zum Schluss mit weißer Farbe ein.

Füg entlang der gebogenen Linien der Haare helle und dunkle Akzente ein.

Färb die Mitte der Haarsträhnen weiß (bzw. hell) ein, damit sie plastisch wirken.

Die Handschuhe kolorieren

Helle und dunkle Kontraste erzeugen Dreidimensionalität

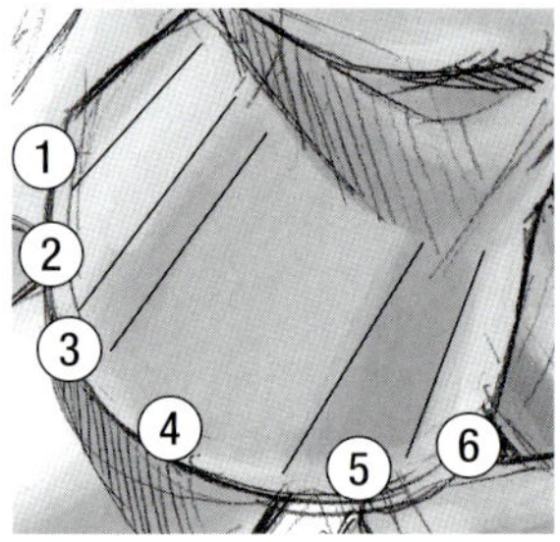

Indem man für den Handschuhärmel eine Prismaform wählt, kann man die charakteristische Steifheit eines echten Handschuhs gut darstellen.

Drei verschiedene Farbstärken lassen den Handschuh dreidimensional wirken

helle Farbe (2)(6) mittlere Farbe (1)(4) dunkle Farbe (3)(5)

Die Falten des Rocks darstellen

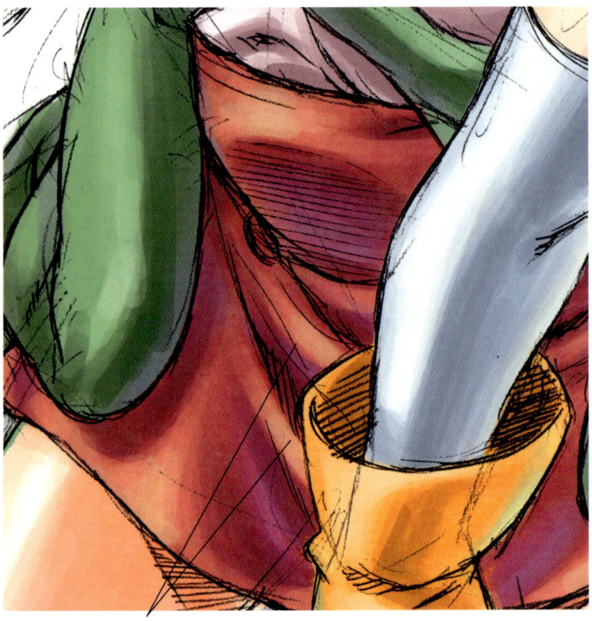

Färb die hervorstehenden Teile der Falten mit einer hellen Farbe ein.

Richtig **Falsch**

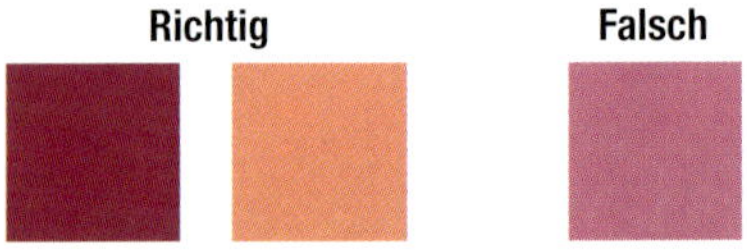

Farbe des Rocks

Farbe für die Erhebungen der Falten (helle Bereiche)

Eine hellere Version der Originalfarbe des Rocks

Wenn du zwei Farben verwendest, um einen Kontrast hervorzuheben, verwende für den hellen Teil nicht einfach eine aufgehellte Version der ursprünglichen Farbe, sondern eine ganz andere Nuance. So lässt sich der Kontrast besser herausstellen.

Runde Bereiche darstellen

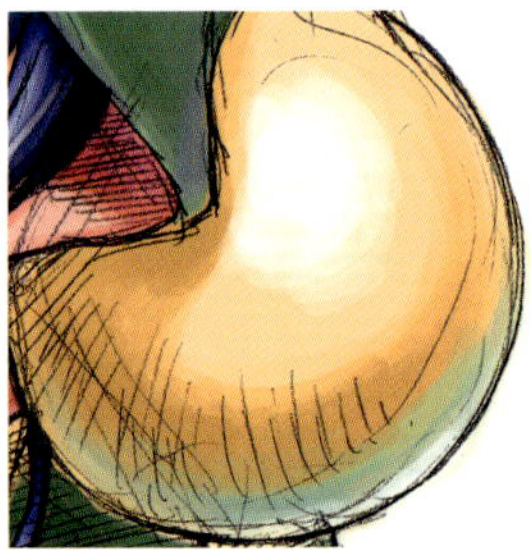

Die Kreise der Lichtreflexion sammeln sich an einer Seite.

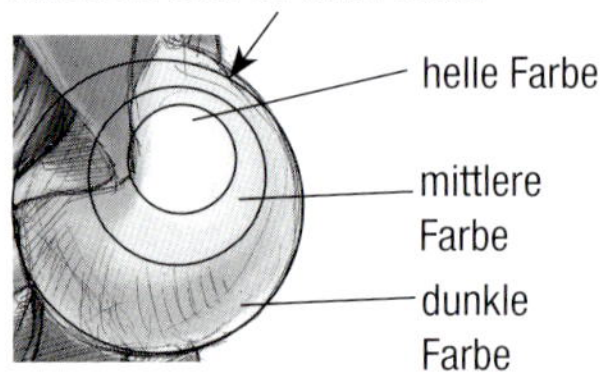

Beginn mit der hellsten Farbe und geh bis zur dunkelsten über. Verwende Kreise von aufsteigender Größe und Farbe, die sich an einer Seite der Kugel sammeln. Das Geheimnis beim Zeichnen einer Kugelform ist es, keine konzentrischen Kreise zu zeichnen (die alle denselben Mittelpunkt haben).

Die Kordeln der Kapuze (die die Form von Froschbeinen haben), drücken auf die Brust des Charakters. Da die Erhebung der Brüste eine ovale Form hat, sollte auch eine ovale Form für die Lichtreflexion auf der Brust verwendet werden.

Lichtreflexionen auf runden Oberflächen

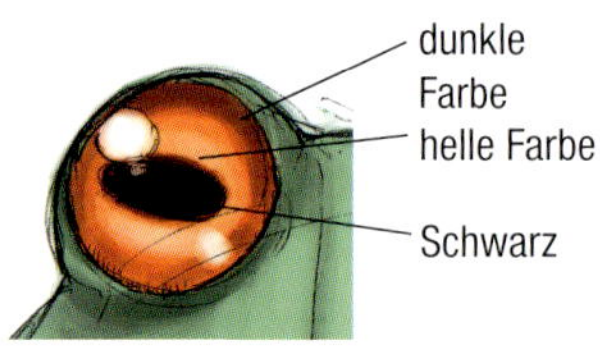

Zieh eine diagonale Linie durch das Auge und füg darüber die hellen Lichtreflexionen ein. Verwende für den Bereich um die schwarze Pupille herum eine helle Farbe und färb die äußeren Seiten dunkel. So wirkt das Auge kugelförmig.

Die fertige
Illustration

Praktische Techniken
Kolorierungen verbessern

Hier versucht Kazuaki Morita, die Kolorierung der Coverillustration von »How to Draw Manga – Kampfszenen zeichnen« zu verbessern. Lerne, wie man die Kolorierung cooler und eindrucksvoller wirken lassen kann.

Die Coverillustration stammt von Takehiko Matsumoto. Die Kolorierung wurde von jemand anders gemacht und im Ergebnis wirken die Farben wässrig und dünn wie Aquarellfarben. Herr Matsumoto war von dem Ergebnis enttäuscht, weil er sich eine kräftige, glatte Kolorierung gewünscht hatte, wie sie im Anime üblich ist. Kazuaki Morita, der darüber Bescheid wusste, versucht nun, als Projekt für dieses Buch die Kolorierung der Coverillustration zu verbessern.

Schritte der Kolorierung

Individualisierung der Charaktere 1 – Unterschiedliche Hautfarben auswählen

Zuerst färbt er wie in einem Ausmalbuch große Flächen ein.

Weibliche Figur: rosa Hautton.

Muskulöser Charakter: Die Haut ist gebräunt.

Asiatischer Charakter: Die Haut hat einen hellgelben Ton mit leichtem Blaustich. Dies hebt hervor, dass der Charakter sich nicht viel in der Sonne aufhält.

Hauptcharakter: Eine leicht rötliche, gelbstichige Farbe erzeugt den Hautton eines japanischen/asiatischen Menschen.

Individualisierung der Charaktere 2 – Durch die Farbe von Haaren und Kleidung einen Wiedererkennungswert schaffen

Hier sieht man nur die Farben ohne die Konturen der Figuren. So kann der Künstler die Balance der Illustration, die Unterschiede zwischen den Charakteren und auffällige Merkmale der Figuren überprüfen.

Leg die Farben, die du für die Haare und Kleidung der Charaktere verwenden willst, schon vorher als Teil der Farbgestaltung der Figuren fest. Es ist besonders effektiv, wenn man normale Farben mit eindrucksvollen Farben mischt, so wie z.B. hier der Hauptcharakter leidenschaftliches Rot trägt, während eine Nebenfigur in ein kühles Violett gekleidet ist.

Verbesserte Farbgebung

Eines der Geheimnisse zum Verbessern der Kolorierung ist es, den Kontrast zwischen Hell und Dunkel durch sorgfältiges Schattieren hervorzuheben.

Die Schattierung der Kleidung verbessern

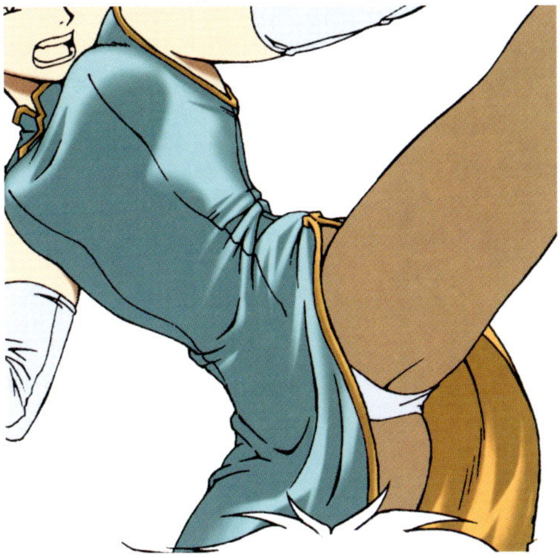

Verwende Schatten, um die Falten der Kleidung besser zum Ausdruck zu bringen. Dies verstärkt die Dreidimensionalität des Körpers.

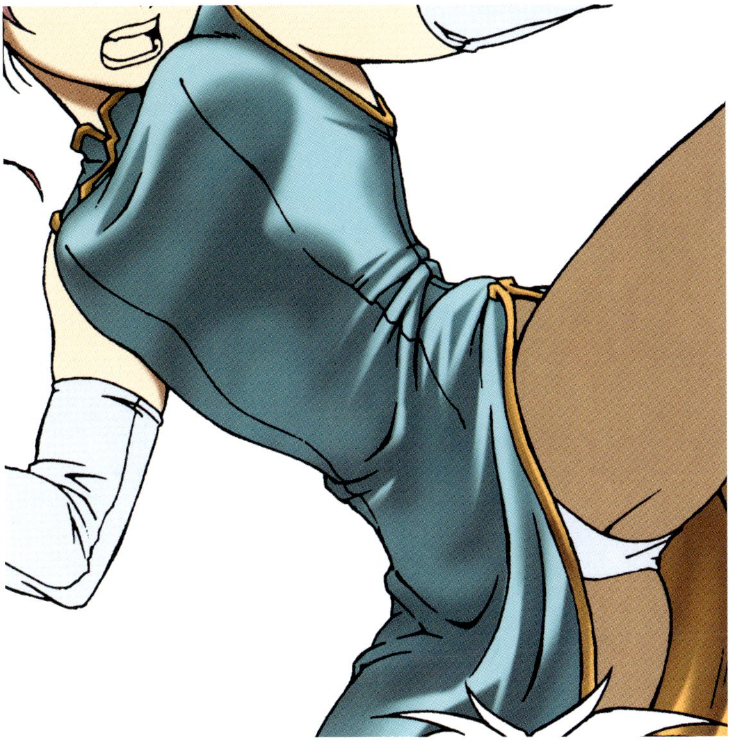

Verwende Farbe, die eine Nuance dunkler als der Grundton ist, unterhalb der Brust und der Falten, um den Rumpf plastisch wirken zu lassen.

Spar helle Bereiche aus, um die Wölbungen der Falten zu betonen.

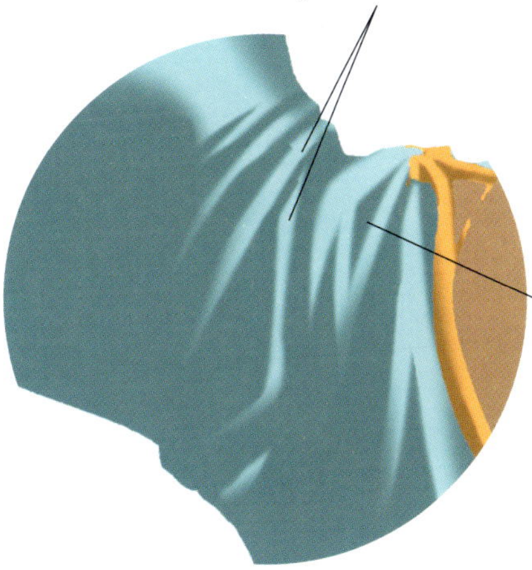

Dieser dreieckige Schatten hat keine Umrisslinien. Er verstärkt den Eindruck eines Faltenwurfs zusätzlich.

Zieh mit den Schatten einfache Umrisse, ohne tatsächliche Umrisslinien einzufügen. Diese Technik wird auch beim Kolorieren von Anime-Figuren verwendet und verstärkt den Kontrast zwischen Hell und Dunkel.

Verbesserte Kolorierung der Haare

Verwende Schattierungen an den Haarsträhnen und eine ringförmige Lichtreflexion, um den Haaren mehr Ausdruck zu verleihen.

Ringförmige Lichtreflexion

Schatten an den Haarsträhnen

Fertig.

Mit Schatten auf der Haut die Darstellung des Körpers verbessern

Verwende Schatten auf der Haut, um die Erhebungen und Vertiefungen der Muskeln darzustellen. Wenn du eine Art von Schatten dafür verwendest, die Muskeln hervorzuheben, und eine zweite Art von Schatten dazu benutzt, die Dreidimensionalität hervorzuheben, wirken die Körper viel lebendiger.

Ursprüngliche Hautfarbe

Schatten, die die Muskeln hervorheben

Dieser dunklere Schatten sorgt für Dreidimensionalität.

Schatten für die Muskeln betonen die Oberfläche der Haut. Schattier die Haut mit der Absicht, die Stellen hervorzuheben, die vom Licht getroffen werden.

Achte darauf, gebogene Linien zu verwenden, wenn du die Umrisse der Schatten für die Dreidimensionalität einzeichnest, um die Unebenheiten der Muskeln zu erhalten.

Die Dreidimensionalität verstärken, indem man Lichtreflexionen hinzufügt

+

Die helle Farbe lässt das Bein dreidimensional wirken.

Durch die dunkle Farbe werden die Unebenheiten der Muskeln hervorgehoben.

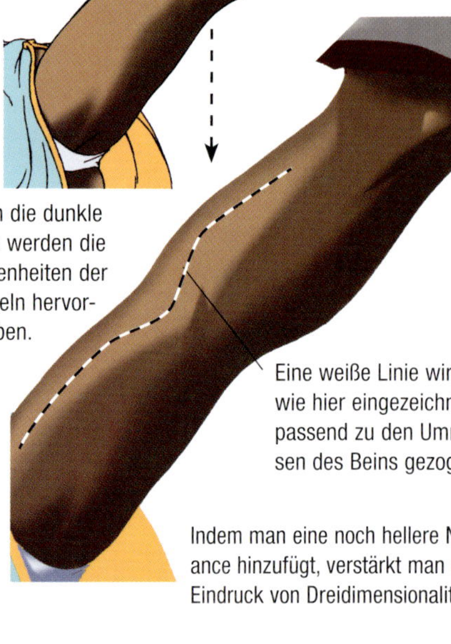

Eine weiße Linie wird, wie hier eingezeichnet, passend zu den Umrissen des Beins gezogen.

Indem man eine noch hellere Nuance hinzufügt, verstärkt man den Eindruck von Dreidimensionalität.

Die Färbung der Haut im ersten Schritt.

Die Haut in Schwarz-Weiß

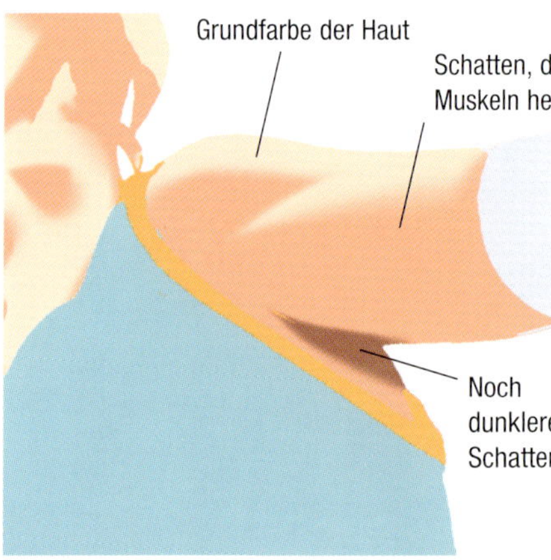

Grundfarbe der Haut

Schatten, die die Muskeln hervorheben

Noch dunklerer Schatten

Bei dieser Schattierung ist die ursprüngliche Hautfarbe der hellste Hautton geworden. In der Schwarz-Weiß-Version ist dieser Teil der Haut weiß.

Das Endergebnis: Verbessertes Artwork

Durch die Farben wurden das Aussehen der Kostüme, der Haare, der Haut und die plastische Wirkung der Illustration verbessert.

Verbesserte Kolorierung: Kazuaki Morita

Takehiko Matsumoto

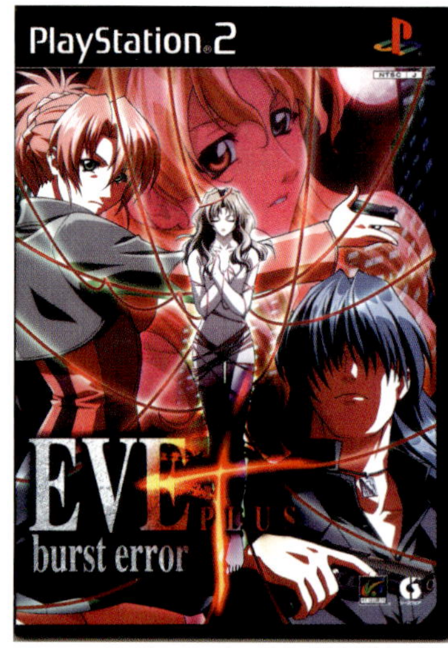

EVE burst error PLUS
© Himeya Soft, Inc.

Kazuaki Morita

Berwick Saga
© Enterbrain, Inc.

TV Tokyo »Cho Positive! Fighters«

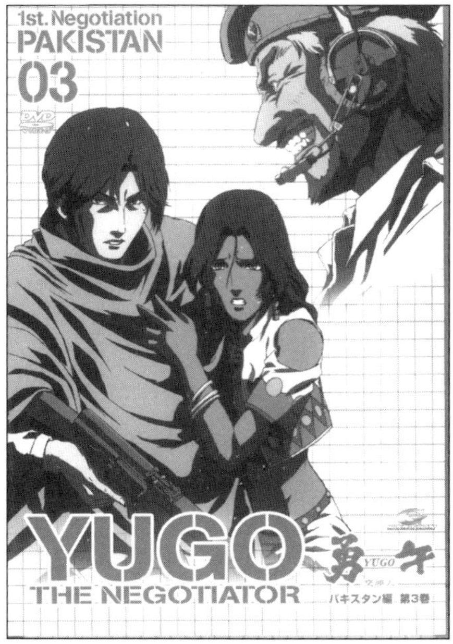

»Yugo: The Negotiator«
© Shinji Magari and Shu Akana, Kodansha Ltd.
© Yugo Production Committee

Takehiko Matsumoto

1973: Geboren am 9. Februar in der Präfektur Shizuoka
1992: Abschluss an einer Animations-Fachschule
1992: Ausbildung zum Manga-Assistenten beim Manga-Zeichner Yu Kinutani
1995: Wird Mitglied der Vereinigung für die Erforschung von Manga-Zeichentechniken und beginnt an den »How to Draw Manga«-Bänden mitzuarbeiten
1998: Assistiert bei der Produktion von Büchern zum Thema Zeichentechniken von Go Office, gestaltet Figuren, Illustrationen und das Cover von »How to Draw Manga – Kampfszenen zeichnen«
2001: Gehört dem »Team Till Dawn« der Firma Logistics an
2003: Gestaltet das Coverdesign und das Event-Artwork für das Playstation-2-Game »EVE burst error PLUS«
2004: Produziert das Charakterdesign und ist Art Director für das Pakistan-Kapitel von »Yugo: The Negotiator« der Kids Station
2005: Produziert die Originalbilder und ist Art Director von Folge 10 – 13 und 19 – 20 von »Cho Positive! Fighters« von TV Tokyo

»Nachtschicht-Krankenschwestern III« (Yakinbyoto III)
© M no Violet

»Mysteriöse Schulmädchen-Geschichten« (Gakuen ojosama kitan)
© Himeya Soft, Inc.

Kazuaki Morita

1972: Geboren am 26. Dezember in der Präfektur Shizuoka
1991: Beginn eines Berufslebens in einer ganz normalen Firma
1996: Ausbildung zum Manga-Assistenten bei dem Manga-Zeichner Shiro Ono
1998: Assistiert bei der Produktion von Büchern zum Thema Zeichentechniken von Go office, gestaltet die Coverillustrationen von der »How to Draw Manga – Das Kostümlexikon«-Serie
2000: Entwirft Charakterdesign und Artwork für das PC-Spiel »Mysteriöse Schulmädchen-Geschichten«
2002: Beginnt beim »Team Till Dawn« der Firma Logistics
2002: Entwirft Charakterdesign und Artwork für das PC-Spiel »Nachtschicht-Krankenschwestern II«
2003: Entwirft Charakterdesign und Artwork für das PC-Spiel »Nachtschicht-Krankenschwestern III«
2004: Entwirft Charakterdesign und Artwork für das PC-Spiel »Nanase Ren« (© M no Violet)
2005: Erstellt das Charakterdesign für das Playstation 2-Game »Berwick Saga«

Ein Gespräch über die Essenz des Manga-Skizzen-Zeichnens

Takehiko Matsumoto und Kazuaki Morita unterhalten sich offen über ihre Kunst

Manga und Anime sind als ein Teil der japanischen Kultur auf der ganzen Welt bekannt, und das »Zeichnen von Charakteren« ist eine tief verwurzelte Gewohnheit, die bereits von Kindesbeinen an gepflegt wird.

Dieses Buch, »Manga-Skizzen zeichnen«, ist der Versuch, die Technik, die für das »Zeichnen von Charakteren« verwendet wird, zu erfassen.

Es folgt ein Interview mit zwei professionellen Manga-Zeichnern über das Zeichnen von Charakteren.

Beim normalen Skizzieren wird die Person durch die Darstellung von Flächen erfasst.

Beim Manga-Skizzen-Zeichnen wird die Figur mit einer Grundstruktur aus Kreis und Kreuz erfasst.

Die Unterschiede zwischen normalen Skizzen und Manga-Skizzen

- **Der Begriff »Skizze« wird häufig auch verwendet, wenn »Proportionen« gemeint sind.**

Moderator: Wenn sich Manga-Künstler oder Illustratoren zusammensetzen, um über Illustrationen zu sprechen, hört man oft »Bei diesem Bild stimmt die Skizze nicht.« Bedeutet das, dass das Skizzieren für das Manga-Zeichnen tatsächlich eine große Rolle spielt?

Morita: Das stimmt, man hört oft, dass »Skizzieren« nicht in der Originalbedeutung verwendet wird, z.B. wenn die Position der Augen nicht stimmt oder die Umrisslinien komisch aussehen. An Stelle von »Die Proportionen stimmen nicht.« wird gesagt: »Die Skizze ist nicht in Ordnung.«

Matsumoto: Ja, man hört auch oft, dass an Stelle von »Achte auf die Proportionen« gesagt wird: »Achte auf die Skizze«.

Moderator: Im Fall von Manga ist es häufig so, dass gerade die Bilder interessant sind, bei denen die Proportionen nicht ganz stimmen. Auf der anderen Seite gibt es auch ganz perfekte, akkurate Skizzen, die nicht besonders ansprechend wirken. Natürlich gibt es auch extrem realistische Manga, die »Gekiga«, die eine extrem hohe Lebendigkeit zeigen.

Morita: Das stimmt. Ich denke, das hängt davon ab, ob der Künstler das Bild bewusst so gezeichnet hat (dass die Proportionen verzerrt sind, um ein mitreißendes Bild zu erschaffen). Durchschnittliche Illustrationen hinterlassen keinen besonderen Eindruck, wenn man nur kurz draufschaut.
Wahrscheinlich bleibt man eher an einem Bild hängen, wenn irgendwo darin etwas nicht ganz stimmt. Solche Bilder hinterlassen einen ziemlich starken Eindruck.

• Das Bild im Kopf erschaffen

Moderator: Die menschlichen Figuren und Muskeln in Kapitel 2 sehen ganz schön realistisch aus. Benutzt ihr beim Zeichnen Vorlagen?

Matsumoto: Tja, es gibt Fälle, in denen kann ich ohne eine Vorlage nicht zeichnen. Aber dann zeichne ich die Vorlage nicht ab, sondern benutze sie nur als Inspiration für die Illustration.

Moderator: Bedeutet das, es reicht, etwas gesehen zu haben, um es zu kennen und zeichnen zu können?

Morita: Das Skizzieren ist eine Technik, bei der man etwas die ganze Zeit anschaut und abzeichnet, nicht wahr? Hier ist es etwas anders. Man schaut sich etwas an und behält es im Kopf – also zeichnet man aus seiner Erinnerung.

Moderator: Heißt das, dass das Zeichnen von Manga-Skizzen bedeutet, etwas aus dem Kopf zu zeichnen?
Matsumoto: Einerseits ja. Deswegen ist das Manga-Zeichnen eine Technik, etwas Erfundenes zum Leben zu erwecken.

Morita: Manga und Anime schaffen es, etwas, das in Wirklichkeit nur erfunden ist, so erscheinen zu lassen, als wäre es echt.

Matsumoto: Bis zu einem gewissen Grad kann jeder lernen, etwas zu zeichnen, was er so vor sich sieht.
In unserem Fall wird etwas, das man einmal gesehen hat, im Gedächtnis aufbewahrt. Wenn man dies wieder hervorholt, durchläuft das Gesehene unsere persönlichen Filter, und das Ergebnis davon könnte als persönliche Eigenheit, ein Charakteristikum oder Originalität betrachtet werden.

Morita: Genau, unsere Erinnerung gibt dem ursprünglichen Eindruck eine andere Färbung. Was wir aus dem Gedächtnis zeichnen, ist in gewisser Weise verändert, umgestellt, vergrößert, vereinfacht und in der Erinnerung verformt.

Herausgeber: Im Gegensatz zum Skizzieren in der Malerei wird beim Zeichnen von Manga-Skizzen gleich von Anfang an Vereinfachung und Übertreibung eingesetzt. Man kann nicht genau sagen, ob der Künstler dies bewusst oder unbewusst tut, aber man hat den Eindruck, dass (mehr als beim traditionellen Skizzieren) die Veränderungen bereits im Kopf des Künstlers vorgenommen werden.

Morita: Es scheint mir, als wäre bei vielen Manga-Künstlern diese Gabe auf natürliche Weise stark ausgeprägt.

- Das Zeichnen von Manga-Skizzen beinhaltet, etwas Gesehenes aktiv durch persönliche Filter im Gedächtnis laufen zu lassen und im Kopf neu zu arrangieren.
- Dieses Neu-Arrangieren bringt die Persönlichkeit des Künstlers und Originalität ins Bild. (Morita)

Das Zeichnen von Manga-Skizzen und Charakterdesign

• **Das Zeichnen von Manga-Skizzen ist ein Werkzeug**

Moderator: Ihr beide habt auch viel Erfahrung im Charakterdesign für Anime und Videospiele. Ist das Zeichnen von Manga-Skizzen nützlich für das Entwerfen von Charakteren?

Matsumoto: Wenn ich ein grundlegendes Charakterprofil gezeichnet habe, benutze ich Manga-Skizzen für die Bewegungen.

Morita: Wenn ich einen Charakter zeichne, habe ich nicht das Gefühl, dass ich eine »Skizze« von ihm zeichnen muss. Sagen wir zum Beispiel, ich zeichne einen Arm. Nun möchte ich um den Arm des Charakters einen Armreif zeichnen, um so seine Persönlichkeit zu betonen. Beim klassischen Skizzieren wäre ich mir zwar bewusst, dass der Armreif um den ganzen Arm herum geht, aber ich würde nur den Teil zeichnen, den man auch tatsächlich sehen kann.

Moderator: Das heißt, beim Zeichnen von Manga-Skizzen zeichnest du auch den Teil, den man nicht sehen kann?

Morita: Das ist genau der Grund, weswegen ich die »Manga-Skizzen-Technik« verwende.

Herausgeber: Das Zeichnen von Manga-Skizzen ist ein Werkzeug?

Matsumoto: Ganz genau. Wenn wir von Computern sprechen würden, wäre das Zeichnen von Manga-Skizzen vermutlich irgendein Bildbearbeitungsprozess, denn man verwendet die Manga-Skizzen-Technik ja, um das Bild, an dem man arbeitet, zu bearbeiten und zu verändern.

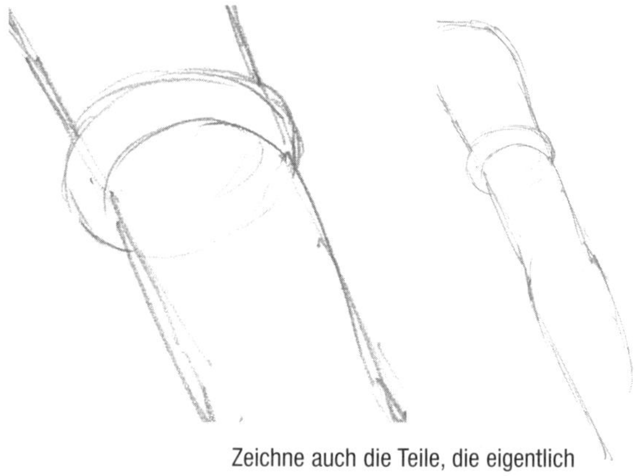

Zeichne auch die Teile, die eigentlich nicht sichtbar sind, um die Form richtig zu erfassen.

Dies ist eine flach gezeichnete Modedesign-Skizze, bei der es nicht nötig ist, dass sie dreidimensional wirkt. Mit dem Zeichnen von Manga-Skizzen könnte man aber ein Gefühl von Dreidimensionalität hinzufügen.

»Zeichne einen Roboter, um ein Gefühl für Dreidimensionalität zu bekommen, da er kastenförmig ist. Es gibt mehr Flächen und Ecken als bei einer menschlichen Figur und man kann so leichter erkennen, welche Seiten sich gegenüberliegen.« (Morita)

Morita: Es kommt auf die Definition von Design an. Zum Beispiel soll beim Modedesign nur die Form der Kleidung vermittelt werden, und die Figur muss nicht dreidimensional wirken. Im Fall von Charakteren in Videospielen etc. muss man aber auf einen Blick das Wesen des Charakters erkennen, weswegen es wichtig ist, dass die Figur einen deutlichen Eindruck hinterlässt. Das heißt, es ist wichtig, dem Charakter Persönlichkeit zu geben.

Moderator: Es ist wahrscheinlich sehr schwer, eine flache Modedesign-Skizze dreidimensional zu zeichnen.

Matsumoto: Hier würde das Zeichnen von Manga-Skizzen ins Spiel kommen. Das bedeutet, man würde die angesammelten Erfahrungen abrufen und als Grundlage fürs Zeichnen verwenden.

Morita: Das ist im Grunde genommen »aus dem Kopf zeichnen«. Man kann wahrscheinlich sagen, dass das auch eine Bedeutung des Skizzierens ist. Der Künstler zeichnet Kleidung, Haare oder andere Details auf Grund von Erinnerungen, die in seinem Kopf abgespeichert sind. Das Charakterprofil ist quasi die Vorlage, die Grundlage.

Moderator: Also wird das Charakterprofil zur Grundlage und die Manga-Skizzen-Techniken werden angewendet, um es zu optimieren und den Ausdruck des Charakters zu bearbeiten. Das heißt, während man das Charakterprofil erstellt, verwendet man die Manga-Skizzen-Technik und arrangiert die Komposition neu im Kopf. Ein Künstler, der sich die Fähigkeiten der Manga-Skizzen-Techniken angeeignet hat, beherrscht eine Bandbreite an Fähigkeiten für die Produktion von Manga und Anime, von Charakterdesign bis hin zum Inszenieren großer Illustrationen.

Das Geheimnis des Charakterausdrucks (Der Ausdruck von Emotionen und die Menge an Details)

• Je größer der Behälter, desto mehr Inhalt wird benötigt

Moderator: Man hört oft, dass es schwierig ist, Emotionen darzustellen. Was findet ihr am wichtigsten, um die Gefühle eines Charakters darzustellen?

Matsumoto: Es ist wichtig, dass die gesamte Balance zwischen Emotion, Gesicht und Körper stimmt. Daher kann man gar nicht genau sagen, dass die Augen oder ein anderer einzelner Körperteil besonders wichtig sind.

Morita: Es hängt davon ab, ob der Charakter realistisch gezeichnet oder stilisiert ist. Ein Charakter mit einem Kopf-Körper-Verhältnis von 1:6 oder mehr benötigt viel mehr Details.

Moderator: Mehr Details?

Matsumoto: Das Gesicht besteht aus vielen verschiedenen Einzelteilen. Wenn man zum Beispiel einen erschrockenen Gesichtsausdruck zeichnet, sind die Augen nur ein kleines Detail im gesamten Aufbau des Gesichts.
Aber wenn man zum Beispiel ein wütendes Gesicht zeichnet, gibt es viele kleine Details zu beachten wie Falten, die an den Augenbrauen und der Nase entstehen, aufgeblähte Nasenflügel oder hervortretende Adern. Der Künstler muss also viele Informationen in Details unterbringen.

Moderator: Daher sollte der Künstler also mit dem Aufbau der Muskulatur vertraut sein. Oder besser gesagt, wenn er diese nicht kennt, kann er die Emotion nicht zeichnen.

- Kein Gesichtsmerkmal allein ist relevant, um Emotionen darzustellen.
- Es gibt Grenzen, wie viel Information ein einzelnes Gesichtsmerkmal übermitteln kann. Man kann viele Informationen transportieren, wenn man sich nicht auf einzelne Merkmale beschränkt, sondern die Figur als ein großes Ganzes zeichnet. (Matsumoto)

Matsumoto: Das stimmt. Aber was ich sagen wollte, ist, dass man tatsächlich viele kleine Einzelheiten zeichnet. Die Emotion wird nur im Endeffekt von der Figur als großes Ganzes transportiert. Gefühle können nicht allein durch die Augen ausgedrückt werden.

Morita: Kurz gesagt bedeutet das, dass zum Beispiel im Fall eines realistischen Charakters die Gesichtsmuskulatur anatomisch korrekt eingezeichnet wird. Je größer der Behälter, desto mehr Inhalt wird benötigt.

Matsumoto: Umgekehrt kann man auch die Gesichtsmerkmale abstrahieren und vereinfachen, wenn man einen stilisierten Charakter zeichnet. Zum Beispiel weiß man bereits durch einen halbmondförmig gezeichneten Mund, dass der Charakter lacht. In dem Sinne, dass man nur einfache Formen braucht, um zu verstehen, welche Emotion gemeint ist, kann man schon sagen, dass nur wenige Details benötigt werden, um Informationen zu transportieren.

Morita: Egal ob man eine realistische oder eine stilisierte Figur zeichnet, der Eindruck, den die Figur auf den Betrachter macht, sollte derselbe sein. Dies ist ein wichtiges Ziel für den Künstler.

- **Es ist wichtig, die realistischen Voraussetzungen zu kennen**

Moderator: Ist es nicht wichtig, sich noch intensiver mit der Anatomie der Muskeln auseinanderzusetzen?

Matsumoto: Es ist effektiv, wenn man eine gute Grundlage an Wissen über die Anatomie der Muskeln hat. Doch wenn man dieses falsch anwendet, kann es passieren, dass der Charakter nicht überzeugend wirkt oder seine besonderen Züge verliert. Also kann man wahrscheinlich sagen, dass es reicht, wenn man das nötige Minimum an Wissen hat. Beim Gesicht bedeutet das, dass man weiß, wo Erhebungen und Vertiefungen entstehen, wenn sich die Muskeln bewegen, und wo sich die Muskeln befinden.
Für die Darstellung von Verhaltensweisen reicht es wahrscheinlich, wenn man andere Menschen regelmäßig beobachtet und die Anatomie so weit beherrscht, dass man diese Verhaltensweisen zeichnerisch wiedergeben kann.

»Bei einer realistischen Darstellung nehmen auch die Details der Hände zu. Anhand der Haltung der Hände kann sich der Leser die Situation und den Gemütszustand des Charakters vorstellen.« (Morita)

Was mich bei den Aufnahmen für dieses Buch besonders beeindruckt hat, ist, dass, anders als beim Zeichnen klassischer Skizzen, der Künstler beim Zeichnen von Manga-Skizzen regelrecht in einen Dialog mit dem Papier tritt. (Herausgeber)

Herausgeber: Das bedeutet ja im Wesentlichen auch, dass man Anatomie-Kenntnisse besitzt. Wenn man diese Kenntnisse nicht hat, kann man nicht zeichnen.

Moderator: Wenn man die Anatomie kennt, weiß man, an welchen Stellen man die Figur vereinfachen kann oder welche Stellen besonders betont werden können. Das heißt, man kann dadurch den Charakter stilisieren.

Matsumoto: Es heißt, dass Künstler, die realistisch zeichnen können, eine andere Dynamik hineinbringen, wenn sie Bewegungen einer stilisierten Figur zeichnen, als Künstler, die nur stilisierte Figuren zeichnen können.

Morita: Die Illustration hat mehr Bedeutung, wenn ein Künstler bis zu einem gewissen Grad realistisch zeichnen kann, als wenn er nur stilisierte Figuren mit unterschiedlichen Kopf-Körper-Verhältnissen zeichnet.

Herausgeber: Das heißt, die Manga-Skizzen-Techniken sind auch notwendig, damit der Künstler sein Anatomie-Wissen richtig anwenden kann.

Moderator: Vielen Dank für das Gespräch.

(Kamiigusa Studio, Tokyo)

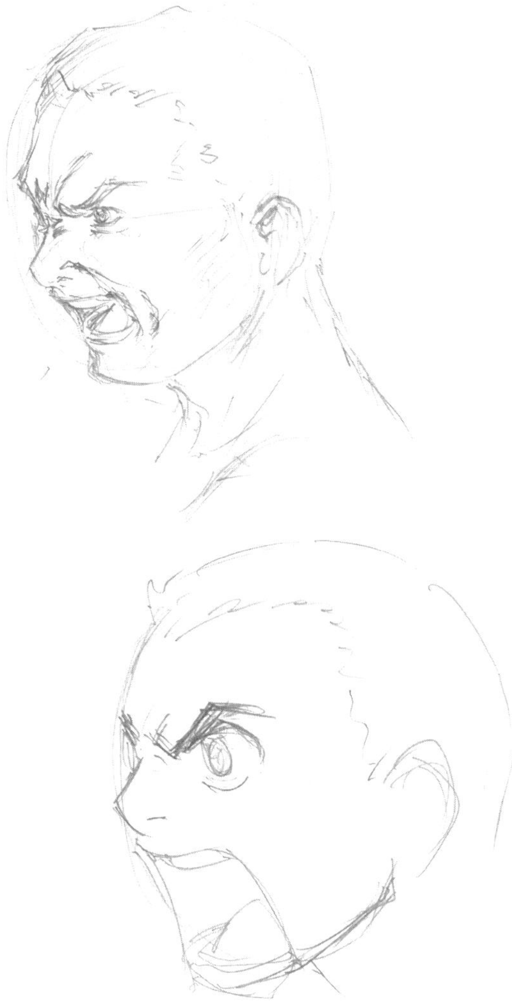

»Ein realistisch gezeichneter Charakter hinterlässt als großes Ganzes Eindruck, während ein stilisierter Charakter Emotionen anhand einzelner Gesichtsmerkmale ausdrückt.« (Matsumoto)

Das Zeichnen von Manga-Skizzen ist äußerst effektiv, wenn man einen Charakter entwirft oder einen fertigen Charakter in Bewegung zeichnen will oder einen stilisierten Charakter zeichnen möchte. (Moderator, Hayashi)

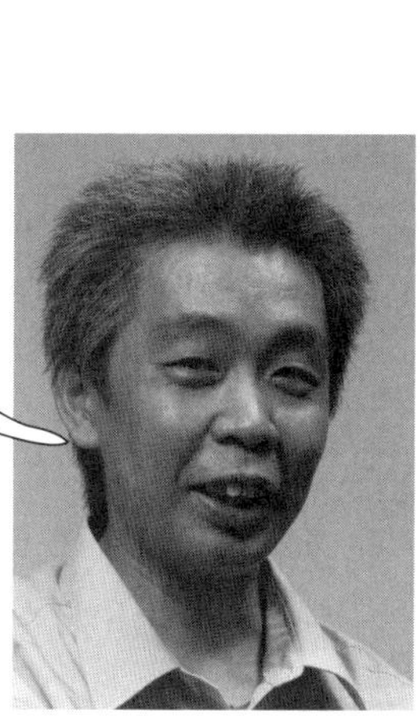

CARLSEN MANGA
1 2 3 4 13 12 11 10
Deutsche Ausgabe/German Edition
Carlsen Verlag GmbH · Hamburg 2010
Aus dem Japanischen von Cordelia von Teichman

How to Draw Manga, Sketching Manga Style Vol. 1: Sketching to Plan, German Edition
by Hikaru Hayashi, Takehiko Matsumoto, Kazuaki Morita

This book was first designed and published in Japan in 2005 by Graphic-sha Publishing Co., Ltd.
This German edition was published in 2010 by CARLSEN Verlag GmbH.

Redaktion: Jonas Blaumann
Umschlag-Layout: Sonnenfisch Production, Laura Bartels
Satz: Janet Riedel
Herstellung: Tobias Hametner
Druck und Bindung: Everbest Printing Co., Ltd.

ISBN: 978-3-551-75242-0
Printed in China